BIANCA.

EMMA DARCY

EXPERTO EN SEDUCCIÓN

HARLEQUIN™

Editado por Harlequin Ibérica.
Una división de HarperCollins Ibérica, S.A.
Avenida de Burgos, 8B - Planta 18
28036 Madrid
www.harlequiniberica.com

© 2025 Harlequin Ibérica, una división de HarperCollins Ibérica, S.A.
N.º 503 - 18.7.25

© 2009 Emma Darcy
Experto en seducción
Título original: The Master Player

© 2012 Catherine George
Un corazón humillado
Título original: A Wicked Persuasion

© 2012 Penny Jordan
Deshonra siciliana
Título original: A Secret Disgrace
Publicadas originalmente por Harlequin Enterprises, Ltd.
Estos títulos fueron publicados originalmente en español en 2012

I.S.B.N.: 979-13-7000-577-1
Depósito legal: M-8487-2025
Impreso en España por: BLACK PRINT
Fecha impresión Argentina: 14.1.26
Distribuidor exclusivo para España: LOGISTA
Distribuidores para Argentina: Interior, DGP, S.A. Pienovi 211 - Avellaneda
Cap. Fed./Buenos Aires y Gran Buenos Aires, VACCARO HNOS.

FSC MIXTO Papel FSC® C159065

Capítulo 1

MAXIMILIAN Hart la observó. La fiesta de presentación de la nueva serie televisiva estaba abarrotada de celebridades, con multitud de mujeres más hermosas que la que él contemplaba, pero ella las eclipsaba a todas. Destilaba una sencillez que atraía tanto a hombres como a mujeres. Era la vecina que a todos gustaba y en la que todos confiaban, pensó, y su suave feminidad hacía que todos los hombres quisieran acostarse con ella.

Su aspecto no resultaba duro ni intimidante. De pelo rubio, llevaba una melena corta, suelta y natural. Cuando sonreía le salían hoyuelos en las mejillas. El rostro era dulce y el cuerpo tenía suaves curvas que no resultaban amenazadoras para otras mujeres, pero sí muy atractivas para los hombres.

Los ojos eran la clave de su atractivo. Azules y brillantes, sugerían su capacidad de escucha y empatía. No había protección frente a ellos: mostraban cada emoción, transmitían una vulnerabilidad que despertaba el instinto protector de cualquier hombre, además de otros más básicos.

La generosa boca resultaba casi tan expresiva como los ojos. Aquella mujer tenía el don de hacer creer que realmente sentía lo que estaba interpretando, no que era una actriz representando un papel. Era un don que podía convertirla en una gran estrella, más allá de la serie de televisión que él había comprado y reescrito para hacer lucir su talento.

Extrañamente, no parecía que a ella le importara ese objetivo. Los que sí lo perseguían eran su dominante madre y su ambicioso marido, que le escribía los guiones. Ella cumplía la voluntad de ambos sin quejarse, aunque a veces Max la sorprendía con la mirada perdida, cuando creía que nadie la miraba, cuando no tenía que comportarse según los deseos de otros... cuando no estaba «en escena».

Aquella noche sí que lo estaba, y todos se le acercaban, fascinados, para recibir su atención aunque fuera un momento. Sin embargo, los más cercanos a ella no estaban a su lado, comprobó Max. No le extrañaba. Ni a la madre ni al marido les gustaba quedar en segundo plano, algo que sucedía en cuanto aparecían junto a ella en público.

Paseó la mirada por la habitación y no le sorprendió ver a la madre parloteando con un grupo de ejecutivos televisivos, aumentando su red de contactos. No le gustaba hacer negocios con ella, pero era inevitable dado que se había autoproclamado agente de su hija. Sus reuniones siempre eran cortas, y él rechazaba fríamente cualquier intento de relación más personal.

Prepotente, con un ego descomunal, Stephanie Rollins era la peor madre de artista posible. Llamaba la atención a gritos con su cabello teñido de vívido color zanahoria, y el corte masculino acentuaba su actitud de «soy tan buena como cualquier hombre y mejor que muchos». Aunque no había nada masculino en su cuerpo, que vestía con una agresiva carga sexual: pronunciado escote, faldas ajustadas, altísimos tacones.

Todo lo usaba como un arma en su constante lucha por salirse con la suya. No había nada de ella que le gustara. Incluso el nombre que había escogido para su hija, Chloe, resultaba calculadamente artístico. Chloe Rollins. Era un nombre armónico, pero a Max le resultaba demasiado afectado para la Chloe que él veía. Algo sencillo le iría mejor: Mary.

Mary Hart.

Sonrió de medio lado al añadir su apellido. Él no tenía interés en casarse. Satisfacía sus urgencias sexuales con la amante de turno, y su mayordomo y su cocinera se ocupaban del resto de funciones que haría una esposa. Además, Chloe estaba casada, y a él no le gustaba meterse en terreno de otros, ni siquiera para una aventura: controlaba su vida privada tanto como sus negocios.

¿Cómo estaría sacando provecho de aquella fiesta el marido de Chloe?, se preguntó. Paseó la vista en busca de aquel atractivo embaucador. Tony Lipton era un tipo con mucha labia pero escaso talento para escribir. Todos sus guiones debían ser reformulados por el equipo de guionistas. No formaría parte de la serie si no estuviera incluido en el trato con Chloe.

Interesante, el tipo no estaba llamando la atención... Se encontraba en una esquina, casi de espaldas a la multitud, y parecía estar discutiendo con la asistente personal de Chloe, Laura Farrell. Vio irritada frustración en el rostro de él; irritada determinación en el de ella. Tony la agarró fuertemente del brazo. Ella se soltó e, hirviendo de resentimiento, se abrió paso a empujones en dirección a Chloe.

Max se puso en estado de alerta. En la sala había muchos periodistas. No quería que nada les distrajera del éxito de su nueva serie, especialmente nada desagradable relacionado con la protagonista.

Se puso en marcha, pero partía del otro extremo de la sala, y no pudo interceptar a Laura, que se coló entre la multitud que rodeaba a Chloe, y le dijo algo cargado de veneno al oído.

Al ver la expresión traumatizada de su estrella, Max supo que se trataba de un problema grave. Afortunadamente, la alcanzó pocos segundos después de Laura y ocultó su reacción con su impresionante físico.

—Fuera de mi camino, Laura —ordenó, con tal frialdad que la asistente se giró sorprendida.

En un rápido movimiento, Max abrazó a Chloe por la cintura y la alejó de la otra mujer. Se inclinó como si tuviera algo importante que comentarle, mientras con la otra mano se aseguraba de que nadie los interrumpía.

—No montes una escena —le urgió en voz baja—. Ven conmigo y te llevaré a un lugar seguro donde podremos comentar este problema en privado.

Ella no respondió. Tenía la mirada perdida, clavada al frente, y caminaba como una autómata a su lado. Debía de ser terrible lo que Laura le había dicho.

Su reacción inmediata fue querer protegerla, proteger la inversión que suponía, y lo hizo con la misma determinación con que perseguía cualquier objetivo. No le importó lo que la madre o el marido pensaran de él. Sacó a Chloe del salón sin dar explicaciones, impidiendo con la mirada cualquier intento de seguirlos. Nadie quería tener en su contra al magnate de la televisión australiana.

Aquella noche, había reservado la suite del ático

para su mayor comodidad. Deseoso de recrearse en la satisfacción por contar con Chloe Rollins, no había invitado a su amante del momento a la fiesta, así que no había riesgo de una incómoda escena si subía allí a Chloe. Y para ella era una huida rápida y efectiva.

No le pidió su consentimiento: ella no oía nada, no parecía darse cuenta de nada. No protestó ni una vez conforme él la metía en el ascensor, la conducía a su suite, cerraba con llave al entrar y le indicaba que se sentara en un cómodo sofá.

Ella no se relajaba. Max se planteó si sabría que estaba sentada. Se acercó al bar y sirvió una generosa copa de brandy. Y un whisky para él; quería resultar amigable en lugar de intimidante cuando el brandy la resucitara.

Ella no se sentía cómoda en su presencia, lo sabía. Seguramente su personalidad era demasiado fuerte para que a ella le gustara a la primera, él no necesitaba agradar a nadie. Pero en aquel momento estaba al cargo y quería que ella aceptara la situación, confiara en él, le contara el problema y le dejara resolverlo, porque claramente no podía manejarlo sola, y él necesitaba a su actriz estrella a pleno rendimiento. Maximilian Hart nunca fracasaba.

–¡Bébete esto!

Chloe vio la enorme copa de balón yendo hacia sus manos, lánguidas sobre el regazo. A pesar del shock, supo que o la agarraba o se derramaría el contenido. La sujetó con ambas manos.

–¡Bebe!

La imperiosa orden hizo que se la acercara a los labios. Dio un sorbo, y el fuego líquido le abrasó el paladar y la garganta a su paso, le encendió las mejillas y sacó a su cerebro del entumecimiento. Dirigió una mirada de protesta al responsable de aquello: Maximilian Hart.

Se estremeció. El poder que él emanaba hizo que se le encogiera el estómago.

–Eso está mejor –dijo él con satisfacción.

Chloe tuvo la impresión de que no era posible ocultarle nada. Él lo sabía todo y se preocupaba solo de lo que pudiera beneficiarlo en el mundo en el que era el rey.

Sintió alivio cuando lo vio sentarse en una butaca algo alejada. Observó su cuerpo grande y fuerte, y sus elegantes manos sujetando su propia copa.

Era un hombre enormemente atractivo. Su pelo oscuro, rasgos marcados, ojos castaños, piel bronceada y boca perfecta, contribuían a su toque de distinción. Pero era su aura de poder lo que le daba el carisma; hacía que todo lo demás pareciera un mero adorno en aquella dinámica persona que podía hacerse cargo de cualquier cosa y lograr que funcionara.

Eso aumentaba su atractivo sexual y, aunque ella no quería, su feminidad estaba revolucionada tanto a nivel físico como mental. No podía aplacar aquel magnetismo, que le despertaba sentimientos que no debería desarrollar. Era alarmante encontrarse a solas con él.

Contempló lo que la rodeaba. Parecía una suite ejecutiva. Con una cama extragrande. Le recordó a la que Tony había insistido en que compraran para su dormitorio.

¿La habría usado con Laura? ¿Habría cometido allí la peor de las traiciones?

—¿Qué te ha dicho Laura Farrell?

Miró de nuevo a Maximilian Hart. Sabía que la única alternativa era decirle la verdad. Por otro lado, no podría ocultarla. Laura no lo deseaba, ni ella tampoco. Después de aquello, nada lograría que retomara su matrimonio.

—Ha estado manteniendo una aventura con mi marido —respondió.

Aquello era una doble traición: de la mujer que creía una amiga y del hombre que supuestamente la amaba.

—Y ahora está embarazada... de él.

Y pensar que Tony le había negado un bebé porque aquella serie era una oportunidad demasiado jugosa para dejarla pasar...

Chloe tembló al tener que confesar lo peor de todo.

—Pero no quiere dejarme por ella, porque le resulto muy rentable.

Cerró los ojos entre lágrimas de amargura.

—Por supuesto que no quiere dejarte —comentó Max con cinismo—. La cuestión es, ¿y tú a él?

La ira explotó en su interior, taladrando una montaña de viejas heridas que se había ido formando al resignarse a la vida que su madre le había impuesto desde su niñez, sin darle otras opciones. El matrimonio con Tony había sido parte de eso, y también el no poder tener un bebé. «Se acabó», juró en su interior.

Se enjugó las lágrimas con el dorso de la mano y miró fijamente al hombre que esperaba su respuesta.

—Sí —contestó con vehemencia—. No permitiré que ni tú, ni Tony, ni mi madre hagáis como si no hubiera pasado nada. Me da igual si esto afecta a mi imagen. No volveré a aceptarlo como esposo.

–¡Perfecto! –la alabó él–. Solo quería saber cómo afrontar mejor la situación, dada nuestra abrupta salida de la fiesta.

–Tampoco voy a regresar allí –añadió ella, en plena rebelión–. No quiero verle, hablarle, ni estar cerca de él. Ni tampoco quiero oír a mi madre.

Vio que él la observaba pensativo unos momentos y se sintió como una mariposa disecada, examinada minuciosamente. Apartó la mirada y bebió un trago de brandy, deseando que su fuego quemara la humillación de no ser más que una máquina de hacer dinero para la gente que le había llevado a aquel punto.

Maximilian Hart no era diferente, se recordó con dureza. Solo se preocupaba por ella dada su gigantesca inversión en la serie. Aunque le agradecía que la hubiera sacado de la fiesta. Obviamente, había advertido el impacto de la confesión de Laura y había actuado para minimizar el daño.

El show debía continuar. Pero no aquella noche. No con ella.

–Seguro que tu marido está ideando cómo culpar a Laura Farrell de lo ocurrido y quedar él como la víctima inocente de una mujer celosa –señaló él.

Chloe se estremeció.

–Lo cual sería una tremenda mentira –continuó él–. Los vi hablando de manera muy íntima antes de que ella se abalanzara sobre ti. Estaba furiosa con él. La conexión entre ambos era palpable.

–El bebé así lo demostrará –murmuró ella con amargura.

–No, si alguien la convence para que aborte... Y no seré yo.

Chloe lo miró, horrorizada. Para Tony y su madre, esa opción sería la manera de evitar un incómodo escándalo, y de que todo continuara como habían planeado.

Empezaba a dolerle la cabeza.

–Tengo que escapar de ellos –dijo, sin darse cuenta de que hablaba en voz alta.

Intentó encontrar una manera de huir, pero todo lo que poseía estaba atado y bien atado por Tony y su madre: su dinero, su casa, su vida entera.

–Yo puedo protegerte, Chloe.

Eso la sorprendió. Lo miró confusa y angustiada. Su expresión arrogante, de confianza en sí mismo, le recordó lo poderoso que era. Su mirada destilaba tal fuerza que le hizo estremecerse. Sin duda, Maximilian Hart podía protegerla si ella lo deseaba, pero ¿qué implicaría eso?

–Necesitas trasladarte a un refugio, un lugar donde haya tanta seguridad que nadie pueda llegar a ti a menos que así lo quieras –sentenció él–. Puedo ofrecértelo fácilmente.

«Un remanso de paz», pensó ella.

Los detalles prácticos planteaban algunas dificultades:

–Toda mi ropa está en mi casa –advirtió.

–Una empresa de mudanzas recogerá tus cosas.

–Ni siquiera llevo encima mi tarjeta de crédito.

–Pondré a un abogado a solucionar tu situación financiera. Mientras tanto, te abriré una cuenta bancaria que cubra tus necesidades hasta que puedas disponer de tu propio dinero.

Chloe frunció el ceño.

–Mi madre luchará por mantener el control.

–Dudo de que cuente con más armas que yo –rebatió él, con un brillo implacable en la mirada.

Tenía razón. Su madre no tenía nada que hacer contra él.

Empezó a ver un asomo de libertad.

–Confía en mí, Chloe. No hay nada que no pueda hacer para convertirte en alguien independiente. Si eso es lo que quieres, claro.

«Sí», deseaba responder. Pero la sensación de que iba a salir de una forma de posesión para meterse en otra, tal vez peor, la contuvo.

–¿Por qué haces esto por mí? –inquirió, suspicaz.

–Quiero que esta serie salga adelante, es un proyecto que llevo planificando desde hace mucho tiempo. Tú eres la pieza clave, necesito que actúes como solo tú sabes hacerlo. Si eso implica liberarte de lo que te angustia, y asegurarte que esas personas no van a molestarte, lo haré. Crearé una cortina protectora a tu alrededor que nadie podrá traspasar sin tu permiso. Lo único que pido a cambio es que sigas trabajando en la serie hasta terminar el contrato.

Estaba protegiendo su inversión, tenía sentido, se dijo Chloe. Aquello era un negocio, no un asunto personal. De pronto, sus temores le parecieron ridículos. Sintió que podía hacer lo que le pedía si no tenía que tratar con su madre, Tony o Laura.

–Los alejaré de ti –aseguró él con voz suave–. Tan solo di «sí».

Su corazón maltratado empezó a verlo como un caballero andante liberándola de sus dragones, en lugar de un mentor dominante que solo la utilizaba para su propio provecho. Era más que seductor.

–Sí, es lo que quiero –afirmó.

–Bien –dijo él, como si ya lo supiera y solo hubiera esperado que ella lo reconociera, y se puso en pie como saboreando la batalla por llegar–. Estarás completamente a salvo si me esperas aquí. Necesitarás comer algo. Pide lo que quieras al servicio de habitaciones. Siéntete como en tu casa, esta noche no tendrás que sufrir más acosos de ningún tipo.

–¿Adónde vas?

–Regreso a la fiesta –respondió él, y sonrió de satisfacción personal–. Cuando haya terminado allí, dudo de que nadie tenga ganas de cuestionar tu decisión.

«Mi decisión», pensó Chloe. Una decisión independiente.

Abrumada, observó alejarse al hombre que la había hecho posible y que iba a ponerla en práctica. Maximilian Hart, un hombre con el poder para hacer lo que se proponía.

Y estaba a punto de utilizar ese poder para liberarla de la vida de la que había deseado escapar desde que podía recordar.

Capítulo 2

QUÉ SUCEDE, Max?
Fue lo primero que escuchó nada más regresar a la fiesta. Se lo preguntaba Lisa Cox, editora de la sección de ocio de uno de los principales periódicos, oliéndose una historia más interesante que el lanzamiento de una nueva serie de televisión.

–Has salido de aquí con Chloe, que parecía medio muerta, y regresas solo –añadió.

–Chloe está descansando –aseguró él.

–¿Le ocurre algo?

–La fiesta le ha agotado, continuamente atendiendo a la gente, sin detenerse a comer ni beber. Necesitaba una buena dosis de azúcar. Y ahora, si me disculpas, tengo que hablar con su madre –dijo, y recorrió el salón con la mirada en busca del cabello color zanahoria.

–¿Va a suponer esto un problema para la serie? –insistió la periodista.

Max esbozó una sonrisa gélida.

–No. Alguien tiene que cuidar de ella, eso es todo. Y me aseguraré de que así sea.

Y tras decir eso, dio por cerrado el asunto. Nada de cotilleos.

Stephanie Rollins se encontraba en la esquina más alejada del salón, inmersa en una acalorada discusión con Tony Lipton y Laura Farrell. Eran los únicos que no se habían percatado de que Max había regresado, y menos aún de que se dirigía hacia ellos.

Laura Farrell era alta, delgada, con una larga melena castaña, ropa clásica y de buena calidad, y ojos de gata. Max había visto envidia y desprecio en ellos al mirar a Chloe, como si fuera estúpida y no se mereciera su estatus de estrella.

Sin embargo, Chloe siempre trataba de ayudarla. Esa noche, aquella lagarta había enseñado su verdadero rostro. Max estaba deseando eliminarla del entorno de Chloe.

Y a Tony Lipton también, a él incluso más. Ese adulador de pacotilla que se había aprovechado de las circunstancias sin preocuparse de la mujer que lo mantenía. Rubio y de ojos verdes, parecía un clon de Robert Redford en sus mejores tiempos, pero su único talento consistía en tener buen aspecto y autoadularse.

«El otoño ha llegado», pensó Max cuando Tony lo vio acercarse, se alarmó y advirtió a las dos mujeres. Ellas se apartaron, haciéndole sitio en el grupo. El rostro de Laura era una mezcla de temor y agresividad. Sin duda, sabía que no volvería a ser la asistente de Chloe, pero lucharía para conseguir una jugosa tajada de sus ganancias, a través de Tony. Seguro que no se había quedado embarazada por error.

Stephanie fruncía los labios furiosa. Obviamente, había calculado los costes de aquella bomba y no le gustaba el resultado. Pues le gustaría aún menos cuando le anunciara que Chloe estaba harta de su dominio.

La tensión que había en el grupo era palpable. Pero Max no iba a dirigirse a ellos delante de tantos espectadores.

–No dudo de que estáis todos preocupados respecto a Chloe –comenzó, sin poder evitar cierto sarcasmo–. La he llevado a una suite. Os sugiero que me acompañéis para que hablemos en privado. Será mejor que no digáis nada mientras salimos. No os gustarían las consecuencias.

–A mí no puedes hacerme nada –lo desafió Laura.

–¡Cierra la maldita boca! –le espetó Tony.

–Agárrate de mi brazo, Stephanie –ordenó Max, y miró gélidamente al otro hombre–. Síguenos, Tony, y lleva a tu mujer contigo.

No se regodeó en verlo ruborizarse. Abandonó la fiesta con Stephanie Rollins de su brazo, hablándole en voz baja de la necesidad de cuidar mejor a Chloe.

A los pocos minutos, entraban en una segunda suite ejecutiva con un mayordomo en la puerta. Max la había reservado al dejar a Chloe en la otra.

Una vez dentro, Stephanie fue la primera en reaccionar.

–¿Dónde está Chloe? –inquirió, incómoda al verse en una situación en la que no podía obtener beneficio alguno.

–Donde desea estar... lejos de vuestro alcance –respondió él, mirándolos con desdén–. Ya que fuiste tú quien contrató a Laura como asistente de Chloe, te sugiero que seas tú quien la despida, Stephanie. Será mejor que no vuelva a acercarse a ella, ¿entendido?

La mujer asintió, reconociendo que no había otra opción.

–De todas formas, no volvería a trabajar para ella –murmuró Laura.

Max la ignoró. Se giró hacia Tony.

–Estás despedido. Ya no perteneces al equipo de guionistas.

–No puedes hacer eso. Tengo un contrato –replicó él.

–Compraré tu parte. Mi abogado se pondrá en contacto contigo para llegar a un acuerdo. No quiero verte cerca de Chloe cuando grabe.

–Pero...

–Cuidado, Tony –le advirtió–. Puedo hacer que no vuelvas a trabajar en la industria televisiva nunca más.

–¡No es para tanto! Solo he cometido un error en mi vida privada. No tiene nada que ver con mi profesión –protestó él.

–No es privado cuando afecta a mi negocio. Cuidado, Tony... –repitió.

El hombre sacudió la cabeza, sin poder creer que acababa de salir del círculo de las estrellas, y que sin Chloe a su lado no tenía nada para negociar.

Satisfecho de ver que Tony era consciente de las consecuencias, Max se giró hacia la madre de Chloe. Por más que él quisiera perderlos de vista a todos, los lazos familiares eran algo delicado. Hasta que no lo consultara con Chloe, tendría que contenerse.

–No creo que hayas actuado para mayor beneficio de tu hija, Stephanie, cosa que deberías haber hecho doblemente: como madre y como agente.

–Yo no tengo nada que ver –gritó ella, con un gesto de rechazo hacia Laura y Tony.

–Elegiste a Laura y permitiste que Tony se sumara a la carrera de Chloe. Un error de juicio en ambos casos –señaló Max implacable–. Reúnete conmigo mañana a las once en mi despacho para discutir si vas a continuar o no siendo su agente.

–Eso es algo entre Chloe y yo –protestó con vehemencia.

–No. Ella me ha autorizado a que actúe en su nombre y eso voy a hacer, Stephanie. Tal vez quieras acudir con un abogado. El mío estará allí, no lo dudes.

–Deja que hable con ella –exigió, con un leve temor más allá de su mente calculadora–. Hemos vivido demasiadas cosas juntas para que interfieras así.

–Chloe no quiere escucharte –sentenció Max–. Será mejor que aceptes que tu dominación sobre tu hija se ha terminado, y lo mejor que puedes hacer es intentar minimizar los daños en lugar de pelearte conmigo. Soy un duro oponente.

Se mantuvo en silencio unos momentos, para que todos procesaran la amenaza, antes de anunciar:

–Y ahora debo volver a la fiesta. A ninguno se os permitirá entrar de nuevo esta noche. El mayordomo os echará de esta suite en media hora. Lo más inteligente sería que os marcharais cuanto antes del hotel.

Y, sin esperar respuesta, salió de allí y regresó a la fiesta.

Lisa Cox corrió a su encuentro.

–¿Chloe no va a volver?

–No. Lleva toda la semana de promoción y necesita descansar –contestó, sin darle importancia–. ¿Por qué no hablas con otros miembros del reparto, Lisa? Les encantará contarte su opinión acerca de la serie.

Sonrió para borrar la preocupación que había mostrado anteriormente y se dedicó a hablar con el resto del reparto durante cuarenta minutos, lo suficiente como para distanciarse públicamente de la ausencia de Chloe, y también para que el nefasto trío abandonara el hotel.

Luego, alegando que estaba agotado, se despidió y abandonó la fiesta, comprobó que la segunda suite había quedado vacía, y se dirigió hacia la que ocupaba Chloe. Había transcurrido poco más de una hora desde que ella tomara la decisión. Si se había asustado y quería volver atrás, tendría que convencerla de que ya no era posible. Se habían emprendido las medidas necesarias.

A partir de entonces, ella le pertenecía.

Le sobresaltó la satisfacción que le produjo esa idea. Era algo muy intenso, una actitud posesiva que nunca había sentido hacia ninguna mujer. Dado que a él le gustaba su libertad, también respetaba la de ellas para elegir por sí mismas. Pero ciertamente, en el plano profesional y mientras durara el contrato, Chloe Rollins le pertenecía. Y, como también se había quedado libre en el plano personal, podía explorar su interés por ella. Esa idea le entusiasmó enormemente.

Chloe era la mujer más fascinante que había conocido, y ya no estaba ligada a su marido. Podía mantenerla a su lado y conocerla durante el tiempo que quisiera.

Chloe no se había movido de la butaca donde la había dejado Max. Había tenido suficiente agitación con revisar su vida y sentir el terrible vacío de ser más importante para su madre como personaje televisivo que como una persona con necesidades reales, que habían sido ignoradas o despreciadas.

Se había enamorado de Tony porque parecía que él estaba totalmente volcado en ella, en la mujer que era, haciendo que se sintiera amada de verdad, atendiendo sus deseos. Todo falso. Nada más casarse, se había aliado con su madre, aumentando la presión para que se mantuviera en pantalla, pero endulzándola diciéndole lo especial que era.

Se había desenamorado de él muy rápido, desilusionada por cómo manipulaba su vida juntos a su voluntad, sin consultarla. Pero era más sencillo vivir con él que con su madre, así que había hecho todo lo necesario para mantener la armonía en su relación, incluso incluirlo en su contrato con Maximilian Hart: Tony deseaba formar parte del equipo de guionistas, argumentando que así podría compartir trabajo con ella, mirar por sus intereses...

Todo mentiras. Había pasado más tiempo con Laura que con ella, y la había dejado embarazada, mientras seguía fingiendo que era un marido amantísimo. Claro que ella ya no se lo creía: lo que a él le gustaba era su carrera, los contactos, el mundo de la fama. Ella era el instrumento para la vida que él y su madre deseaban.

El matrimonio se había quedado vacío mucho antes. Por eso ella había querido un bebé. El amor de un hijo habría sido real, y ella lo habría devuelto con creces. Un hijo a quien dárselo todo.

Chloe había ido bebiendo el brandy, disfrutando del fuego en su vientre. La hacía sentirse viva, más decidida a hacerse cargo de su vida una vez terminara su contrato con Maximilian Hart. Era agradable tenerlo de su parte, saber que iba a ayudarla a realizar aquel cambio radical en su vida.

No se dio cuenta de que el tiempo pasaba. Al oír que abrían la puerta de la suite, saltó de la butaca y se giró hacia el hombre que la había salvado. Era mucho más fácil aceptar ese hecho cuando él no estaba delante. En cuanto lo vio, se le encogió el corazón de nervios.

–Solucionado –aseguró él al instante–. Ya no tendrás que volver a ver a ninguno de los tres, a menos que lo desees.

Observó la copa vacía en manos de ella y ojeó el resto de la habitación.

–¿No has cenado?

Chloe se ruborizó.

–Lo he olvidado.

Él sonrió tranquilizador.

–No tienes que hacerlo si no quieres, Chloe. Yo sí que estoy hambriento. Voy a pedir unos sándwiches club con patatas fritas, y tú elige si quieres comerte el tuyo o no –anunció él, y descolgó el auricular–. ¿Quieres café, té o chocolate caliente?

–Chocolate caliente. Y ketchup –añadió ella, y vio que él elevaba una ceja, curioso–. Me encantan las patatas con ketchup.

Le daba igual si sonaba pueril. De pronto, ella también tenía mucha hambre.

A pesar de su sonrisa de satisfacción, él seguía intimidándola. Parecía estar siempre un paso por delante. Tenía que recuperarse y descubrir lo que él había hecho para ayudarla, se dijo Chloe.

–He reservado otra suite para mí y he dispuesto que no pasen llamadas aquí, así no tendrás interrupciones esta noche –comentó él, escribiendo en un papel y entregándoselo–. Cuando estés lista para el desayuno, llámame a este número y planearemos los siguientes pasos, ¿de acuerdo?

Chloe asintió, aliviada al saber que no pretendía pasar la noche con ella. En realidad, estaba tranquila respecto al ámbito sexual: era bien sabido que él salía con Shannah Lian, una modelo bellísima y con clase que aquella noche tendría otro compromiso y por eso no habría acudido a la fiesta. A Chloe no se le ocurriría pensar que su ausencia estaba planeada. Entre Maximilian Hart y ella el interés era puramente profesional. Además, ella no podría relajarse en su presencia.

Miró la cama. Iba a ser un placer tumbarse, sabiendo que iba a estar sola. Una oleada de repugnancia la invadió al pensar que Tony se había acostado con ella después de estar con Laura. ¡Nunca más!

–Tony está fuera de la serie, Chloe. Lo he despedido del equipo de guionistas. Laura Farrell también desaparece. Ambos ya no pertenecen a tu vida profesional.

«Limpiando el escenario para que el show continúe», pensó Chloe, con cierta satisfacción de venganza por sus despidos.

–¡Bien! Gracias.

Él señaló una butaca.

–El servicio de habitaciones tardará un rato. Hablemos de tu madre mientras tanto.

Chloe se sentó, lista para rebelarse ante cualquier cosa que su madre hubiera sugerido. Su nefasto dominio había terminado. Max se sentó lentamente y la observó, poniéndola aún más nerviosa.

–¿Quieres mantenerla como agente? –le preguntó.

–No –aseguró ella, llena de resentimiento, pero dudó porque desconocía las condiciones en el aspecto legal–. ¿Tengo que hacerlo?

Max negó con la cabeza.

–He concertado una cita con ella mañana, con la idea de terminar vuestra relación laboral.

¡Había tomado la iniciativa! Chloe lo miró asombrada.

–Pero tú tienes la última palabra –añadió él.

–No quiero que se ocupe de nada que tenga que ver conmigo –aseguró ella con vehemencia.

–Mi abogado resolverá ese asunto por ti.

Sacudió la cabeza maravillada. No podía creer que las ataduras de toda una vida pudieran romperse con tanta facilidad.

–Mi madre se resistirá. ¿Qué ha dicho cuando le has propuesto la reunión?

–Quería hablar contigo, pero no lo he permitido.

–No quiero escucharla.

–Eso sí que se lo dije –señaló él secamente, como si no le hubieran afectado los comentarios que le hubieran hecho.

«Eso es porque no tiene una implicación emocional, para él esto son negocios», pensó Chloe.

–¿Tengo que asistir a la reunión de mañana? –preguntó nerviosa.

–¿Quieres?

–No.

Podía imaginarse el sermón de su madre recordándole la larga lista de cosas que había hecho por ella. Salvo que las había hecho para sí misma.

–No quiero escucharlo. Si podéis arreglároslas sin mí...

–Todo irá más rápido si no estás. Le diré a mi abogado que desayune con nosotros. Cuéntale lo que quieres y él actuará según eso.

–Creo que eso será lo mejor.

Otra decisión, tomada por ella y para ella.

–Cierto –dijo él, y se puso en pie–. Si me disculpas, voy a llamarlo ahora mismo. ¿Quedamos a las ocho?

–De acuerdo, pero... –contempló su vestido de fiesta–. Solo tengo esta ropa.

–Puedes desayunar en albornoz –le sugirió él–. Encargaré que te suban ropa en cuanto abran las boutiques del hotel. No te preocupes por las apariencias. Lo interno, la base, es más importante.

Una base que ella estaba decidiendo. No su madre, su esposo ni Maximilian Hart, quien estaba dándole opciones pero no escogiendo por ella.

Lo observó sacar su teléfono móvil mientras se alejaba. De repente, su poder ya no le intimidaba tanto. Estaba usándolo para ayudarla, como un caballero andante acabando con sus dragones.

No pudo evitar que eso le gustara.

STEPHANIE Rollins no acudió con ningún abogado a la cita. Entró en el despacho de Max pisando fuerte, con un vestido púrpura, cinturón rojo ancho, tacones rojos, uñas rojas. Y con la soberbia de quien siempre había tenido poder sobre su hija y no creía que eso fuera a cambiar. La presencia del abogado de Max no la alteró, al menos no visiblemente. Miró a ambos con altanería, como si aquello no fuera más que una maniobra de Max.

Estaba convencida de que, por más que Chloe se hubiera quejado la noche anterior, por la mañana se había retractado. Sin su madre, su vida tendría un enorme vacío. Ella no sería capaz de salir adelante, no tenía a quién recurrir, después de la traición de Tony.

Max la saludó con fría cortesía, le presentó a Angus Hilliard, jefe de su departamento jurídico, le indicó que se sentara y regresó a su asiento al otro lado del escritorio.

–Resulta que no hay nada que discutir, Stephanie –anunció, e hizo un gesto a Angus para que le entregara el documento de rescisión de sus servicios como agente de Chloe.

Después de leerlo, la mujer lo miró burlona.

–Esto es inútil. Chloe regresará a mí en cuanto se

tranquilice. Si no hubieras interferido anoche, si no tuviera tu apoyo...

–Va a continuar teniéndolo.

–Seguro que solo la cuidas mientras dure su contrato contigo, porque te interesa. Pero luego...

–Puedo sugerirle un reputado agente que no se lleve el porcentaje tan exorbitante que le quitas tú.

Aquella mujer le desagradaba tanto que iba a acabar por completo con su influencia sobre Chloe.

–Sin mí, no sería nada –le espetó ella–. Y lo sabe. He planificado cada paso de su carrera, la he entrenado para que fuera capaz de desempeñar cualquier papel, he hecho que se convirtiera en la estrella que tú estás explotando ahora.

–Pero no eres tú quien ilumina la pantalla con su presencia –replicó Max–. Eso no se lo has enseñado, es un don natural que has explotado en tu propio beneficio.

Supo que se había marcado un tanto al ver la frustración furiosa de ella.

–¿Crees que has ganado? –inquirió la mujer desafiante, poniéndose en pie y lanzándole la rescisión de contrato–. Cuando acabe tu contrato con ella, me aseguraré de que no vuelva a firmar contigo.

–No cuentes con ello, Stephanie. Te recomiendo que uses lo que le has exprimido a tu hija para tener tu propia vida.

Ella lo fulminó con la mirada, y su furia ardiente fue dejando paso a la suspicacia.

–¿Por qué estás llevándolo al terreno personal?

Él se encogió de hombros y se relajó en su asiento con una sarcástica sonrisa.

–Me apetece desempeñar el rol de justiciero.

–¿O es que estás loco por Chloe, y has aprovechado la ocasión?

La pregunta se acercaba demasiado a la verdad. Max la miró burlón.

–Salgo con Shannah Lian, a quien no le gustaría lo que acabas de sugerir. A pesar de mi reputación con las mujeres, no suelo estar con dos al mismo tiempo.

–Sea cual sea tu interés por Chloe, se te pasará. Eres así –replicó ella, elevando la barbilla–. Entonces, Chloe volverá a mí.

«Eso nunca», pensó Max, con tal violencia que le sorprendió.

La mujer se marchó con altanería y cerró la puerta de un portazo. Max se prometió que no se saldría con la suya.

–No me gustaría caer en las garras de esa mujer –comentó Angus Hilliard.

–El truco está en que no tenga nada a lo que sacarle la sangre. Ya ha tenido su cuota, Angus.

–Sin duda –afirmó el abogado, con el brillo de la acción en la mirada–. Por lo que nos ha contado Chloe en el desayuno acerca de todo lo que ganó siendo aún menor, podría conseguir que acusaran a su madre de apropiación indebida.

–No. No husmearemos en el pasado –decidió Max–. Es mejor para Chloe no dar pie al victimismo, o tendrá que revivirlo en el juicio. Y no estoy seguro de que esté preparada. Concentrémonos en su futuro, en lo que puede hacer. Y para que tenga la oportunidad de hacerlo, debemos evitar que su madre tenga acceso a ella.

–Necesita un guardaespaldas –sugirió Angus–. ¿Me encargo de ello?

–Sí. Busca alguien con quien se sienta cómoda, de

aspecto paternal, cincuentón, experimentado. Que acuda esta tarde a mi casa de Vaucluse para una entrevista conmigo.

–Así lo haré –afirmó el abogado, y sonrió levemente–. Nunca me has parecido un justiciero, Max, pero debo admitir que Chloe Rollins tiene algo. Te dan ganas de ayudarla.

El guardaespaldas también lo percibiría, por eso no quería a un joven atractivo que congeniara demasiado con ella. Necesitaba tiempo para reorganizar sus asuntos, tiempo para que a ella le gustara tenerlo en su vida, y no iba a permitir que otros afectos interfirieran en eso.

–Tiene algo muy especial –reconoció, y se puso en pie con una sonrisa–. Y a mí no me supone nada el rescatarla y protegerla. Es un pequeño pero satisfactorio desafío.

Angus se rio.

–Ese es el Max que yo conozco. Es una satisfacción ganarle a esa madre monstruosa. ¿Ahora regresas al hotel?

–Sí. ¿Dejarás todo bien atado respecto al contrato de Tony Lipton?

–Con nudos que no podrán deshacerse.

–Gracias por tu ayuda, Angus.

Max se marchó, seguro de que no se había descubierto respecto a sus intenciones hacia Chloe. Y así lo mantendría hasta el momento oportuno. Un placer secreto, sazonado por las expectativas... Disfrutaría con la espera.

Chloe no lograba relajarse. No podía dejar de pensar en la idea de una vida independiente. Le había avergonzado confesarles a Max y su abogado en el desayuno lo imposible que le había resultado establecerse por su cuenta. A los dieciocho años, había querido liberarse de las exigencias de su madre, pero el dinero que se suponía estaba en un fondo engrosado a lo largo de su niñez y adolescencia se había esfumado: su madre lo había administrado a su gusto. Sin ahorros, y sin preparación para otra cosa, su sueño de independencia se había hecho añicos. Se había resignado a trabajar a las órdenes de su madre, aunque había insistido en que su parte de las ganancias fuera a una cuenta bancaria a la que solo ella tenía acceso.

El trabajo no le disgustaba. Dado que desde pequeña se construía sus mundos soñados, le resultaba fácil meterse en cualquier papel. Pero a veces deseaba una vida real, sin apariencias, sin papeles que representar, siendo solo ella misma.

Sin la presión de su madre y Tony de tener una activa vida pública, podía tomar sus propias decisiones, como llevaba haciendo desde que Maximilian Hart había intervenido y le había entregado esa libertad. Pensar en la reunión entre él y su madre le daba escalofríos, no habría querido estar allí bajo ningún concepto. Agradecía que él se hubiera ofrecido a encargarse del tema. Pero debía aprender a manejarse por sí misma cuanto antes, si quería ser realmente independiente.

Sonó el teléfono. Solo podía ser él, el hotel tenía órdenes de no pasarle ninguna otra llamada.

Corrió hacia el escritorio, nerviosa.

–¿Diga?

–Todo solucionado –anunció él con tranquilidad–. Tu madre ha sido notificada legalmente de que ya no es tu agente. Estoy regresando al hotel. ¿Has encontrado algo de tu gusto entre la selección que te han ofrecido las boutiques?

Chloe tenía tantas preguntas que le costó centrarse en lo que él le decía.

–Sí, gracias. La dependienta se ha llevado el resto. He anotado los precios de lo que he elegido para poder devolverte el dinero cuando tenga acceso a mi cuenta bancaria.

–No te preocupes –dijo él sin darle importancia–. Me imagino que ahora estás felizmente vestida y preparada para aparecer en público.

Sintió pánico. ¿Estarían los periodistas listos para asaltarla a las puertas del hotel, preguntándole por Tony y Laura?

–¿Cuánto de público?

–Solo comer en el hotel, Chloe –le aseguró él–. He reservado mesa para nosotros en el restaurante Galaxy. Conmigo estarás a salvo.

A salvo y, esperaba, más relajada a su lado al verse en un restaurante, pensó Chloe aliviada. Estar a solas con él en aquella suite le ponía nerviosa, dejaba manifiesta su vulnerabilidad hacia el poderoso magnetismo que él desprendía.

–De acuerdo. ¿Cómo ha ido la reunión?

–Te lo cuento durante la comida. Estaré ahí dentro de una media hora. Hasta luego.

Media hora... Colgó y se miró al espejo para comprobar su aspecto. El azul era su color favorito, por eso había elegido un vestido de lunares blanco y azul, con un cinturón blanco ancho, unos tacones *peep toe* blancos y un *clutch* blanco. El conjunto elegante y clásico era adecuado para comer en el lujoso restaurante del hotel.

Llevaba un peine y algo de maquillaje en su bolso de la noche anterior, así que estaría presentable para la comida. Se repasó los labios y el cabello. Nadie podría criticar su apariencia, especialmente su madre, que no estaría allí.

Eso la alegró. Era un nuevo día, y por primera vez se dio cuenta de que hacía un tiempo maravilloso. El hotel se encontraba camino de la Ópera de Sídney y ofrecía unas vistas espectaculares del puente. No había ni una nube en el cielo, el agua resplandecía y Chloe contempló ociosa los barcos entrar y salir del puerto.

Se le aceleró el pulso cuando oyó que abrían la puerta de la suite. No podía resistirse al impacto que le causaba Maximilian Hart. Lo vio entrar y detenerse en seco al verla. ¿Era posible que le hubiera impresionado?, se preguntó. Seguramente eran imaginaciones suyas, aunque por un momento, el aire se había cargado de electricidad, haciendo vibrar todo su cuerpo.

–Mary... –murmuró él.

–¿Cómo dices?

Max sacudió la cabeza mientras sonreía levemente.

–Me has recordado a alguien.

¿Una mujer que le importaba, tal vez? Le hubiera gustado preguntarle acerca de ella, porque la momentánea dulzura que había mostrado le había despertado curiosidad. Pero casi al instante, él se encogió de hombros y volvió a ser el poderoso hombre con todo bajo control.

–Bonito vestido –alabó–. Te sienta bien.

Chloe se ruborizó, aunque era un simple halago cortés y enseguida él retornó a los negocios. Le tendió un papel.

–Es un permiso para la empresa de mudanzas para

entrar en tu apartamento de Randwick, empaquetar tus cosas y llevarlas a la casa de invitados de mi finca de Vaucluse. Si lo firmas ahora, pueden tenerlo terminado para esta tarde –explicó él con naturalidad.

Chloe contempló el papel y tragó saliva. Quería sus cosas fuera del piso y un lugar donde ponerlas, pero estar tan conectada con aquel hombre le parecía... peligroso. No había previsto nada, ni tenía un plan alternativo que proponer, pero...

–Seguro que puedo alquilar un apartamento –propuso nerviosa–. No me siento cómoda respecto a...

–En ningún otro sitio puedo garantizar tu seguridad, Chloe –la interrumpió él–. No vivirás conmigo: la casa de invitados está aparte del edificio principal. Lo importante es protegerte contra el acoso, y no solo de tu madre y Tony. En cuanto salte este escándalo, los paparazis te perseguirán. En mi finca estarás a salvo. Considéralo un acuerdo momentáneo, mientras piensas cómo organizar tu futuro.

Ciertamente, necesitaba tiempo para poder planificar su vida, y había muchas posibles amenazas a su ansiada libertad. Max estaba ofreciéndole seguridad. Suspiró para aliviar la tensión de su pecho. No sirvió de nada. Le asaltó otra preocupación.

–Podría haber rumores sobre nosotros: dejo a Tony... vivo contigo...

Él la miró, divertido ante la insinuación de que podrían dar la impresión de ser amantes.

–Dejaré muy claro que eres mi invitada. Solo estoy cuidando a la estrella de mi serie mientras atraviesa un episodio traumático de su vida.

Ella se ruborizó. El temor a irse con él era absurdo, además estaba con otra mujer.

–Tal vez a Shannah Lian no le guste.

Max se encogió de hombros.

–Puedo ocuparme de mis propios asuntos.

Por supuesto que podía, y de los suyos, pensó Chloe. Se sintió una tonta por cuestionar la situación cuando él ya había tenido en cuenta todos los aspectos. Lo mejor era aceptar su oferta.

–¿Tienes un bolígrafo? –pidió, y tras firmarlo, le entregó el papel–. Es un gran detalle que estés haciendo todo esto por mí.

Él sonrió satisfecho.

–Me gusta ser quien mueve los hilos, está en mi naturaleza. Me agrada poder ayudarte.

Un caballero andante de ojos oscuros y destilando un placer que a Chloe le resulto muy sexual de pronto. Se le aceleró el corazón. Se le contrajo el vientre. Necesitó mucha fuerza de voluntad para ignorar esa inesperada excitación y pensar en otra cosa.

–He estado mirando la prensa –balbuceó–. Creí que mencionarían el... escándalo.

–Anoche me aseguré de que no se conociera la historia. No creo que pudieras aguantar el acoso de la prensa, y en este hotel estás demasiado expuesta a ello.

Aquel afán por cuidarla resultaba más seductor que su magnetismo físico. Le resultaba muy difícil mantener alta la guardia frente a su atractivo.

–No siempre será así –continuó él–. Alguien hablará. Tan solo he comprado el tiempo suficiente para crear un entorno seguro donde nadie podrá acceder a ti sin tu permiso.

–Gracias –murmuró, abrumada–. A pesar de lo que tú digas a la gente, el hecho de abandonar a Tony y vivir en tu casa levantará muchos cotilleos.

–¿Eso te preocupa?

Ella lo pensó por unos momentos.

–No. Seguramente atenuará la humillación del escándalo, y a mi orgullo le sentará muy bien estar relacionada contigo. Eres un pez más gordo que Tony –añadió, con una sonrisa irónica.

Max soltó una carcajada.

–Hazme saber si te entran urgencias de freírme.

–No creo que se dé la oportunidad. Nadie te ha pescado nunca –replicó ella, ruborizándose de nuevo.

–Ni creo que eso cambie. Para la gente soy un tiburón –enarcó una ceja a modo desafiante–. Podrías intentar ponerme una red alrededor.

De pronto, ella se dio cuenta de que eso era lo que él estaba haciendo, rodeándola con una red de seguridad.

–Yo no tengo tu poder.

–El mío no, pero sí tienes el tuyo propio, Chloe –aseguró él, serio–. Tú emocionas a las personas. A mí incluido.

El brillo burlón de su mirada indicó a Chloe que no era un caballero andante. En el fondo, sí que era un tiburón, siempre de caza: perseguía lo que le atraía, le daba un par de bocados y se marchaba en busca de otra presa. Ninguna red podría atraparlo. Seguía pareciéndole intimidante, peligroso, poderoso.

Sin embargo, le hacía ilusión saber que ella le emocionaba. No quiso pensar que fuera algo sexual. Ella aún estaba casada y él tenía a Shannah Lian. Seguramente se trataba de una oleada de simpatía que él no solía experimentar. Fuera como fuese, se sintió menos como una imagen que le gustaba, y más como una persona de quien se preocupaba.

–Me alegro de emocionarte. Te lo agradezco. Me has proporcionado un escape que yo no podría haber logrado.

–Espero que eso conduzca a un futuro más feliz –deseó él, ofreciéndole su brazo–. Disfrutemos de la comida.

Chloe agarró el *clutch* y se sujetó de su brazo, decidida a no preocuparse por lo que le motivara a ayudarla. Era afortunada de tener al tiburón de su lado, ahuyentando lo malo.

Se estremeció al estar tan cerca de él, y no de miedo, sino de placer por estar unida al poder que había hecho posible su libertad. Advirtió la fuerza de su brazo, se le activaron los instintos femeninos, y reprimió el deseo de que él siempre estuviera a su lado. Lo cual era totalmente irreal. Y una debilidad de carácter, se reprochó.

Debía aprender a ser fuerte por sí misma. Pero en aquel momento, era una maravilla estar con Maximilian Hart.

Capítulo 4

HILL HOUSE, un nombre sencillo para una mansión casi histórica en Vaucluse. Había sido construida por un magnate australiano de los transportes que había hecho fortuna a principios del siglo XX, y la habían habitado sus descendientes hasta que el último había fallecido hacía tres años. Cuando salió a subasta, había recibido mucha publicidad. Maximilian Hart había ofrecido la puja más alta.

Todo el mundo había creído que la compraba para especular, pero se la había quedado y, de hecho, vivía en ella.

«Tal vez lo que le gustó fue la privacidad», pensó Chloe observando los altos muros de ladrillo delimitando la propiedad, mientras Max pulsaba un mando para abrir las enormes puertas de hierro que había frente a ellos. Las atravesaron en su Audi cupé negro.

Chloe había estado bastante relajada durante la comida en el restaurante del hotel, pero ir sentada junto a él en su coche, camino de alojarse en su casa, le había puesto nerviosa de nuevo. Estar tan cerca de él le abrumaba. Era muy notable su generosa atención a sus necesidades, pero Chloe intuía que estaba adentrándose en aguas peligrosas con él, especialmente cuando se quedaban a solas. Aquel hombre era dinamita sexual. Le provocaba sentimientos y pensamientos terriblemente inapropiados.

Las puertas se cerraron tras ellos, aislándolos del resto de Sídney, de su madre, de Tony, y de cualquiera que quisiera agobiarla. Ojalá el refugio que le ofrecía Max no estuviera lleno de su carisma, como su coche.

El camino de entrada, de piedra gris, discurría entre dos prados de perfecto césped. Unos espectaculares árboles habían sido plantados a lo largo del muro y hacia un lateral de la casa, como enmarcándola.

La mansión, de tres pisos, impresionaba por su hermosa simetría. Las alas laterales tenían sendos hastiales blancos. La entrada principal también tenía uno, sostenido por columnas dóricas. Las ventanas grandes y con barrotillos del primer piso estaban perfectamente alineadas con las ventanas del desván, que sobresalían del tejado gris. En la planta baja, decenas de puertas acristaladas permitían que la luz bañara el interior de las habitaciones.

Chloe se enamoró de ella nada más verla. De haber podido permitírselo, la habría adquirido. La envidia y la curiosidad le llevaron a preguntar:

—¿Por qué compraste este lugar, Max?

Él la estudió unos instantes con la mirada, sonrió ante su reacción y contestó:

—Me atrajo.

A Chloe le sorprendió esa respuesta, aunque comprendió perfectamente el sentimiento que reflejaban.

—Entonces, ¿no piensas venderla?

—Nunca.

Quería saber más sobre él.

—¿Por qué te atrae?

–Todo en ella me gusta. Me siento bienvenido a casa cada vez que atravieso las puertas de hierro.

La satisfacción de él le recordó un artículo que había leído de su ascenso desde los harapos a su enorme fortuna. Lo había criado su madre soltera, que había fallecido por abuso de drogas cuando él tenía dieciséis años. No mencionaba dónde había vivido con ella, ni en qué condiciones, pero Chloe podía imaginarse que, en su infancia y adolescencia, nunca había experimentado lo que era un hogar.

–Es preciosa –murmuró apreciativa–. Comprendo que te sientas bienvenido. Apetece recorrerla.

–Y quedarse –añadió él–. Puede decirse que heredé el mayordomo, la cocinera y el jardinero de la señorita Elizabeth, el último miembro de la familia Hill. Aunque les dejó un legado en su testamento y podían haberse jubilado con ello, no quisieron marcharse. Para ellos también es su hogar.

Era un acuerdo curioso, para un hombre que siempre hacía lo que deseaba.

–¿Te alegras de haberlos mantenido?

–Sí. Pertenecen a este lugar. En cierta manera, se han convertido en mi familia. Son las tres Es –dijo, con una sonrisa–: Edgar es el mayordomo; su mujer, Elaine, la cocinera. Eric es el jefe de jardinería. Viven en sus propios apartamentos en la última planta. Cuando necesitan ayuda extra, contratamos a más gente. Cuidan tan bien del lugar, que sería una estupidez cambiar.

Detuvo el Audi delante del patio delantero de la casa y apagó el motor.

–Conocerás a Edgar enseguida –la informó, girándose hacia ella–. Le gusta ser muy formal, pero ya verás que es muy amigable. Te conducirá a la casa de invitados y te explicará cómo funciona todo.

Chloe sintió alivio al saber que Max no la acompañaría allí.

–Gracias de nuevo por rescatarme –dijo sonriente.

–No es nada –respondió él.

Conforme llegaban al porche, la puerta principal se abrió, dando paso a un hombre alto y algo corpulento con porte muy digno. Vestía un traje negro, camisa de rayas grises con cuello y puños blancos, y una corbata de seda negra. El pelo era gris, los ojos azules, y el rostro increíblemente terso para un hombre que debía de tener unos sesenta años. Posiblemente no sonreía mucho y prefería un aire de gravedad.

–Buenas tardes, señor –saludó, con una breve inclinación de cabeza.

–Edgar, esta es la señorita Chloe Rollins.

Ella recibió una media reverencia.

–Es un placer darle la bienvenida a Hill House, señorita Rollins.

–Gracias –respondió ella, con una cálida sonrisa.

–Voy a dejar el coche en el garaje y luego estaré en la biblioteca, Edgar. Tengo que atender unos negocios –le informó–. ¿Puedes ocuparte de la señorita Rollins?

–Por supuesto, señor –aseguró él, y movió el brazo con elegancia–. Si me acompaña, señorita Rollins, la llevaré a la casa de invitados.

«Un mayordomo perfecto», pensó Chloe mientras recorrían la magnífica mansión, rica pero no ostentosa: el vestíbulo dominado por una fabulosa escalera curva; las paredes con paneles de madera; los cuadros de aves enmarcados en oro.

Edgar la condujo por un amplio pasillo con puertas a ambos lados. Ella hubiera querido saber cómo eran las habitaciones del otro lado de las puertas cerradas, pero no se sintió con la libertad para preguntarlo.

Salieron a una gran terraza con una piscina en el centro. La rodeaba una pérgola con parras que proporcionaban sombra, y ofrecía unas espectaculares vistas al puerto.

—La casa de invitados está situada en la siguiente terraza —la informó Edgar—. En los viejos tiempos, era la casa de los niños.

—¿No vivían en la mansión? —inquirió ella asombrada.

—Claro que sí, pero se pasaban el día jugando allí, cuidados por su niñera. Era muy cómodo para darles la comida y que los más pequeños durmieran la siesta. La señorita Elizabeth decía que les encantaba tener su propio espacio. Lo mantuvo igual hasta su muerte, y acudía a menudo a recordar la felicidad de tiempos pasados.

—¿Sigue igual? —preguntó ella, deseando que así fuera.

Edgar sonrió benevolente ante tanta ilusión.

—No del todo, aunque el señor Hart conservó el estilo cuando hizo la reforma. La antigua estufa, la casa de muñecas, las estanterías con libros y los armarios de juegos siguen en el salón, donde además hay un televisor y un reproductor de DVD. Pero la cocina y el baño hubo que modernizarlos. Estoy seguro de que lo encontrará acogedor, señorita Rollins.

Ella suspiró, deseando poder haberlo visto en su estado original, pero entendiendo la necesidad de cambios al convertirla en casa de invitados.

La casita se encontraba bajando unas escaleras de piedra. Era de ladrillo rojo, y puertas y ventanas blancas; parecía la mansión en miniatura. Conforme bajaban las escaleras, Chloe vio otra terraza abajo que terminaba en un muro rocoso que servía de rompeolas respecto al puerto. De él partía un muelle con un cobertizo para barcas. Ninguno de esos niveles era visible desde la terraza de la piscina.

Edgar abrió la puerta de la casita y, con un gesto grandilocuente, invitó a Chloe a entrar. El salón, deliciosamente acogedor, ocupaba la mayor parte del pequeño edificio. A la izquierda había dos mecedoras y un sofá. La ventana tenía un asiento con cojines donde acurrucarse para leer o para observar el tráfico del puerto. A su lado, una fascinante casa de muñecas; al otro, el televisor. Y a lo largo de la pared, armarios en la parte inferior y estanterías en la superior.

A la derecha había una mesa redonda con seis sillas y una pequeña cocina, todo en madera y cerámica. Edgar abrió un armario-despensa.

—Mi mujer, Elaine, lo ha llenado de lo básico, pero si quiere algo en particular, pulse el botón «Cocina» en el teléfono y pídaselo.

También abrió el frigorífico, bien aprovisionado con lo básico y además un guiso de pollo listo para calentar en el microondas para la cena de esa noche.

—Dele las gracias a Elaine de mi parte —pidió Chloe, encantada—. Es todo un detalle por su parte.

Recibió otra sonrisa benevolente.

—Deje que le enseñe el resto de la casa.

Tenía dos habitaciones y un cuarto de baño que las separaba. La que había sido habitación de los niños tenía dos camas; la de las niñas una, extragrande. Todas con colchas de *patchwork*. Ambas estancias incluían grandes armarios empotrados, había mucho sitio para guardar sus cosas, pensó Chloe, aunque solo iba a desempaquetar lo más necesario.

–Son las tres y cuarto. La empresa de mudanzas ha calculado que llegarán aquí a las cuatro y media. Eric, el jardinero del señor Hart y su hombre para todo, la ayudará a abrir las cajas y se llevará las que queden vacías. El resto pueden almacenarse en el cuarto de los niños. Hasta entonces, ¿necesita alguna cosa?

–No, Edgar, gracias. Disfrutaré explorando todo lo que hay por aquí.

–De nada, señorita Rollins –dijo él, y se marchó tras hacer una reverencia.

Chloe se preparó un café y se lo fue bebiendo mientras inspeccionaba las estanterías. Había CDs de música clásica y popular, bastantes best sellers de ficción y no ficción. Pero lo que más le llamó la atención fue la colección de libros más antiguos: Dickens, Robert Louis Stevenson, Edgar Allan Poe, *Ana de las tejas verdes*, *Pollyana*, una antigua Enciclopedia Británica, un libro con dibujos de aves, una historia de las embarcaciones y una guía de costura creativa.

Se imaginó a la niñera con los niños viviendo escenas de una niñez que ella no había conocido. Sintió una oleada de empatía hacia la señorita Elizabeth cuando se sentara en aquel salón a revivir sus recuerdos.

Los armarios contenían más tesoros: un Monopoly muy usado pero en buen estado, tableros de diferentes juegos, fichas y dados, cartas, puzles. Chloe decidió que empezaría uno esa misma noche. Sería mucho más divertido que ver la televisión.

Se terminó el café y se acercó a la pieza más fascinante: la casa de muñecas. Era de madera y tenía dos pisos. El tejado se levantaba para poder acceder al interior. Las habitaciones estaban fabulosamente amuebladas, con armarios, sillas, tocadores con espejos, incluso pequeñas colchas de *patchwork* en las camitas. El cuarto de baño tenía una bañera de porcelana en miniatura, un lavabo y un diminuto retrete.

Todas las puertas y ventanas se abrían y cerraban. Y la planta baja era igual de fabulosa: la entrada estaba presidida por una escalera hacia el primer piso. A un lado había un comedor y una cocina perfectamente equipados; al otro, un salón también deliciosamente decorado, y detrás un lavadero.

Chloe estaba explorándola, sentada en el suelo, cuando le sorprendió la llamada a la puerta. Giró la cabeza y se le aceleró el corazón al encontrarse con la mirada brillante de Maximilian Hart a través de la puerta acristalada. Se le encendieron las mejillas y se levantó al instante, sintiéndose tremendamente expuesta por que la hubiera encontrado haciendo algo tan infantil.

Se esforzó por recobrar la compostura conforme se dirigía a la puerta, y logró sonreír levemente.

–De niña no tuve casa de muñecas –se justificó.

–¿Alguna vez pudiste ser niña, Chloe? –preguntó él compasivo.

Ella hizo una mueca.

–Mi vida no fue corriente. Mi madre...

No terminó la frase, ya que no quería pensar en ella.

–La mía tampoco fue corriente –comentó él con ironía–. ¿Esta casa te da otra sensación?

–Sin duda –afirmó ella con rotundidad–. Me encanta, Max.

Lo vio asentir como reconociendo todo lo que ella se había perdido, tal vez un eco de lo que le había ocurrido a él. Se le aceleró el corazón y dio paso a una poderosa determinación. Era tal la intensidad de sus emociones que no sabía qué hacer.

–¿Puedo pasar?

La vergüenza aumentó su desconcierto. Se le había olvidado invitarlo a entrar.

–Por supuesto, adelante.

Se hizo a un lado, con todo su cuerpo estremeciéndose ante el magnetismo que aquel hombre desprendía.

–Deja la puerta abierta –comentó él–. Solo quería hablar contigo un momento antes de presentarte al guardaespaldas que está esperando fuera.

Ella lo miró atónita.

–Lo he contratado para que te lleve y recoja del set, o donde tú quieras ir. Se mantendrá cerca de ti cuando estés fuera de esta finca y se asegurará de que nadie te moleste. Solo es una medida preventiva, Chloe, no te preocupes. Más adelante podrás prescindir de sus servicios, pero creo que al principio te sentirás más segura con él cerca –dijo, y sonrió a modo de disculpa–. Lamentablemente, tengo compromisos que atender y no puedo estar a tu lado siempre.

–No esperaría eso de ti –señaló ella, consciente del tiempo que él ya le había dedicado.

–Me gustaría que aceptaras el guardaespaldas, aunque solo sea para que yo me sienta tranquilo de que he cubierto todas las opciones que puedan causar un problema para ti. Odio el fracaso –añadió él, burlón.

Considerando todo lo que había hecho por ella, Chloe se sintió en la obligación de acceder, aunque un guardaespaldas le pareciera algo excesivo.

–De acuerdo. Si lo crees necesario...

–Sí, lo creo.

Max salió y llamó a alguien que esperaba fuera. Entró un hombre de unos cincuenta años, con traje gris, cabello canoso y aire paternal. Tan alto como Max, fornido, con autoridad y músculos para imponerse si era necesario.

–Esta es la señorita Chloe Rollins. Él es Gerry Anderson –los presentó Max.

–A su servicio, señorita Rollins. Todo el mundo me llama Gerry, tómese la libertad de hacerlo usted también –comentó el hombre, con una agradable voz grave, estrechándole la mano.

–Gracias. Espero no suponerle muchos problemas –respondió ella.

–Me ocuparé de cualquier cosa que se le acerque, señorita Rollins –aseguró, y le tendió un teléfono móvil–. Estaré aquí el lunes a las seis de la mañana para llevarla al trabajo. Si antes de eso desea salir en algún otro momento, llámeme por aquí.

Le enseñó su número almacenado y le entregó el móvil.

Era sábado por la tarde. Pasaría la mayor parte del domingo desempaquetando sus cosas y tenía comida de sobra, calculó Chloe.

–Gracias, pero mañana no iré a ningún sitio –contestó con decisión.

–Quédeselo. Estoy disponible las veinticuatro horas del día.

–De acuerdo.

–Gracias, Gerry –dijo Max a modo de despedida.

El hombre los saludó con un gesto y se marchó, dejándolos a solas de nuevo. Max la miró con tanta intensidad que se le aceleró el corazón.

–Ya que esta casa te gusta, te sugiero que te quedes aquí hasta que hayamos rodado los doce episodios de esta temporada. Sería más fácil para ti, sin tensiones que interfieran en tu trabajo. Yo puedo alojar a mis otros invitados en la mansión, no supondría ningún problema.

Dos meses viviendo allí era un plan muy seductor. Pero ese tiempo tan cerca de él...

–Piénsatelo –invitó él con voz suave–. Solo quería que supieras que puedes quedarte lo que desees.

–Gracias –logró decir ella, esperando que no se notara su torbellino interior.

–Y por favor, usa la piscina cuando quieras –añadió él, con una sonrisa que le hizo estremecerse de placer–. La previsión de mañana es de mucho calor.

–Gracias –repitió ella, y temió estar sonando como un loro.

–Relájate, Chloe –dijo él, con mirada aterciopelada, y le acarició suavemente la mejilla–. Sé feliz aquí.

Fue solo un leve roce, pero dejó un ardiente cosquilleo durante varios minutos después de su partida. Chloe no lo acompañó a la puerta, se quedó como embobada y se llevó la mano a la mejilla, no sabía si para conservar la sensación o disiparla.

Lo que sí sabía era que Maximilian Hart la afectaba como ningún otro hombre antes, profundamente. Y, mientras que eso le asustaba, también le emocionaba, como si él estuviera abriendo puertas que ella quería atravesar... a su lado.

MAX ESTABA tumbado bajo la pérgola este, haciendo crucigramas de los periódicos dominicales. De cuando en cuando, miraba hacia la esquina norte de la terraza, con la esperanza de que Chloe se animara a darse un baño en la piscina. Era una mañana tan calurosa que seguramente por la tarde caería una tormenta. La sombra de las parras y la brisa hacían tolerable la espera.

Había preparado el terreno con esmero para conseguir lo que deseaba. Estaba seguro de que Chloe aceptaría su invitación a quedarse, al igual que no tenía dudas de la química sexual que había entre ellos. Debía contenerse durante un tiempo. Era una jugada delicada, no debía presionar demasiado, ni demasiado pronto. Debía evitar que Chloe se sintiera dominada. Eso ya lo había sufrido con su madre, no querría repetirlo. Tenía que lograr que ella sintiera que todo lo que hacía era por decisión propia, pero lograría que lo deseara tanto como él a ella.

Le sorprendió la fuerza de su deseo. No era su estilo involucrarse tanto. Todas sus relaciones anteriores se habían ceñido a mantener sexo regularmente con mujeres que le gustaban, una urgencia que satisfacía con gusto. Podría haber sucedido la noche anterior con Shannah. Ella se lo había propuesto incluso después de que él hubiera dado por terminado su romance, a modo de despedida. Pero él no había tenido ningún interés. Y ella había aceptado su parco beso en la mejilla con elegancia. Seguirían siendo amigos.

La realidad era que no podía dejar de pensar en Chloe. Su marido había pasado a la historia, pero él no quería arrastrarla a una aventura tan pronto: estaba demasiado vulnerable, sería aprovecharse de su herida. Debía esperar, se dijo. Por eso, cuando elevó la vista y la vio acercándose a la piscina, hubo de recurrir a toda su fuerza mental para aplacar su deseo.

Llevaba un sencillo bañador azul, de corte alto en la pierna y escote en V que revelaba la turgencia de sus senos. Cada una de las deliciosas curvas de su cuerpo estaba al descubierto. Max sintió que se le endurecía la ingle. Tuvo que esforzarse al máximo para relajarse de nuevo y, simplemente, observarla.

Ella no había reparado en su presencia, a la sombra de la pérgola. Dejó su toalla al borde de la piscina, se quitó las sandalias y se metió en el agua por la escalera que ocupaba el extremo más alejado. Gracias al sol, el agua estaba en su punto ideal de frescor. Sonrió de placer al sumergirse y dar unas brazadas. Max encontró especialmente atractivos sus hoyuelos en las mejillas y sonrió para sí.

Chloe se alejó de la escalera con un suave deslizamiento, flotando, con el cabello suelto como un halo dorado.

Max podría haber seguido contemplándola mucho más rato, recreándose en verla disfrutar, pero cuando ella empezó a nadar, le pareció que no sería correcto seguir en silencio. Se levantó de su tumbona y se acercó al extremo de la piscina más cercano a él, para saludarla cuando lo alcanzara.

–Buenos días.

La sorpresa de Chloe fue mayúscula. Elevó la cabeza. Creía que no había nadie en la terraza, que tenía la piscina para ella sola, pero era la voz de Max: estaba allí, de pie, a menos de un metro de distancia. Se le disparó el corazón al contemplar aquel magnífico cuerpo, desnudo excepto por un reducido bañador que dejaba muy poco a la imaginación.

Tenía el físico de un nadador olímpico: hombros y pecho anchos, brazos fuertes, músculos increíblemente perfilados, cintura y cadera estrechas, muslos y pantorrillas potentes, y la piel bronceada y reluciente. Era tan impresionante que se quedó sin aliento.

–Siento haberte sobresaltado –dijo él, y sonrió a modo de disculpa–. Estaba leyendo los periódicos bajo la pérgola.

Hizo un gesto hacia donde había estado.

–Cuando te he oído en la piscina, he pensado en refrescarme yo también. ¿Te importa?

–Claro que no –balbuceó ella.

Al fin y al cabo, la piscina era suya.

–¿Has dormido bien?

–Como un bebé –respondió, e hizo una mueca al recordar el bebé que tendría Laura, el que a ella le había sido negado.

Al ver su expresión, Max frunció el ceño.

–¿Está todo a tu gusto en la casa de invitados?

–Sí, perfecto –aseguró ella, sonriendo para no preocuparlo.

–Me alegro –dijo él, sonriendo también–. Nademos.

Se tiró al agua sin apenas salpicar y salió a la superficie casi a la mitad de la piscina, para continuar nadando en estilo libre. Chloe se acomodó en un asiento bajo el agua y lo observó llegar hasta el otro extremo y volver, aprovechando los breves minutos para tranquilizar su corazón desbocado. Maximilian Hart superaba con creces a cualquier otro hombre en cuanto a atractivo físico.

Tony también tenía un buen cuerpo, pero no alcanzaba aquella poderosa masculinidad. Sorprendentemente, no había pensado en él ni en Laura desde que estaba allí. Como si se hallara a una enorme distancia, inmersa en una existencia sin ellos. ¿Se debía a que Max se había interpuesto, borrándolos con su apabullante presencia, o era el efecto de la casa de invitados que le proporcionaba tan grata satisfacción?

Ambas cosas habían tenido que ver.

Allí estaba a salvo de hirientes discusiones con Tony, de la presión de su madre y su chantaje emocional, pero... ¿se hallaba a salvo junto a un tiburón?

Max terminó de nadar y se sentó a su lado, mirándola bromista.

–¿Te he asustado y por eso no nadas?

Ella se rio para disimular la tensión de tenerlo tan cerca.

–No podría seguir tu ritmo.

–Iré despacio –prometió él.

–Muy despacio.

–Perfecto.

Chloe se hundió en el agua, deseando que la actividad calmara su nerviosismo. Él no intentaba seducirla, solo estaba siendo él mismo. Además, salía con Shannah Lian. Por supuesto que estaba a salvo a su lado.

Nadaron varios largos juntos. Era imposible no estar pendiente de aquel hombre, pero Chloe consiguió sentirse medianamente cómoda para cuando se detuvo en el extremo en el que había dejado su toalla.

–¿Suficiente? –inquirió él.

–Por ahora –respondió ella, subiendo las escaleras tan consciente de que él la observaba que agarró su toalla y se la enrolló alrededor del cuerpo rápidamente.

–Odio estropearte el día, pero deberías leer lo que Lisa Cox ha escrito en la sección de ocio de su periódico dominical –comentó él, saliendo también de la piscina.

–¿Tan malo es? –preguntó ella, consternada.

–Bastante sensacionalista –respondió él sarcástico, haciendo un gesto hacia la pérgola oriental–. Ven y léelo por ti misma. Te serviré una bebida fría para que no sea tan duro.

Chloe lo siguió, tan preocupada que apenas se fijó en aquel bello cuerpo semidesnudo. Aunque sintió alivio cuando llegaron a la tumbona y él se tapó de cintura para abajo con una toalla.

Los periódicos se hallaban en una mesa auxiliar cercana, donde también había vasos de tubo y una nevera portátil.

–Este es –comentó, tendiéndole uno de los periódicos–. Siéntate, Chloe.

Sacó una jarra con zumo de la nevera.

–Al parecer, Tony ha revelado la historia. Por rencor, diría yo, después de que los de la mudanza se marcharan para traerte aquí tus cosas. Él cuestionó qué autoridad tenían y ellos le enseñaron el fax, donde figuraba esta dirección.

La mansión de Maximilian Hart en Vaucluse era una mejora considerable frente al apartamento de Randwick, mientras que Tony se quedaba sin nada, despedido e impotente ante lo que estaba sucediendo. Chloe podía imaginárselo queriendo hacer alguna maldad, pero ¿cómo exonerarlo de aquel comportamiento?

—Lisa Cox me telefoneó anoche para confirmar tu presencia en mi finca, y por si quería hacer algún comentario. También quería hablar contigo, pero le dije que no estabas disponible.

Sirvió el zumo en dos vasos y se sentó frente a ella.

—Espero que no te importe que interviniera.

Chloe negó con la cabeza.

—Estoy segura de que manejaste la situación mucho mejor de lo que lo habría hecho yo.

Él se encogió de hombros y su mirada se tornó dura e implacable.

—Le conté la verdad —afirmó, y continuó en tono burlón—. Tony le había dicho que lo habías abandonado por mí, omitiendo hechos como su infidelidad y el haber dejado embarazada a tu asistente personal. Yo desarmé sus mentiras, y según parece tu madre lo confirmó, al tiempo que intentaba noquearme a mí diciendo que te había apartado de ella cuando deberías recibir el consuelo que solo una madre puede ofrecer en tales circunstancias. No mencionó el hecho de que ya no es tu agente.

Chloe arrugó el ceño.

—Lo siento, Max. Te advertí de que habría una reacción violenta a tu protección.

–Eso me decide aún más a continuar –dijo él, con un brillo de determinación en la mirada–. Necesitas romper completamente con ellos, Chloe. Será mejor que te quedes aquí los dos meses. Como te he dicho, no supondría ningún problema, y podrías planear tranquila tu futuro.

Cómo le gustaba mandar en el campo de batalla, era un auténtico guerrero, pensó Chloe. Le gustaba su protección, probablemente demasiado. Pero de él podía aprender a defenderse.

–Será mejor que lo lea todo –murmuró, abriendo el periódico.

El titular era: *El escándalo salpica a la estrella de Maximilian Hart*. Daba muchos más detalles que los mencionados por Max: Tony echaba pestes acerca de que Max se la hubiera llevado, usando su poder para alejarla del matrimonio; su madre tomaba una postura parecida, sostenía que Max se había colado entre madre e hija sin importarle lo que fuera mejor para Chloe. Ambos lo pintaban como un manipulador implacable, lo cual no era en absoluto cierto.

Max había dicho la verdad: que ella se había quedado alterada y abrumada al descubrir en la fiesta que su esposo mantenía una aventura con su asistente personal y que la había dejado embarazada, y no había querido regresar ni junto a su esposo ni junto a su madre, por lo cual él le había ofrecido su casa de invitados como refugio, donde podría quedarse todo el tiempo que deseara. La crónica terminaba diciendo que Chloe Rollins había declinado hacer comentarios.

–Podrías demandarlos por calumnias hacia ti –murmuró ella, furiosa.

–Eso es irrelevante –dijo él con desenfado, y sonrió

irónico–. Es mejor no hacerles caso. Caerán en el olvido conforme la vida continúe.

–¿Sabes lo que más me enferma? Tanto mi madre como Tony me convencieron para que no tuviera un bebé, porque protagonizar tu serie era más importante.

Él apartó la mirada, con el ceño fruncido. Chloe lo interpretó como una confirmación de que Tony y su madre tenían razón.

Pero Max negó con la cabeza.

–Nada habría cambiado mi determinación de que fueras la protagonista –aseguró, y la miró fijamente–. Si hubieras estado embarazada, habría alterado la historia para incluirlo.

–Entonces, ellos estaban equivocados... –murmuró ella, maravillada.

Era extraña la gran satisfacción que eso le producía, como si reivindicara su decisión de abandonarlos.

–Tampoco importa mucho –añadió–. Ahora sería más lío si tuviera un bebé, con Tony alrededor y Laura riéndose de mí. Apuesto a que mi madre también lo sabía, no se le escapa nada.

–Seguramente –apuntó Max con sequedad–. No mostró ira ni disgusto acerca de lo que habían hecho, solo estaba furiosa porque se le acababa el show.

Chloe hizo una mueca al recordar todas las veces que había sido menospreciada por esa furia. Siempre había odiado la estridente manera de tratar con otros de su madre, incluso con Max, asegurándose de que tenía todo bajo control. Era el trabajo de una agente, pero la manera en que lo hacía...

Max debía de haber disfrutado el cortar la relación profesional con su madre. A ella, esa libertad le suponía un enorme alivio.

Bebió de su vaso, advirtiendo que Max se había sumido en sus pensamientos, tal vez evaluando cómo manejar un asunto. Tras unos minutos, él la miró con curiosidad.

–Solo tienes veintisiete años, Chloe. ¿Estás desesperada por tener un bebé?

Ella se ruborizó.

–Desesperada, no. Solo quería algo real en mi vida. Mi madre siempre manipulaba las cosas, y Tony también. Pero un bebé... no hay nada más sincero que eso, ¿verdad?

–Sincero –repitió él, pensativo.

–Ahora me alegro de que no sucediera –continuó ella–. Me hubiera atado a Tony durante el resto de mi vida.

–Cierto. Al menos así puedes no volver a verlo nunca.

–Excepto por el divorcio –comentó ella, con una mueca.

–Eso puede hacerse a través de abogados –señaló él–. Solo me preguntaba si tendrías la urgencia de acostarte con cualquiera para quedarte embarazada.

–¡No soy tan estúpida, Max! –negó ella con vehemencia.

–No creo que lo seas. Es solo que, ante un cambio traumático en sus vidas, la gente a veces olvida el sentido común.

–Ya tengo suficientes problemas solucionando mi vida actual –insistió ella–. No añadiría un bebé.

Vio que sonreía satisfecho y percibió algo más, como si acechara a su presa. Se estremeció.

–Estoy hambriento –anunció él–. Es la hora de comer.

Chloe suspiró aliviada. Lo que le ocurría era que tenía hambre, no que quería merendársela a ella.

–Voy a decirle a Edgar que traiga la comida aquí –comentó, agarrando un teléfono móvil–. ¿Le pido comida para dos? No supondrá un problema para Elaine. Siempre cocina para un regimiento.

Era una invitación irresistible. A pesar de la atracción física que apenas podía ignorar, le gustaba hablar con él, conocer sus puntos de vista. No quería que terminara aquel encuentro. Además, después de haber probado el guiso de pollo de la noche anterior, la oferta de otra comida preparada por Elaine era una tentación extra.

–Gracias, será un placer.

Max observó su sonrisa, la suave curva de sus labios, sus hoyuelos, sus ojos azules brillando de placer, y pensó en lo bella que era, sin maquillaje ni nada. El cabello le enmarcaba el rostro con unos rizos perfectos. Su piel resplandecía, sin una impureza.

Quería tocarla, saborearla, pero no era el momento. Encargó a Edgar comida para dos en la piscina, sabiendo que aquel encuentro debía ser relajado, divertido, para que ella se sintiera a gusto y quisiera quedarse los dos meses.

El asunto del bebé había sido un problema para sus planes. Menos mal que lo habían descartado. Aunque, por unos momentos, se había preguntado cómo sería la vida si juntos llenaran la casita de los niños. Aunque no era una posibilidad real, dado el tipo de vida que él disfrutaba, sumando victorias en las batallas que escogía.

Pasaron dos horas más junto a la piscina, comiendo tranquilos, hablando de la industria televisiva. Max mantuvo la conversación impersonal, segura, haciendo que Chloe le contara qué le parecía la serie, su papel, el resto del reparto.

–¿Sabes, Max? Yo no tengo un don especial para generar la emoción en el mismo instante –comentó ella–. Cuando me asignan un papel, construyo la vida entera del personaje, para saberlo todo sobre él: por qué actúa o siente como lo hace en diferentes situaciones. Ante la cámara, soy el personaje. Es real, y yo solo lo muestro. Eso es todo.

Sí que poseía un don innato, pensó él. Su rostro reflejaba sus emociones todo el tiempo, también en su vida privada.

La había visto por primera vez en una serie legendaria que había durado años. Chloe resplandecía sobre el resto del reparto. Había descubierto que llevaba toda su vida en la televisión, haciendo anuncios de bebé, series infantiles y luego adolescentes. La tenía presente, en espera de conseguir un guion que mostrase su talento. Y ella no estaba decepcionándolo una vez que lo había conseguido.

Su padre también había sido un talentoso actor. Aún había personas que denigraban su temprana muerte, un suicidio causado por su depresión. Dudaba de que Stephanie hubiera intentado evitarlo, más bien le habría impulsado a hacerlo con sus egoístas exigencias.

No quería que Chloe entrara en una depresión y eso afectara a su trabajo en la serie, por eso estaba allí, lejos del alcance de su madre. Por el momento, parecía contenta. Pero no podría controlar su estado de ánimo cuando se hallara sola.

Se le ocurrió una idea: le regalaría un cachorro de perro o gato, algo que pudiera cuidar. Otro atractivo para que se quedara en la finca.

Pero no necesitó añadir otro atractivo.

Edgar había recogido la comida y los había dejado con el café y unos dulces. Chloe terminó su taza y miró a Max con aire decidido.

–Me quedaré los dos meses, Max.

Continuó, expresando su gratitud y muchas más cosas, pero él apenas la oyó de lo eufórico que estaba. Había ganado.

Y lograría todo lo que deseaba con Chloe Rollins antes de que ella se marchara.

Sería suya.

Capítulo 6

EL LUNES por la mañana, Chloe se alegró de haber aceptado los servicios de un guardaespaldas, y de que Max le hubiera cedido el Audi Quattro sedán con lunas tintadas para moverse de un lugar a otro. Los paparazis estaban acampados a las afueras de la mansión y a la entrada de los estudios. Aquel escándalo había despertado gran interés.

Una vez a salvo, traspasada la puerta de acceso a los estudios, Chloe pidió a Gerry que detuviera el coche y llamó al guarda de seguridad.

–Buenos días –saludó–. Debe saber usted que mi madre, Stephanie Rollins, ya no es mi agente y no será bienvenida en el set de grabación.

El hombre asintió.

–El señor Hart ya me ha dado instrucciones al respecto. Aplicables también al señor Lipton y a la señorita Farrell. No se preocupe, no se les permitirá la entrada.

Max, siempre un paso por delante. Pensaba en todo. Al menos, ella había actuado con decisión por una vez en su vida, se sentía bien. No volvería a permitir que nadie decidiera por ella, ni que intentara convencerla para hacer algo que no deseaba.

El día entero grabando fue más agradable sin su madre controlando, criticando, murmurando. Todos estaban al tanto de la situación, y al principio el resto del reparto la trató con cierto recelo y compasión. Solo cuando demostró que su nivel interpretativo seguía al máximo, se relajaron. Chloe sintió cómo crecía su confianza en sí misma conforme seguía las instrucciones del director sin un fallo.

La compasión dio paso a la curiosidad. Ella no se comportaba como una mujer traumatizada. ¿Habría empezado un romance con Maximilian Hart? Nadie lo expresó, pero ella podía leerlo en sus ojos. Extrañamente, no le importó. Sentía que la gente no la culparía si lo hiciera. De hecho, algunas mujeres la miraron con envidia cuando un hombre le preguntó con descaro si la casa de invitados de Max estaba al nivel de su mansión.

–Es más pequeña –contestó ella secamente, y su mirada cortante frenó el resto de preguntas sobre su vida privada.

Sin embargo, rompió la confidencialidad por la tarde, sin querer. Tras salir de los estudios, pidió a Gerry que la llevara a su mercado preferido en Kensington, porque quería comprar fruta y verdura y tener cierta independencia de las provisiones con que Elaine la surtía. Gerry insistió en acompañarla al interior, aduciendo que habían seguido su coche, aunque no en el aparcamiento, lo cual dejaba la duda de si había sido una casualidad.

Así lo creía ella. Con las lunas tintadas, ¿por qué iban a querer seguirla los paparazis? Max era un objetivo mejor, y no estaba allí.

Pero sí que los habían seguido.

Llevaba escasos minutos comprando, cuando una voz demasiado familiar la hirió como un látigo.

–¡Es vergonzoso que una madre tenga que perseguir un coche para poder hablar con su hija!

A Chloe se le cayó la lechuga que tenía en las manos. Le dio un vuelco el corazón. Se giró para hacer frente al ataque. Su madre estaba lívida de ira, echando fuego por los ojos. Elevó las manos para zarandearla por los hombros. Chloe tuvo el instinto tan aprendido de encogerse, pero lo desterró. No era una niña a la que se pudiera zarandear para someterla, su madre no tenía ningún poder sobre ella. Se mantuvo erguida, aunque con el estómago hecho un nudo y las piernas temblorosas.

Gerry Anderson se interpuso entre ambas, y Chloe suspiró aliviada ante su protección.

–¡Aparta! ¡Es mi hija! –protestó su madre, agarrándolo del brazo e intentando moverlo.

–¿Señorita Rollins? –preguntó Gerry.

Chloe tuvo la tentación de que él la protegiera y salir corriendo, pero había sido débil demasiado tiempo, permitiendo que su madre decidiera su vida. Si se marchaba sin más, significaría que aún tenía poder sobre ella, que siempre lo tendría. Debía ponerle fin si quería forjarse una vida independiente.

–Hablaré con ella, pero no te alejes, Gerry –respondió, y se giró hacia su madre, llena de determinación–. Si montas otra escena, mi guardaespaldas intervendrá y nos iremos. ¿Te queda claro, madre?

–Dirás el guardaespaldas de Max –se burló su madre–. Te está llevando al huerto claramente y tú eres tan ingenua que no lo ves.

–Tan solo está protegiéndome de este tipo de acoso.

–¿Y por qué lo hace, Chloe? ¿Te lo has preguntado?

–No me importa el porqué. He salido del engaño de mi matrimonio, que tú me ocultaste para que siguiera trabajando y dándote dinero. No soy tan ingenua, madre.

–Hoy has trabajado para darle dinero a Max Hart.

–Él no me ha engañado.

–Fue por tu bien –replicó ella a la defensiva–. La aventura habría terminado sin que te afectara, si Laura no se hubiera quedado embarazada.

–No me gusta tu opinión sobre lo que es bueno para mí. No pienso aceptarlo más.

–Me necesitas, Chloe –insistió ella–. Sin mí estarás perdida. Llevo tanto tiempo ocupándome de todos tus asuntos...

–Aprenderé a hacerlo yo.

–¿Crees que se aprende en un día? Vas a cometer muchos errores. Por ejemplo, ¿dónde vas a vivir?

Chloe dudó, aún no había pensado en eso.

–No puedes quedarte en la casa de Max para siempre –presionó su madre, burlona, y de pronto añadió–. Te ha invitado a quedarte, ¿cierto? ¿Cuánto tiempo?

–¡No es asunto tuyo! –exclamó Chloe a la defensiva.

–El suficiente para que creas que no me necesitas. ¿Un mes, dos...? –continuó, y de pronto sonrió triunfal–. Eso es, dos meses. Hasta que se haya grabado la temporada completa. Eso le irá muy bien. Y tú eres tan crédula que has accedido.

–A mí también me viene bien –replicó ella, detestando cómo su madre lo emponzoñaba todo.

–¡Te vas de una para meterte en otra peor! –se burló su madre.

–¿Qué quieres decir con eso?

Stephanie la miró con lástima.

–Max Hart es peor que Tony, mariposea de una mujer a otra. Está preparando el terreno contigo para cuando se libre de Shannah Lian. Lo cual sucederá muy pronto, hazme caso. No estarás dos meses en su casa sin que intente algo contigo. Me apuesto lo que quieras.

La atracción física que existía entre ambos era imposible de ignorar, pero odiaba cómo su madre interpretaba la situación.

–Terminarás en un lío aún mayor que el que tienes ahora –insistió–. Me necesitas, Chloe. Soy la única que te ha protegido siempre. Max Hart es un tiburón. Te engullirá y, cuando hayas satisfecho su apetito sexual...

–¡Basta! –gritó Chloe–. No tengo por qué seguir escuchando esto. Gerry, deseo irme.

Él la agarró del brazo y, con el otro, estableció una barrera.

–Discúlpenos, señora Rollins –dijo, e hizo que Chloe se dirigiera hacia la salida.

–Cuando descubras que tengo razón, volverás a mí –chilló su madre–. Yo te cuidaré.

Chloe mantuvo la mirada clavada en el horizonte. Se negaba a aceptar que no podía cuidar de sí misma. Lo haría.

Max no la obligaría a nada que ella no quisiera. Le dejaba elegir. No como su madre, que le ordenaba lo que debía hacer. Ni como Tony, que la engañaba con otra mujer.

Con Max podía ser ella misma. Era un paso positivo. Nunca retrocedería pidiéndole ayuda a su madre. ¡Nunca!

–¿Quiere que la lleve a otro mercado? –preguntó Gerry una vez en el coche.

Había olvidado la cesta con lo que había elegido, advirtió Chloe.

–Mañana por la tarde –dijo.

Estaba demasiado turbada, y con lo que había en la cocina podía apañarse.

–Vamos directos a casa, Gerry.

Él asintió y se sentó tras el volante sin añadir nada más.

A Chloe se le llenaron los ojos de lágrimas al darse cuenta de lo que acababa de decir: la casita de invitados no era su hogar, pero se le parecía más que cualquiera de los lugares en los que había vivido con su madre. Incluso el apartamento de Randwick estaba adornado según el gusto de Tony. Seguro que había insistido en quedárselo como parte de su acuerdo de divorcio. No le importaba. En los próximos dos meses, ella encontraría un lugar y lo amueblaría a su gusto.

Le estaba costando contener las lágrimas. El pecho iba a estallarle de tristeza. Max le había permitido distanciarse de su madre, y al encontrársela cara a cara se sentía física y mentalmente exhausta por el esfuerzo de hacerle frente, de mantenerse en su lugar. Al final, había salido huyendo de la confrontación con la ayuda del guardaespaldas que Max había tenido el acierto de contratar. ¿Cómo se las habría apañado si no?

No estaba segura. El viejo sentimiento de impotencia había vuelto a aflorar, aunque se había resistido a ello con todas sus fuerzas. No era fácil liberarse de una vida entera de dominación, siempre haciendo lo que le decían y si no lo hacía, recibiendo maltrato, con lo cual accedía porque no podía soportar la ira de su madre. Necesitaba el refugio que Max le había brindado, y tiempo para hacerse fuerte y seguir su camino. Pero ¿estaría en lo cierto su madre? ¿Tendría Max algún motivo personal, además del profesional, para ayudarla? ¿Era tan crédula? ¿Cuál era la verdad?

Rompió a llorar. Conforme llegaban a la mansión, se enjugó las lágrimas e intentó recuperar la compostura. Cuando Gerry le abrió la puerta, mantuvo la cabeza gacha.

–Gracias –balbuceó–. Te veré por la mañana, Gerry.

–Buenas noches, señorita Rollins –respondió él.

–Buenas noches –murmuró, y se apresuró a la casa de invitados, necesitando que su ambiente acogedor le ayudara a olvidar el horrible encuentro con su madre.

Max apretó la mandíbula según escuchaba el informe de Gerry Anderson. Stephanie Rollins iba a insistir como fuera para recuperar la fuente de ingresos que suponía su hija. Era astuta: había sembrado dudas y temores en su mente para que no confiara en él. Era bueno que Chloe la hubiera desafiado, pero ¿a qué precio?

–La madre es detestable –comentó Gerry–. Yo diría que ha abusado física además de mentalmente de su hija. No acostumbro a pegar a las mujeres, pero a esta le daría un buen mamporro.

–Comparto tu reacción, pero ella te demandaría por asalto y manipularía la situación a su antojo –le advirtió Max.

–La señorita Rollins... –continuó el guardaespaldas, y sacudió la cabeza–. Algo en ella me enternece. Hizo bien en rescatarla de aquella mujer.

Él también había dudado de los motivos de su empleador. Lo examinó preguntándose si sería bueno para ella a largo plazo. Lo cual no era asunto suyo, así que no dijo nada. Pero sí se preocupaba por ella, por eso añadió:

–Ha llorado en el coche. No sé si usted podrá hacer algo al respecto...

–Puedo proporcionarle una distracción –dijo Max, con una sonrisa–. Quizá mañana tengas que cuidar a un perrito mientras la señorita Rollins tenga que acudir al set.

El guardaespaldas también sonrió.

–No hay problema, señor Hart. Tengo uno, siempre me han gustado.

Terminado el informe, se despidieron estrechándose las manos y el guardaespaldas salió de la biblioteca. Max regresó a su escritorio y se planteó qué quería con Chloe. No tenía dudas de que le había hecho un favor separándola de su madre. Pero a la larga, ¿él le haría bien?

Nunca se había planteado algo así en lo referente a las mujeres. Ellas siempre habían sabido lo que había, por lo que no se había sentido responsable de las decisiones que tomaran. Pero Chloe era diferente, tremendamente vulnerable. Debía tenerlo en cuenta o después le costaría mucho vivir consigo mismo.

Chloe se encogió al oír que llamaban a la puerta. Se había limpiado el rostro lloroso, se había dado un largo baño caliente, se había puesto su quimono de seda preferido y estaba acurrucada en el asiento de la ventana del salón, intentando aquietar su mente observando el tráfico del puerto. No quería ver a nadie, no quería pensar.

Volvieron a llamar. Cada vez con más insistencia.

Quienquiera que fuera sabía que estaba en casa y se preocuparía si no abría. Suspiró y se dirigió a la puerta. El rostro curtido por la intemperie de Eric estaba casi aplastado contra el cristal. Su preocupación dio paso al alivio cuando la vio acercarse.

Chloe sonrió compungida, indicando que no iba vestida para recibir a nadie. Aunque no le importaba hablar con aquel amable anciano que la había ayudado a instalarse allí. Tenía unos setenta años, era fibroso y sorprendentemente fuerte. Llevaba una cesta llena de bolsas, probablemente quería entregárselas.

Hasta que no llegó a la puerta, Chloe no vio que no estaba solo. Unos cuantos pasos tras él, se hallaba Max. Estaba de espaldas y con la cabeza ladeada, como estudiando el césped.

A Chloe se le aceleró el corazón, y en un acto reflejo, se llevó la mano al escote del quimono, asegurándose de que no se le veían los senos. Sus senos desnudos. Sintió cómo se le endurecían los pezones al tiempo que saltaba una alarma en su interior. Si su madre tenía razón respecto a que Max quería algo con ella, no podía permitir que la viera vestida solo con una bata. Podría interpretarlo como una invitación. Y él ya le afectaba lo suficiente solo con su presencia y su potente sexualidad.

Hizo un gesto a Eric de que esperara y se metió corriendo en el dormitorio. Se vistió y se cepilló el cabello. No se maquilló, no pretendía resultar atractiva. Respiró hondo varias veces para tranquilizarse y regresó a la puerta. La abrió con decisión.

–Siento haberos hecho esperar.

–No se preocupe, señorita Chloe –dijo Eric, sonriendo ampliamente–. Le hemos traído un regalo de bienvenida.

Eric se hizo a un lado al tiempo que Max se giraba. Chloe ahogó un grito al ver al diminuto cachorro negro y blanco que acunaba en sus brazos.

–Es un fox terrier toy –explicó Max, sonriendo con indulgencia al cachorro que le lamía la mano–. Estaba en la tienda de mascotas y sus ojos decían que necesita alguien que lo quiera.

Elevó la vista, y Chloe sintió que le tocaba el corazón con la mirada.

–Me he acordado de ti, ayer dijiste que querías algo real en tu vida...

–¿Lo has comprado para mí? –preguntó, con una mezcla de ilusión y vergüenza por dejar que su madre envenenara sus pensamientos sobre ese hombre, ese caballero andante que le daba todo lo que necesitaba... Qué importaba si tenía un lado oscuro.

–¿Lo quieres?

–Claro...

Extendió los brazos entusiasmada, y enseguida recibió al adorable cachorro.

–Nunca había podido tener una mascota. Lo querré con toda mi alma, Max. ¡Muchísimas gracias!

Abrazó al perrito contra sí y se rio al sentir que le lamía el cuello.

–Todo lo que necesita está aquí –señaló Eric–: cesta,

comida, cuencos para comida y agua, collar, correa, champú... ¿Entro y se lo enseño?

–Por favor.

Se hizo a un lado, esperando que Max también entrara, pero no fue así: se quedó en la puerta unos instantes, contemplando cómo achuchaba al cachorro. Era tal su magnetismo que se le aceleró el pulso aún más. Y cuando él le sonrió, creyó que se mareaba.

–Verte tan alegre es mi recompensa –dijo él con suavidad–. Te dejo para que lo disfrutes, Chloe.

Se marchó antes de que ella consiguiera recuperar el aliento para darle las gracias.

Miró al cachorro a los ojos y sintió la misma necesidad de quererlo que había comentado Max.

–Aquí está tu hogar, conmigo.

Y al crear aquel dulce lazo con el perrito, sintió una oleada de amor hacia el hombre que le había dado tanto sin exigir a cambio más que cumpliera su contrato con él lo mejor posible.

Capítulo 7

EL RESTO de la semana transcurrió sin ningún incidente desagradable. Chloe tenía cierto temor a ir a la compra, pero se obligó a ello, o significaría que su madre seguía dominando su vida. Compró sus víveres preferidos y los guardó felizmente en la casa de invitados cada noche, dichosa en compañía de su amado cachorro. No tuvo señales de Max, y eso le hizo sentirse más cómoda con la situación, ya que indicaba que su madre estaba equivocada respecto a por qué la protegía.

El sábado hizo un día glorioso, tentándola a salir al aire libre en cuanto hubo hecho la colada y limpiado la casa. Disfrutó enormemente sacando al perrito a pasear por la terraza inferior. Lo olía todo, ladró al encontrar una rana y en general, deambuló gozoso por todos lados.

Chloe se rio con sus payasadas y acabó revolcándose en el césped con él, para alegría del animal.

Así fue como los encontró Max en su camino al embarcadero.

—¡Hola! —saludó, y vio que ella se erguía sobresaltada—. No te levantes. Da gusto verte tan relajada, y yo me voy enseguida. Hace una mañana tan perfecta que he pensado en dar una vuelta en catamarán.

Vestía pantalones cortos y camiseta, y de nuevo Chloe se quedó impresionada con su fabuloso físico.

Él se agachó y extendió las manos, y el cachorro se acercó a olerlo.

—Hola, pequeño —saludó y, mientras el perrito le lamía una mano, con la otra le rascó detrás de las orejas—. ¿Qué nombre le has puesto?

—Luther.

—Es un nombre serio para un animal tan juguetón —comentó él, enarcando una ceja.

—Tiene dignidad. Siempre va a ser pequeño, pero cree que tiene dignidad, y yo se la estoy reconociendo.

—¡Cierto! —dijo Max, sonriendo ante la idea—. Eso es importante.

—Además, me recuerda a Martin Luther King.

Max enarcó ambas cejas y Chloe sonrió a su vez.

—Es blanco y negro, y Martin Luther King luchó por la abolición de la segregación racial, quería unir a blancos y negros.

—Está claro que has dedicado mucho tiempo a elegir el nombre.

—Un nombre se lo merece. Luego cargas con él toda tu vida —explicó, e hizo una mueca de disgusto—. Yo siempre he odiado el mío.

Él pareció desconcertado.

—¿Por qué?

Chloe no quería decirle que era por cómo lo pronunciaba su madre cuando se enfadaba.

—No me gusta, solo eso.

—Podrías cambiártelo.

Ella se encogió de hombros.

—Demasiado tarde. Ahora es mi nombre artístico.

—Nunca es demasiado tarde para cambiar —aseguró

él muy serio, acercándosele, seguido por Luther–. ¿Qué nombre preferirías para ti?

–María –contestó. Era suave y le encantaba cómo sonaba–. Desde que vi el musical *West Side Story*, lo quise para mí, aunque supongo que no quedaría muy bien con Rollins. No es tan distintivo como Chloe.

–María... –repitió él, en un susurro.

–Y terminé casándome con un Tony –añadió ella, con ironía–. Eso demuestra cómo los sueños pueden llevarte por el mal camino.

–Ya has despertado de ese sueño, y Luther se entregará a ti más de lo que hizo tu esposo –dijo, y volvió a agacharse para acariciar al animal–. ¿Verdad, pequeño?

Tenía razón en eso. La entrega de Tony no había sido real. Pero eso formaba parte de su pasado, no tenía sentido seguir dándole vueltas. Si volvía a casarse, se aseguraría de que fuera con un hombre acaudalado, como...

Clavó la mirada en Max, que se había tumbado boca arriba en el césped, fingiendo entre risas que Luther lo había noqueado. El cachorro saltó sobre su pecho y empezó a lamerle la barbilla como un loco.

–¡Sálvame, llámalo! –rogó él.

–¡Luther, ven aquí! –ordenó ella con firmeza, y el perrito se le acercó corriendo y agitando el rabo.

Se lo colocó en el regazo y miró divertida a Max, que se tumbó de lado y se apoyó en un codo.

–No creo que necesitaras ser rescatado de un fox terrier toy.

–Estaba probando a qué sabía, podría haberme engullido –dijo él en tono de broma.

Ella se rio y, al verlo sonreír, tan cerca, se le dispararon las hormonas femeninas. Era tan atractivo que por un loco instante envidió tremendamente la relación íntima entre Shannah Lian y él, y deseó tenerlo como amante. Su mente cortó al instante esos pensamientos fuera de lugar y buscó algo para distraerse.

–¿De niño tuviste perro, Max?

Él hizo una mueca y negó con la cabeza.

–En las circunstancias en las que vivía entonces... no habría sido justo para un perro.

Ni para él tampoco, pensó Chloe. Una madre drogadicta no le habría proporcionado una vida estable.

–Durante un tiempo, tuve un empleo los domingos por la mañana –comenzó él, rememorando–. Llevaba una carretilla con periódicos por el barrio y silbaba para que la gente saliera a comprarlos. Sus perros siempre salían, y me hice su amigo. Me seguían calle abajo hasta que sus dueños los llamaban. Siempre me gustó ese trabajo.

–Has recorrido un largo camino desde entonces –murmuró ella.

–Sí. Y sigo moviéndome demasiado como para tener un perro.

«O una esposa», pensó ella. ¿Aquellos años de niñez con su madre le habían enseñado a no crear lazos con nadie ni nada, a contar solo consigo mismo? Sin embargo, aquella finca lo había conquistado.

–Ahora tienes un hogar –señaló.

–Un hogar al que regresar. Viajo mucho, Chloe.

–¿Alguna vez te has hartado de viajar? –preguntó ella, curiosa.

–Los vuelos pueden ser tediosos. Australia está muy lejos de cualquier parte. Pero me gusta que el mundo sea mi terreno de negocios, no estar limitado.

Chloe suspiró.

–Haces que me dé cuenta de lo limitado que ha

sido mi mundo. Ni siquiera he salido de este país. Mi madre siempre tenía trabajo esperándome, casi nunca un respiro.

–Eso también puedes cambiarlo.

Cierto, podía hacerlo. La libertad era algo poderoso, si aprendía a usarla sabiamente.

–¿Alguna vez has navegado, Chloe?

–No.

–Entonces, sal en catamarán conmigo –la invitó él, desafiándola a probar algo nuevo–. Solo estaremos fuera una o dos horas, y Eric cuidará de Luther.

Max la observó dudar entre la tentación y la cautela. Ella quería aceptar, pero su madre la había llenado de desconfianza. El perro aportaba seguridad a sus encuentros, la tranquilizaba, pero sin él...

Chloe giró la cabeza hacia el puerto. Elevó la barbilla ligeramente. Y, con determinación, lo miró de nuevo.

–Deberás indicarme qué hacer.

–No tienes que hacer nada, excepto sentarte o tumbarte en el puente y disfrutar de deslizarte sobre el agua –explicó él, sonriendo, y se levantó–. Mientras dejas a Luther con Eric, prepararé el catamarán.

–Seré tan rápida como pueda –aseguró ella.

–No hay prisa. Lleva un sombrero y ponte protección para el sol.

–De acuerdo.

Max sintió una oleada de satisfacción conforme se dirigía al embarcadero. Stephanie Rollins estaba perdiendo la influencia sobre su hija rápidamente. Él quería que se sintiera libre, que eligiera por sí misma... y acababa de elegir estar con él.

Una vez en el agua, Max se encontró con que ganar tenía sus inconvenientes. Tuvo el placer de verla disfrutar de la velocidad sobre el agua, de oírla reír cuando las olas los mojaban. A ella no le importaba su aspecto, estaba gozando con navegar. Se le disparó su deseo por ella hasta el punto de la incomodidad física.

Varias veces tuvo que ocultarse de cintura para abajo y concentrarse en llevar el barco, hasta que la tensión de su ingle desapareciera. Sus shorts anchos lo disimulaban un poco, pero al mojarse ya no tanto. Y tampoco ayudaba que la ropa mojada de Chloe moldeara cada una de sus deliciosas curvas.

No recordaba haberse excitado tanto con ninguna mujer. Quería limpiarle la sal del rostro con la lengua, saborear su risa, desvestirla, hundir el rostro entre sus senos, succionarle los pezones endurecidos, penetrarla tan profundamente que no importara nada más...

Sabía que ella no era inmune a esa atracción sexual: había advertido su respiración acelerada, y cómo desviaba la mirada o recogía las piernas. La pregunta era: ¿lucharía contra ese deseo, o lo aceptaría?

Era un asunto delicado. Si él se precipitaba, tal vez perdiera su confianza. Contenerse era difícil, pero necesario. «Al menos, otra semana», se dijo a sí mismo. Debía seguir construyendo la química entre ambos, rompiendo las barreras mentales de Chloe, haciéndole tentadoras proposiciones a las cuales no podría resistirse.

–¿Te has divertido? –preguntó cuando regresaron a puerto, mientras la ayudaba a bajar.

Ella lo miró resplandeciente.

–Ha sido increíble, Max. Muchísimas gracias.

Él sonrió.

–Esto de navegar da mucha hambre. ¿Quieres comer conmigo junto a la piscina, después de que te hayas aseado?

Vio que ella dudaba de nuevo. Añadió en tono de broma:

–Le daremos delicias a Luther por debajo de la mesa.

Incluir al perro la convenció. Chloe se rio.

–Le encanta el pollo.

–Le pediré a Elaine que nos haga unas ensaladas César.

–Buena idea. Vas a tener dos buenos invitados.

–Encantado de tener compañía.

Chloe se dijo que era una estupidez negarse el placer de estar un rato con él. Era un hombre fascinante. Su poderosa masculinidad afectaría a cualquier mujer, no era algo solo hacia ella. Debía aprender a no hacer caso de eso y concentrarse en la conversación. Tenía la oportunidad de conocerlo mejor y quería saber cómo se había convertido en el hombre que era.

La decisión de comer juntos fue un acierto. La comida era deliciosa. Max estaba totalmente relajado, disfrutando de Luther y su apetito por el pollo. Ella se había puesto un *sarong* sobre el bañador para poder estar más relajada en su presencia. Agradeció que Max llevara la toalla sujeta a la cintura, así ella no estaría tan pendiente de su maravilloso cuerpo.

Luther se acurrucó en una de las tumbonas y se quedó dormido, mientras ellos terminaban la botella de vino. Chloe reunió coraje para investigar el pasado de Max, aceptando de antemano que él se negara; tenía derecho a su privacidad.

–Max, sé que tu madre murió por una sobredosis cuando tenías dieciséis años. Tu adolescencia debió de ser mucho peor que la mía –comenzó, rogando que tuviera paciencia cuando vio la expresión cerrada de él–. Solo quiero saber cómo lo superaste.

Él apartó la mirada y entrecerró los ojos. Durante unos tensos minutos, se planteó si contestar o no, recordando el pasado y sopesando si estaba preparado para explicarlo.

–Cuando no tienes nada, tampoco puedes perder nada. Sigues hacia delante porque no hay alternativa –dijo, y la miró intensamente–. Tu camino es más duro, Chloe: sabes que tienes alguien junto a quien regresar si las cosas se ponen difíciles. Eso tal vez debilite tu decisión de continuar.

–Nunca regresaré junto a mi madre –aseguró ella con vehemencia.

Era débil por no haberse independizado antes. La sensación de estar atrapada en un círculo de exigencias, sin poder evitarlo, había desaparecido gracias a Max.

–Espero que no –dijo él con una sonrisa–. Hoy te he visto una vitalidad que había desaparecido en tu vida diaria, no cuando actúas.

Él le hacía sentirse más viva que nunca. Aquello no era fingido, no era un escape de la realidad. Se sentía muy presente, en aquel momento y en aquel lugar.

–¿De pequeño soñabas despierto, Max?

¿Escaparía así de la realidad?, se preguntó ella, en silencio.

–No. Veía la televisión, toda la que podía. No tenía hora para irme a dormir, y la tele me hacía olvidar toda la locura de mi madre. Me sentaba delante y estudiaba por qué un programa resultaba más atractivo

que otro: ¿por el guion, el reparto, la realización...?
¿Qué podía hacer para mejorarlo?

Le brillaba la mirada de satisfacción al haber sabido transformar una situación mala en algo positivo.

—Fue la mejor preparación para lo que hago ahora: juzgar lo que gustará o no a la audiencia, consiguiendo el reparto más adecuado y el mejor equipo para lograr un producto más atractivo.

—Pero no empezaste en televisión —apuntó ella, desconcertada.

—No quería ser el chico de los recados de un estudio de televisión, que era lo máximo a lo que podía aspirar en esa industria a los dieciséis años.

—Podrías haber sido actor en una serie si hubieras querido.

Sin duda, poseía ese «algo» especial muy apreciado en televisión.

—No quería ser actor. Quería dirigir la serie, tener el control.

«Dueño de su destino», pensó Chloe. ¿El deseo de controlar era innato en él, o una reacción a la vida tan descontrolada de su madre? Ella también había vivido dominada, y como cualquier rebelión suya era sofocada violentamente, había perdido el ánimo de intentar controlar nada. Hasta que Max había aparecido. Decidió que, cuando se marchara de su finca, sería dueña de su propio destino.

—Trabajar en una editorial fue un paso más —continuó él—. Las funciones eran las mismas: vender historias, apelando a lo que la gente quería, tanto en ficción como en no ficción. Me convertí en Jefe de Marketing a los dieciocho años. Eso me abrió las puertas para llegar donde quería.

Chloe desconocía su edad exacta, más de treinta y cinco. Era impresionante que hubiera evolucionado de no tener nada a ser un magnate de la televisión.

–La satisfacción debe de ser enorme al haber conseguido la riqueza y el poder de elegir qué programas quieres producir y hacerlos a tu manera –comentó ella con admiración–. Por ejemplo, me conseguiste como protagonista para tu serie. No te importaron las negociaciones de mi madre sobre el contrato.

Vio que él sonreía, y la expresión de sus ojos le aceleró el pulso.

–Te quería a ti –dijo él.

En la superficie, era un comentario profesional, pero Chloe no lo sintió así. Bajó la mirada y ocultó su confusión apurando su copa casi vacía. ¿Estaba oyendo y viendo lo que deseaba ver y oír? Max tenía un romance con otra mujer, una belleza seguramente tan llena de confianza como él. ¿Cómo iba un hombre así a fijarse en alguien como ella?

Además, no debía emocionarse con la idea de que su atracción hacia él era correspondida. Se acercaba demasiado a la desagradable interpretación de su madre. Aunque Max ni se le había insinuado. Solo estaban hablando. Debería concentrarse en eso en lugar de pensar tanto.

–De pequeño, ¿cuál era tu serie favorita? –inquirió, obligándose a mostrar curiosidad.

–*M.A.S.H.* –respondió él sin dudarlo–. El guion era brillante, el reparto equilibrado, las interpretaciones soberbias, y lograba hacerte reír, llorar, y sentir todas las emociones intermedias. Me apasionaba esa serie.

Chloe podía sentir la pasión en su voz. ¿Habría sentido alguna vez lo mismo hacia una mujer?

–¿A ti también te gustaba? –preguntó él.

Ella se obligó a volver a la conversación. Negó con la cabeza.

—No la conozco. Mi madre controlaba también lo que veía en la televisión.

Él hizo una mueca y la miró pensativo.

—¿Te gustaría verla? Tengo toda la colección en mi biblioteca. Puedo dejarte la primera temporada y, si te gusta...

—Sí, por favor —dijo ella ilusionada, viendo además una oportunidad de dejar de pensar en él—. ¿Podemos ir ahora a por ella? Entre la actividad de esta mañana y el vino de la comida, me ha entrado sueño y quiero echarme una siesta. Pero me encantará verla cuando me despierte.

Él asintió, se puso en pie, y Chloe tomó a Luther, aún dormido, en brazos. En diez minutos llegaron a la biblioteca. Era enorme, y los discos con películas y series de televisión superaban a los libros, que también eran numerosos. Max se acercó a donde estaba *M.A.S.H.*, le entregó la primera temporada y la invitó a cambiarla por la siguiente cuando quisiera. Chloe le dio las gracias y se marchó rápidamente.

Estaba agotada, se durmió enseguida.

Los insistentes ladridos de Luther la despertaron. Buscó al perrito para acurrucarlo junto a ella y que se tranquilizara, pero los ladridos llegaban desde el salón.

Preguntándose qué ponía tan nervioso al cachorro, se levantó de la cama, se cubrió con el quimono y salió del dormitorio.

Se detuvo en seco.

A través del cristal de la puerta, un rostro que no deseaba volver a ver estaba escudriñando la casa. ¡El aprovechado de Tony Lipton!

Capítulo 8

MIENTRAS Chloe lo miraba sin dar crédito, Tony la vio, sonrió triunfal y giró el picaporte. Ella se dio cuenta de que no había echado el cerrojo. Se le había olvidado, de tanto pensar en Max y además porque allí se sentía a salvo.

La puerta se abrió y él entró antes de que pudiera impedirlo.

–Estaba preguntándome si no me habría equivocado de sitio, con ese maldito perro –dijo él, fulminando a Luther con la mirada, que seguía ladrando y se abalanzó contra sus piernas para echarlo.

«Buen perro», pensó ella, deseando tener suficiente fuerza física para poder expulsar a su desagradable marido.

–No tienes derecho a estar aquí, Tony.

Él la miró furioso.

–Aún eres mi esposa, y Max-millones Hart no tiene derecho a entrometerse entre nosotros.

–No te importó que Laura Farrell se entrometiera.

–Eso no fue nada –dijo él, restándole importancia.

–Yo no diría que un bebé no sea nada.

Él cambió de estrategia, intentando parecer arrepentido.

–Si quisieras escucharme...

–No quiero oír más mentiras de ti. Por eso acepté

la oferta de venir a esta casa. Lo que me gustaría saber es cómo has logrado llegar hasta aquí.

–He venido en lancha, me he colado por debajo del cobertizo del embarcadero para que no saltara ninguna alarma y he trepado por el rompeolas, burlando su maldita seguridad.

–Entonces será mejor que te vayas de la misma manera, o llamaré a la mansión y te acusarán de allanamiento de morada.

–No vas a llamar a nadie, Chloe –aseguró él, impidiéndole el acceso al teléfono, que debía de haber visto desde la puerta–. Solo quiero hablar contigo. Dados los años que llevamos juntos, creo que me merezco la oportunidad de...

–¡No! –le interrumpió ella, decidida a que no la persuadiera–. Nuestro matrimonio ha terminado, Tony. No voy a cambiar de opinión digas lo que digas.

–Sé que estás disgustada, y tienes razones para estarlo, pero... –resopló y miró enfadado a Luther, que había dejado de ladrar para morderle una pernera del pantalón e intentaba arrastrarlo hacia la puerta–. ¿Puedes decirle a este condenado animal que me suelte? Está arruinándome los pantalones.

–No me gusta que hables así de mi perro. Solo está protegiéndome de un intruso lo mejor que puede. Me dan igual tus pantalones –dijo ella, cruzándose de brazos–. Será mejor que te vayas, Tony.

–¿Tu perro? ¿Desde cuándo tienes perro?

–Desde que me separé de gente que no quería que tuviera una mascota.

–No es práctico para ti tener una –replicó él.

–Tampoco era práctico que tuviera un bebé.

Él comprendió que solo podría acceder a ella apaciguándola, dada su infidelidad probada. Dio un paso atrás y esbozó una de sus mejores sonrisas.

—De acuerdo... No tengo problema si quieres conservar el perro. Nos haremos amigos. ¿Cómo se llama?

—No necesitas saber su nombre. No vas a ser parte de su vida.

Tony ignoró esas palabras, se agachó con expresión indulgente y se dispuso a acariciar a Luther.

—Hola, pequeño guardián —dijo—. Estás haciendo un buen trabajo, pero te equivocas de hombre. Yo soy amigo.

Luther no se lo creyó y hundió los colmillos en su muñeca.

—¡Maldita sea, me ha mordido! —gritó Tony iracundo.

«Te lo mereces», pensó Chloe con satisfacción. Al perro no había logrado engañarlo, como sí había hecho con ella; aunque hacía tiempo que había abierto los ojos. No volvería a creerlo ni a hacer nada por él nunca más.

De pronto, empezó a gritar al ver que él agarraba al cachorro, lo echaba de la casa, y cerraba la puerta. Chloe se abalanzó sobre él, golpeándole el pecho con los puños.

—¿Cómo te atreves a tratar a Luther así, animal? —exclamó ella—. ¡Fuera de mi vida!

—¡Has perdido el juicio, Chloe! —replicó él con ferocidad, agarrándola de las muñecas—. ¡Tranquilízate! Lo único que quiero es una conversación civilizada sin que un perro nos distraiga, y eso es lo que vamos a tener.

—¡Suéltame! —gritó ella, forcejeando.

Él la condujo al sofá y la obligó a sentarse.

—¡Siéntate y calla! —le ordenó, fulminándola con la mirada.

Chloe obedeció, temiendo que, si no lo hacía, él se

pusiera más violento. Se quedó rígida y muda, mientras lo veía acercar una mecedora y sentarse frente a ella.

Estaba aterrorizada, pero se negó a que se le notara. Volvía a sentirse atrapada, y lo único en que pensaba era en lo mucho que necesitaba que la rescataran.

Luther ladraba como un loco fuera. ¿Estaría Eric trabajando aún en alguna parte del jardín? ¿Oiría al perro y se alarmaría?

Aunque quien quería que acudiera era Max, su caballero andante, que se había interpuesto entre ella y sus dragones, manteniéndolos alejados.

Max decidió que la única manera de librarse de aquella constante frustración respecto a Chloe era haciendo ejercicio, y nadó veinte largos en la piscina sin descanso. Tal vez así también se aplacara su deseo largo tiempo contenido, del cual ella no había querido saber nada. No podía olvidar su reacción cuando se lo había mostrado: cómo había bajado la mirada y se había apresurado a beber de su copa, ponderando la primera oportunidad de separarse de él.

Ella no estaba preparada, y él no estaba acostumbrado a esperar. Habitualmente, las mujeres que le atraían estaban deseando acostarse con él. Pero aquella situación no era habitual. La conexión con Chloe estaba ahí, pero ella tenía asuntos emocionales pendientes que estaban haciéndole ignorar la química sexual que había entre ellos, así como disimular que él le gustaba.

¿Le asustaba eso? ¿Le parecía demasiado pronto, después del engaño de su marido, sentir algo hacia otro hombre?

A él le daba igual el escándalo que pudiera suponer

una aventura entre ambos, pero a Chloe podía preocuparle. Seguro que ella sabía que la cuidaría, y en el aspecto práctico había muchas ventajas en estar con él. No dañaría su carrera, eso desde luego. Él podría encontrarle los mejores personajes, llevarla a lugares donde nunca había estado, mostrarle el mundo y mostrarla a ella al mundo.

Desgraciadamente, sospechaba que ella no ambicionaba las cosas materiales, lo cual la diferenciaba de las mujeres con las que él solía tratar. Lo había advertido desde el principio, y le había atraído. Ella había sido utilizada, y había sufrido tanto que nunca había usado a nadie para solucionar sus problemas. Él no podía cambiar sus sentimientos a ese respecto, ni deseaba hacerlo. La quería simplemente a ella.

Demasiado, y demasiado pronto.

Se dirigió a la piscina. Hacía calor. Tal vez Chloe se animara a darse un baño después de su siesta. La deseaba tanto que incluso un limitado encuentro con ella era mejor que nada.

En cuanto salió al patio, oyó a Luther ladrando furioso. Algo no iba bien. Echó a correr hacia la siguiente terraza. Había sido un verano con muchas serpientes, normalmente inofensivas, pero podría haber cualquiera. Los terriers eran conocidos por perseguir serpientes.

¿Por qué ella no lo llamaba? Seguro que no lo había dejado fuera a solas, siendo aún un cachorro. Pero no se la oía. Aquello no tenía buena pinta. La adrenalina se le disparó al divisar la casa de invitados. No había ni rastro de Chloe. Luther estaba encaramado a la puerta, tan frenético que no advirtió su llegada. ¿Se habría desmayado su estrella?

Accionó el picaporte, no estaba cerrado. Lo giró, y Luther y él irrumpieron en el salón. El perro fue directo a por el hombre que se hallaba en el interior. Chloe estaba acurrucada en una esquina del sofá, y su rostro se iluminó de alivio al verlo.

El hombre se giró, furioso, y al ver a Max lo miró desafiante.

¡Era Tony Lipton!

Aprovechando la distracción de su marido, Chloe se levantó del sofá y se lanzó en brazos de Max, quien encantado la abrazó protector, tan fuertemente que podía sentir su respiración acelerada. Le acarició el cabello con la mejilla y fulminó a Tony Lipton con la mirada, odiándolo por haber tenido una relación íntima con ella y no haberla valorado ni cuidado.

–¿Cómo has entrado aquí?

–En bote, Max –explicó Chloe, acelerada–. Ha echado a Luther fuera, y me ha obligado a sentarme y escucharle. He intentado que se marchara, pero...

–¿Te ha obligado? –repitió él, con unas poderosas ganas de noquear a aquel hombre, que lo miró atemorizado.

–¡Por favor! Está haciendo un drama de nada. Solo quería hablar con ella –se defendió Tony–. Tengo derecho a ello, soy su marido.

–Nadie tiene derecho a abusar de otro –le espetó Max desdeñosamente, conteniendo la violencia que le provocaba aquella situación.

El control era la base de su exitosa vida: lo adquiría y no lo soltaba nunca más. Ese «algo» especial de Chloe estaba afectándole, despertándole sentimientos que nunca había experimentado: celos, odio, violencia. Se recompuso con severidad, y habló con férreo control.

–Esta es mi propiedad, y Chloe mi invitada. Ella quiere que te vayas, y no voy a ignorar su deseo.

–Yo diría que es mucho más que una invitada, por lo que se ve –replicó el otro hombre.

De pronto, Max supo que estaba intentando provocarlo para que se peleara con él, para luego acusarlo de asalto, y fabricar otra historia sensacionalista sacando las cosas de contexto. Pues no iba a complacerlo. No se rebajaría a golpearlo.

–Fuera de aquí, Tony. Márchate mientras estemos bien. No podrás evitar que llame a la policía y logre que te acusen de allanamiento de morada. Y si continúas persiguiendo a Chloe, obtendré una orden de alejamiento para que, legalmente, no puedas acercarte a ella. Tu nombre quedaría por los suelos.

Tony apretó los puños. Odiaba el poder de aquel hombre.

–Chloe es mi esposa –dijo, como si eso exonerara su comportamiento.

–Nuestro matrimonio está terminado, ya te lo dije –aseguró Chloe–. Nunca regresaré contigo. ¡Nunca!

–Porque él te ha llenado la cabeza con otras opciones –contestó Tony a gritos–. Eres una tonta por confiar en él. Cuando haya obtenido lo que quiere, te dejará igual que al resto de sus mujeres.

–¡No me importa! –replicó ella–. Me da lo que necesito. Aunque solo sea una historia corta, prefiero estar con él que contigo.

A Max le invadió la euforia: ella acababa de elegir. Y él era el vencedor. Lo único que tenía que hacer era librarse de aquel marido pesado.

–Ríndete, Tony. Aquí no tienes nada que hacer. Márchate o llamaré a la policía –le aconsejó fríamente.

Luther gruñó, apoyándolo. Tony lo fulminó con la mirada.

–¡Maldito perro!

El animal se abalanzó sobre él para morderlo. De una patada, Tony lo mando al otro extremo de la habitación. Chloe gritó y corrió a comprobar cómo estaba el cachorro.

Entre el grito de Chloe y la crueldad hacia el animalito, Max perdió el control. Dio un paso y asestó un gancho a Tony Lipton en la mandíbula. Verlo despatarrado en el suelo, violentando la casa que debería haber sido un refugio seguro, fue demasiado para él. Lo agarró del cuello de la camisa y lo sacó de allí en volandas, antes de regresar rápidamente a ver cómo estaba Luther. Afortunadamente, no había sido nada grave.

–Lo examinaré atentamente en cuanto deje a Tony en su bote.

–No seas demasiado suave –dijo ella con vehemencia.

Lleno de júbilo por aquella confirmación de que ella no quería nada con Tony Lipton, Max regresó junto al hombre, que acababa de ponerse a gatas y sacudía la cabeza mareado. Tal vez no había sido una reacción acertada, pero no lograba arrepentirse. Y además no había dañado su imagen ante Chloe.

Lo agarró del cuello de la camisa de nuevo y del cinturón, lo levantó y lo llevó hacia el embarcadero.

–¡Suéltame! –exigió él, forcejeando.

–Has empleado la fuerza con Chloe y con el perro. Prueba un poco tú ahora.

–¡Te acusaré de romperme la mandíbula!

–No hay testigos –se burló Max–. Chloe no testificará a tu favor.

Llegaron al pie de las escaleras y Tony intentó soltarse.

–¡Ya me voy! Quítame las manos de encima.

–De acuerdo. Pero haz alguna estupidez y te lanzo escaleras abajo.

Max lo siguió para asegurarse de que realmente abandonaba la propiedad. Tony Lipton no regresaría en una temporada. De todas formas, reforzaría la seguridad en aquella parte. Había fallado a Chloe en eso. Si no se sentía segura en la casa de invitados, ¿querría mudarse a la mansión con él?

«Cada cosa a su tiempo», se dijo. Tenía que regresar junto a ella y aprovechar todo lo bueno que sintiera hacia él a raíz de aquello.

Mientras se dirigía a la casita, se dio cuenta de que estaría rompiendo sus propias reglas si invitaba a Chloe a compartir su casa. Nunca había cohabitado con ninguna de las muchas mujeres que habían pasado por su vida, evitando cualquier posibilidad de una relación más estable que pudiera terminar exigiéndole el pago de una cantidad al concluir. Él no quería una esposa y siempre lo había dejado muy claro.

Ese «algo» especial de Chloe estaba desdibujando todas las reglas por las que había convertido su vida en lo que era. Había actuado fuera de sí, debería estar consternado por su pérdida de control en lugar de saboreando la satisfacción que le había proporcionado. La vida con su madre había sido un caos que él detestaba. Orden, lógica, un acercamiento juicioso a todo... conformaban su red de seguridad. Tenía que moverse con cuidado en lo relativo a Chloe. Satisfacer su deseo por ella era una cosa; meterse en un compromiso, otra.

El único futuro en el que tenía que pensar era su tiempo junto a ella, e iba a sacarle el máximo partido.

Capítulo 9

LUTHER se acurrucó en el regazo de Chloe y se durmió, una reacción lógica después de tanto estrés. O eso esperaba ella. Lo acarició suavemente. Perrito valiente, que con sus ladridos había atraído a Max cuando ella más lo necesitaba.

Max, con su minúsculo bañador negro, como un dios griego desplegando todo su poder físico, su salvador una vez más. Se había recreado al abrazarse contra él, y le alegraba que hubiera golpeado a Tony y lo hubiera echado de allí. En una sociedad primitiva, querría que fuera su pareja. De hecho, compartiría felizmente caverna con él... en todos los sentidos.

Pero sus vidas no eran tan sencillas. La suya, en concreto, tenía numerosas complicaciones. No debería seguir confiando en que Max se lo arreglaría todo. Aparte de que, no debía olvidarlo, estaba con otra mujer. Aunque cada vez se sentía más conectada a él a muchos niveles, y quería que la deseara, sin importarle lo demás.

¿Era una tontería? No lo sabía, ni tuvo tiempo de averiguarlo. Max entró en la casita, llenándola con su presencia, y ella dejó de pensar con claridad. Era un hombre maravilloso, peligroso, tremendamente deseable, y quiso volver a abrazarlo y experimentar todo lo que él pudiera hacerle sentir.

¿Advirtió su deseo salvaje en sus ojos? Durante un momento de infarto, él se detuvo, sosteniéndole la mirada, inquiriendo con una intensidad que la dejó sin aliento. Luego, miró al perro en su regazo y se acercó, agachándose junto a él.

–Parece respirar con normalidad.

Chloe se relajó y logró articular palabra.

–Ha lloriqueado un rato, pero no he notado nada roto.

–¿Quieres que llame a un veterinario?

–Esperaré a que se despierte, a ver cómo está entonces.

–¿Dónde está su cesta?

–En la esquina, junto a la casa de muñecas, donde más le gusta.

–No te levantes, te la traigo yo

Luther apenas se movió cuando lo dejó en su cesta, solo abrió los ojos para comprobar que todo estaba en orden y volvió a cerrarlos. Max llevó la cesta a la esquina mientras Chloe se levantaba del suelo. Muy consciente de su desnudez bajo el quimono, se tapó modesta mientras él colocaba en su sitio la mecedora que había usado Tony y cerraba la puerta principal, revisando la habitación con la mirada por si algo más había cambiado.

–¿Te pone nerviosa quedarte aquí después de esto? –inquirió con preocupación.

–No. Estoy segura de que Tony no volverá –dijo, e hizo una mueca–. Ha sido culpa mía que entrara. Se me olvidó echar la llave antes de la siesta.

–No ha sido culpa tuya –le aseguró él–. Tony no tenía derecho a hacer lo que ha hecho.

–Lo sé, solo que... he sido descuidada, Max. Siento que tuvieras que venir en mi rescate de nuevo.

–La culpa no es tuya –insistió él, acercándose–. Has sido víctima durante mucho tiempo, Chloe. Tienes que detener ese tipo de pensamientos y mirar con claridad dónde estás y por qué.

Posó las manos en sus hombros y comenzó a masajear los tensos músculos. Su mirada era puro fuego.

–Has dicho que querías estar conmigo. ¿Es porque te he salvado, o...?

Chloe no fue consciente de que elevaba las manos hasta aquel torso desnudo. Era como si algo las atrajera, y no quería retirarlas de la calidez y fuerza de aquella poderosa masculinidad. Quería continuar tocándolo, sintiéndolo, aunque por dentro estaba temblando ante su propio descaro. La mirada de él también estaba tentándola, pidiéndole una respuesta. Sabía que él no la tomaría a menos que ella quisiera entregarse, pero una parte suya quería que él comenzara, para así evitar responsabilidades.

Era la parte débil, la victimista.

Al darse cuenta, sintió una feroz determinación de comunicar sus deseos.

–Gratitud no es lo único que siento por ti –dijo–. Y no quiero que tú solo sientas ganas de protegerme. Quiero...

No conseguía pronunciar en voz alta lo que más ansiaba.

–¿Esto, Chloe? –murmuró él, con los ojos brillantes mientras le acariciaba el cuello y la mejilla con una mano.

Ella tomó aliento, incapaz de hablar.

–¿Esto? –repitió él, inclinándose sobre su boca.

«Sí, sí», deseó ella en su interior.

Los labios de él rozaron los suyos, despertándole

un cosquilleo que aumentó conforme él los exploraba y saboreaba también con los dientes, la lengua... Un beso cautivador, Chloe quería más.

Acarició los hombros de Max, su cuello y hundió las manos en su cabello, agarrándolo por la nuca, animándolo a una mayor intimidad, despertando en ella necesidades que nunca habían sido cubiertas.

Un fuerte brazo la rodeó por la cintura y la estrechó contra aquel cuerpo perfecto y tan masculino: ella se recreó en el contacto de sus senos con aquel pecho, en la erección presionando su estómago, en el júbilo al saber que su deseo era correspondido.

Él profundizó el beso y sus lenguas se entrelazaron con tal pasión que se estremeció. Podría seguir así una eternidad.

Gimió cuando él se separó para tomar aire.

–Chloe... –le susurró al oído, provocando una explosión de sensaciones.

Ella comenzó a acariciarle la piel con los labios, a saborearla, a besarle el cuello, deseando encenderlo aún más. Él echó la cabeza hacia atrás con un gemido, tomó a Chloe en brazos y la llevó al dormitorio, jadeante.

La dejó de pie junto a la cama, le arrancó el cinturón del quimono y le descubrió los hombros, besando la piel desnuda, haciéndola estremecerse a medida que la recorría con su boca. Siguió bajándole el quimono, dejando un reguero ardiente hasta sus senos, y jugueteó con la lengua sobre los duros pezones, haciendo explotar una dulce ansiedad en su vientre.

Chloe apenas advirtió que la bata caía al suelo. Toda su atención estaba en lo que él le hacía sentir. Entonces, él la abrazó fuertemente, y fue subiendo por su espalda una mano hasta hundirla en su cabello.

Chloe elevó el rostro y él la besó con una pasión devoradora, haciéndola responder con igual deseo.

Ella lo abrazó fuertemente por la cintura y quiso desnudarlo. Metió las manos en la cintura de su bañador y descubrió sus glúteos duros. Tuvo que separarse de su boca para poder quitarle la última barrera que los separaba. Se agachó y se quedó boquiabierta ante tamaña erección, mucho más grande que la de Tony. Todo en él era diferente, potente, excitante.

Terminó de quitarle el bañador y él le urgió a ponerse en pie, pero ella quiso hacer lo que Tony siempre esperaba, aunque con Max deseaba hacerlo: acarició con la lengua la cabeza del pene, la rodeó con los labios, la introdujo lentamente en su boca, saboreando la suave piel.

–¡No! –gritó él, haciéndola levantarse, por más que la deseara.

Confusa por que rechazara aquella intimidad, Chloe balbuceó:

–Lo siento. Creí que te gustaría. A Tony...

–¡Yo no soy Tony! –le espetó él–. No quiero que solo intentes complacerme tú a mí, Chloe. Me excitas tanto que, si te dejo que sigas así... Claro que me gusta, pero antes quiero explorarte.

La apretó contra sí, la tumbó sobre la cama y se colocó sobre ella, mirándola ardientemente.

–Quiero recorrerte entera, saborearte, conocerte, observar tu rostro conforme alcanzamos juntos el orgasmo.

La euforia la invadió ante la intensidad de aquel deseo: la sintió en sus besos apasionados, en su excitación mientras le mordisqueaba los senos, en cómo le ardía la piel conforme él le recorría el cuerpo con la boca hasta llegar a su vientre, le separaba las piernas y acariciaba los pliegues de su sexo con la lengua, una exquisita tortura que apenas podía soportar pero que no quería que terminara.

Estaba tumbada con los puños apretados, intentando contenerse, a punto de derretirse. Tenía los ojos cerrados, totalmente concentrada en lo que estaba sucediéndole. Nunca había sentido algo tan increíble, tan agónicamente gozoso.

Sintió que iba a perder el control, la tensión era cada vez mayor. Temblando, hundió las manos en el cabello de él.

–Detente... por favor... Debes... Necesito que me penetres... ahora...

Que él la llenara antes de alcanzar el clímax... Que su fuerza vital diera sentido a todo...

Él le agarró las muñecas y las apretó contra la almohada.

–¡Mírame, Chloe! –ordenó.

Poseída de deseo, ella abrió los ojos e intentó enfocar su rostro, aquel hermoso y tenso rostro con mirada de fuego que le exigía algo, no sabía el qué. Su nombre se le escapó en un gemido.

–Max...

–Sí... –respondió él con satisfacción–. Abrázame con las piernas, Chloe. Tómame mientras te tomo yo.

Le soltó las manos y la ayudó a enroscarse. Ofrecerle activamente el otro abrazo más íntimo era una sensación maravillosa, sintió Chloe. Estaba deseando acogerlo hasta lo más profundo.

–Mantén los ojos abiertos –insistió él.

Ella lo miró, deseando que continuara, que se le entregara. Ahogó un grito al sentir aquel mástil introduciéndose lentamente entre sus húmedos pliegues. Notó sus contracciones de deseo, el corazón desbocado, el fuego en sus venas, su cuerpo temblando...

Él se introdujo un poco más. Chloe empezó a jadear. Se le nublaron la vista y el entendimiento. Él siguió ahondando, más profundo de lo que ella había experimentado nunca. Era tan delicioso sentirse tan llena... Echó la cabeza hacia atrás y se le escapó un grito, al tiempo que sentía una erupción de exquisito placer. Se sumió en un delicioso estado de paz y miró a Max maravillada.

Él sonrió y la besó largamente, aumentando las maravillosas sensaciones en las que flotaba.

–Gracias –susurró ella.

–Esto no ha terminado –replicó él, sonriente.

Comenzó a salir y entrar a ritmo suave, observándola y, para sorpresa de Chloe, volvió a llevarla de un éxtasis a otro, no tan explosivos como el primero, pero igual de gloriosos. El corazón le rebosó de amor hacia él y lo que estaba haciendo.

Observó aquel rostro conforme el ritmo se volvía más rápido, los envites más fuertes, la sonrisa se le tensaba ante la necesidad de liberación. De pronto, él echó la cabeza hacia atrás y gritó mientras, entre espasmos de placer, derramaba su esencia.

Jadeante, se dejó caer sobre ella, la abrazó y rodó hasta quedar de espaldas con ella encima. Chloe sintió mucha ternura y quiso corresponder a la felicidad que él le había proporcionado.

Maximilian Hart, el poderoso, implacable e intimidante magnate que siempre conseguía lo que deseaba, el número uno, había sacudido los cimientos de su mundo. Pero ¿qué quería de ella?

En aquel momento, no le importó. Le encantaba estar así con él.

E iba a disfrutarlo mientras durase.

Capítulo 10

MAX SE deleitó con las suaves caricias de ella, recreándose en cómo había respondido: la excitación recorriéndole el cuerpo, la expresión maravillada de su rostro, sus temblores de intenso placer. Estaba seguro de que ella nunca había experimentado algo tan extático, y habérselo proporcionado le llenaba de satisfacción. Su marido debía de ser un amante egoísta, igual que en el resto de su vida.

Le acarició el cabello, suave como el de un bebé. Lo cual le recordó la imprudencia de no haber usado preservativo. No tenía pensado hacerle el amor, pero cuando había visto el deseo en los elocuentes ojos de ella, no le había importado nada más, ni siquiera cuando había advertido que podría dejarla embarazada. Su brizna de sentido común se había visto sepultada por ideas locas de cuidar de ella y del bebé, casándose incluso... Lo que fuera para darle lo que ella, y él también, deseaban.

Pero no deseaba esa complicación. No sabía hasta dónde quería llegar con ella, pero el camino se hacía mejor en libertad, sin tener que pensar en la vida de un bebé inocente.

–Chloe... –comenzó con voz grave, y tragó saliva.

–¿Umm? –murmuró ella, relajada.

Era bueno que estuviera tranquila, pensó.

–No había planeado esto y no llevaba protección –dijo, preocupado.

–No pasa nada –lo tranquilizó ella, soñolienta.

–¿Estás segura? –insistió él.

–Tomo la píldora anticonceptiva, y como me quedaba la mitad del mes, había decidido continuar hasta terminar la prescripción médica –explicó ella–. Así que tranquilo.

Suspiró despreocupada.

–Sí, tranquilo –dijo él, sonriendo irónico ante su falta de cuidado.

Chloe no era la única experimentando una primera vez. Haber caído en la violencia física, seguido de su imprudente inmersión íntima... Nunca había perdido tanto el control que olvidara protegerse de consecuencias no deseadas. Se debía a los sentimientos que ella le despertaba. Una vez que estuvieran juntos, eso debería terminar.

Ella estaba jugueteando con su pene, fascinada con su tamaño y forma. Max sintió que se excitaba de nuevo.

–Estás jugando con fuego –advirtió.

–¡Bien! –se alegró ella, y sonrió traviesa–. Quiero verlo crecer.

Él se rio sorprendido por su comentario desinhibido.

–No puede ser un misterio para ti.

Ella ladeó la cabeza.

–No creo que las mujeres sean un misterio para ti, Max, pero querías mirarme. ¿Por qué no voy a querer mirarte yo?

Solo con ella había necesitado ver qué sentía. Con otras mujeres, había aceptado que ambos buscaban la satisfacción mutua, lo cual siempre sucedía. Las extraordinarias circunstancias habían dado importancia a aquello, se dijo. Y dada la fascinante habilidad de Chloe de reflejar emociones en sus ojos y en su hermoso rostro, ¿cómo no iba a querer verlo?

–Eres una mujer muy especial, Chloe –dijo muy serio–. No quiero fallarte en ningún aspecto.

Ella también se puso seria.

–No lo haces. Todo el tiempo, me das lo que necesito y deseo. Nunca fallas. Y es maravilloso...

Se detuvo y frunció el ceño levemente.

–¿Pero...?

–Es como si yo fuera pasiva en todo esto, y ya no quiero serlo.

Él sonrió de medio lado.

–Créeme, no has sido pasiva. No habría perdido tanto la cabeza si no hubieras respondido tan activamente.

–¿No sueles perder la cabeza? –inquirió ella con curiosidad.

–No.

–¿Significa eso que ha sido especialmente bueno para ti?

–Sí.

Chloe se sintió enormemente satisfecha, le brillaron los ojos de gozo, y sonrió ampliamente.

–Me alegro de no haberte fallado, me habría muerto de vergüenza. Lo cierto es que no me siento mal acerca de esto, aunque debería.

–¿Y por qué deberías?

Ella hizo una mueca.

–En cierta forma, acabo de actuar como Laura Farrell, aunque al menos tú no estás casado con Shannah Lian –dijo ella, preocupada–. ¿Te habías olvidado de ella, Max?

Era obvio que no quería sentirse al nivel de su marido. Y que comprendía la situación de Shannah.

–Shannah y yo ya no estamos juntos –la informó él–. Hemos quedado como amigos. No le has quitado nada, ni yo la he engañado.

La observó procesar la información. El alivio inicial dio paso a una revaluación de su situación con él. Se habían cumplido los pronósticos de su madre y su marido de que solo la protegía porque la deseaba, y no para preservar su serie de televisión.

Chloe interrumpió sus caricias y se separó de él. Se apoyó sobre un codo y estudió su rostro, llena de preguntas.

Aún había intimidad entre ellos, pensó Max. Ella no había agarrado su bata para taparse, no quería separarse tanto de él. Sin embargo, las próximas palabras que dijeran, serían críticas respecto hacia dónde irían a partir de entonces. No intentó abrazarla, respetó la distancia que ella había puesto. Tampoco se movió, pero por dentro sintió bullir la adrenalina de antes de la batalla.

Llegados a aquel punto, no iba a perder.

Chloe decidió que quería la verdad, fuera la que fuera. No había cotilleos acerca de la ruptura entre él y Shannah Lian, así que debía de ser algo muy reciente. Pero ¿cuándo? La despampanante pelirroja no lo había acompañado a la fiesta de lanzamiento de la serie. ¿Habrían roto ya?

Así lo esperaba. No quería que su madre ni Tony tuvieran razón acerca de Max. Había sido tan bueno con ella... y bueno para ella. Por otro lado, ya no soportaba vivir con mentiras. Le parecía que toda su vida había sido un gran engaño.

No había culpa en los ojos de Max, ni intento de evasión. Le sostenía la mirada con tranquilidad, esperando a que le contara lo que pensaba, por qué se había apartado de él. Por un instante, Chloe tuvo la incómoda idea de que esperaba, como un depredador, el momento oportuno de atacar.

En la fiesta, ella estaba en estado de shock, pero en aquel momento no, y no iba a ser débil, se dijo, permitiendo que él la arrastrara a una aventura que la distrajera de lo que realmente quería hacer.

Le surgió otra duda.

–¿Quién de los dos ha puesto fin a la relación?

–Yo.

No le sorprendió, él siempre tenía el control de su vida.

–¿Cuándo, Max?

–El día que llegaste aquí. Cené con ella esa noche, pero fui una compañía horrible. No podía dejar de pensar en ti.

Respiró aliviada. Eso sonaba razonable. Pero no negaba las acusaciones de su madre y Tony. Inspiró hondo.

–¿Todo lo que me has ayudado, lo has hecho porque me deseabas?

Él sonrió irónico.

–Chloe, dudo de que algún hombre no te desee, pero si lo que me preguntas es si mi motivación para protegerte ha sido la lujuria, la respuesta es no.

A ella le ardieron las mejillas. Había sido un temor ridículo. Él la había apartado de unas circunstancias desagradables porque no quería que la fiesta se convirtiera en un foco de cotilleos que no tenían que ver con la serie.

–Te dije la verdad –aseguró él–. Estaba protegiendo a la estrella de mi serie, mi prioridad era asegurarme su éxito. Me he dedicado a controlar los daños. Y debo decir que ha sido muy divertido.

«Le gusta vencer, no es un asunto personal conmigo», pensó ella, hasta que le oyó decir:

–Siempre me has gustado, Chloe. Detestaba la manera en que tu madre te trataba, y cómo se aprovechaba tu marido de ti. Pero no era asunto mío, hasta que me diste permiso para liberarte de ambos. Fue entonces cuando empecé a pensar: «se queda libre, puede estar conmigo».

Esa frase fue una enorme sorpresa. Chloe no sabía cómo tomársela. Max se incorporó de medio lado, la miró intensamente y le acarició la mejilla con una mano.

–Yo quería esto, Chloe. Cuanto antes. Hice todo lo posible para que sucediera, para que estuvieras conmigo –confesó, sin muestras de lamentarlo–. Pero solo podía suceder si tú también lo querías. Si elegías estar conmigo.

Todo el rato él le había presentado opciones, tentadoras, razonables... apelando a su ánimo y a su corazón. No podía decir que había sido una trampa dado que se había adentrado libremente. Aunque había percibido que su caballero andante tenía un lado oscuro, eso no le había restado ganas de estar con él.

Él no había interferido en su matrimonio, ni la había dominado, como querían hacerle creer Tony y su madre.

Además, había dejado a Shannah Lian por ella. Se alegraba de ser la mujer que más deseaba y de que hubiera sido sincero al respecto, actuando con honor y terminando una relación antes de empezar otra.

Max no había hecho nada malo. Y sí todo bueno hacia ella. ¿Qué más podía pedirle? Su nerviosismo se aplacó.

Él sonrió, como si lo percibiera.

–Creo que soy bueno para ti. Dime si no es así.

Chloe disipó la tensión que le quedaba con una carcajada. Él era un hombre muy bello, se sentía afortunada de que la deseara. Le tomó el rostro entre las manos.

–Me gusta lo bueno que eres para mí, Max.

Él se rio, encantado. Se besaron felices y pronto su pasión se desató. Chloe se estremeció, deseando mayor intimidad. Comprobó que él también estaba listo: acarició su miembro grande y duro, maravillándose de nuevo por despertarle un deseo tan intenso.

–Se acabó el ser pasiva –murmuró él, tumbándose boca arriba y colocándosela a horcajadas–. Tómame.

Así lo hizo ella, disfrutando de la sensación de irlo cubriendo poco a poco, sintiendo cómo la llenaba. Sonrió de puro placer. Él comenzó a acariciarle los senos, invitándola con la mirada a ser tan activa como deseara. Chloe se sorprendió moviendo las caderas con un ritmo seductor, observando cómo él la miraba, viendo su deseo aumentar.

Entonces, él la tumbó boca arriba, tomando el control, y la penetró profunda y apasionadamente, elevándola al mismo clímax de antes. Ambos gritaron al alcanzar el orgasmo a la vez, sumiéndose acto seguido en una tranquila saciedad, abrazados. A Chloe no le importaba que la historia con Max fuera algo temporal. Era lo mejor que había conocido en su vida.

Un gemido desde la puerta de la habitación la alertó. ¡Luther! El perrito los observaba con la cabeza ladeada, advirtiendo que había dos personas en la cama en lugar de una, y dudando de si volverían a darle una patada.

–No pasa nada, Luther. Es Max, ¿lo ves? –dijo ella.

–¿Quieres venir, pequeño? –lo invitó él, extendiendo un brazo.

Luther corrió hasta la cama y, tras subirlo Max, les lamió el rostro, eufórico, a los dos porque todo estaba en su sitio. El ataque de Tony no le había dañado. Por fin, se acurrucó entre ellos, feliz.

–Me alegro de habértelo regalado –reconoció Max–. Si no se hubiera desgañitado, alertándome de que algo no iba bien, seguiría preguntándome cuánto tendría que esperar hasta que pudieras admitir la atracción que hay entre nosotros.

Ella suspiró, recordando la innecesaria tensión a la que se había sometido.

–Creí que lograba ocultártela.

–La química sexual no puede ocultarse, Chloe, y siempre ha existido entre nosotros. Por eso no te sentías cómoda en mi presencia, y tenías que protegerte detrás de tu madre o Tony.

Le avergonzaba que él lo hubiera percibido, porque en el pasado ella no había querido afrontar los sentimientos que él le despertaba; solo los había catalogado como peligrosos, evitándolos siempre que podía.

–Bien, pues ahora me siento a salvo contigo –afirmó con decisión.

Aunque no estaba a salvo de enamorarse de él. Y sabía que aquello terminaría, Max era famoso por cambiar a menudo de amante. No podía esperar que con ella fuera diferente. Debía mantener cierta distancia para proteger su corazón.

Él frunció el ceño.

–¿En qué piensas?

–En que voy a disfrutar de todo lo que me ofrezcas de ti durante el tiempo que me quieras a tu lado, pero no debo acostumbrarme a ello porque antes o después se acabará.

«Tal vez yo no quiera que se acabe», pensó Max al instante, pero se contuvo de decirlo. Nunca había propuesto un compromiso a ninguna mujer, y no sería correcto dar esperanzas a Chloe. Desconocía el futuro. Sabía que aquella mujer era diferente a las demás que habían pasado por su vida, y que le despertaba sentimientos únicos, pero todo era muy nuevo, y estaba sucediendo en aquel momento. El próximo mes, el próximo año... tal vez los sentimientos se desvanecieran.

–Todo lo que te ofrezca de mí... –repitió, y la miró divertido–. ¿No te parece demasiado? Tal vez quieras poner límites. Puedes hacerlo, ¿lo sabes? Eres libre para tomar las decisiones que desees. No me perteneces. Espero que no permitas que nadie vuelva a dominarte.

Era un buen consejo, y vio cómo ella se liberaba de la dominación de su madre y su marido, la vio ser consciente de que era la dueña de su vida y podía modelarla a su gusto, vio nacer su voluntad de hacerlo... y cómo se alejaba de él por eso.

Max tuvo la extraña sensación de que acababa de tirar piedras contra su propio tejado y podía terminar sufriendo por preocuparse demasiado por ella.

Pero seguía siendo un buen consejo, y no se echaría atrás. No quería ser egoísta. Chloe se merecía desarrollar todo su potencial, libre de la represión de su vida anterior. Disfrutaría viéndola convertirse en esa persona, una superviviente como él, que continuaba su camino, siempre hacia delante, encontraba su propia luz y se abría a ella, sopesando las oportunidades que le surgieran. La Chloe diseñada por su madre quedaría en el olvido, y la María que él soñaba emergería.

María...

Capítulo 11

CHLOE SÍ que puso límites: no saldría en público con él. Primero, porque daría lugar a cotilleos y los paparazis volverían a perseguirlos; hacía poco que los habían dejado en paz, ya que no había sucedido nada jugoso desde que ella se instalara en la casa de invitados. Segundo, porque el reparto la trataría de forma distinta, inevitablemente; ya lo había comprobado y decidió que sería más fácil trabajar si las sospechas sobre esa relación no estaban confirmadas. Tercero, porque no quería dar razones a Tony para arremeter contra ella, ni a su madre la satisfacción de que había tenido razón. No había sido así, pero ella lo creería.

—Cuando hayamos terminado de rodar esta temporada y me haya mudado a una casa mía, entonces saldré contigo si todavía quieres —dictaminó ella con determinación.

Max accedió, mirándola divertido.

—Ya veo que ser independiente es importante para ti. Hasta ese momento, ¿podemos seguir viéndonos en privado?

Ella se rio y lo abrazó.

—Me quedaría muy triste si no lo hiciéramos.

—Entonces, me esforzaré para que el tiempo que pasemos juntos sea lo más divertido posible.

Y eso hizo. Para Chloe fue una existencia casi idílica vivir en la casa de invitados y estar con Max. Los placeres eran múltiples: hacer el amor, ver episodios de *M.A.S.H.* juntos, navegar, holgazanear junto a la piscina, compartir las deliciosas cenas que preparaba Elaine, ver y comentar series que Max tenía interés en adquirir...

Al principio, a Chloe le había preocupado la reacción de Elaine, Edgar y Eric ante su relación, pero no hubo problema: Edgar mantuvo su deferencia; Elaine, fan de la serie y del personaje de Chloe, estaba encantada teniéndola allí, y siempre acogía a Luther en su cocina; Eric la consideraba parte de la casa y le pedía opinión sobre los trabajos en el jardín.

Habría sido muy fácil olvidarse de todo lo demás. La felicidad era adictiva. Pero Chloe no podía ignorar la sensación de que tenía que poner en orden su vida, aparte de Max. Ese había sido su mayor error en el pasado, olvidarse de lo demás. No volvería a cometerlo.

Max le recomendó un buen abogado de familia, con quien se reunió y puso en marcha el divorcio de Tony. Escuchó atentamente las explicaciones para comprender en qué posición se encontraba y poder decidir juiciosamente. El abogado le aseguró que negociaría un acuerdo justo con Tony y no permitiría que la explotara.

Se compró un coche, un Beetle Volkswagen blanco, bonito, cómodo y fácil de aparcar en la ciudad. Una vez que tuvo su propio medio de transporte, así como la confianza de que podía manejar sus propios problemas, decidió prescindir de los servicios de Gerry Anderson. Le agradeció que hubiera cuidado tan bien de ella y de Luther.

–Ha sido un placer, señorita Rollins. Tiene mi tarjeta. Llámeme si necesita mi ayuda –dijo él con sincera amistad.

Chloe necesitó el coche para su búsqueda de vivienda. Sus opciones eran limitadas, ya que la mayoría no admitían mascotas, y ella no iba a separarse de Luther. No quería comprometerse a comprar una casa hasta que no acordaran el divorcio, por lo que encontrar algo para alquilar fue difícil. Los sábados por la mañana los dedicaba a visitar casas, pero ninguna se adaptaba a sus necesidades.

–Me gustaría algo cerca de un parque para poder llevar a Luther –le comentó a Max tras otra infructuosa búsqueda.

–No tengas prisa, Chloe. Estoy encantado de que te quedes aquí pasados los dos meses –le aseguró él.

–No pretendo quedarme aquí hasta que te canses de mí, Max –comentó ella a la defensiva.

Él frunció el ceño.

–No estaba sugiriendo eso –replicó, sosteniéndole la mirada–. Me gusta lo que tenemos juntos, Chloe. Tal vez no me canse de ti en mucho tiempo.

A ella se le aceleró el corazón. También le gustaba su relación, mucho. Pero recrearse en sueños de eternidad con él no le hacía bien. «Mucho tiempo» podía significar solo un año o dos.

Max observó cómo las dudas podían con la tentación de quedarse con él, y quiso combatirlas. Le gustaba regresar a casa junto a ella, más de lo que nunca habría imaginado con nadie. Ella le gustaba en todos los sentidos.

–Eres feliz aquí –replicó–. Luther también. Eric y Elaine cuidan encantados de él cuando sales. Y lo harán también cuando salgamos los dos juntos, en cuanto hayamos grabado esta temporada de la serie.

Se hallaban en la casita de invitados y él la abrazó, recordándole la intimidad que compartían. Le acarició la mejilla y la miró fijamente, exigiéndole que se rindiera a su voluntad.

–Amas este lugar –continuó, persuasivo–. Tienes tu propio coche, tu independencia. Puedes pagarme alquiler si así te quedas más a gusto. Quiero que te quedes, Chloe.

Vio múltiples emociones agolpándose en sus ojos: deseo, esperanza, temor... La última frenó su determinación de salirse con la suya.

Ella se apartó.

–No puedo, Max. No me lo pidas –le espetó, desesperada.

Se llevó las manos a las mejillas, impidiendo que él pudiera influirla con sus caricias. Su mirada rogaba que la comprendiera. Max no lo lograba, pero supo que debía esperar a que ella se explicara, nada de presionarla. Le horrorizaba que pudiera tenerle miedo. Ella era una joya, nunca le haría daño.

Chloe se retorció las manos al tiempo que respiraba hondo, intentando calmarse. Max advirtió que estaba más tenso que en una decisiva reunión de negocios. Para eso siempre estaba preparado y confiado. Pero de aquel momento con Chloe no tenía ninguna experiencia.

–Toda mi vida... –comenzó ella, tragó saliva, y empezó de nuevo–. Casi toda mi vida he hecho lo que mi madre quería. Aprendí... me hizo aprender que era más fácil obedecer, no resistirme, acceder a lo que ella decidía.

Max vio los recuerdos de castigos en su mirada y sintió ira hacia Stephanie Rollins. Durante su infancia, él había sido víctima de negligencia, indiferencia, explosiones inesperadas de emociones de su madre, pero nunca lo había presionado cruelmente a cumplir su voluntad.

–Cuando me casé con Tony, descubrí que también para él era solo una herramienta, alguien a quien podía utilizar para conseguir lo que deseaba... Volví a tomar el sendero fácil, permitiéndolo porque al menos con él era más agradable que con mi madre. Al menos él fingía amarme, podía vivir con eso.

«Menudo embaucador, aprovechándose de la ocasión», pensó Max con desprecio. Pero algo en su conciencia le alertó de que él estaba haciendo algo similar.

–Sería muy fácil quedarme aquí contigo, Max –continuó ella–. Pero si lo hiciera, estaría repitiendo el patrón que necesito romper, entregándote el control de mi vida en lugar de hacerme cargo de ella yo.

–¡No! –se opuso él con vehemencia–. No controlaré tu vida, Chloe. Conmigo siempre tendrás posibilidad de elección.

Ella lo miró apenada.

–No puedo elegir cuándo conocerás a otra mujer que te interese más. Shannah Lian no tuvo opción, ¿cierto?

«Pero contigo es diferente», estuvo a punto de confesarle, pero logró contenerse. Era cierto, pero no podía prometerle que nunca se separarían. Aún se hallaban en la luna de miel de su relación. Se necesitaba mucho más tiempo para poner a prueba la profundi-

dad de sus sentimientos hacia ella. Una declaración
precipitada no sería buena para ninguno de los dos.

–Necesito un sitio mío, Max –explicó ella, rogándole comprensión con la mirada–. No quiero volver a
sentir que no tengo adónde ir si... otras cosas se des-
moronan. Aunque no sea tan cómodo para ti, para ninguno de los dos...

–Eso no tiene importancia –replicó él–. Lo que
cuenta es que tú estés bien. Lo siento, solo pensaba en
mantener lo que hemos compartido hasta ahora.

Sacudió la cabeza a modo de disculpa, se acercó a
ella y la sujetó dulcemente de los hombros.

–Cuando mi madre falleció, los trabajadores sociales me llevaron a un albergue. Me moría de ganas de
terminar el colegio y ganar suficiente dinero para tener mi casa. ¿Quieres que te ayude a encontrar una?

Aliviada y feliz, Chloe lo abrazó por la cintura y lo
apretó contra sí.

–No, ya me has ayudado bastante. No sé cómo ex-
presarte cuánto aprecio lo que has hecho por mí. Incluso cuando ya no seamos amantes, siempre te con-
sideraré mi mejor amigo.

–Yo aún no estoy preparado para que termine nuestro romance, ¿y tú?

–Tampoco –respondió ella, mirándolo traviesa
mientras se frotaba contra él.

Max se rio y la levantó en brazos, necesitando aliviar la fuerte actitud posesiva que debía contener. Luther ladró y Max le sonrió.

–Tú ya tienes tu parte, pequeño. Ahora es mi turno.

Chloe se rio conforme la llevó al dormitorio y cerró
la puerta. No hubo ninguna sensación de conflicto mientras hacían el amor. Ella se entregó sin inhibiciones y

Max se recreó en la certeza de que seguiría siendo su amante, independientemente del cambio de residencia.

Tumbados después, mientras le acariciaba suavemente el cabello y la espalda, sintió una profunda ternura hacia ella.

–Conmigo estás a salvo, Chloe –murmuró–. Yo no voy a aprovecharme de ti.

Ella suspiró, con la cabeza apoyada en su pecho.

–Lo sé, Max. Tú no lo necesitas. Sigues tu propio camino.

Algo que para ella era nuevo, pensó Max. Comprendía su deseo de tener el control, dada la actitud victimista a la que se había resignado en el pasado. Le hacía bien establecer su propio terreno y espacio.

Ella acababa de admirarle porque seguía su propio camino. Había tenido que hacerlo desde niño. Su madre, soltera y drogadicta, había sido una irresponsable. Con demasiada frecuencia, no tenían qué comer porque ella se gastaba la pensión en drogas. Y por las mañanas dormía, sin preocuparse de llevarlo al colegio. Él iba porque allí estaba mejor que en su casa. Había sido una vida solitaria, cuidando de sí mismo. Convertirse en autosuficiente no había sido fácil, pero sí la única manera de sobrevivir. Odiaba cuando ella se ponía sentimental y lo abrazaba hasta hacerle daño, mientras repetía lo mucho que quería a su pequeño. Eran palabras vacías, sin correspondencia con la realidad. Recordaba haber pensado que estaría mucho mejor sin ese supuesto afecto.

Y le había ido muy bien sin él, sin permitir que nada ni nadie lo apartara de alcanzar los objetivos que se marcaba.

¿Podría volver a ser feliz así, después de aquel fabuloso tiempo junto a Chloe, compartiendo más con ella que con nadie en su vida, y disfrutándola en todos sus aspectos? Nunca le había importado estar solo. Había sido una ventaja poder hacer lo que quería. Incluso, había evitado ataduras emocionales conscientemente. Pero sabía que echaría de menos estar con ella al regresar a casa.

No podía evitar que aquel idilio terminara. Pero eso no tenía que suponer una distancia insalvable entre ellos. Necesitaba asegurarse algo a largo plazo con ella. Había muchas cosas que quería que conociera.

–Cuando te marches de aquí, mantener nuestra relación en secreto será imposible –comentó, sin darle importancia–. Alguien advertirá que voy a verte. Porque querrás que vaya, ¿verdad?

–Claro que sí –dijo ella sin dudar.

–Entonces, no veo razón para que no nos mostremos juntos en público. Así, cuando empecemos el rodaje de la siguiente temporada, el equipo ya estará acostumbrado a vernos juntos. Eso no te incomodaría, ¿cierto?

Ella no respondió.

Max sintió la tensión crecer en su interior mientras esperaba. No podía obligarla a que estuviera de acuerdo con él, debía suceder voluntariamente.

No podía ver su rostro, no sabía lo que pasaba por su mente. ¿Le preocuparía lo que pensara Tony, o su madre? Ella tenía su propia vida y podía hacer lo que deseara. Seguro que elegiría pasar tanto tiempo a su lado como fuera posible. ¡Él no aceptaría llevar su relación en secreto, era demasiado limitado!

La mente de Chloe era un torbellino. Le sobrecogía la idea de verse públicamente unida a un hombre tan poderoso, ser etiquetada como su nuevo amor, y que todos especularan con cuánto duraría la relación. Aparte de eso, a pesar del tiempo transcurrido desde su separación de Tony, su relación con Max podía considerarse todavía un escándalo. Los paparazis los acosarían cada vez que salieran juntos.

Se encogió ante la idea de enfrentarse a eso, y deseó que su relación continuara siendo privada. Los dos últimos meses había sido todo tan maravilloso, tan fácil...

Fácil. Una parte su mente se burló, acusándola de volver a su antiguo patrón. Acababa de asegurarle a Max que no se quedaría en su casa porque era lo fácil. Además, habían grabado casi toda la temporada y ella estaba a punto de encontrar una casa. Denegarle lo que él pedía cuando le había dado tanto no le parecía bien. Además, sabía que lo echaría de menos, en todos los sentidos.

¡Y qué si no era fácil hacer pública su relación! Lo tendría a él a su lado, eso era más importante que cualquier otra cosa.

Lo miró, sonriente.

—Será un placer salir contigo, Max —afirmó.

Aunque en realidad, lo que deseaba era más de lo que podría pedirle o esperar nunca: tenerlo a su lado durante el resto de su vida.

—¡Bien! —exclamó él, sonriendo de satisfacción.

Chloe se dijo que debía alegrarse. La experiencia junto a él le había cambiado la vida para mejor. Siempre le agradecería que hubiera entrado en su vida... incluso cuando saliera de ella.

Capítulo 12

EL SÁBADO antes de la última semana de grabación, Chloe encontró por fin un lugar que deseaba alquilar. Era una pequeña casa adosada en una calle paralela a Centennial Park. No le importó que fuera antigua ni que necesitara reformas en la cocina y el baño. Era funcional: con dos habitaciones en el piso de arriba, un espacioso salón abajo, y un pequeño jardín posterior para que Luther no tuviera que estar todo el tiempo encerrado. Estar tan cerca del parque era ideal, y además también se hallaba próxima a las tiendas que conocía al haber vivido en Randwick.

Fue muy duro marcharse de la casa de Max; despedirse de Elaine, Edgar y Eric, que tanto la habían ayudado a sentirse en casa; separarse de la intimidad diaria con él... Agradeció tener la compañía de Luther para no sentirse tan sola, aunque ocupó su tiempo al máximo la primera semana tras la mudanza guardando sus cosas, comprando los muebles que necesitaba, colocando una salida para perros en la puerta del jardín y enseñando a Luther a usarla.

Max la visitaba casi todas las noches para ver cómo iba todo, y llevarle flores y deliciosos platos cocinados por Elaine. Siempre terminaban en la cama, el mejor regalo para ella. Con que él la mirara, todo su cuerpo se activaba imaginando ese momento.

Algunas veces no les daba tiempo a llegar al dormitorio. Como un día en que él había aparecido con un glorioso ramo de rosas amarillas, había elegido una y le había acariciado las mejillas, el cuello, el escote del vestido... Luego la había subido a la encimera de la cocina, y habían disfrutado del sexo más erótico.

Era un amante extraordinario. Chloe sabía que terminaría enamorándose de él. Hacía que se sintiera tan amada y cuidada... ¿Trataba así a todas las mujeres que pasaban por su vida, o ella era especial? Él había dicho que lo era, ¿lo suficiente como para querer pasar el resto de su vida a su lado?

Comenzaron a salir juntos en público. Fueron a fiestas, a galas benéficas, al teatro, al ballet y a la ópera, a estrenos de cine. Eran la comidilla de la ciudad: el magnate televisivo emparejado con la estrella de su serie más reciente. Max manejaba aquel interés con facilidad. Chloe simplemente brillaba en su compañía. No era difícil: le encantaba estar con él y no le importaba lo que pensaran los demás.

Sí que se negó a una petición de Max de organizar y presidir una cena en Hill House. Eso le acercaría demasiado a lo que haría una esposa, su gran deseo secreto. Y ya había fingido bastante en su vida.

De hecho, rehuyó volver a la finca, sabedora de que lo pasaría mal, ya que deseaba que fuera su hogar. Marcharse ya había sido suficientemente duro. No quería volver a sentir ese dolor.

Max fue frustrándose conforme ella rechazaba las invitaciones a encontrarse allí.

–Te gustaba Hill House, y su personal. A ellos les encantabas. Te echan de menos –comentó.

Pero no dijo nada de que él la echara de menos, pensó

Chloe. Él era reservado, no revelaría sus debilidades. Ella también debía aprender a serlo.

–Es tu hogar, Max, no el mío –señaló.

–¿Y qué tiene de malo que vengas de visita? –preguntó él, frunciendo el ceño.

Chloe sacudió la cabeza.

–No puedo retroceder, debo seguir mi propio camino. Me ves cuanto deseas, ¿no es cierto? ¿No satisface eso lo que quieres de mí en nuestra relación?

Él se la quedó mirando un largo momento.

–Lo que tú digas –dijo finalmente.

Para alivio de Chloe, no volvió a sacar el tema. Cuando daba una cena, lo hacía en un restaurante y ella lo acompañaba encantada. No era lo mismo que hacer de anfitriona en Hill House.

Poco antes de la grabación de la nueva temporada, Chloe recibió una inesperada e indeseada visita en su casa. Era lunes por la mañana y acababa de poner una lavadora. Iba a tomarse un café, cuando llamaron al timbre. Luther corrió hacia la puerta, ladrando. Seguramente sería un repartidor, pensó Chloe. De todas formas, tomó la precaución de comprobarlo por la mirilla.

El corazón se le detuvo en seco.

Laura Farrell se hallaba en la entrada, de perfil, con un embarazo más que evidente. El cabello le ocultaba gran parte del rostro. Mientras Chloe asimilaba lo que sucedía, Laura se giró y volvió a llamar. Llevaba el rostro sin maquillar y lleno de lágrimas.

¿Por qué estaba allí? No esperaría que la volviera a contratar, después de su traición. ¿Querría que la perdonara? Pues ni en un millón de años, se dijo, mientras el timbre seguía sonando, dejando muy claro que la mujer no iba a rendirse y marcharse. Una parte de ella no quería volver a verla, pero otra parte insistía en acabar con lo que pretendiera. Ya no era la antigua Chloe que evitaba las confrontaciones. Había aprendido a manejar muchas cosas desde que estaba con Max.

Luther estaba ladrando a más no poder. Lo tomó en sus brazos para tranquilizarlo y abrió la puerta, con la intención de decirle a Laura que no era bien recibida.

–¡Gracias a Dios que estás aquí! –exclamó la joven con exagerado alivio–. Por favor, Chloe, tengo que hablar contigo. No tengo nadie más a quien recurrir. Tony...

Rompió a llorar, tapándose el rostro con las manos y sacudiendo la cabeza, angustiada.

Chloe no quería que le afectaran esas lágrimas. Lo que ocurriera entre Laura y Tony no era asunto suyo ni deseaba que lo fuera. Pero le pareció una crueldad echarla en aquel estado.

–Será mejor que entres –ofreció a regañadientes, haciéndose a un lado.

–Gracias, ¡gracias! –balbuceó Laura, deshecha.

Luther le ladró conforme entraba, captando el desagrado de su dueña. Se agitó en sus brazos, queriendo inspeccionar a la visitante, pero ella lo sujetó hasta que Laura se sentó. Le dio unos pañuelos de papel para que se enjugara las lágrimas.

–¿Quieres un té? –ofreció, sabiendo que era su bebida preferida.

Laura asintió mientras se sonaba la nariz.

–Voy a soltar a mi perro. Seguro que se acerca a olerte. No le hagas nada –advirtió Chloe.

–Claro que no –balbuceó Laura.

Una vez suelto, Luther respondió como se esperaba. Dejándolo de guardia, Chloe preparó un té y un café y los llevó a la mesa. Se sentó frente a su antigua asistente, que había asistido más bien las necesidades de su marido, y esperó a que se tranquilizara y hablara.

Por fin, la joven la miró angustiada.

–Tony me ha abandonado. Aunque voy a tener un hijo suyo, no va a darme ninguna ayuda.

Chloe se horrorizó al oír aquello. A pesar de su infidelidad y del arranque de ira que había pagado con Luther, no creía que su aún marido pudiera ser tan despreciable.

–No logro encontrar empleo, nadie quiere a una asistente personal embarazada –gimoteó–. Necesito ayuda, Chloe. No podré arreglármelas sola con el bebé.

Muchas madres solteras tenían que arreglárselas por sí mismas, pensó ella. Y Laura no era una persona desvalida, aunque tal vez estaba sumida en una depresión y no veía la salida.

–¿Quieres que hable de esto con Tony? –propuso, pensando que había que tener valor para pedírselo a la esposa engañada.

Laura negó con la cabeza.

–Es inútil. Está furioso porque te lo conté, no quiere saber nada de mí ni del bebé –respondió, y rompió a llorar de nuevo–. Siento habértelo dicho como lo hice, pero estaba frustrada y tan enamorada de él que perdí el juicio aquella noche. Él era el padre de mi hijo, lo único que podía pensar era en que se divorciara de ti y se casara conmigo.

A pesar de la ofensa recibida, Chloe no pudo evitar cierta empatía. El bebé suponía una diferencia. Aunque no deberían haber tenido una aventura, eso para empezar. Y Laura lo sabía.

–Intenté no enamorarme de él –se justificó–. Era tu esposo, totalmente fuera de mi alcance. Luché contra esa atracción, Chloe, pero él la percibió y jugó con ella.

Me gustaba trabajar para ti, no quería renunciar a ello. Pero una noche de fiesta en que había bebido mucho, él me sedujo. Soy una víctima de sus encantos, igual que tú. Creí que me amaba realmente, y que su matrimonio contigo era una fachada para favorecer su carrera. Siento muchísimo que sufrieras, pero al menos ahora tienes a Max Hart, así que has salido adelante, y prosperando.

—He salido adelante, cierto, pero el divorcio no es plato de gusto, y que Max sea mi amigo no significa que yo haya prosperado.

—Seguro que es más que un amigo —le espetó ella.

Chloe advirtió su mirada de envidia y decidió cortar por lo sano.

—¿A qué has venido, Laura?

Ella sacudió la cabeza, atribulada, y agitó las manos.

—No tengo trabajo. Creí que Tony me ayudaría, pero no es así, y no puedo pagar el alquiler de mi apartamento. Estoy casi en la calle —explicó, con cara de pena—. No tengo nadie a quien recurrir. Tú y yo éramos amigas. Si no hubiera tenido que pasar tanto tiempo cerca de Tony al trabajar para ti...

—¿Insinúas que tu embarazo es culpa mía? —la cortó ella, indignada.

—No... pero él nos ha engañado a las dos. Creí que comprenderías y perdonarías lo sucedido. Por el bien del bebé... por favor, Chloe... Si pudieras prestarme algún dinero para ir tirando una temporada... darme lo que Tony debería estar aportando... Podrías decírselo a tu abogado para que lo dedujera del acuerdo de divorcio con él.

«La máquina de hacer dinero», no podía olvidar esa idea. No quería participar en aquello. Pero había un inocente bebé involucrado, y le horrorizaba el abandono de Tony.

–¿En qué suma habías pensado? –preguntó, sin comprometerse a nada.

Triunfo, codicia... algo brilló en los ojos de Laura contrario a su supuesta desesperación, aunque enseguida lo bañó en lágrimas.

–Odio pedirte esto...

Se secó con un pañuelo desechable, inspiró hondo y dijo:

–Tal vez un único pago sería lo mejor. Podría marcharme, empezar una nueva vida con mi bebé en otro lugar...

–¿Cuánto, Laura? –la interrumpió, harta de la escena.

Ella se retorció las manos y la miró suplicante.

–Si pudieras extenderme un cheque de cincuenta mil dólares...

¡Cincuenta mil! Tal descaro la dejó helada. ¿Tan fácil había sido ella en el pasado, que en cuando recibía un poco de chantaje emocional cedía, olvidándose de sus propias necesidades? ¿Eso era lo que Laura esperaba encontrarse?

Aunque habiendo un bebé de por medio...

–No voy a darte ese dinero, Laura –afirmó con decisión–. Comentaré tu situación con mi abogado para que hable con el de Tony.

–Pero eso podría llevar semanas, meses... Y ya estoy en números rojos –gimoteó.

–Te aseguro que en estos días haré algo para que Tony se responsabilice de sus asuntos –insistió Chloe fríamente, levantándose para poner fin a aquella desagradable conversación.

–No lo hará... –gritó la joven, permaneciendo sentada y tapándose la cara con las manos.

Luther empezó a ladrarla para que se levantara.

Laura lo ignoró. Chloe suspiró con impaciencia, hizo callar a Luther y dijo con firmeza:

–Te prometo que se hará algo para que obtengas ayuda para el bebé. No hay más que hablar, Laura.

–Por favor, Chloe... –gimió, levantándose torpemente–. No me eches sin nada. No sé qué haría.

¿Era una insinuación de suicidio?

Luther volvió a ladrar, rechazando lo que su instinto percibía.

–Si pudieras al menos darme un cheque de cinco mil –rogó.

Chloe no estaba de acuerdo, pero el asunto le preocupaba lo suficiente como para ir a su bolso y sacar quinientos dólares de su monedero. Se los tendió.

–Es todo lo que tengo a mano. Debería ser suficiente ayuda hasta que te llegue otro dinero.

La joven agarró el dinero, aunque siguió insistiendo.

–Podría canjear un cheque...

–No. He prometido hablar en tu nombre y así lo haré. Eso es todo, Laura. Ahora quiero que te vayas –dijo, y se encaminó a la puerta.

Luther se quedó ladrando a la visitante hasta que se puso en marcha, lloriqueando tan ruidosamente que se notaba que era un intento de ablandarla, pensó Chloe. Eso no iba a suceder, aunque empezó a hacerle dudar de su decisión.

Laura se detuvo en la puerta para volver a suplicarle.

–¡Basta! –exclamó Chloe, agotada su paciencia–. No vuelvas por aquí, Laura. No me convencerás para que haga nada más por ti.

Sorprendentemente, ella dejó el llanto y la fulminó con la mirada. Cuando habló, no había rastro de temblor en su voz:

–¿Qué son unos miserables cientos de miles para ti, cuando puedes disfrutar de los billones de Max Hart? ¡Nada! –apuntó, e intentó presionarla–. Esto no es propio de ti, Chloe, echarme con una limosna, sin preocuparte por el bebé...

Luther gruñó y se abalanzó sobre sus piernas, haciéndola salir al porche para huir de él. Chloe cerró la puerta inmediatamente y echó la llave, suspirando de alivio. Tomó al perro en brazos.

–Perrito bueno, has vuelto a salvarme –le cantó suavemente, acariciándolo mientras se dirigía al patio trasero, para poner la mayor distancia posible con Laura.

Le dolía la cabeza y estaba revuelta por dentro. En el pasado había accedido tantas veces a lo que se le pedía por no sentir ese torbellino... pero no se sentía mal por no haber cedido. Laura se hallaba en esa situación por culpa de Tony, no suya. Era responsabilidad de ambos. Ella no tenía por qué arreglar esa situación.

Aunque sí llamaría a su abogado para reunirse con Tony. De una u otra manera, él debía hacerse cargo de su bebé.

Max aparcó delante de la casa de Chloe y deseó una vez más que siguiera viviendo con él en Hill House. Sabía que para ella era importante esa independencia, pero no le gustaba.

Le gustó aún menos cuando se enteró de la visita de Laura Farrell y que como resultado, Chloe se viera de nuevo relacionada con Tony. No tenía sentido decirle que no debería haberle entregado ningún dinero. Los bebés eran su punto débil, algo que los separaría inevitablemente si él no se replanteaba su vida.

–Mi abogado ha preparado una reunión con Tony mañana en su bufete –terminó, con una mueca de desagrado–. Va a ser horrible, pero no puedo olvidarlo, Max.

–Cierto, lo tendrás en la cabeza hasta que esté solucionado. Pero no asumas que Laura te ha dicho la verdad, Chloe. Algo huele mal en esa historia.

Por ejemplo, el chantaje emocional, con el que Chloe habría caído meses atrás, una herramienta de manipulación que seguro que había visto que su madre y Tony usaban con ella.

Chloe se rio.

–A Luther también le ha olido mal.

–Elegí bien. Vale su peso en oro –señaló Max con una sonrisa.

–¡Desde luego! –exclamó ella, abrazándolo por el cuello y mirándolo arrobada.

Él la abrazó por la cintura y la atrajo hacia sí.

–¿Quieres que vaya contigo mañana y te ayude con el asunto de Tony?

–No. Esto es algo que debo hacer por mí misma –respondió ella, y sonrió con ironía–. No puedo pretender que me protejas por siempre.

Max sentía la urgencia de hacer eso precisamente. Seguramente por lo poco que le gustaba Tony Lipton. No quería que se reuniera con él. Aunque el encuentro con Laura Farrell había demostrado definitivamente que ella ya no haría nada que no quisiera. Y él no tenía derecho a cuestionarla en algo que consideraba un asunto personal.

–Además, será en el bufete de mi abogado, estaré a salvo.

–Cierto. Me preocupa cuando salgas de allí. Si Tony se pone desagradable...

Chloe frunció el ceño, asustada ante la opción real de que recurriera a la fuerza física.

–Ya sé. Llamaré a Gerry Anderson para que me lleve al bufete y de vuelta a casa.

Una solución independiente.

Poco a poco, iba separándose de él, advirtió Max. Pronto, no lo necesitaría en absoluto, aunque seguía deseándolo con fuerza. Se aseguró de que eso se mantuviera, empleando toda su experiencia, aquella noche cuando hicieron el amor. Después, ella se le abrazó con un suspiro de satisfacción y murmuró:

–Max, no estoy contigo por tu dinero. Tú no piensas eso, ¿verdad?

–Claro que no, Chloe.

Ella se acurrucó, feliz, aceptando sus palabras sin dudar.

Max sabía que no podría comprarla. Tampoco querría hacerlo.

Ella estaba entregada en cuerpo y alma a tomar sus propias decisiones, a seguir su propio camino.

Para mantenerla a su lado, él debía ser su mejor elección.

Lo peor era que deseaba compartirlo todo con ella, y ser correspondido. Seguir su camino sin ella a su lado le resultaba muy vacío. Incluso Hill House resultaba vacía sin ella.

Había iluminado su vida con su adorable, ingenua y radiante personalidad. Todo lo que él antes valoraba, sus brillantes logros, no podían compararse a lo que ella le hacía sentir.

En realidad, no tenía todo lo que deseaba.

Chloe estaba escapándosele, y él quería más.

Capítulo 13

A PESAR de la determinación de Chloe de hacer lo correcto, y de que ambos abogados estarían presentes, enfrentarse de nuevo a Tony le ponía nerviosa. Seguramente estaría furioso.

–Su tensión es palpable, señorita Rollins –comentó Gerry Anderson afectuosamente, mientras circulaban por la ciudad–. ¿Quiere contarme lo que ocurre, para saber cómo protegerla mejor?

Chloe le contó lo sucedido con Laura Farrell y el propósito de aquella reunión.

–¿Puedo decirle algo?

–Por favor.

–La señorita Farrell hizo todo lo que pudo para sacarle dinero. Me parece una mujer muy experta en ese sentido, y le aseguro que he conocido a muchos como ella. No se sorprenda si ya ha exprimido al señor Lipton hasta la médula.

–¿Quieres decir que tal vez me mintió respecto a que Tony no le daba nada?

Era una idea apabullante.

–Solo digo que es una posibilidad. Apuesto a que intentaba exprimirla a usted también. Me alegro de que no lograra engañarla –señaló, con una sonrisa de aprobación.

Chloe hizo una mueca de disgusto.

–Le di quinientos dólares.

–No es una pérdida importante. Y usted se sintió mejor. Será mejor que se olvide de ese dinero, no creo que el señor Lipton vaya a reembolsárselo. De hecho, creo que debería escucharlo antes de acusarlo de nada –le recomendó–. ¿De acuerdo?

–Sí. Gracias, Gerry. Me alegro de haberte llamado. Ahora me siento más... preparada.

–Me alegro de serle de ayuda. Estaré muy cerca por si tiene algún problema –le aseguró el hombre.

–Gracias –dijo ella, suspirando aliviada.

El guardaespaldas la acompañó al interior del bufete y se quedó esperando en el despacho de la secretaria, junto a la sala donde iba a celebrarse la reunión. Tony y su abogado ya estaban dentro cuando ella llegó con el suyo. Todos se saludaron, y Tony alabó lo guapa que estaba, sonriéndole como si estuviera encantado de volverla a ver. Chloe miró a los abogados.

–Centrémonos en los negocios, ¿les parece?

Cada parte se sentó en un lado de la mesa.

Tony se inclinó hacia delante.

–Laura te ha mentido, Chloe. Y a mí. No está embarazada, nunca lo estuvo. Era todo mentira.

Ella iba preparada para lo peor, pero aquello era demasiado.

–Pero... si la vi ayer. Tenía tripa, como de cuatro o cinco meses...

–Solo relleno, te lo prometo –le aseguró él–. Cuando el otro tipo al que engañó se puso en contacto conmigo, insistí en que ella se hiciera un test para comprobar que yo era el padre. No accedió, protestando porque no confiaba en ella. Pero ya lo había hecho antes, chantaje y fraude.

Chloe lo miró sin dar crédito a lo que escuchaba.

–¿Qué otro tipo? –preguntó.

–Uno que leyó nuestra historia en el periódico. Y el papel de Laura en ella. Se lo pensó y me buscó, dijo que no quería que a otro le ocurriera lo mismo que a él, no quería que ella volviera a salirse con la suya –explicó, e hizo una seña a su abogado–. Enséñale su declaración jurada.

El abogado le pasó unos documentos. El primero era la mencionada declaración, de un tal John Dennis Flaherty, del otro extremo de Australia. No parecía que Tony pudiera conocerlo con antelación.

Según él, Laura Farrell había sido su asistente personal hacía cuatro años. Lo había seducido para que mantuvieran relaciones sexuales, aunque él amaba a su esposa y no tenía intención de romper su matrimonio, algo que le había dejado muy claro. Ella parecía haber aceptado la situación hasta que un día le había anunciado que se había quedado embarazada por accidente, y lo había presionado después para que abandonara a su mujer. Él se había negado y había puesto fin a la aventura, ofreciéndose solo a pagar la manutención del bebé. Laura había ido entonces a su esposa, rogándole que lo dejara para que pudiera casarse con ella. La esposa se había divorciado, y él se había quedado solo y pagándole una sustanciosa indemnización a Laura por mantenerla alejada de su vida.

Un año después, había querido conocer a su hijo y había contratado a un investigador privado para que buscara a Laura. Resultó que no había bebé ni registros médicos de ningún embarazo, menos aún de un nacimiento.

A continuación estaban las fotocopias del informe

del investigador. Al ser interrogada, Laura Farrell había declarado que el dinero había sido un regalo de despedida, y no había ninguna otra prueba. Era su palabra contra la de él, así que no había podido demandarla por fraude para recuperar su dinero.

A Chloe se le revolvió el estómago ante aquella detestable historia, que Laura había intentado repetir. Y esa vez, ella había sido la esposa injuriada.

Cincuenta mil dólares no estaba nada mal a cambio de un poco de relleno, pensó con ironía.

–Laura no te engañó, ¿verdad? –preguntó Tony, nervioso–. ¿Le diste mucho dinero?

Chloe levantó la mirada lentamente de los documentos y la clavó en él.

–No. Creí que debías ser tú quien lo hiciera. Por esa razón estamos aquí.

Él mostró alivio.

–Al menos no nos ha hecho demasiado daño.

Chloe no iba a aceptar que él se librara de su parte de culpa. Lo miró fríamente.

–Tú nos has puesto en esta posición, Tony. Le entregaste el poder para jugar así.

–¿Te crees que no me he arrepentido miles de veces de haber caído en su trampa?

–Laura aseguró que tú la sedujiste.

–¿Cómo iba a decirte otra cosa? –se mofó él–. Era lo que le convenía. Igual que le convino enviarme clarísimas señales de que quería algo conmigo desde el primer día que trabajó para ti. Millones de pequeñas tentaciones que ignoré durante meses. No la deseaba.

Se inclinó hacia delante de nuevo, rogándole con la mirada que lo comprendiera.

–Te tenía a ti, Chloe. No quería nada con ella. In-

cluso cuando se me abalanzó, me dije que debía dete-
nerla, pero había bebido mucho en aquella fiesta, y...
–hundió las manos en su cabello con desesperación–.
Te lo aseguro, es una depredadora sexual. Yo salía del
cuarto de baño. Me hizo entrar de nuevo, me bajó la
cremallera, se puso sobre mí y...

–¡Ahórrame los detalles! –le interrumpió ella.

–Lo siento, solo quería que supieras cómo fue, yo
no quería que sucediera. Te amo –exclamó él.

Chloe se irritó ante aquel nuevo intento de manipulación. Daba igual quién de los dos hubiera empezado, el hecho era que ninguno lo había impedido.

–No me digas que solo hubo una vez, Tony. Sé que
no fue así –dijo, harta de tantas mentiras–. Mi madre
me lo contó. Tildó el romance de «algo sin importancia». El romance, Tony, no una aventura de una noche.

Vio cómo él intentaba maquinar una excusa.

–De acuerdo –reconoció–. Laura sabía cómo sedu-
cirme. Cualquier hombre habría aceptado lo que ella
ofrecía. Soy humano, Chloe. Pero me sentía culpable,
y al final puse fin a esa historia porque me importaba
nuestro matrimonio y no quería que ella lo estropeara.

¿Max también habría caído en las redes de Laura?
Era obvio que lo que ella le había ofrecido a Tony había sido más excitante que lo que tenía en casa. Tal
vez Max no se había casado nunca porque, después de
un tiempo, se aburría del sexo con la misma mujer, así
que prefería mantenerse soltero para poder acceder a
algo nuevo cada vez que quería.

Como le sucedería con ella.

Le invadió una enorme tristeza. No quería oír nada
más. No habiendo bebé, aquella reunión no tenía razón de ser. Miró abatida al hombre con quien se había

casado creyendo ciegamente en el amor, y le dijo una verdad:

–Lo que no querías perder era tu máquina de hacer dinero, Tony.

Él se ruborizó, avergonzado.

–Esas son palabras de Laura, no mías. Estaba decidida a separarte de mí, pero ya no forma parte de nuestras vidas, Chloe. No hay ningún bebé que la ate a mí. Eso pertenece al pasado –dijo, y extendió las manos–. Te ruego que me perdones. Dale otra oportunidad a nuestra relación.

Ella negó con la cabeza y se levantó. Se giró hacia los abogados.

–Gracias por sus servicios para aclarar la situación con Laura Farrell.

Los tres hombres se pusieron en pie.

–Piénsalo, Chloe, por favor. Teníamos un buen matrimonio antes de esto. Sé que querías un bebé y yo lo pospuse, pero no lo haré si nos das otra oportunidad. Te lo prometo.

Ella no dudó de que cumpliría su promesa. Un bebé era la mejor manera de mantener su matrimonio. Pero recordaba cómo había tratado a Luther, y no le parecía un buen padre. Ni un buen marido. Nunca lo había sido.

–La reunión ha terminado –afirmó ella–. No era para hablar de nosotros, Tony.

–¿No te das cuenta de que he sido víctima de Laura, igual que John Flaherty? Estás permitiendo que ella gane.

–No. No ha sacado nada de esto.

Los quinientos dólares serían migajas para lo que habría esperado obtener.

–Sí lo ha hecho: la satisfacción de vernos romper –replicó él con vehemencia.

Extrañamente, en realidad le había hecho un favor, pensó ella. Su romance había sido el catalizador para romper con muchas cosas perjudiciales de su vida.

–Yo he seguido con mi vida, Tony. Ya no hay marcha atrás.

Él la miró enfadado.

–Puedo perdonarte lo de Max Hart. Se aprovechó de la situación.

Ella sacudió la cabeza.

–Me marcho –anunció, y miró al abogado de Tony–. Agradeceré que permanezcan en esta sala hasta que me haya ido.

–Comprendido, señorita Rollins –dijo el letrado.

Su propio abogado la acompañó a la puerta.

–Max Hart no se casará contigo –le gritó Tony–. No te dará hijos. Terminarás en la cuneta, igual que el resto de mujeres que han estado con él.

Ella ya sabía que Max cambiaría de mujer, y que le dolería cuando sucediera. Pero había estado a su lado en un momento crítico de su vida, ayudándola a convertirse en alguien independiente. Siempre recordaría el bien que le había hecho, eso superaría el dolor por su pérdida.

Abandonó la sala de reuniones.

–Te daré mejor vida de lo que Max Hart podrá nunca –insistió él, en una última y desgarradora súplica–. Te juro que eres la única mujer para mí. Tendremos familia, tanta como quieras. Piénsalo, Chloe. Y llámame...

La puerta se cerró tras ella.

Gerry Anderson se levantó de su asiento. Chloe se despidió de su abogado y se marchó de allí.

Max volvió a mirar la hora y frunció el ceño. La reunión de Chloe con los abogados y Tony Lipton tenía que haber terminado hacía tiempo.

–¿Por qué estás tan tenso, Max? –le preguntó Angus Hilliard–. Es la tercera vez que compruebas la hora y frunces el ceño. Aparte de que no logras concentrarte en nuestro negocio.

Max lo miró preocupado.

–Estoy esperando una llamada de Chloe. Tenía una reunión con su marido y los abogados, pero debería de haber terminado hace tiempo. Quise acompañarla, no confío en ese hombre. Por lo menos, se le ocurrió contratar a Gerry Anderson para que la acompañara.

–Es uno de los mejores –señaló Angus–. ¿Por qué no lo llamas y le preguntas qué tal ha ido? Aquí tengo su número.

–Esta vez no lo he contratado yo –señaló Max–. Y Chloe prometió llamarme.

–Lo haces porque ella te importa –replicó Angus–. Seguro que Anderson lo comprenderá.

No le gustaba la idea de actuar a espaldas de ella. Pero la sensación de que estaba separándose de él crecía cada vez más. Debería haberle telefoneado ya. A menos que algo fuera muy mal.

Tenía que saberlo. Contactó con Gerry.

Diez minutos después, supo que Chloe se hallaba sana y salva en su casa desde poco después de las doce. Conoció también el fraudulento embarazo. Lo que más le turbó, sin embargo, fueron las palabras que

Tony le había dicho a Chloe antes de abandonar el bufete: que con él no tenía futuro. Pero Tony sí que le ofrecía una familia. Y su última súplica: «llámame».

A pesar de haber quedado en ello, Chloe no lo había telefoneado a él, Max Hart, el hombre cuyo estilo de vida sugería que ella solo era una más entre una multitud de mujeres, ninguna de las cuales había conseguido que se casara y formara una familia.

¿Estaría planteándose las promesas de su todavía marido?

—Max, estás desgastándome la alfombra.

El seco comentario lo devolvió a la realidad: se hallaba en el despacho de Angus, paseándose como un tigre frustrado, queriendo arremeter contra la situación, pero enjaulado tras barrotes que no podía forzar sin más. Chloe ya no vivía en su propiedad, no podía acceder a ella tan fácilmente, especialmente si ella no lo quería. Y todavía seguía casada con Tony Lipton, quien estaba intentando sacar provecho del engaño de Laura Farrell.

Se detuvo frente a Angus, que se echó hacia atrás y elevó las manos a modo de defensa.

—Yo no soy tu objetivo, solo el que negocia, ¿recuerdas?

—¡Ella es mía! —explotó—. ¡No quiero que el gusano de su marido vuelva a su vida!

Angus lo miró como si hubiera perdido el juicio.

—¿Y por qué iba a aceptarlo ella de nuevo?

—Porque el embarazo de su asistente era falso, y Tony Lipton sabe cómo usar eso en su beneficio, prometiéndole amor y una familia —explicó—. Ese embarazo fue la gota que colmó el vaso, porque Chloe quería un bebé.

–Pues entonces dale uno, Max.

¡Como si fuera lo más sencillo del mundo!

–Si Chloe quiere hijos, y tú no se los das, antes o después la perderás. Es el instinto más básico de las mujeres. Si quieres mantenerla junto a ti, esa es la manera. Si no, será mejor que vayas preparándote para dejarla marchar.

Max no podía soportar la idea de dejarla marchar. Menos aún si era para compartir su vida con otro hombre.

Solo había una manera de mantenerla a su lado.

La pregunta era: ¿querría ella que tomaran juntos ese camino?

Capítulo 14

CHLOE estaba sentada en un banco de su jardín, dando pequeños trozos de jamón a Luther mientras él retozaba a sus pies. Era agradable estar al aire libre y tener la sencilla compañía de su querida mascota. Aún no le apetecía almorzar. La reunión con Tony le había quitado el apetito. Tampoco quería hablar de ello.

Tenía el teléfono móvil a su lado, junto a su taza de café. Max esperaba que lo telefoneara para contarle cómo había ido la reunión. Había sido todo tan desagradable que no quería recordarlo.

Especialmente el tema del sexo en el cuarto de baño. ¿Habría tenido Max alguna experiencia parecida? ¿Cuánto significaba una mujer para él, más allá de la satisfacción sexual?

Apenas registró que llamaban al timbre, pero Luther sí se acercó a ladrar a la puerta. Chloe no se movió, no le apetecía ver a nadie. Tanto Max como Gerry Anderson podían llamarla al teléfono móvil. Nadie más tenía derecho a molestarla.

Quienquiera que llamara, se marchó. Luther regresó con aire triunfal, como si sus ladridos lo hubieran echado. Chloe le sonrió y se lo puso en el regazo.

–Estoy muy feliz de tenerte, Luther –murmuró.

Era algo real, auténtico, que Max le había regalado.

Una señal de que ella le importaba. Y también una manera de contentarla porque no pensaba darle un hijo.

Recordó que le había parecido muy joven para estar desesperada por ser madre. Él no contemplaba esa opción. La lujuria era algo temporal en su vida, que no suscribiría con un compromiso. Había actuado con integridad, pero también en interés propio. Lo cual era justo, se dijo. Max no tenía la culpa de que ella quisiera mucho más.

Luther se puso tenso y comenzó a gruñir, con la vista clavada en la valla trasera de la casa, que daba a un estrecho callejón entre las filas de casas adosadas. Alguien comenzó a agitar la puerta de salida al callejón. Luther salió corriendo hacia ella, ladrando con todas sus fuerzas.

Chloe también se activó. La puerta estaba cerrada con llave, pero alguien que quisiera robar podría escalar la valla de dos metros. Dado que nadie había contestado al timbre, quienquiera que fuera podría haber pensado que la casa estaba vacía. Y entrar por la parte posterior era mucho más disimulado.

Chloe agarró su teléfono móvil y se unió a Luther junto a la valla.

–¡Váyase o llamo a la policía! –gritó.

–¡Chloe! –exclamó una voz, aliviada–. Soy yo... tu madre. Estaba preocupada por ti. ¡Déjame entrar, por lo que más quieras!

Chloe se quedó sin habla. ¡Su madre, allí! ¿Quién le había dado la dirección? Seguramente la habría seguido en algún momento, igual que Laura Farrell. Tan insistente y determinada como siempre.

–¡Chloe, déjame entrar! –exigió su madre.

–No voy a hacerlo –respondió–. No tienes que preocuparte de mí, estoy perfectamente.

–No me lo creo –le espetó la mujer–. Siempre escondes tu frustración, y eso es lo que estás haciendo aquí, esconderte. Puedo ayudarte a volver a poner las cosas en su sitio, solo abre la puerta.

–No quiero tu ayuda, madre. Por favor, márchate y déjame en paz.

–Sé lo del fraude de Laura Farrell. Sé lo que ha sucedido en la reunión con Tony esta mañana. Está desesperado por que vuelvas con él...

–¿Has venido en su nombre?

–¡Claro que no! Aunque debo decir que a partir de ahora se entregaría más de lo que Max Hart hará nunca, pero eres tú quien me importa. Tú y lo que es mejor para ti.

–De eso puedo ocuparme yo sola, gracias.

–No puedes. No tienes ni idea. Eres una novata en este negocio. Max Hart te explotará un tiempo, pero su interés en ti no será duradero. Y si yo no estoy a tu lado para asegurarme de que no quedan secuelas, podrías hundirte sin remedio. Si estás atenta, podrás usar este romance con él como un trampolín. ¡Tienes que aprender a usar la cabeza, pequeña! Yo puedo enseñarte, mostrarte los trucos...

Chloe sintió náuseas. La estridente voz continuó desgranando maneras de extraerle todo lo posible a Max mientras estuvieran juntos, porque eso se acabaría...

Se acabaría...

–¡Basta! –gritó, incapaz de oír nada más.

–Por eso me necesitas –insistió su madre–. Déjame entrar, pequeña, para que podamos hablar. Soy tu madre. Siempre estaré ahí para ti. Me necesitas.

–¡No! –exclamó Chloe, tapándose las orejas con las manos–. Me voy dentro. Márchate, madre, o te aseguro que llamaré a la policía.

La voz intentó seguir chantajeándola, mientras ella se alejaba de la valla. Casi se tropezó con Luther, tan nervioso como ella al verla así. Fue un alivio entrar en casa, y más aún cerrar la puerta. Subió las escaleras, se desvistió a toda prisa, se metió en la cama y se tapó hasta las orejas, aislándose del resto del mundo.

No le importaba estar escondiéndose.

A veces esconderse era la única manera de defenderse de lo insoportable.

Max esperó toda la tarde la llamada de Chloe, cada vez más tenso conforme el silencio se prolongaba. Ella no acostumbraba a romper una promesa. ¿Acaso la reunión con Tony la había turbado tanto que no quería hablar con él? Fuera lo que fuera, no podía evitar la sensación de que llevaba las de perder.

A las cinco decidió hacer frente a la situación. Se acercó a casa de Chloe. Ella no contestó al timbre, ni Luther ladró. Todo parecía indicar que había salido y se había llevado al perro, seguramente a dar un paseo por el parque. Fue a buscarlos, pero después de media hora dando vueltas, llegó a la conclusión de que no estaban allí. Frustrado, la llamó al móvil, pero estaba apagado.

Volvió a la casa y llamó al timbre de nuevo. No obtuvo respuesta. Chloe le había dado una llave, pero como no había avisado de su visita, Max no quería usarla. Valoraba mucho la privacidad. Solo la posibilidad de que a ella le hubiera ocurrido algo le convenció para actuar.

Abrió la puerta y entró. Un gruñido lo alertó de la presencia de Luther: el perro estaba en lo alto de la escalera, con el pelo erizado, listo para atacar... hasta que lo reconoció. Entonces se relajó y trotó hacia el dormitorio de Chloe.

¿Estaba dormida a esas horas? ¿Enferma? ¿No podría ni moverse?

Cerró la puerta y se apresuró a las escaleras, ansioso por averiguar lo que sucedía y ayudar lo mejor que pudiera.

Ella estaba en la cama. Su ropa se hallaba desparramada por el suelo, como si se la hubiera quitado con desesperación. Acurrucada y tapada hasta la cabeza, solo se le veía un mechón de cabello saliendo por debajo de la sábana. Luther se había acomodado en la almohada a su lado, queriendo estar lo más cerca posible, al tiempo que protegiéndola de cualquier molestia.

Max se quedó unos momentos a su lado, escuchando su respiración. Parecía normal. Se resistió al impulso de quitarse la ropa y meterse junto a ella en la cama, no por sexo, solamente para abrazarla y asegurarse de que todo estaba bien entre ellos. Aunque sabía que no era así. Ella lo había apartado, no sabía si deliberadamente o porque no podía más. De cualquier manera, combatiría esa decisión.

Acercó una silla y se sentó junto a la cama.

Y el hombre y el perro se quedaron esperando a que la persona más importante de sus vidas se despertara y los atendiera.

Chloe se fue despertando poco a poco. Los párpados aún le pesaban demasiado, prefería mantenerlos cerrados. Tal vez volviera a dormirse, era mejor eso que recordar las razones de su tristeza y volver a llorar hasta la extenuación.

Inspiró hondo y cambió de posición, frunciendo el ceño al darse cuenta de que había otro movimiento en su cama. Entonces, una pequeña lengua le lamió la frente. ¡Luther! ¿Habría dormido tanto que se le habría olvidado darle de cenar? No estaría bien descuidarlo después de lo buen perro guardián que había sido.

Sacó una mano, se destapó la cara y lo acarició cariñosamente detrás de las orejas.

—Ya voy, cariño, mamá ya se levanta —murmuró.

—Yo también estoy aquí.

Era la voz de Max, grave y poderosa. Chloe abrió los ojos de golpe.

—Estaba preocupado por ti, así que me he permitido entrar.

Ella hizo una mueca.

—Perdona, debería haberte llamado. Mi madre ha venido y...

—¿Ella ha estado aquí?

La honda preocupación de él le hizo recordar los horribles consejos recibidos.

—No lo haré —murmuró con fiereza.

—¿Hacer el qué?

Se incorporó en la cama, contemplando al hombre que amaba, y respondió con brutal sinceridad:

—Sacarte todo lo que pueda mientras dure nuestra relación.

Él se irguió en su asiento, apenas conteniendo su irritación.

—No deberías haberla dejado entrar, Chloe. No deberías haberla escuchado.

–No la dejé pasar. Pero era difícil no escuchar sus gritos a través de la verja de atrás.

–¡Vieja bruja pesada! –exclamó él, poniéndose en pie y gesticulando furioso–. No puedes seguir aquí, Chloe. Ahora que sabe dónde vives, continuará acosándote. Se lo dirá a Tony y hará lo posible por ponerte en mi contra y que regreses junto a ella... y él.

Era extraño verlo tan fuera de control, pensó. Lo observó pasearse por la habitación, destilando agresividad mientras expresaba todo lo que pensaba.

–No hay duda de que Tony no intentará recuperarte, pero usará el fraude de Laura Farrell para pedirle a tu madre que te manipule en su nombre, rogándote que lo perdones...

–¿Sabes eso? –preguntó ella, sorprendida.

Él se la quedó mirando y le quitó importancia con un gesto.

–Estaba preocupado, no sabía nada de ti. Así que telefoneé a Gerry Anderson. Sé que no era asunto mío, pero no podía soportar la idea de que tuvieras algún problema. Por eso he usado la llave que me diste. Y Luther me ha mostrado dónde estabas, porque sabe que me preocupo por ti –explicó, desafiándola con la mirada a que protestara.

Al oír su nombre, Luther se le acercó para que lo acariciara, cosa que hizo sin apartar la mirada de Chloe.

–Luther y tú os venís conmigo. No hay más que hablar –sentenció, sacando su teléfono móvil–. Voy a avisar a Edgar de que vamos, y a Elaine de que prepare cena para dos...

–No, Max.

Chloe se sorprendió de lo tranquila que se sentía,

seguramente porque había agotado sus emociones antes de quedarse dormida.

—No voy a volver a salir huyendo de mi vida.

Él frunció el ceño.

—Estás mejor conmigo. Yo puedo protegerte, asegurarme de que...

—¿Por cuánto tiempo, Max?

—Todo el que haga falta —replicó él, decidido.

Chloe suspiró y lo miró con tristeza.

—En algún momento se acabará lo que sientes por mí. Si me permito depender de ti, me será más difícil luego arreglármelas sola. Hoy ha sido... —hizo una mueca— difícil y desagradable, y solo quería olvidarlo. Pero debo afrontar otras cosas que surgirán, no puedo esperar que siempre me rescates.

Él frunció los labios de frustración. Tenía que conseguir convencerla.

—No me gusta que estés sola —le espetó—. Me perteneces.

A Chloe le dio un vuelco el corazón. Era la primera vez que él mostraba una actitud posesiva, señal de que le importaba mucho. Lo miró sin aliento, mientras sus temores desaparecían, arrollados por su necesidad y amor hacia él, que exigían esa oportunidad de realizarse.

Pero había una duda que necesitaba despejar.

—¿Tú habrías tenido sexo con Laura Farrell?

Él la miró atónito. A Chloe le ardían las mejillas mientras añadió:

—Si se hubiera abalanzado sobre ti en un cuarto de baño... y te hubiera bajado la cremallera...

Él hizo una mueca de desagrado y borró esa imagen de su mente.

–¡Nunca! Me la habría quitado de encima enseguida –aseguró, frunciendo el ceño–. He sido el objetivo de muchas mujeres así, Chloe, y siempre las he
rechazado. No solo suponen problemas, además no
son mi tipo.

Qué dulce alivio saber la verdad. Por supuesto, él
no aceptaría nada que no eligiera por sí mismo. Debería haberlo sabido, era el dueño del control. Aunque
en aquel momento no parecía tan controlado.

–¿Así fue como Tony excusó su infidelidad? –inquirió él, fulminándola con la mirada.

–No importa, Max.

–A mí sí me importa si crees que yo actuaría igual.

–Ya me he dado cuenta de que no lo harías –admitió ella, con una sonrisa de disculpa–. Siento haber sacado el tema.

–Yo no soy como Tony –aseguró él con fiereza.

–Lo sé –afirmó ella, y suspiró pesadamente–. Este
desagradable asunto me ha confundido.

–Por eso quiero librarte de ello.

Se sentó a su lado en la cama, le pasó el brazo por
los hombros y la giró hacia sí, apartándole el cabello
del rostro con la otra mano y mirándola con una determinación que no admitía un «no» por respuesta.

–Vente a casa conmigo, al menos esta noche. Hoy
ya has tenido más que suficiente. Déjame que te lleve
de vuelta a Hill House. Deja que Elaine te mime con
una deliciosa cena. Date tiempo para relajarte y que
nada te agobie.

La besó en la frente.

–Dime que sí –la miró burlón–, aunque solo sea
para salvarme de tanta preocupación.

Ella no pudo contener una sonrisa.

–Por fin algo de lo que yo puedo rescatarte. Así que... sí. Llama a Edgar mientras me doy una ducha y me visto.

Fue una decisión fácil. Él sí que la cuidaba, y a ella le encantaba, lo disfrutaría todo el tiempo que pudiera. Tal vez él quisiera que fuera suya para siempre. Tendría que esperar y confiar. Le resultaba imposible imaginar que hubiera otro hombre tan maravilloso como él. Maximilian Hart, un hombre entre un millón.

Capítulo 15

E N LA DUCHA, la inquietud de Chloe fue creciendo ante su impulsiva reacción de irse con
Max a Hill House. Le recordaba demasiado al
comienzo de su relación, refugiándose en él de las
mismas tres personas que anteriormente la habían afli-
gido. Aunque aquella segunda vez, los había hecho
frente y apartado de la vida que estaba construyén-
dose. Lo que le había turbado eran sus comentarios
acerca de la relación con Max.

Estaban equivocados creyendo que solo la quería
por el sexo. Max se preocupaba por ella. La había ayudado a desarrollar su autoconfianza, a manejarse por sí
misma, a escoger lo que necesitaba. No había egoísmo
en eso. Y se preocupaba por su bienestar, convirtién-
dola en mucho más que una mujer de tantas con las
que se satisfacía.

«Me perteneces».

Chloe recordó las apasionadas palabras conforme
salía de la ducha y se vestía. Le parecían una promesa
de que él nunca la abandonaría. De ser cierto eso, permitir que la llevara a su casa estaba bien, era un paso
hacia un futuro que no se había permitido soñar. Aunque tal vez esperaba demasiado.

En cualquier caso, solo se trataba de una noche.
Merecía la pena creer que podía ser la oportunidad

que ansiaba, aunque le dolería si al final solo era una forma de que Max aliviara su preocupación por ella.

Hasta que no se miró en el espejo, no se dio cuenta de que había escogido el mismo vestido de lunares azul y blanco que llevaba la primera vez que había pisado Hill House. Por un momento, se quedó abrumada. ¿Significaba una vuelta al pasado?

Recordó la conexión que se había producido entre ellos aquel día, cuando Max había entrado en la suite del hotel y la había visto. Tal vez había sido algo más que una mera atracción sexual, posiblemente el reconocimiento a nivel inconsciente de que se convertirían en personas muy importantes el uno para el otro. Quiso creer eso. Decidió volver a lucir ese vestido, como un buen augurio del futuro que no podía evitar desear.

Tras peinarse y maquillarse, inspiró hondo y salió de su habitación. Max se hallaba en el pasillo, con la cesta del perro en la mano.

–No tenemos que llevarnos a Luther –dijo ella–. Está acostumbrado a quedarse aquí cuando vamos a algún evento.

Él la miró fijamente.

–Esto no es un evento –afirmó.

Y, al fijarse en ella, su rostro se suavizó, sonrió de felicidad y sus ojos reflejaron tal satisfacción que Chloe se estremeció de felicidad. Estaba claro que le gustaba su aspecto. Tal vez pensara incluso en que era buena para él.

–Luther estará más contento con nosotros –apuntó él.

«Nosotros...».

–Le he prometido pollo para cenar –añadió, travieso–. Elaine se lo está preparando. Sabes lo mucho que le gusta el pollo.

Chloe se rio, presa de una dicha absoluta.

–De acuerdo, no puedo negarle ese gusto.

Se dijo que no debía sacarle sentido a todo. Sería una decepción demasiado grande si tejía una fantasía totalmente alejada de la realidad.

Fue muy consciente de que él la miraba mientras descendía las escaleras, a cada paso más encendida. Una vez en el coche, él la tomó de la mano, entrelazando los dedos con fuerza.

Ella sintió el calor subiéndole hasta el corazón. Quería una auténtica conexión con ella, no solo era algo sexual.

«Me perteneces...».

«Por favor, que sea cierto», deseó, con todo su ser. Lo que había sentido por Tony había sido una minucia comparado con la profundidad de su amor por Max. Nunca habría otro hombre como él en su vida. Y si él no le correspondía al mismo nivel... No quería pensar en eso aquella noche. Solo quería disfrutar al máximo de sus cuidados, algo que nunca había tenido de su madre o Tony.

Llegaron a la puerta de la finca y sintió que volvía a casa. Por eso se había mantenido alejada. Era una casa mágica, que prometía una vida feliz en su interior. Él se la había abierto, y a ella le había encantado estar allí.

Max aparcó el coche junto a la entrada de la mansión. Se giró hacia Chloe, tomó su mano y la observó atentamente, como si necesitara ver su reacción al decirle:

–No solo ellos tres te han echado de menos. Yo

también. Espero que te sientas bien regresando esta noche. Yo estoy muy feliz.

Por un instante, ella no pudo hablar. Era imposible ocultarle lo mucho que significaban sus palabras. Intentó contestar con mesura.

–Sí, me siento muy bien. Gracias, por...

–No tienes que dármelas –dijo él, y al verlo tan feliz, ella se sintió aún más dichosa–. Esta casa quiere que la ilumines con tu presencia. No la hagamos esperar.

No podía creer que él dijera algo tan romántico, y que la había echado de menos. Sabía que era cierto, él nunca mentía.

Luther se había quedado dormido en la cesta. Max la sacó y a continuación le ofreció el brazo a Chloe. Según se acercaban, Edgar abrió la puerta principal y saludó a Max con una reverencia.

–Buenas noches, señor Hart.

Luego, rompió su aire de gravedad al sonreír a Chloe.

–Bienvenida a casa, señorita Rollins. Es un placer volver a estar a su servicio.

A Chloe la inundó la emoción. Era tan fabuloso verse rodèada de personas a las que gustaba y que querían lo mejor para ella... que no pensaban en utilizarla... Sonrió radiante.

–Gracias, Edgar. Yo también os he echado de menos. Es maravilloso estar aquí de nuevo.

Había estado a punto de decir «estar en casa», pero por más que lo deseara, no era su hogar. Todavía no. Tal vez nunca lo fuera.

Sin embargo, Edgar, Elaine y Eric se esforzaron al máximo por que se sintiera como en casa.

Cuando Max y ella entraron en la cocina con Luther, Elaine la recibió como a una hija pródiga, y Eric no paró de sonreír y contarles que había plantado las flores favoritas de Chloe alrededor de la casa de invitados. Luther se despertó, y Eric lo sacó de su cesta y lo achuchó, diciendo lo buen perro que era y la compañía que le hacía durante sus trabajos en el jardín.

Edgar les sirvió la cena con más desparpajo del habitual, describiendo con detalle los deliciosos platos de Elaine para animar a Chloe a que comiera, y anunciando a Max que se había tomado la libertad de abrir uno de sus mejores vinos, cosa que él aprobó al instante.

Chloe logró relajarse completamente durante la cena, y se dejó mimar por todos ellos, sintiéndose muy especial. La mirada de Max se lo recordaba todo el tiempo. Tal vez él sí quería que Hill House fuera su hogar, no un refugio temporal. Un hogar para siempre.

Después de cenar, él sugirió que pasearan hasta la casa de invitados para comprobar los recientes trabajos de Eric en el jardín. Estaba anocheciendo, aún quedaba algo de luz. Chloe accedió alegremente y se colgó de su brazo, disfrutando de sentirse tan cerca de aquel hombre tan especial, y queriendo una sensación mayor de intimidad.

Max también pareció feliz simplemente de tenerla a su lado, y se mantuvo en silencio mientras atravesaban el patio de la piscina. Hacía una noche preciosa. Las estrellas empezaban a aparecer en el cielo violeta. El jazmín de la pérgola perfumaba todo el ambiente. Y al fondo, las luces del puerto brillaban en todo su esplendor.

Chloe sonrió para sí, recordando lo nerviosa y precavida que se había sentido ante Max su primera vez allí, inquieta por su magnetismo sexual, temerosa de los motivos por los que la protegía. Él se preocupaba realmente por ella, por la persona que era y la que quería ser. Nadie podría haberla cuidado tan bien, manteniéndola a salvo, enseñándola a pensar por sí misma, a tomar decisiones y llevarlas a cabo.

Se apretó contra su brazo y apoyó la cabeza en su hombro conforme bajaban las escaleras hacia la terraza de la casa de invitados.

–Gracias por ser el hombre que eres, Max –dijo.

–Ya no soy el que era –confesó él–. Yo sí que debería darte las gracias por ser la mujer que eres, Chloe. Has cambiado mi forma de ver la vida, me has hecho darme cuenta de que existe mucho más de lo que había imaginado... de lo que había decidido...

–¿Como qué? –preguntó ella, curiosa.

Él tardó en responder, y cuando lo hizo fue como si pensara en voz alta, reflexionando al cabo de los años.

–Supongo que aprendí a mantener la distancia emocional desde muy pequeño... El arte de sobrevivir: cuidar de mí mismo, no permitir que otras personas me llegaran tan dentro que me doliera, no depender de nadie para nada. Me convertí en autosuficiente. Eso no significa que no haya disfrutado de la compañía de mucha gente, pero nunca permití que la conexión se tornara en una necesidad; eso habría significado entregarles poder sobre mi vida, influyendo en lo que consideraba mi exitosa trayectoria.

–Nadie discute lo exitosa que ha sido, Max –reconoció ella, con el corazón acelerado ante la posibilidad de que con ella fuera diferente, que la conexión que existía entre ambos fuera tan profunda que no pudiera vivir sin ella.

—Exitosa en cuanto a ambición y ganancias materiales se refiere —se burló él—. Tan exitosa que no veía lo que estaba perdiéndome.

Llegaron al pie de las escaleras y se encaminaron a la casita.

—Aunque mis instintos traspasaban mi escudo mental, susurrando ideas ajenas a mi forma habitual de pensar, que descartaba como fantasías tontas —continuó, y sacudió la cabeza—. No eran tontas. En el fondo de mi corazón, era lo que realmente quería contigo, Chloe.

Se detuvieron en la puerta. Max se giró hacia ella con expresión grave y mirada ardiente. Posó la mano en su mejilla, como si fuera algo de valor incalculable.

—Tú eres mi María.

¿María? Chloe estaba confundida. Le había oído decir ese nombre antes, cuando él había regresado a la suite del hotel después de romper las ataduras con su madre... para excusarse a continuación, diciendo que le había recordado a alguien.

La invadió la angustia. ¿Había perdido él a una María? No quería estar relacionada con otra mujer a quien él hubiera querido. Necesitaba que la deseara por sí misma.

—Ese no es mi nombre, Max —susurró, con la garganta seca.

—Es mi nombre para ti. «Chloe» no te va bien. Te renombré María en mi mente antes incluso de que hubiera alguna oportunidad de estar juntos. Nada de Chloe Rollins, sino María Hart.

Ella se quedó atónita.

–¿Hart? Ese es tu apellido.

–Sí. Te estoy pidiendo que lo aceptes. Sé mi esposa. Comparte conmigo el resto de tu vida –propuso él, con una pasión que la estremeció–. Sé que no podemos casarnos hasta que obtengas el divorcio, pero no puedo esperar ni un día más a que estemos juntos, a que vivamos juntos.

Inspiró hondo y pronunció las palabras que ella más deseaba escuchar:

–Te amo, Chloe. Amo todo de ti. Y lo único que quiero es que seas tú misma a mi lado.

–¡Oh, Max! –exclamó ella, gozosa, abrazándolo por el cuello y con los ojos rebosantes de un amor que ya no tenía que esconder–. Yo también quiero estar contigo, todos los días de mi vida. Tuve que obligarme a marcharme de aquí porque creí que nuestra relación se acabaría y tenía que prepararme para una separación, aunque sabía que nunca iba a amar a nadie tanto como a ti.

–He odiado estar lejos de ti. Nunca volveremos a separarnos –aseguró él–. Nos daremos el uno al otro lo que hemos echado de menos en nuestras vidas hasta ahora. Tendremos el mejor de los futuros juntos.

Selló la promesa con un apasionado beso y Chloe lo creyó sin dudarlo: aquel indomable poder masculino le llenó el corazón y la mente, el cuerpo y el alma, y ella supo que se pertenecían el uno al otro y que siempre sería así.

Tendrían un maravilloso futuro juntos. Cuando Maximilian Hart se proponía algo, lo conseguía.

Epílogo

AL POCO tiempo de que Chloe aceptara su proposición de matrimonio, Max la informó de que su madre se había trasladado a Los Ángeles, donde se convertiría en agente de actores. El implacable brillo de su mirada le indicó que él había tenido algo que ver, asegurándose de que la mujer a la que amaba no volvería a ser acosada por su madre. Chloe no lo cuestionó, solo aceptó con gran alivio que no volvería a verla.

Supo por su abogado que Tony también se había marchado de Sídney a Byron Bay, en la costa norte de New South Wales, donde existía una colonia de escritores. Según parecía, tenía la idea de escribir un libro. A ella le pareció más bien una imagen que usaría para hacerse pasar por alguien que merecía la pena conocer, mientras vivía del dinero que le había sacado.

A ella le daba igual. La indemnización por el divorcio merecía la pena si así no volvía a verlo. Se preguntó si Max también habría influido en esa decisión, pero él solo exclamó «¡Adiós y hasta nunca!» cuando le comentó la noticia. No hubo más reuniones con Tony durante el proceso de divorcio, lo cual también fue un alivio.

No temía volver a encontrarse a Laura Farrell. Su antigua asistente habría supuesto que su fraude se descubriría en cuanto Tony fuera preguntado por la manutención del bebé. De hecho, fue detenida algunos meses más tarde por intentar chantajear a un importante hombre de negocios. Chloe se alegró de que alguien hubiera puesto fin a su maldad.

Max y ella se casaron en cuanto fue legalmente posible.

Gerry Anderson pasó a formar parte de sus vidas, acompañando a Chloe siempre que Max no podía estar a su lado, y velando por la seguridad de sus hijos conforme avanzaron los años.

Max pasó a producir películas, que siempre protagonizaba su esposa e invariablemente resultaban éxitos de taquilla, porque llevaba buenas historias a la gran pantalla. Ambos se convirtieron en leyendas de la industria del cine, conocidos no solo porque convertían en oro todo lo que tocaban. Además fueron una pareja sólida, el amor que sentían nunca perdió su brillo.

Tuvieron cuatro hijos, dos niños y dos niñas, que los acompañaban en todos sus viajes. Tenían casas en Nueva York y Londres, en Francia e Italia, pero esos solo eran lugares para que pudieran vivir cuando el trabajo requería que se desplazaran. Hill House siempre fue el hogar familiar.

A los niños les encantaba tener su propia casita para jugar, que se dedicó a su uso exclusivo. Los invitados se alojaban en la mansión.

Edgar, Elaine y Eric permanecieron allí el resto de sus vidas, y enseñaron y supervisaron a sus sustitutos cuando se hicieron demasiado mayores para sus puestos. Eran como unos abuelos, disfrutando y cuidando a cada niño, y a Luther también cuando la familia estaba fuera.

Luther vivió hasta los dieciocho años. Fue enterrado junto a la casa infantil, con una lápida que decía: *Aquí yace Luther, el mejor perro guardián del mundo, amada mascota de la familia Hart.*

La duda que había tenido Max, de si sería bueno para Chloe a la larga, dejó de tener sentido en el futuro que construyeron juntos. Le producía un enorme placer observar las emociones que reflejaba en su rostro y que siempre le alegraban el corazón. Eran buenos el uno para el otro.

No sabía que, a ojos de Chloe, él era su fabuloso caballero andante. Sin una pizca de lado oscuro.

Cada uno había borrado toda la oscuridad del otro.

En su entorno privado, se hicieron llamar Max y María.

BIANCA™

CATHERINE GEORGE
UN CORAZÓN
HUMILLADO

Capítulo 1

NADA había cambiado en aquella ciudad desde el día en el que él se había marchado de allí tan precipitadamente, jurando que jamás volvería a poner el pie en aquel lugar. Diez años más tarde, los afilados tejados y los parteluces de piedra tan típicos de la arquitectura local relucían al sol mientras él se dirigía a Broad Street. Para satisfacer su curiosidad, entró en el banco al que se dirigía y se enteró de que algo sí había cambiado. Sin embargo, cuando salía, oyó una voz a sus espaldas que intercambiaba saludos con uno de los empleados del banco y se detuvo en seco. El corazón le latía con fuerza contra las costillas. Se dio la vuelta lentamente y sintió una satisfacción casi visceral cuando la mujer que se dirigía hacia él se puso pálida como la muerte.

–James –dijo ella tragando saliva.

–¡Vaya, hola! –exclamó él lleno de satisfacción mientras le sujetaba la puerta–. ¿Cómo estás, Harriet? –añadió con voz afable.

–Muy bien –dijo ella. La mentira era tan palpable que él estuvo a punto de reírsele en la cara–. ¿Y tú?

–Nunca he estado mejor –respondió James mientras miraba el reloj–. Me alegra volver a verte, pero no puedo detenerme. Ya voy tarde. Adiós.

James Crawford se marchó calle abajo sin mirar atrás. Se sentía enojado consigo mismo porque el hecho de ver a Harriet Wilde lo había afectado profundamente. Ella había cambiado mucho. Ya casi no reconocía en ella a la chica que él tanto había adorado. La chica que lo había echado de su vida y había cambiado la de él para siempre.

Harriet permaneció de pie en el exterior del banco sin saber qué hacer, observando al hombre que se marchaba calle abajo. Por fin consiguió soltar el aire que había estado conteniendo y, aturdida, se dirigió hacia el coche. Después de la dolorosa ruptura con James, llevaba años deseando volver a encontrarse con él. Con el tiempo, había dejado de imaginarse que todos los hombres altos y morenos que veía eran James, principalmente porque en los diez años que habían pasado desde entonces no lo había vuelto a ver. Desgraciadamente, cuando el destino había querido que se volvieran a encontrar, había tenido que ser después de un duro día de trabajo, cuando probablemente su aspecto reflejaba cada minuto de los diez años que habían pasado desde la última vez que se vieron. Sonrió amargamente. Haría falta mucho más que maquillaje para hacer las paces con James Crawford.

Mientras caminaba por la calle, el teléfono comenzó a sonar. Era su padre, pero dejó que fuera el buzón de voz el que contestara la llamada. Después de encontrarse con James, necesitaba algo de espacio y de tranquilidad en su casa antes de afrontar la tarde que le esperaba.

Cuando Harriet terminó sus estudios de Contabilidad, aceptó un empleo en una empresa de la ciudad en vez de una tentadora oferta de una compañía de Londres. Entonces, dejó atónita a su familia cuando anunció que quería mudarse permanentemente a la casa del guardés de River House. Para ella, resultaba preferible vivir sola a seguir con su padre en la casa principal. Sus hermanas ya no vivían allí. Julia, la más lista, era editora de una revista de moda en Londres y casi nunca tenía tiempo para regresar a River House. Tampoco lo tenía Sophie, más guapa pero menos inteligente. Ella estaba demasiado liada con su hija, con su marido y con la vida social que llevaba en Pennington.

–Si no estás de acuerdo, papá, me buscaré un piso en la ciudad –le había respondido Harriet.

Aubrey Wilde había cedido por fin, pero aquella noche le costaría mucho más que él accediera a lo que Harriet iba a proponerle.

Cuando entró en la casa, lo hizo por la puerta de atrás. Notó que la cocina estaba perfumada por un delicioso aroma. Sin embargo, no había nadie, lo que no era de extrañar. Por la animada conversación que se escuchaba desde el salón, sus hermanas estaban tomando una copa con su padre sin preocuparse de la cena. Julia y Sophie esperaban que la cena apareciera sin que ellas tuvieran que contribuir para nada. Como siempre hacía, Harriet dio las gracias en silencio a Margaret Rogers, la mujer que mantenía River House en perfecto orden. Comprobó que el olor provenía de un delicioso guisado de ciervo que se mantenía caliente en el horno y decidió llevar el primer plato al comedor. Julia entró mientras que Harriet estaba colocando las ensaladas sobre la larga mesa.

–Por fin has llegado –le dijo Julia–. Papá ha estado llamándote.

Harriet dio un beso al aire cerca de la maquillada mejilla que su hermana le ofrecía.

–Mi último cliente me demoró un poco. Me marché tarde de mi despacho.

–Bueno, ¿qué es ese gran misterio? ¿Por qué nos hemos tenido que reunir hoy aquí?

–Esta noche necesito que me apoyes.

–¡Qué novedad! ¿No será que te has liado otra vez con alguien poco adecuado?

Harriet le dedicó una mirada de desaprobación a su hermana y se volvió para dirigirse a la cocina.

–Le diré a papá que ya has llegado –dijo su hermana–. ¿Quieres algo de beber?

–Todavía no, gracias.

Ya a solas en la cocina, apretó los labios mientras se ponía a preparar unos espárragos al vapor. Después de años de ausencia de su vida, era la segunda vez en un día que James Crawford interrumpía sus pensamientos. Él era el «alguien poco adecuado» al que Julia se había referido. Un simple técnico de ordenadores quedaba completamente descartado para una de las herederas de River House. Para desesperación de Harriet, hasta su madrina, que hasta entonces había sido su aliada, había estado de acuerdo con Aubrey Wilde por primera vez en su vida.

–Cariño, eres demasiado joven –le había dicho Miriam Cairns–. Vas muy bien en tus estudios como para ir en serio con nadie. Si ese joven es tan maravilloso como dices, él te esperará hasta que hayas terminado.

Sin embargo, James se había mostrado contrario a esperar y había persuadido a Harriet para que compartiera un piso con él mientras ella terminaba sus estudios. Cuando Aubrey se enteró del plan, perdió los papeles completamente. Prometió que hablaría con el director de la empresa informática, que era amigo suyo, para que despidiera a James inmediatamente. Además, amenazó con que, si Harriet insistía en su actitud, pediría una orden de alejamiento contra James, lo que significaría que él sería arrestado inmediatamente si volvía a acercarse a ella. Harriet había intentado razonar con su padre y la desesperación la había llevado a suplicarle. Sin embargo, Aubrey se había mantenido impasible. Al final, a Harriet no le había quedado más remedio que ceder porque temía que, si seguía desafiando a su padre, él llevaría a cabo su amenaza.

Harriet se había visto obligada a decirle a James que vivir con él mientras seguía estudiando no era posible.

–Contigo a mi alrededor distrayéndome, no conseguiré terminar nunca mis estudios.

–Entonces, ¿eso es todo? –le espetó–. Me mandas a paseo y esperas no verme nunca más.

–Por supuesto que no –respondió ella, llorando desesperadamente–. Cuando haya terminado mis estudios, las cosas serán muy diferentes...

–¿Esperas que sea tan estúpido como para esperar tanto tiempo, Harriet? Papá ha dicho que no, ¿verdad? Y tú, como una buena hija, obedeces sin rechistar.

–No tengo elección...

–¡Siempre hay elección! –rugió él. Se sentía herido y furioso–. Sin embargo, resulta evidente que tú ya has decidido. Piérdete. Vete a casa corriendo con papaíto y madura un poco.

Harriet lo llamó en el momento en el que llegó a su casa y lloró desesperadamente al descubrir que él había apagado el teléfono y que había borrado su correo electrónico. James Crawford, experto en ordenadores, había cortado todos los medios de comunicación con ella.

Después de una noche de insomnio, Harriet fue a la casa de James a primera hora de la mañana, pero descubrió que él se había marchado. Hasta aquel breve encuentro en el banco, no había vuelto a verlo.

El temporizador del horno comenzó a sonar y sacó a Harriet de sus pensamientos. Cargó todo en una bandeja y se dirigió al comedor. Entonces, se reunió con los otros para anunciar que la cena estaba servida.

–Ya iba siendo hora –se quejó Sophie–. Estoy muerta de hambre.

–Sin embargo, como es habitual, no se te ha ocurrido echar una mano –replicó Harriet con un retintín tan impropio de ella que sorprendió a su padre y a sus hermanas.

–¿Has tenido un día muy ajetreado? –le preguntó su padre.

–Pues yo también he estado muy ocupada. Para que lo sepáis, Annabel me tiene agotada –comentó Sophie.

–¿De verdad? Y yo que pensaba que a la que tenía agotada era a la maravillosa Pilar –dijo Harriet, refiriéndose a la *au pair* de Sophie.

Julia se echó a reír.

–Ahí te ha pillado, Sophie –comentó.

Aubrey Wilde miraba a su hija menor muy preocupado.

–¿Ocurre algo?

–Lo de siempre –replicó Harriet con voz tensa–, pero comamos antes de que la pobre Sophie se muera de hambre.

Sophie se dispuso a contestar, pero, ante la mirada de advertencia de su padre, cerró la boca y se sentó junto a los demás a la mesa del comedor. Harriet agradeció el vino que su padre le sirvió, pero lo que la esperaba al final de la cena le quitó el apetito. Para su sorpresa, Julia se levantó para retirar los platos y le ordenó a Sophie que acercara los limpios para que Harriet pudiera servir el segundo plato.

–Bien, ¿por qué nos has hecho venir esta noche,

papá? –preguntó Sophie cuando todos estuvieron de vuelta en el salón.

–No he sido yo –contestó mientras se servía un coñac–. Por mucho que me alegre tener aquí reunidas a todas mis hijas, ha sido idea de Harriet y no mía.

Julia miró a su hermana.

–Por favor, dime que no se me ha olvidado nada importante, Harriet. Al menos, sé que no es tu cumpleaños. ¿Te han ascendido?

–Desgraciadamente, no –respondió Harriet mientras sacaba su maletín.

–¡Ay, madre! –exclamó Sophie–. No me digas que tenemos que firmar cosas.

–No, pero es importante que Julia y tú estéis presentes en esta conversación.

–Harriet –dijo su padre mirándola con desaprobación–, si esto tiene que ver con las cuentas deberías haberlo hablado primero conmigo.

–Si lo hubiera hecho, sabes muy bien que habrías echado por tierra lo que he descubierto y me habrías dicho que son tonterías.

–¿Se trata de las cuentas de este año, Harriet? –le preguntó Julia.

–Sí. Tal vez debería haber hablado con papá a solas esta noche, pero os aseguro que he tratado de hacerle razonar muchas otras noches antes de decidirme a llamaros a vosotras dos.

Aubrey se ruborizó.

–Siempre me está diciendo que ahorre, pero desde que me jubilé llevo una vida muy sencilla, maldita sea. ¿Cómo voy a poder recortar aún más?

–Tienes que vender la casa, papá –dijo Harriet.

Todos miraron a Harriet horrorizados.

–¿Vender River House? –susurró Sophie.

–¿Tan mal están las cosas? –preguntó Julia frunciendo el ceño.

Harriet miró a su padre. Él se aclaró la garganta y, por fin, admitió que su situación económica era mala.

–Como a muchas otras personas, los mercados no me han tratado bien últimamente –admitió de mala gana mientras se servía otro coñac.

–Explícanos cómo está la situación, Harriet –le dijo Julia.

–Tal y como están las cosas, papá no se puede permitir seguir viviendo aquí sin ingresos extras. Esta casa requiere mucho dinero para mantenimiento.

Aubrey asintió.

–Cuando vuestro abuelo seguía con vida, había un albañil y dos jardineros en nómina. Ahora, yo llamo a Ed Haines para que venga a ocuparse de las cosas solo cuando es estrictamente necesario y su hijo viene una vez a la semana para ocuparse del jardín.

–Y te estás quedando rápidamente sin fondos hasta para eso –dijo Harriet.

Sophie se volvió a mirarla muy enojada.

–¿Estás segura de que no te has equivocado? ¿No debería ser uno de los socios con más experiencia de la empresa el que se ocupara de las cuentas de papá y no una novata como tú?

Aubrey Wilde miró a su hija con desaprobación.

–Te ordeno que te disculpes con Harriet inmediatamente, Sophie.

–¡Lo siento, lo siento! –dijo Sophie lloriqueando–. Es que no puedo ni siquiera pensar que tengamos que vender River House.

–Harriet es muy buena contable y estoy segura de que sus cifras son correctas –afirmó Julia.

–Las comprobó Rex Barlow, uno de los dueños de

la empresa, porque yo le pedí que lo hiciera. Y él estuvo de acuerdo conmigo en todo –dijo Harriet–. Se necesitan fondos urgentemente. Si no, papá no tendrá más opción que vender la casa.

–Yo no puedo ayudar económicamente –se lamentó Julia–. La hipoteca que tengo en mi nuevo piso me está ahogando.

–¡Y yo no puedo pedirle dinero a Gervase! –exclamó Sophie alarmada–. Se puso furioso conmigo por la última factura de mi tarjeta de crédito.

–Aunque pudierais contribuir con algo, sería tan solo un arreglo temporal. Sin embargo, si no queréis pensar en vender la casa, podría haber otro modo de solucionar el problema –dijo Harriet.

–¿Se te ha ocurrido algo? –preguntó Aubrey esperanzado.

–¿Y no puedes pagar tú un alquiler más alto por la casa del guardés? –le preguntó Sophie a Harriet.

–Si no puedes decir nada sensato, es mejor que te calles –le espetó Julia a su hermana–. Para que conste, ¿cuánto pagas, Harriet?

Aubrey volvió a sonrojarse cuando Harriet respondió.

–Sé que es demasiado...

–Y tanto –le recriminó Julia–. Nadie pagaría esa cantidad para vivir en un lugar tan pequeño como ese a pesar de que tú lo has puesto tan bonito, Harriet. Y lo has hecho corriendo tú con los gastos. Sin embargo, sabes muy bien que podrías alquilar un piso de lujo en la ciudad por ese dinero.

–Entonces, ¿por qué sigue aquí? –quiso saber Sophie.

–Porque, si queremos que River House siga en manos de nuestra familia, el cuidado debe ser constante.

Cuando terminé mis estudios –dijo Harriet–, ofrecí mi ayuda profesional totalmente gratuita para ayudar a papá, lo que significa que yo me ocupo de las cuentas, me aseguro de que las facturas se pagan a tiempo y de que Ed Haines se ocupe del mantenimiento básico de la casa. Sin embargo, si no hacemos algo pronto, no habrá dinero ni siquiera para eso. Tendrás que despedir a Margaret y ocuparte tú mismo de las tareas domésticas y del jardín. Y también deberás vender el coche nuevo.

–¿Qué se te ha ocurrido? –le preguntó su padre con humildad.

–Charlotte Brewster es la clienta que me ha retrasado hoy un poco.

–¿La que estaba en mi curso? –preguntó Julia.

–Sí. Ella me eligió como contable porque fuimos al mismo colegio –respondió Harriet.

–Bueno, ¿qué es lo que tiene que ver esa mujer con nuestro problema?

–Es agente de localizaciones y trabaja para personas que alquilan sus casas para grabar películas, para celebrar eventos sociales, para sesiones fotográficas y ese tipo de cosas –contestó Harriet.

–No estarás sugiriendo que deje mi casa para que un equipo de grabación la ocupe, ¿verdad? –dijo Aubrey asqueado.

–Si la encuentran adecuada para sus propósitos, sí.

–¡Qué emocionante! –exclamó Sophie.

–En realidad es una idea brillante –comentó Julia–. Se puede llegar a cobrar mucho dinero por un día de grabación. En este sentido, yo sí puedo ser de ayuda. Podría conseguir que mi gente grabara aquí y sugerírselo a más personas que conozco.

–Genial –dijo Harriet–. Por supuesto, como alternativa –añadió mirando a su padre–, tú podrías alojarte con Miriam y alquilar la casa entera este verano.

–De eso ni hablar –replicó Aubrey horrorizado–. Miriam y yo nos mataríamos en cuestión de días.

–En ese caso, no hay opción –afirmó Harriet–. Yo puedo alquilar una habitación en la ciudad mientras se esté usando la casa y tú te puedes mudar a mi casa, papá.

Julia asintió.

–Solo los jardines supondrían una gran atracción para la gente. Los diseñadores de moda se volverían locos con esta casa –comentó.

Harriet miró a su padre.

–Bueno, ¿qué dices?

–Creo que ya habéis decidido las tres por mí –dijo su padre suspirando–. Está bien. A condición de que, cuando esa gente esté en la casa, seas tú la que está en tu casa para vigilarlos, Harriet. Yo me buscaré un sitio en la ciudad. Ahora, Sophie, quiero que ayudes a Julia a recoger todos los platos y a cargar el lavavajillas –les ordenó. Esperó a que las dos se marcharan para seguir hablando–. ¿De verdad crees que esto podría funcionar?

–Sí. Tiene que funcionar. La reparación del tejado es lo más importante ahora. Lo he comprobado con Ed.

–¿Y por qué no conmigo?

–Porque tú te haces el sordo a lo que no quieres escuchar.

–Has cambiado mucho, Harriet –suspiró Aubrey.

–No. Simplemente, es que no te has dado cuenta antes.

–Me doy cuenta de más de lo que a ti te parece –dijo él–. Sé por qué te niegas a vivir conmigo aquí en la casa.

Harriet se sintió aliviada cuando la reaparición de sus hermanas puso punto final al tenso silencio que se produjo después de la afirmación de su padre. Poco después, Sophie se marchó en coche a su casa y Harriet se marchó a la suya sin mencionar que había ya alguien interesado en alquilar River House. Le había parecido mejor conseguir que su padre se acostumbrara a la idea antes de presentarle al primer cliente.

A pesar de que deseaba concentrarse en los problemas de River House, cuando se metió en la cama Harriet tan solo pudo pensar en el pasado. A lo largo de los años, se había acostumbrado a olvidarse de que James Crawford existía, pero tras haberse encontrado con él no hacía más que pensar en aquel idílico verano. Los recuerdos eran tan vivos que le resultaba imposible dormir.

La casa del guardés había estado vacía desde que Margaret Rogers se casó con John Rogers, varios años atrás hasta que Harriet anunció a la edad de quince años que quería utilizarla para tener un lugar tranquilo en el que estudiar. A cambio del permiso de su padre, Harriet prometió cuidarla ella misma. Una calurosa mañana de verano, estaba sentada a su escritorio trabajando en el ordenador cuando este se estropeó. Llamó rápidamente al servicio técnico y le mandaron a un técnico alto, de cabello negro y brillantes ojos castaños que se iluminaron de placer al verla.

—Hola, soy de Combe Computers —dijo con una profunda voz que le provocó a Harriet escalofríos por la espalda.

Harriet sonrió tímidamente y le condujo al pequeño salón que ella había convertido en estudio. Allí, indicó el ordenador que había sobre el escritorio.

—¿Puedes hacer algo con él?

–Haré lo que pueda, señorita Wilde.

–Harriet.

–James –respondió él con una sonrisa–. James Crawford.

Ella se sentó en el sofá mientras observaba cómo él trabajaba, impresionada por la habilidad con la que desmontaba la máquina.

–Es la placa base –anunció él después de un tiempo. Entonces, abrió su maletín–. Instalaré una nueva. No tardaré mucho.

Así fue. En menos de lo que Harriet hubiera deseado, el ordenador había vuelto a funcionar perfectamente y James estaba a punto de marcharse.

–No sé cómo darte las gracias –dijo ella mientras lo acompañaba a la puerta–. Antes de que vinieras, me estaba tirando de los pelos.

–Con un cabello como el tuyo, eso es un delito –comentó él con una sonrisa–. ¿Trabajas también por las noches?

–A veces.

–¿Qué te parece si te tomas un descanso esta noche y salimos a tomar algo?

–Sí –respondió ella sin vacilar.

–Me gustan las mujeres que saben lo que quieren. Te recogeré a las siete.

–No, gracias. Yo iré a reunirme contigo. ¿Dónde quedamos?

Desde aquella primera noche, en un pequeño pub lo suficientemente alejado de la ciudad como para darles anonimato, descubrieron la química que había entre ellos. A partir de aquella noche y sin que nadie lo supiera, pasaron juntos todos los momentos posibles. A medida que fue acercándose el momento de que Harriet regresara a su escuela para empezar su segundo año, la perspectiva de tener que separarse de James se hizo tan dolorosa que a él se le ocurrió que compartieran piso.

–Yo puedo trabajar por libre y seguir estando disponible para mi empresa –le aseguró él–. Lo más importante es que los dos podamos estar juntos.

Harriet había accedido inmediatamente. Estaba tan contenta que no le importaba tener que desafiar a su padre para poder vivir con el hombre que amaba. Al final, por temor a arruinar la carrera profesional de James, tuvo que hincar la rodilla ante las amenazas de Aubrey Wilde.

A LA MAÑANA siguiente, Harriet se despertó con unas profundas ojeras que le costó mucho camuflar antes de estar dispuesta para afrontar el día. Para su sorpresa, Julia llegó cuando ella estaba ya a punto de marcharse.

—Pensaba que hoy ibas a quedarte en la cama un ratito más.

—Y yo también —dijo Julia—, pero mi reloj corporal aún marca la hora de Londres. Además, quería hablar contigo antes de que te marcharas. ¿Tiene Charlotte Brewster algo en mente para River House? Sabiendo lo cautelosa que eres, estoy segura de que no habrías dicho nada de esto si no tuvieras ya algo preparado.

—Tienes razón. Me va a enviar nuestro primer posible cliente esta misma mañana. Se trata de un hombre que quiere alquilar la casa para celebrar una fiesta —comentó Harriet mientras miraba el reloj—. Es mejor que me vaya. Te llamaré esta noche para informarte de lo que haya ocurrido.

—En ese caso, seré una buena chica y seguiré teniendo a Sophie bajo control —dijo Julia—. Supongo que ya sabes por qué se porta tan mal contigo, ¿verdad?

—Sí. Está celosa de la relación que tengo con papá.

—No entiende nada, ¿verdad? ¿Por qué sigues aquí?

—Porque justo antes de... antes del fin, le prometí a mamá que ayudaría a papá a cuidar de River House.

–Deberías dejar que lo hiciera él solo –replicó Julia con desaprobación–. A mí también me gusta mucho la casa, pero tú necesitas vivir tu vida, Harriet. Mamá sería la primera en estar de acuerdo conmigo.

–Yo disfruto de la vida con normalidad –dijo Harriet a la defensiva.

–¿Te vas alguna vez a la casa de los hombres con los que sales para acostarte con ellos? Porque dudo de que te traigas a alguno aquí.

–¡Por el amor de Dios, Julia! Es demasiado pronto para hablar de esto. Tengo que marcharme.

Julia se detuvo en el umbral de la puerta.

–Sigue mi consejo. Si consigues algo de dinero de este modo, o del modo que sea, mete parte de él en una cuenta aparte para la casa. Si no, papá empezará a invertirlo en acciones y Dios sabe qué más y volveremos a estar como al principio.

–Tengo la intención de hacerlo –le aseguró Harriet–. Cuando le dé la noticia completa, ¿le puedo decir que cuento con tu apoyo?

–Por supuesto. Buena suerte.

Harriet llegó a su despacho de Broad Street a tiempo como siempre. Saludó a Lydia, la recepcionista, y se dirigió a su pequeño despacho. Allí, mientras organizaba su mañana, el becario entró a preguntarle si quería un café.

–Ahora no, gracias, Simon –le dijo Harriet–, pero te agradecería que lo trajeras cuando llegara la visita que tengo programada para las nueve y media. Dile a Lydia que te avise en cuanto llegue para que puedas acompañarle aquí con la debida pompa.

Harriet estuvo trabajando una hora antes de tomarse un descanso para arreglarse un poco. Acababa de regresar de nuevo a su escritorio cuando Simon llamó a la puerta para anunciar que su nuevo cliente había llegado.

–Su cita de las nueve y media, señorita Wilde –dijo.

Harriet se puso de pie y sintió que se quedaba sin aliento cuando vio que el que entraba en su despacho era James Crawford. Iba elegantemente vestido con un traje oscuro y parecía dominar perfectamente su entorno con la fuerza de su personalidad. Harriet tuvo oportunidad de observarlo bien y comprobó que tenía un aspecto más duro, más maduro y más frío. Se parecía muy poco al hombre del que ella se había enamorado.

–Buenos días, Harriet –dijo él extendiendo la mano–. Ayer no tuve tiempo de mencionarte que hoy nos reuniríamos profesionalmente.

O más bien era que había querido depararle una desagradable sorpresa.

–Buenos días –consiguió decir ella. Contuvo la sorpresa que sentía y le estrechó la mano. Ignoró el instantáneo calor que le recorrió todo el cuerpo al sentir el contacto y sonrió cortésmente–. Esto es una sorpresa. Charlotte Brewster me dijo que tenía un posible cliente para alquilar River House, pero se olvidó de darme un nombre.

James tomó asiento.

–No se le olvidó. Yo pedí permanecer en el anonimato.

–¿Por qué?

–Por si te negabas a verme.

–¿Y por qué iba yo a hacer algo así? –replicó ella completamente decidida a permanecer agradable con él.

En aquel momento, Simon entró con el café.

–Llámeme si necesita algo más, señorita Wilde.

–Gracias, Simon.

Cuando le hubo servido a James un café, Harriet se obligó a tomarse uno muy lentamente.

–Hablemos de negocios –dijo James tras dejar su taza–. Me reuní con la señora Brewster el fin de semana. Durante nuestra conversación, le dije que me parecía fundamental tener contentos a los empleados y que estaba buscando un lugar poco usual para darles una fiesta. Imagina mi sorpresa cuando me sugirió River House.

–¿Qué clase de empresa diriges?

–Suministramos banda ancha y líneas de teléfono a empresas –le informó él con una sonrisa–. He ascendido un poco desde el día en el que me llamaste para arreglarte el ordenador.

–Enhorabuena –dijo ella con la sonrisa en los labios–. Bueno, ¿qué es exactamente lo que tenías en mente para River House?

–Quiero celebrar la reciente expansión de mi empresa, Live Wires Group. He absorbido un par de pequeñas empresas y este evento dará la bienvenida a sus empleados y, al mismo tiempo, recompensará a los míos por sus esfuerzos. Evidentemente, podría utilizar un hotel, pero me gustaba la idea de hacerlo en una casa de verdad.

Y la casa de los Wilde en particular.

–River House no tiene espacio para alojar a muchas personas.

–No es esa mi intención. Se proporcionará transporte para la llegada y la salida en el mismo día. Me parece recordar que había una terraza que daba a un espacio muy amplio, por lo que una carpa me parece lo más adecuado. ¿Qué posibilidades de aparcamiento tiene la casa?

–Hay un prado junto a la casa. ¿Vais a necesitar la cocina?

–No será necesario con la empresa que he contratado para el catering. El resto de las instalaciones se pondrán discretamente en el jardín. Te aseguro que sufriréis una intrusión mínima en vuestra intimidad.

Harriet sonrió fríamente.

–A mí, personalmente, no me importa. No vivo allí.

–¿Acaso vives en la ciudad?

–No. Tal vez recuerdes la casa del guardés de River House. Llevo un tiempo viviendo allí.

–Entiendo.

En realidad, no era así. Aquella mujer tan reservada, con su traje hecho a medida y el severo recogido distaba mucho de parecerse a la muchacha cariñosa y simpática que él recordaba. La muchacha a la que él no había importado lo suficiente como para que abandonara River House, algo por lo que debería estar eternamente agradecido. El dolor y la humillación que ella le había hecho pasar lo había llenado de una ambición desconocida hasta entonces, una ambición que lo había empujando a convertirse en un James Crawford que fuera bueno para cualquiera, incluso para la hija de Aubrey Wilde. Resultaba un golpe inesperado saber que ella ya no vivía en River House. Solo le consolaba saber que su padre sí seguía viviendo allí.

–Tendré que ir a ver la casa –le informó él–. Por supuesto, cuando sea conveniente para ti y para tu padre. Estoy aquí con mi hermana durante unos días –dijo James–, por lo que cualquier día, incluso el domingo, me vendrá bien.

–Tal vez sea mejor que te llame más tarde cuando haya tenido oportunidad de hablar con mi padre.

–Por supuesto –dijo James. Se puso de pie y le en-

tregó una tarjeta–. Puedes ponerte en contacto conmigo en cualquiera de esos números. Adiós... señorita
Wilde.

Con eso, salió del despacho y se marchó. En el exterior del edificio, respiró profundamente, saboreando
plenamente la satisfacción del momento. Sus ojos brillaron con frialdad. Debían de estar en una situación
muy delicada si Aubrey Wilde había decidido alquilar
su casa al hombre que, en el pasado, había sido considerado inadecuado para traspasar sus sagrados umbra-
les.

En cuanto oyó que se cerraba la puerta de la calle,
Harriet llamó a Charlotte Brewster para informarle de
lo ocurrido.

–James dijo que te conocía desde hace algunos años
y pidió permanecer anónimo para poder sorprenderte
–le informó Charlotte–. ¿Tuviste una relación estrecha
con él?

–Cuando yo estaba estudiando, vino a mi casa para
arreglarme un ordenador. Sin embargo, antes de que
deje que James Crawford inspeccione mi casa, Charlotte, necesito saber cuánto dinero está dispuesto a pagar por ese privilegio.

–¡Acabas de sonar como Julia! –exclamó Charlotte
riendo–. He oído que es editora de una de esas revistas
de estilo. ¿Se ha casado?

–Todavía no.

–Y tú tampoco estás casada, pero resulta fácil iden-
tificar al amor de tu vida.

Harriet se quedó inmóvil.

–Evidentemente, River House significa más que nada
en el mundo para ti –añadió Charlotte–, pero, si quieres

mi consejo, no gastes tu amor en ladrillos y cemento. Un hombre no le viene nada mal a nadie, ¿sabes?

–Por muy fascinante que sea el asunto, Charlotte, creo que debemos hablar de negocios. ¿Cuánto va a pagar el señor Crawford por alquilar River House?

Harriet regresó a casa con un ánimo muy diferente al de la noche anterior. Aparte de un detalle, tenía buenas noticias para su padre. Después de cenar, subió a la casa principal. Encontró a su padre en la cocina, esperándola.

–¿Y bien? –le preguntó él ansiosamente–. Julia me dijo que hoy ibas a ir a ver a esa tal Brewster. ¿Tienes buenas noticias?

–Sí. Vayamos al despacho a tomar un café y te lo contaré todo.

Cuando estuvieron instalados en el despacho, Harriet informó a su padre de que había tenido una reunión con su primer cliente y le contó lo que el cliente estaba dispuesto a pagar por alquilar River House.

–Pero aquí es donde explotó la burbuja en la que estás ahora, papá.

–¿De qué se trata? –preguntó él. Estaba pensando tan contento en la cifra que tardó un tiempo en centrarse de nuevo.

–Para que esto funcione, solo se te ingresará una parte del dinero en tu cuenta personal. El resto irá a otra cuenta para el mantenimiento de River House, que estará a mi nombre. Julia está completamente de acuerdo conmigo en esto.

Aubrey asintió, completamente derrotado.

–Lo que tú digas, pero es un día muy triste cuando las hijas no confían en sus padres.

Harriet permaneció impasible.

–Charlotte Brewster me ha contado que tiene varias posibilidades más para River House, por lo que todo esto podría tener éxito, eso sí, a condición de que la casa y los jardines se mantengan en perfecto estado, para así poder atraer a futuros clientes.

–Entendido. Firmaré todo lo que quieras, cuando haya leído la letra pequeña, por supuesto.

–Por supuesto –repitió ella–. Por cierto, el cliente quiere inspeccionar la casa y los jardines en cuanto sea posible. ¿Quieres estar aquí cuando venga?

–¡Por supuesto que sí! Maldita sea, hija, ¡estamos hablando de mi casa! Asegúrate de que tú también estás presente.

–Como quieras. Prefiero no tener que faltar al trabajo, por lo que le sugeriré el sábado y le pediré a Will que deje el jardín impecable. Afortunadamente, dicen que el tiempo va a ser bueno durante el fin de semana.

–Entonces, el sábado –dijo Aubrey con tristeza–. Iba a ir a jugar al golf, pero lo cancelaré.

–Bien. Le pediré al cliente que venga a las diez.

–Por cierto, ¿quién es?

–El presidente del Live Wires Group.

–No sé quién es, pero debe de tener mucho dinero si está dispuesto a gastarse tanto para agasajar a sus empleados. Es mejor que hables con la señora Rogers para prepararla.

–A ella no la afectará mucho. De todos modos, Margaret siempre tiene la casa impecable y no se va a necesitar la cocina para la fiesta.

–Pero la gente estará por toda la casa.

–En ese caso no. Van a poner una carpa en el jardín

–Mejor. Bueno, si eso es todo, voy a salir un rato.

–Alégrate, papá. Esto es mejor que vender la casa.

–Tienes razón –dijo él con sentimiento. Entonces, le apretó la mano–. Eres una buena chica, Harriet.

Ella apartó la mano suavemente.

–Buenas noches, papá.

Harriet regresó a su casa. Entonces, llamó a Julia para informarle de lo ocurrido en la reunión y luego llamó a James.

–Soy Harriet. Harriet Wilde.

–No se me ha olvidado tu nombre. ¿Cuándo nos vemos?

–¿Te viene bien el sábado?

–Para ver la casa, sí, Harriet, pero tengo que verte a ti antes. ¿O acaso prefieres que te llame señorita Wilde?

–Como tú prefieras –replicó ella secamente–. ¿Para qué quieres verme?

–Me gustaría repasar contigo algunos puntos antes de reunirme con tu padre.

–¿Cuándo te gustaría venir a mi despacho?

–Prefiero que salgamos a cenar mañana por la noche.

Harriet estuvo a punto de dejar caer el teléfono.

–¿Crees que eso es absolutamente necesario?

–Por supuesto. Necesito que me aclares ciertos datos antes de que yo vaya a River House. No te preocupes –añadió con sorna–. No te estoy pidiendo una cita. Me alojo en casa de mi hermana y esta invitación es de Moira.

–Muy amable de su parte –replicó Harriet.

–¿Aceptas, entonces?

Harriet no hacía más que repetirse que debía pensar tan solo en el dinero.

–¿Dónde vive tu hermana?

–En un desvío que hay a tres kilómetros por la carretera de Oxford. Su esposo ha comprado hace poco la casa de la vieja rectoría de Wood End. Te iré a recoger a las siete y media.

–No, gracias –dijo ella rápidamente–. Estoy segura de que podré encontrarlo.

Harriet se sentía algo desconcertada cuando colgó el teléfono. James no podría recordarle el pasado en la casa de su hermana. Seguramente, el hecho de alquilar River House sería suficiente venganza para él. Sin embargo, durante un instante, ella podría haber jurado que, cuando se vieron en su despacho, él estuvo a punto de cambiar de opinión cuando se enteró de que ella no vivía en la casa. No creía que fuera a esperar hasta estar en la casa de su hermana para decirle que no quería alquilar la casa. Sabía que Moira había ejercido de madre para James y su otro hermano después de que sus padres murieran. Por el tono de voz que utilizaba para hablar de ella, Moira lo había hecho muy bien. A Harriet le había sorprendido saber que vivía muy cerca de allí.

Desgraciadamente, el James del que ella se había enamorado había cambiado hasta el punto de ser irreconocible. Llevaba el cabello más disciplinado y su cuerpo había ganado masa corporal y se había endurecido. Su manera de vestir era impecable, pero era su personalidad lo que había cambiado más significativamente. En los viejos tiempos, ella había adorado su sonrisa, pero aquel día ni siquiera la había visto. La ambición necesaria para construir una empresa no había dejado sitio para el encanto.

Al día siguiente, Harriet se aseguró de terminar su trabajo puntualmente para tener tiempo de prepararse para ver de nuevo a James. Él había sido su novio, pero no su amante. Como sabía que sería el primero para Harriet, le había dicho que esperarían hasta que se mudaran juntos. Decidió apartar los recuerdos del pasado para peinarse su exuberante melena. Era mejor enfrentarse a James con sus mejores armas. Se puso un vestido negro y unos pendientes de lágrima en las orejas. Entonces, justo cuando abrió la puerta para marcharse, vio que su padre se acercaba a su casa.

–Ah –dijo él, desilusionado–. Vas a salir. La señora Rogers me ha dejado mucha comida y esperaba que, por una vez, tú vinieras a cenar conmigo.

–Lo siento, papá. Voy a salir a cenar con un amigo.

El hecho de que Aubrey ni siquiera preguntara la identidad del amigo evidenciaba el estado de la relación entre ambos.

–En otra ocasión será, Harriet. Que te diviertas.

La casa de la vieja rectoría de Wood End databa del siglo XIX. Harriet estaba observándola cuando, al ver que James salía a recibirla, sintió que el corazón le daba un vuelco. Iba acompañado por una mujer.

–Buenas tardes, Harriet –dijo él mirándole el cabello.

–Hola –respondió ella sonriendo con serenidad–. ¡Qué casa más bonita!

–Esta es mi hermana –anunció James–. Moira, esta es Harriet Wilde.

–Bienvenida, Harriet –dijo Moira mientras sonreía afectuosamente al tomar las flores que Harriet le entregó–. Son preciosas. Gracias. Ahora, vayamos dentro. Ya estamos todos aquí. Mi marido te dará una copa mientras yo me ocupo de las flores.

¿Todos? Harriet siguió a Moira hasta el jardín. Allí, un hombre se puso de pie, seguido de dos mujeres jóvenes, una rubia con opulentas curvas y una morena menos espectacular.

–Marcus Graveney –dijo el hombre mientras le daba la mano–. Estas son mis hermanastras, Claudia y Lily.

–Hola –dijo Claudia sin entusiasmo alguno. Fue Lily la que compensó la situación con la calidez de su saludo.

Marcus le dio a Harriet la tónica que había pedido y la condujo a una de las cómodas butacas de mimbre.

–James dice que tú eres de por aquí.

–Sí. Soy contable en Barlow & Greer.

–¿No es eso terriblemente aburrido? –preguntó Claudia.

–Lo sería para ti –comentó James con indulgencia.

–Una relación más íntima con los números no te vendría a ti mal, señorita –le dijo su hermano.

–¿Te gusta tu trabajo? –le preguntó Lily.

–Sí –respondió Harriet–. Tenemos muchos clientes y conozco a muchas personas muy interesantes a través de mi trabajo.

–Me alegra que hayas podido venir esta noche –dijo James mientras se sentaba junto a Claudia.

–A menudo tengo que cenar con los clientes como parte de mi trabajo –le aseguró Harriet.

–Espero que no hables de trabajo también durante la cena, James –observó Claudia poniendo morritos.

–Durante la cena no –respondió él. Entonces, para consolarla le deslizó un brazo alrededor de la cintura–. Tomaré prestado el despacho durante unos minutos, Marcus, si no te importa. Así, Harriet y yo podremos hablar allí sin aburrir a tus hermanas.

Moira Graveney era una excelente cocinera. En otras circunstancias, Harriet habría disfrutado de la comida y de la agradable conversación. Sin embargo, con el brazo de James rozándole el suyo de vez en cuando y la hostilidad que rezumaba Claudia desde el otro lado de la mesa, resultó un alivio que Moira por fin dijera que todos podían ir al jardín a tomar el café.

—Harriet y yo tomaremos el nuestro en el despacho, cielo —le dijo James.

—Gracias por una deliciosa cena, señora Graveney —comentó Harriet.

—Llámame Moira.

James condujo a Harriet al despacho y cerró la puerta. Casi inmediatamente, alguien llamó a la puerta. James fue a abrir para dejar pasar a Claudia, que venía con el café.

—Gracias, cielo.

—No tardes mucho —susurró ella mientras le acariciaba la mejilla con una larga uña pintada de rojo.

Harriet sonrió cortésmente cuando James le entregó una taza de café.

—Gracias. ¿De qué querías hablar?

—Solo quiero tener cierta información antes de reunirme con tu padre —respondió él mientras tomaba asiento tras el escritorio—. Por primera vez, por cierto, aunque él trató de conseguir que me echaran de Combe Computers. ¿Sabe con quién está tratando?

—¿Que intentó qué?

—Sí. George Lassiter no me echó, afortunadamente. Simplemente me mandó a trabajar a Newcastle. Eso me alejó de ti, tal y como tu padre quería, pero me mantuvo en nómina con George. Incluso me concedió un aumento. Se me daba muy bien mi trabajo, ¿te acuerdas?

—No se me ha olvidado. No le he dicho a mi padre

quién eres aparte del cliente que va a pagar una buena cantidad por alquilar River House para una fiesta.

–Entonces, ¿podría ser que cuando yo me presente quiera anularlo todo?

–No. Está todo ya firmado. Mi padre no se puede echar atrás.

–Cuando la señora Brewster me sugirió River House, pensé que había oído mal –dijo él con una sonrisa que le provocó escalofríos a Harriet–. Era una oportunidad demasiado buena como para dejarla pasar.

–¿Para vengarse?

–¿Y qué si no? Sin embargo, tú ya no vives en la casa. ¿Qué diablos estás haciendo sola en la casa del guardés?

–Quería tener mi propia casa.

–Eso lo entiendo, pero, si era tu intención, ¿por qué no te instalaste en la ciudad? ¿O acaso no podías soportar estar demasiado lejos de papaíto? –le preguntó. Al ver que ella no respondía, la miró con curiosidad–. Pensé que ya estarías casada.

–Lo mismo pensé yo de ti.

–Después del modo en el que me trataste, le di la espalda a las relaciones sentimentales y me concentré en las cosas verdaderamente importantes de la vida, como el éxito y el dinero.

–Con resultados espectaculares. Enhorabuena –dijo ella. Entonces, se puso de pie–. Si eso era todo lo que querías, me voy a mi casa ahora mismo. Así podrás volver con Claudia.

–La has puesto muy celosa, Harriet –comentó él riendo.

–¿De verdad? ¿Por qué?

–Le dije que tú y yo tuvimos una aventura hace un tiempo.

–¿Una aventura?

–¿Y cómo si no describirías tú algo de tan poca importancia? –preguntó James en tono burlón.

Harriet bajó los ojos.

–Jamás lo había considerado así –replicó ella. Entonces, se miró el reloj–. Tengo que marcharme. ¿Te viene bien el sábado a las diez?

–Perfectamente –dijo James mientras le abría la puerta.

Harriet captó el aroma que emanaba del cuerpo de James al pasar a su lado, junto con algo más, tan familiar y tan peculiar de él que se sintió mareada.

–Eh, ¿te encuentras bien?

–Demasiado café –replicó ella mientras forzaba una sonrisa–, y demasiadas noche yéndome tarde a la cama.

–Estás muy pálida. Deja que te lleve a tu casa. Te devolveré tu coche mañana.

–No, estoy bien. Solo necesito meterme en la cama.

James la miró atentamente mientras se dirigían al jardín. Moira se levantó con una sonrisa al verlos.

–No habéis tardado mucho.

–Misión cumplida –dijo Harriet sonriendo–. Ha sido un placer conocerte. Gracias de nuevo por la deliciosa cena.

–¿Pero ya te marchas, querida? –preguntó Moira muy decepcionada–. Si es muy temprano y yo no he tenido oportunidad de hablar contigo.

Marcus se acercó a su esposa.

–Evidentemente, los de tu empresa te hacen trabajar demasiado, Harriet.

–Ahora tenemos mucho trabajo.

Harriet se despidió de Lily y de Claudia y, después, hizo lo propio con Moira.

–Te acompañaré a tu coche –dijo James.

–Ven a vernos en alguna otra ocasión –le pidió Moira mientras Harriet se marchaba.

Mientras la acompañaba a su coche, James le dijo:

–Evidentemente tú no quieres volver a venir aquí, ¿verdad?

–No –respondió Harriet con franqueza–. Tu hermana y tu cuñado me caen muy bien. Lily también, pero Claudia tiene algo en mi contra por esa «aventura» de la que tú le has hablado. Sin embargo, la principal razón para que no vuelva eres tú, James. Aún sigues enfadado conmigo.

–¿Acaso me culpas?

–En absoluto –contestó Harriet mientras se metía en el coche. Entonces, bajó la ventanilla y arrancó el motor–. El sábado entonces.

–Así es. Estaré allí a las diez. Tengo muchas ganas de conocer a tu padre.

Aquellas últimas palabras hicieron que Harriet sintiera un escalofrío por la espalda mientras se marchaba a su casa. ¿Acaso era su intención enfrentarse a su padre en River House para luego cancelar la reserva? Harriet se echó a temblar ante aquella posibilidad.

CUANDO le informaron de lo que iba a ocurrir en la casa, Margaret se puso a limpiar frenéticamente. Todos los muebles brillaban e incluso llamó a su marido para que fregara las ventanas por dentro y por fuera. La cocina relucía, por lo que Aubrey decidió comer fuera hasta que hubiera pasado el sábado para mantenerlo todo impecable. Cuando Harriet llegó a la casa el viernes por la tarde, Margaret estaba esperándola para que ella lo inspeccionara todo. River House tenía un aspecto inmejorable.

–Has trabajado mucho. Todo está maravilloso –le dijo Harriet muy agradecida.

–¿No echas de menos vivir aquí, Harriet? –le preguntó Margaret–. Me preocupa pensar que estás sola en esa casa.

–Me gusta.

–Pero seguramente algún día te casarás. No puedes seguir como si esta casa fuera tu responsabilidad para siempre. No soy yo quien debe decírtelo, pero no es normal que una chica lleve un peso tan grande sobre los hombros.

–Hice una promesa.

–Lo sé –respondió Margaret con tristeza–, pero tu madre también habría querido que tuvieras una vida.

No te ofendas —añadió golpeándole cariñosamente la mano.

—Claro que no. Gracias por todo, Margaret. No sé qué haría mi padre sin ti.

—No lo hago por él, querida. Yo también hice una promesa —dijo Margaret—. Ahora, debo marcharme a mi casa para prepararle la cena a John.

—Te ruego que le des las gracias en mi nombre. Ha ayudado mucho.

Su padre la interceptó cuando se disponía a salir de la casa.

—Dado que ese tipo quiere una carpa, vayamos a dar un paseo por el jardín.

Mientras paseaban por el jardín, comprobaron que las plantas estaban empezando a florecer. Harriet respiró el fresco aroma del césped recién cortado y trató de mirar el jardín como si fuera un posible cliente.

—John ha hecho un trabajo fantástico. Will dice que no lo habría conseguido sin él.

—Es un buen tipo —comentó Aubrey—. Habrá que pagarle.

—Por supuesto. Ahora que está jubilado, el dinero le vendrá muy bien.

Siguieron paseando por el extenso jardín, lo que no habían hecho desde hacía mucho tiempo. En realidad, habían pasado años desde que Harriet había estado verdaderamente a solas con su padre. Cuando regresaron a la casa, él sugirió que revisaran el interior de la casa, pero Harriet le dijo que ya lo había hecho ella con Margaret.

—Lo ha dejado todo aún más limpio que de costumbre. La casa está perfecta.

—Eso no es cierto. Solo lo estaría si tú regresaras a vivir aquí.

–Eso no va ocurrir, papá. Buenas noches. Te veré mañana por la mañana.

A la mañana siguiente, Harriet se despertó muy apesadumbrada al pensar en la mañana que la esperaba. Después de ducharse, se recogió el cabello aún mojado y se vistió con una camisa blanca y unos vaqueros. Entonces, fue a desayunar para empezar bien aquel día tan importante. No podía dejar de pensar que James iba a rechazar River House después de inspeccionarla.

Después de desayunar, se dirigió a la casa. Encontró a su padre paseando por la terraza. Estaba muy bien vestido, pero se mostraba visiblemente nervioso.

–Buenos días, Harriet. Hoy estás muy joven y muy guapa.

–Gracias, lo mismo digo. Por suerte, la predicción meteorológica ha sido acertada por una vez –comentó. Entonces, se tensó al escuchar el sonido de un motor que subía por el camino–. Nuestro cliente ha llegado.

Harriet esperó junto a su padre, consciente de que él estaba tan nervioso como ella. Cuando James se bajó de un descapotable negro, vestido prácticamente igual que Harriet, ella sintió que su padre se relajaba y deseó poder hacer lo mismo.

–Parece un tipo decente. Conduce un Aston Martin Volante –susurró Aubrey mientras James comenzaba a subir la escalera–. Buenos días –añadió su padre–. Bienvenido a River House. Mi nombre es Aubrey Wilde.

–James Crawford –respondió él mientras estrechaba la mano que Aubrey le ofrecía y lo miraba intensamente a los ojos–. Buenos días, señorita Wilde.

Harriet se obligó a sonreír.

–Buenos días. Hace un día precioso. ¿Empezamos el recorrido de la casa por el jardín o preferiría ver el interior de la casa en primer lugar?

–El jardín, por favor. Con un poco de suerte, el tiempo será bueno el día de la fiesta y no tendremos necesidad alguna de entrar en la casa.

–Si el tiempo fuera malo, no nos importaría que utilizara la casa, Crawford –le aseguró Aubrey–. Entre y eche un vistazo. Harriet se encargará de mostrárselo todo y luego podremos tomar café antes de visitar el jardín.

Resultaba evidente que Aubrey ignoraba por completo quién era James y que no le importaba alquilarle la casa para su fiesta.

–¿Le parece bien? –le preguntó Harriet.

–Por supuesto –dijo él–. Será un placer.

–Espléndido –afirmó Aubrey–. Volved a la cocina cuando hayáis terminado. Yo tendré el café preparado.

–Si quiere acompañarme, señor Crawford –dijo Harriet mientras lo conducía hacia el salón.

–No tiene ni idea de con quién está tratando, ¿verdad? –murmuró James mientras entraban en el enorme salón.

–¿Acaso quieres que se lo diga?

–No si eso te va a dificultar las cosas –comentó James mientras admiraba la estancia–. Por fin veo el interior de este lugar. Ahora entiendo que no quieras desprenderte de él. Sin embargo, ¿por qué diablos vives ahora en la casa del guardés?

–Razones personales. Ahora, si me sigues, te mostraré el comedor.

–Dios Santo –exclamó él mientras entraban en el comedor, que tenía una mesa enorme en el centro–. ¿Cenas aquí con él?

–No.

–Has cambiado mucho, Harriet.

–No es de extrañar después de tantos años –dijo ella encogiéndose de hombros–. Me dijiste que tenía que madurar, así que lo he hecho. Ahora iremos a visitar el despacho de mi padre...

–No es necesario entrar ahí.

–En ese caso, sígueme a la planta superior.

–Ya no necesito ver más de la casa. Concentrémonos en los jardines.

–Como desees –afirmó ella–. ¿Vamos primero a tomar ese café?

Aubrey estaba de un humor excelente cuando entraron en la cocina.

–Espero que no le importe tomarse su café aquí.

–Encantado. ¿Cocina usted con frecuencia, señor?

Aubrey se echó a reír.

–Me temo que no. De eso se ocupa mi maravillosa señora Rogers. Lleva años con la familia.

Harriet sirvió el café a su padre y se volvió a mirar a James.

–¿Cómo le gusta el café? –preguntó, a pesar de que ya sabía que lo tomaba solo.

–Solo, por favor.

Los dos hombres estuvieron charlando un rato. Después de unos minutos, James se puso de pie.

–Si está listo para mostrarme el resto, señor Wilde, tengo que marcharme en breve.

–Por supuesto –dijo Aubrey,

Harriet se puso también de pie. Estaba decidida a no dejarlos a solas.

–Si quieres, papá, yo le mostraré el jardín al señor Crawford.

–Espléndido. De todos modos, tú sabes más que yo. No te olvides del prado.

James le dio las gracias muy educadamente y siguió a Harriet al exterior para empezar a recorrer el jardín. Ella respiró aliviada al oír que arrancaba el coche de su padre. Además, parecía casi seguro que James iba a respetar su decisión de celebrar la fiesta en River House. Lo mejor era que Aubrey no sabía quién era James, seguramente porque había decidido borrarse de la cabeza la etapa rebelde de su hija. No era de extrañar. A Aubrey Wilde se le daba muy bien borrar los sucesos desagradables de su vida.

Resultó una extraña experiencia mostrarle a James el jardín. Durante el tiempo que habían pasado juntos hacía diez años, Harriet había estado tan decidida a mantener en secreto su relación que siempre se había reunido con él lejos de allí y jamás le había permitido llevarla a casa. La vez que fue a la casa del guardés para arreglarle el ordenador había sido la única vez que había estado en la finca.

—Es mucho más grande de lo que pensaba —comentó él mientras observaba la amplia pradera—. Poner una carpa aquí no supondrá ningún problema.

—No. Mi padre podría haberte dado más detalles sobre eso, pero...

—Pero tú querías apartarme de él tan pronto como pudieras por si él me reconocía y cancelaba todo esto. ¿Tan importante es para ti, Harriet?

—Sí. Necesitamos arreglar el tejado —afirmó ella mientras levantaba la barbilla.

—Y estás dispuesta a aceptar mi dinero para poder hacerlo.

—Sí. ¿Has visto ya todo lo que necesitabas ver? —dijo ella cuando llegaron frente a su casa.

—En realidad, no. ¿Puedo entrar?

—Por supuesto —dijo Harriet. No podía hacer otra cosa.

–Todo parece muy diferente –comentó él cuando entraron en el pequeño salón.

–A lo largo de los años he estampado mi personalidad.

–¿Años? ¿Cuánto tiempo llevas viviendo aquí?

–Bueno, al principio lo utilizaba como estudio. Cuando terminé mis estudios, esta casa se convirtió en mi hogar permanentemente.

–¿Puedo sentarme?

–Por supuesto. Hazlo en el sofá –respondió ella mientras tomaba asiento en el sillón.

–Cuando me presenté esta mañana, esperaba que tu padre me echara de la finca. Me llevé una cierta desilusión al notar que no me reconocía.

–En el pasado solo hablé de ti en una ocasión, cuando dije que me iba a vivir contigo. Solo dije que te llamabas James, pero él debió de averiguar tu nombre completo para conseguir que tu jefe te despidiera, o te mandara a Newcastle tal y como hizo al final.

James se encogió de hombros.

–Simplemente le dijo a George Lassiter que despidiera al técnico que se había atrevido a hacerse ilusiones con su hija. George sabía exactamente quién vino aquel día aquí, por lo que tal vez no se mencionó nunca mi apellido.

–Seguramente tienes razón. Yo estaba muy nerviosa antes de que vinieras –añadió con una sonrisa.

–Lo noté. Si no quieres vivir en esa casa maravillosa con tu padre, ¿por qué diablos sigues aquí, Harriet? No puede ser lealtad filial, porque incluso para un observador casual, algo que yo no soy, resulta evidente que los dos no tenéis una buena relación.

–Adoro esta casa.

–La casa en la que te niegas a vivir. ¿Acaso esperas heredarla algún día?

–Tengo dos hermanas. Todo se dividirá entre las tres. ¿Te apetece algo de beber? –le preguntó ella mientras se ponía de pie.

–No, gracias. Es mejor que me marche –respondió poniéndose también de pie–. Me ha gustado volver a verte.

–¿De verdad? Pensaba que aún albergabas resentimientos pasados.

–Ya no. Eras solo una niña cuando rompimos y ahora que he venido a River House entiendo por qué no podías abandonarla.

–En realidad, no lo entiendes –le informó ella mientras se dirigía hacia la puerta.

–En ese caso, ilústrame.

–No hay razón para hacerlo. Todo ocurrió hace mucho tiempo. Desde entonces, tú has progresado mucho y yo sigo en el mismo sitio en el que nos conocimos.

–Y yo sigo queriendo saber por qué.

Por primera vez desde que Harriet lo vio después de tanto tiempo, James sonrió del modo que había hecho que se enamorara desesperadamente de él.

Harriet sacudió la cabeza.

–No se trata de ningún misterio, pero no deseo compartirlo.

Con nadie, pero menos aún con un hombre como James Crawford. La verdad era sencilla. A su padre le encantaba el prestigio que daba poseer una casa como River House, pero no la responsabilidad de cuidarla. Abrió más aún la puerta y se hizo a un lado.

Al notar que él le agarraba un mechón de cabello, lo estiraba para deshacer el rizo y lo soltaba luego para permitir que volviera a tomar forma, se estremeció.

–Siempre me encantó hacer eso. Tu cabello es lo único de ti que no ha cambiado.

–No es de extrañar. Yo era una adolescente cuando nos conocimos, James. Ahora soy una mujer adulta. Antes de que te vayas, dime la verdad, James. ¿Por qué has decidido alquilar River House?

–Soy un hombre de negocios, Harriet –afirmó él encogiéndose de hombros–. Conocí a Charlotte Brewster, me interesó a lo que se dedicaba y le dije que tenía en mente una fiesta. Ella me sugirió tu casa como el lugar ideal y, por evidentes razones, yo aproveché la oportunidad. Haré que os envíen invitaciones a tu padre y a ti. ¿Te vas a esconder o vendrás a la fiesta?

Harriet se sentía muy contenta de que él no hubiera cancelado la reserva, por lo que sonrió alegremente.

–Gracias por la invitación. Me encantaría asistir.

James se marchó sumido en sus pensamientos. La razón que le había llevado a alquilar River House era sencilla. Había sido una oportunidad divina para vengarse de los Wilde por cómo le habían tratado diez años atrás. Su primera intención había sido que, cuando la fiesta terminara, asegurarse de que Aubrey Wilde supiera exactamente quién le había pagado un buen dinero por alquilar su casa y luego marcharse de allí sin mirar atrás. Sin embargo, el hecho de encontrarse con Harriet lo había cambiado todo. A pesar de su encorsetada imagen de contable, lo turbaba más de lo que deseaba. Verla aquel día con camisa y vaqueros y el cabello suelto, más parecida a la muchacha que él había adorado, lo llevó a tomar una decisión. Como Moira vivía tan cerca, sería muy fácil ir y venir para ver qué era lo que terminaba ocurriendo con Harriet.

Capítulo 4

NICK Corbett era relativamente un recién llegado a la ciudad. Desde el día en el que había sustituido a Aubrey en el banco, también había adquirido una actitud bastante protectora hacia Harriet. Ella lo encontraba bastante divertido y no ponía objeción alguna a pasar alguna velada en su compañía.

—Esto está bien —dijo él después de que el camarero les llevara sus bebidas—. Siempre me siento muy relajado en tu compañía, Harriet, lo que supongo que no debería sorprenderme. Heredé el trabajo de tu padre, por lo que podríamos decir que casi soy de la familia.

—Eso es exagerar un poco —comentó Harriet riendo.

—Con el cabello suelto, estás completamente diferente —dijo él—. Deberías soltártelo más a menudo.

—No iría con mi imagen como contable —replicó ella mientras se encogía de hombros.

Nick se echó a reír y se puso a mirar el menú.

—¿Qué te apetece esta noche?

—Prácticamente lo que sea.

—En eso estoy contigo —comentó él con una carcajada—. Por cierto, no mires ahora, pero hay un tipo en el bar que nos está observando. ¿Es amigo tuyo?

Harriet sintió que el alma se le caía a los pies cuando vio a James junto a la barra del bar con Claudia. Él saludó ligeramente con la cabeza cuando los ojos de ambos se cruzaron y deslizó un brazo alrededor de la cintura de su compañera para marcharse con ella.

–¿Lo conoces? –preguntó Nick.

–Es un conocido, sí.

La llegada del camarero distrajo a Nick de hacer más comentarios hasta que estuvieron en el comedor. Allí, Harriet vio que toda la familia Graveney estaba cenando con James. Lily alertó a Moira y a Marcus y los tres saludaron con la mano y una sonrisa en los labios. Claudia se pegó un poco más a James.

–¿Solo un conocido? –murmuró Nick.

–En realidad es más bien una especie de cliente –dijo Harriet, resignada, antes de explicar lo que les unía.

–Entonces, él es James Crawford –comentó Nick, impresionado–. He oído hablar mucho sobre él recientemente. Menuda historia de éxito la suya. ¿Y por qué va a utilizar tu casa para celebrar su fiesta?

–Un cliente mío se lo sugirió a él.

–¿Y tu padre ha accedido?

–Solo después de mucha persuasión –explicó Harriet sin entrar en más detalles–. Aquí viene nuestra cena.

Por tercera vez aquella semana, Harriet dejó de disfrutar una cena que normalmente habría degustado con placer y, de nuevo, la culpa era de James. Sonrió afablemente cuando los Graveney se detuvieron junto a su mesa antes de abandonar el comedor. James habló brevemente con Nick antes de dirigirse a Harriet.

–Me marcho mañana, pero volveré con tiempo más que de sobra para el gran día. Tienes mi número, así que no dudes en llamarme si tienes alguna pregunta.

–Por supuesto –dijo Harriet con una sonrisa. Entonces, se dirigió a Moira–. ¿Vas a asistir tú también a la fiesta?

–No me la perdería por nada del mundo, Harriet.

—Venga, vayámonos —dijo Marcus—. Ha sido un placer volver a verte, Harriet.

—Por favor, ven a vernos pronto a casa —sugirió Moira afectuosamente.

—Eres muy amable. Lo haré —prometió Harriet mientras evitaba la mirada cínica de James.

Cuando volvieron a quedarse solos, Nick observó a Harriet con interés.

—¿Cuánto tiempo hace que conoces a Crawford?

—Lo conocí brevemente hace algunos años, cuando yo aún estaba estudiando.

—Pues la rubia esa tan guapa no parecía estar muy contenta contigo.

—¿Tú crees? No me he dado cuenta —dijo Harriet mientras se levantaba rápidamente—. Gracias por la cena, Nick. Si no te importa acompañarme a mi coche, voy a marcharme.

Nick se levantó inmediatamente muy alarmado.

—Aún es muy temprano, Harriet. Esperaba que te vinieras a tomar café a mi casa.

—Esta noche no. Gracias de nuevo.

—Tenemos que repetir muy pronto.

—Por supuesto. Llámame. Buenas noches.

Harriet regresó a casa muy pensativa. El hecho de encontrarse con James había estropeado la velada y Nick se había dado cuenta. De todos modos, aunque no hubiera visto a James, no se habría marchado a casa de Nick. Él había estado muy raro toda la noche. A Harriet le parecía que no había sido buena idea soltarse el cabello. Suspiró y aparcó junto a su casa.

A medida que la fecha para la fiesta se iba acercando, Harriet se sorprendió al descubrir que a su pa-

dre estaba cada vez más emocionado. Cuando Charlotte les proporcionó un listado de posibles futuros
clientes, se mostró encantado.

–Increíble –le dijo Harriet a Julia cuando se lo contó–.
Jamás me imaginé que estaría tan a favor.

–Tienes razón. ¿Qué es lo que piensa Miriam de
todo esto?

–Aún no ha vuelto del crucero.

Julia se echó a reír.

–Estoy segura de que arderá Troya cuando se entere.
Por cierto, si vas a asistir a la fiesta, ¿qué te vas a poner?

–El vestido que llevaba puesto la última vez que me
viste.

–No es un vestido de fiesta, Harriet. Por el amor de
Dios, cómprate algo nuevo.

–En este momento no me lo puedo permitir.

–Sé que fue necesario aportar un dinero extra para
acondicionar la casa y el jardín. ¿Ha salido ese dinero
de tu bolsillo?

–No puedo negártelo, Julia. Necesito que este evento
sea un éxito para poder anunciarnos a otros clientes. Y
una casa y un jardín en perfecto estado eran parte del
trato.

–¿Has organizado la publicidad en la prensa?

–De eso se ha encargado Charlotte.

Más tarde aquel mismo día, James llamó para decir
que los de la carpa iban a ir a River House a primera
hora de la mañana.

–Bien. Yo no estaré, pero se lo diré a mi padre. ¿Vas
a venir tú también con ellos?

–No. Mañana estoy muy liado, pero mi asistente se
ocupará de todo. No cambies de opinión sobre lo de
venir a la fiesta el sábado –le dijo James después de
una pausa.

–Ya te he dicho que iré, aunque solo sea para asegurarme de que todo va bien.

–Tendré personal de seguridad para que se ocupe de eso, así que simplemente tendrás que relajarte y disfrutar de la tarde. Por cierto, ¿envío una invitación al amiguito con el que estabas cenando la semana pasada? Me temo que se me ha olvidado su nombre.

–No será necesario –dijo Harriet secamente–. ¿Querías algo más?

–Por el momento no. Me mantendré en contacto.

Al día siguiente por la mañana, Margaret llamó a Harriet a su despacho. Se trataba de algo tan poco frecuente que Harriet palideció temiéndose lo peor.

–¿Qué ocurre, Margaret?

–Nada en absoluto, querida. Simplemente te llamo para hacerte saber que un mensajero trajo un paquete a la casa porque fue a la tuya y no obtuvo respuesta y había que firmar la entrega. ¿Le digo a John que te lo lleve a tu despacho?

–No hay necesidad de molestarlo. No he pedido nada, por lo que no puede ser urgente. ¿Podrías dejármelo en mi casa cuando te marches a la tuya?

–Por supuesto. Los de la carpa ya están aquí. Tu padre está con ellos, dirigiendo las operaciones.

–Eso le gustará.

–Espero que todo salga bien mañana, Harriet.

–Yo también, Margaret. No sé cómo decirte lo agradecida que estoy por todo el trabajo que John y tú habéis puesto en todo esto.

–Hemos estado encantados de hacerlo. Tú disfruta de la fiesta.

Harriet dudaba que fuera a ser así. El motivo que

James tenía para invitarla resultaba más que evidente. Quería que Harriet Wilde y su padre fueran testigos de su éxito en el único lugar garantizado para hacer que la celebración fuera doblemente triunfante para él. Sin embargo, Harriet no podía dejar de temerse que él pudiera utilizar la ocasión para humillar a los Wilde de alguna manera.

Aquella tarde, trabajó deliberadamente hasta muy tarde para asegurarse de que su padre estuviera fuera cuando ella llegara a casa por si quería mostrarle la carpa. Sin embargo, cuando aparcó frente a su casa, vio que era James quien la estaba esperando para hacer eso precisamente.

–Ven a ver que todo está a tu gusto ahora que la carpa está instalada –le dijo en cuanto Harriet salió del coche.

–¿No debería estar todo a *tu* gusto? Se trata de tu fiesta, de tu dinero...

–Pero es tu casa. Por cierto, llegas muy tarde.

–Tenía algunos asuntos que terminar antes de marcharme de mi despacho –mintió.

–Pareces cansada.

–Te agradecería mucho que no siguieras con eso. Por supuesto que estoy cansada. Trabajo mucho y tengo diez años más de los que tenía entonces. Ahora, vayamos a ver esa carpa para que yo me pueda ir a mi casa.

–No quiero entretenerte más –dijo él fríamente–. Inspecciónala tú misma por la mañana. Buenas noches.

Con eso, se alejó de ella, preguntándose por qué no podía sacársela del pensamiento después de haberla vuelto a ver. Había estado completamente seguro de que, si volvían a encontrarse, ella no significaría para él nada más que un error que había cometido en el pasado. Sin embargo, con solo mirarla aquel día en el banco, parecía haber provocado que el reloj volviera atrás en el tiempo. No hacía más que buscar oportunidades para volver a verla, igual que el adolescente enamorado que había sido diez años atrás. Por suerte, todo terminaría cuando la fiesta hubiera pasado.

Harriet se maldijo por haber perdido el control y se metió en su casa mientras James se marchaba. Tras dejar el maletín, comenzó a retirar las horquillas con las que se había sujetado el cabello. Mientras se preparaba un café, vio que Margaret le había dejado una empanada en la cocina.

Tomó su taza y se la llevó al salón. El misterioso paquete la estaba esperando encima del sofá.

De repente, se sintió tan emocionada como una niña. Dejó la taza sobre la mesa y tomó el paquete. Lo desenvolvió y vio que se trataba de una caja muy elegante que venía acompañada de una nota.

Tal vez me consideres una de las tres hermanastras, Cenicienta, pero, solo por una vez, voy a ser el Hada Madrina. Te envío un vestido de muestra que me dieron y que, desgraciadamente, es demasiado pequeño para mí. ¡Cómprate unos zapatos de escándalo, suéltate el cabello y disfruta del baile!

Harriet sacó el vestido y lo colocó con mucho cuidado sobre el respaldo del sofá. Se trataba de un vestido de corte recto, con un profundo escote palabra de honor, realizado en pura seda de color rojizo. Ella lo tomó y subió rápidamente las escaleras para probárselo. Le llegaba a las rodillas y le sentaba tan bien que parecía hecho expresamente para ella. Se miró fijamente, encantada de lo que veía. Inmediatamente, llamó a Julia.

–Estaba a punto de salir, Harriet. ¿Has recibido el paquete?

–Claro que sí. Ha sido una sorpresa maravillosa. Muchas gracias. ¿Es un vestido muy caro?

–Para ti no, Cenicienta. Considéralo mi regalo de cumpleaños por adelantado. ¿Te sienta bien?

–Perfectamente.

–En ese caso, considéralo mi contribución a la causa general. Enarbola la bandera de los Wilde con orgullo mañana y diviértete.

–Lo haré. Gracias de nuevo. Te debo una.

Se quitó el vestido con gran cuidado y luego se puso unos vaqueros y una sudadera para poder preparar una ensalada que tomarse con la empanada. Antes de que pudiera ponerse a cenar, sonó el timbre de la puerta. Con un suspiro, abrió la puerta a su madrina, que entró en la casa con gran indignación.

–¿Qué demonios está pasando, Harriet? ¿Por qué hay una carpa? –le preguntó Miriam Cairns–. Si Aubrey va a dar una fiesta, ¿por qué no se me ha invitado a mí?

–No es papá el que va a dar una fiesta, Miriam. ¿Lo has pasado bien en tu crucero? ¿Cuándo has regresado? ¿Te puedo preparar un bocadillo o algo así? Yo estaba a punto de cenar.

–Llegué ayer. No quiero nada para comer, gracias, pero algo de beber me vendría bien. ¿Tienes jerez de buena calidad?

–Lo siento. Ni siquiera tengo jerez de mala calidad. ¿Un té?

Miriam se sentó en el sofá con un aspecto muy preocupado.

–Está bien. Luego tómate la cena. Pareces cansada.

Harriet frunció el ceño mientras conectaba el hervidor de agua. Estaba muy harta de que la gente le dijera que parecía cansada. Terminó de preparar el té y se lo llevó a Miriam.

–Gracias, querida. Ahora, te ruego que me expliques qué es lo que está pasando.

Harriet se llevó su comida al sillón y se puso a cenar mientras se lo explicaba a Miriam.

–Vaya, vaya –dijo cuando terminó de escuchar–. Entonces por fin Aubrey se ha visto obligado a ceder. Sabía que había perdido mucho dinero con algunas acciones, pero no tenía ni idea de que se hubiera gastado todo lo que Sarah le dejó. ¿Por qué no me lo habías dicho antes? Sarah siempre me contaba todo. Ella querría que tú confiaras en mí –añadió en tono militante.

–Lo intenté en el pasado, si no se te ha olvidado, pero no saqué nada.

–¡Dios Santo! ¿Aún estás pensando en eso, niña? De eso hace años. Si te hubieras salido con la tuya, ahora estarías viviendo en una casita, cocinando para tu marido e hijos, sin un céntimo que poder gastarte...

Miriam se detuvo en seco.

–Sí, y en vez de eso, vivo en esta casita, sin hijos ni marido, trabajo mucho para mantenerme y no tengo ni un céntimo que poder gastarme –le dijo Harriet–. Tenemos que reparar el tejado urgentemente, Miriam, por lo que no me quedó más remedio que convencer a papá para alquilar la casa para la fiesta. Si hay suerte y tiene éxito, atraerá mucha publicidad y posiblemente habrá más personas interesadas en hacer lo mismo.

–Y todo eso porque le prometiste a Sarah que cuidarías de la casa de su familia. Sabía que tú serías la única que lo haría. Aubrey era tan solo un empleado de banco cuando lo conoció, muy guapo, por supuesto. Y Sarah no solo era guapa, sino que era la señorita Sarah Tolliver de River House. Tu padre, como ya sabes, provenía de una familia más humilde y ansiaba llegar lejos. Sarah era la llave para un nuevo estilo de vida para él y se aseguró de quedársela.

–¿Qué quieres decir?

–Venga ya, querida. ¿Por qué crees que tu abuelo dejó que Sarah se casara con un don nadie como Aubrey? –le preguntó Miriam. Al ver que Harriet comprendía lo que ella le quería decir, asintió maliciosamente–. Cuando Sarah le dijo a su padre que estaba embarazada, a él no le quedó elección. Utilizó sus contactos para conseguir que a Aubrey lo ascendieran, pero jamás lo aceptó en la familia. Aubrey hizo todo lo que pudo para encajar, pero tu abuelo permaneció impasible. Desde luego, esto a Aubrey le importó un comino. River House era ya su casa. Supongo que ahora comprenderás por qué se enojó tanto cuando tú le dijiste que te marchabas a vivir con un muchacho que reparaba ordenadores. Creyó que la historia iba a volver a repetirse.

–A ti tampoco te gustaba la idea –le reprochó Harriet.

–Cierto. Sinceramente, me pareció que sería mejor esperar...

–Desgraciadamente, mi hombre no podía hacer algo así.

–Lo que demuestra que hiciste muy bien en librarte de él. ¿Lo has vuelto a ver?

–Hace bastante poco.

–¿Y quién es? Venga, niña. Es como sacar agua de una piedra. Yo nunca supe quién era. Fuiste muy hábil al mantener apartado de la familia a tu misterioso novio.

–Porque sabía exactamente lo que ocurriría si papá y tú os metíais –replicó Harriet. Sus ojos oscuros parecieron soltar chispas–. Y así fue.

–Pero estoy segura de que ya has superado todo eso.

–Por supuesto. Ese hombre está ahora fuera de mi alcance –dijo Harriet con una dulce sonrisa–. Es el presidente de Live Wires Group, el que va a pagar a papá mucho dinero por alquilar River House mañana para una fiesta.

–¡Dios santo! ¿Hablas en serio? –le preguntó Miriam mirándola completamente atónita–. ¿Y Aubrey accedió a algo así?

–Sí.

–¿Lo conoce?

–Sí. James vino aquí para hablar con él sobre la fiesta, le dijo su nombre y le dio la mano. Sin embargo, hace diez años, yo me ocupé de que mi padre jamás supiera el nombre de mi novio, así que, en lo que se refiere a papá, James Crawford es tan solo el hombre que va a pagar mucho dinero por el privilegio de alquilar la casa familiar de los Wilde. Papá incluso ha aceptado una invitación para la fiesta.

–¿Y cuándo vas a decírselo?

–No tengo planeado hacerlo. Ya lo descubrirá en su momento, aunque no tendrá importancia alguna cuando así sea. Firmó un contrato y la mayoría del dinero ya se ha pagado en una cuenta de la que solo yo puedo sacar dinero y que es exclusivamente para el mantenimiento de River House. Y Julia me apoya en todo esto.

–Eso es una novedad. Jamás habéis estado muy unidas.

–Al menos Julia cambió de opinión cuando vio que la situación era tan desesperada. Incluso me ha enviado un vestido para ponerme mañana por la noche.

–Teniendo en cuenta a lo que se dedica, seguramente no le ha costado nada.

–Pero ha pensado en mí. Y lo importante es que a mí tampoco me ha costado nada.

Miriam se levantó.

–Se me está ocurriendo ir a ver a Aubrey ahora mismo y preguntarle qué esperaba al dejar que las cosas se le escaparan tanto de las manos...

–Ha salido y no va a regresar a casa hasta tarde –se apresuró a decir Harriet.

–¡Como siempre! En ese caso, me marcho y dejaré que tú te marches a la cama. No te levantes tan temprano mañana para que puedas tener el mejor aspecto posible mañana por la noche, aunque me sorprende que hayas accedido a ir.

–Necesito echarle un ojo a las cosas.

–¿Acaso sigues suspirando por ese hombre? –le preguntó Miriam astutamente.

–Te puedo asegurar que no –dijo Harriet sonriendo dulcemente–. Sin embargo, aunque así fuera, sería yo quien tendría que decidir al respecto, madrina. Ya no tengo diecinueve años.

Miriam sacudió la cabeza tristemente.

–Eres muy rencorosa.

–Exactamente lo que papá descubrió hace mucho tiempo.

Capítulo 5

LOS PLANES que Harriet tenía para levantarse tarde a la mañana siguiente se vieron truncados por el ruido de los vehículos que pasaban por debajo de la ventana de su dormitorio con entregas para la fiesta. Al final, terminó rindiéndose. Se levantó, se vistió, leyó el periódico durante el desayuno y se dirigió al porche para ver lo que estaba ocurriendo. Descubrió que su padre estaba haciendo lo mismo.

–Buenos días, Harriet.

–Buenos días. Pensé que estarías dirigiendo las operaciones.

–Lo hice el día en el que instalaron la carpa, pero no voy a hacer lo mismo con los del catering. Es una cena formal, gracias a Dios.

–¿Y qué esperabas?

–Bueno, nunca se sabe. Afortunadamente, Crawford parece un hombre bastante civilizado.

Estuvieron observando la actividad que había en la carpa durante un rato, hasta que Harriet se tensó al darse cuenta de que había un coche muy familiar que se acercaba para aparcar cerca de ellos. James salió, seguido de Lily. Esta se acercó corriendo a saludar a Harriet.

–Espero que no te importe. Cuando James me dijo que iba a venir a comprobar cómo iba todo, le hicimos que nos trajera también a nosotros. Buenos días,

soy Lily Graveney –le dijo a Aubrey mientras extendía
la mano–. Evidentemente, usted es el señor Wilde, el
padre de Harriet. Encantada de conocerle.

Aubrey le dedicó la mejor de sus sonrisas y le estrechó la mano.

–Lo mismo digo. ¿Quién es esta encantadora señorita? –añadió, al ver que Claudia se reunía con ellos.

–Soy la hermana de Lily –respondió ella.

–Bienvenidas a las dos. Y usted también, Crawford
–comentó Aubrey cuando James se acercó.

–Gracias, señor. Siento venir tan temprano, pero tenía que asegurarme que todo iba bien y estas dos insis-
tieron en acompañarme. Buenos días, Harriet. Espero
que no te hayamos despertado demasiado temprano.

–No pasa nada –dijo Aubrey jovialmente–. Harriet
siempre se levanta al alba. Ahora, si me perdonáis todos, debo marcharme. Tengo que estar en el club dentro de poco.

–Nos veremos esta noche, señor –dijo James. Entonces, se volvió a mirar a Harriet–. ¿Quieres venir a
ver la carpa con nosotros?

–Esperaré a verla en toda su gloria esta noche.

James asintió fríamente.

–Como quieras. Vamos chicas.

Claudia entrelazó el brazo con el de James con gesto
posesivo, pero Lily se entretuvo un poco para mirar la
casa.

–Tienes una casa tan bonita, Harriet. Nos vemos
luego.

Harriet volvió a entrar en casa. De repente, sintió
unos irrefrenables deseos de pasar el día en la ciudad,
mientras durara todo aquel jaleo. Sin embargo, si todo

salía bien, aquello llegaría a formar parte de la vida ru-
tinaria de River House. Mientras los ruidos trajeran
también dinero para la casa, Harriet lo podría soportar.

Cuando regresó aquella tarde a su casa, escuchó
que el sonido de un piano sonaba en la carpa. Vio que
esta estaba ya iluminada y que habían entrelazado
guirnaldas de luces entre las ramas de los árboles. Había una gran expectativa flotando en el ambiente. Respiró profundamente y sonrió. Si tenía que ir a la fiesta
aquella noche, lo mejor sería que disfrutara. Cuando
se disponía a entrar en su casa, vio que su padre se acercaba corriendo.

–Me alegra haberte visto, Harriet. ¿Crees que esta
noche debería ponerme esmoquin?

–Se trata de una fiesta para los empleados de James
Crawford, papá. Me imagino que será menos formal
de lo que estás imaginando. Con uno de tus trajes será
más que suficiente.

–Tienes razón. ¿Te vas a poner tú un traje de noche?

–No. No te preocupes, papá. No te defraudaré.

–Jamás imaginé que lo hicieras.

–Por cierto, Miriam vino a verme anoche. Se puso
furiosa al ver la carpa. Pensaba que ibas a celebrar una
fiesta y que no la habías invitado.

–¡Como si yo me fuera a atrever a eso! ¿Qué dijo
cuando le explicaste lo que ocurría?

–Bastante. Ya conoces a Miriam.

–Es cierto.

–Es mejor que me vaya y me vaya arreglando. Hoy
no has jugado una partida muy larga.

–En realidad no he ido a jugar. Simplemente he al-
morzado con una persona.

Harriet frunció el ceño y regresó a su casa. Su padre a menudo almorzaba con sus amigos en el club. ¿Por qué no había mencionado de quién se trataba?

Harriet estaba terminando de prepararse cuando oyó que las notas del piano comenzaban a entrelazarse con las voces de los primeros en llegar. Se abrochó el vestido, se puso unos pendientes de perlas y diamantes de su madre y se calzó unos zapatos color beis que se había comprado en la zapatería más cara de la ciudad. Entonces, bajó para abrirle la puerta a su padre. Aubrey estaba muy elegante con uno de sus trajes oscuros. Al ver a Harriet, los ojos se le llenaron de lágrimas.

–Esta noche estás igual que tu madre, Harriet. Con ese vestido estás muy guapa.

–Julia me lo envió como regalo de cumpleaños anticipado.

–Muy bien hecho. Bueno, vayamos a la fiesta. Sugiero que regresemos a la casa y que salgamos por la puerta principal.

–La última vez que tomamos champán en la terraza fue en la boda de Sophie –comentó Harriet.

Su padre se detuvo en seco.

–¿Sabe Sophie lo que está ocurriendo esta noche?

–Ni idea. Es Julia la que se encarga de contárselo todo.

–Si supiera que hay una fiesta, ya estaría aquí –dijo Aubrey muy pensativo. Abrió la puerta principal y esperó a que Harriet saliera al exterior.

Sin embargo, ella se detuvo en seco. Estaba cegada por una andanada de flashes.

–¡Dios santo! –musitó mientras bajaban por la escalera–. No esperaba eso.

–Te lo mereces con lo guapa que estás –comentó su padre demasiado secamente.

Se dispararon más fotos cuando James se acercó a darles la mano. Harriet sintió que el corazón amenazaba con salírsele del pecho.

–Está maravillosa, señorita Wilde. Buenas tardes, señor. Venga a conocer a mi hermana y a su familia.

Los Graveney estaban tomando champán con Claudia y Lily.

–Señor Wilde, le presento a mi hermana Moira Graveney y a su esposo Marcus. Ya conoce a las hermanastras de Marcus, y este es Dominic Hall, el novio de Lily.

Moira, que iba elegantemente vestida de azul, felicitó a Aubrey por la hermosa casa que tenía.

–Ha sido muy amable de su parte dejar que James la utilizara para su fiesta.

–En absoluto, querida. Estoy encantado.

Marcus estrechó la mano de Harriet.

–¿Te puedo decir que esta noche estás guapísima?

–Claro que puedes –respondió ella con una radiante sonrisa–. Y vosotras dos también –añadió, refiriéndose a Claudia y a Lily.

Lily se echó a reír.

–Te aseguro que tú brillas más que nosotros.

Claudia se encogió de hombros.

–Hemos ido a lo seguro.

¿Seguro? Tacones de vértigo y un vestido negro con una falda escandalosamente corta le daban a Claudia una apariencia muy peligrosa.

James se aseguró de que todos tuvieran algo de beber y luego se excusó para irse con sus empleados. Harriet lo observó por encima del borde de la copa y vio que se iba deteniendo para charlar con la gente.

Moira se acercó a ella.

—En estas ocasiones, James siempre se asegura de que todo el mundo se esté divirtiendo.

—¿Celebra fiestas a menudo?

—Normalmente dos veces al año, pero esta es una ocasión especial.

—¿Quién es el hombre que va acompañando a tu hermano?

—Es David Walker, su asistente personal. ¿Y tú, Harriet? —le preguntó cuando rechazó la copa de champán que le ofrecía un camarero.

—Entre tú y yo, no me gusta mucho. Es simplemente por tener algo en las manos.

—Yo hago lo mismo —confesó Moira—. Hasta en mi boda tomé solo limonada.

—¿Estás hablando de tus costumbres a la hora de beber, mujer? —le preguntó Marcus.

—Yo hago lo mismo que Moira —le dijo Harriet sonriendo—. Soy popular cuando salgo con mis amigos. Yo soy la que al terminar lleva a todo el mundo a casa.

Justo en aquel momento, David Walker se acercó para anunciar que la cena estaba servida. Aubrey le ofreció el brazo a Moira.

—¿Vamos, señora Graveney?

—Llámame Moira, por favor —respondió ella.

James regresó para acompañar a su familia a la carpa. Esta parecía un lugar mágico, llena de mesas con flores, relucientes lámparas y la suave música del piano.

En el momento en el que James entró, se escuchó un dramático arpegio de notas para anunciar su llegada. Todo el mundo comenzó a aplaudir.

—Tu hermano es un hombre muy popular —dijo Aubrey.

Moira asintió muy emocionada. Harriet, por su parte,

sintió los celos casi como un dolor físico cuando Claudia levantó los ojos y miró a James con posesión. Sabía que tenía que recordar que James ya no era nada para ella. Se sentó entre James y Marcus en la mesa de honor, mientras que Moira se sentó entre su hermano y Aubrey. Claudia tuvo que sentarse enfrente, junto a un joven que James les presentó a todos como Tom Bradfield. Lily, por su parte, estaba sentada junto a su novio. Los dos parecían absortos el uno en el otro.

–Ruego silencio a todo el mundo. El señor James Crawford –anunció David Walker.

Harriet se tensó al ver que James se ponía de pie. Se preguntó si aquel sería el momento que él había elegido para que su padre se enterara de quién era exactamente el hombre que había pagado para disponer de su casa aquella noche. En vez de eso, James agradeció a sus empleados la dedicación que mostraban hacia la empresa, dio la bienvenida a los recién llegados y confió en que aquella absorción condujera a un futuro mejor para todos. Finalmente, hizo una inclinación de cabeza a Aubrey y a Harriet y levantó su copa para darles las gracias por haberle permitido utilizar su hermosa casa para una ocasión tan especial.

James se volvió a sentar en medio de un sentido aplauso. Harriet se sintió profundamente aliviada, al menos por el momento.

James le preguntó qué le parecía la carpa.

–Me gusta mucho. Bien, James, ¿estás contento ahora? ¿Te está dando todo esto la satisfacción que estabas buscando?

–Todavía no. Tu padre sigue sin saber quién soy yo.

–Pero lo sé yo. Supongo que eso sí te supondrá algo de satisfacción –le dijo Harriet con una brillante sonrisa. Entonces, se volvió a hablar con Marcus.

Cuando la cena hubo terminado, todo el mundo salió al exterior de la carpa para seguir disfrutando de la velada. Harriet se llevó a Moira, Lily y Claudia a la casa principal para mostrársela mientras que los hombres disfrutaban de un habano en el jardín. Cuando regresaron a la carpa, una pequeña orquesta estaba tocando.

–¿Te gusta bailar? –le preguntó Marcus a Harriet.

–Cuando se presenta la ocasión, sí –le aseguró ella.

Entonces, se sorprendió mucho cuando la orquesta comenzó a tocar un vals. Tuvo que contener una carcajada al ver el horror que se reflejaba en el rostro de Claudia.

–Esta noche va a haber música para todos los grupos de edad –comentó James–. ¿Me concede el honor, señorita Wilde?

Tan horrorizada como Claudia, Harriet sonrió y miró a los demás para suplicarles con la mirada.

–Vosotros también.

La pista de baile que había en la carpa era muy grande, pero a Harriet le pareció pequeña cuando James la tomó entre sus brazos y la hizo bailar con una habilidad que no había esperado.

–¿Dónde aprendiste a bailar el vals? –le preguntó. El corazón se le había acelerado.

–Me enseñó una dama muy amable en Newcastle. También me enseñó otras cosas, pero esas no se permiten en una pista de baile. Después de que nos separamos, yo necesitaba consuelo. Ella me lo proporcionó. ¿Y tú?

–En la escuela.

–Me refería a lo del consuelo, aunque tal vez no lo necesitabas.

–Por supuesto que sí, pero yo no tuve a nadie que me consolara.

James la estrechó entre sus brazos.

—¿Por qué estás temblando, Harriet?

—Me pone nerviosa ser el centro de atención —mintió.

—Esta noche estás muy guapa...

—¿Más que la chica a la que abandonaste?

—No, pero no se me permitía nada con ella, ¿te acuerdas? Ahora que eres una mujer, las cosas son diferentes.

Harriet lo observaba hipnotizada mientras bailaban, ajena a todo lo que no fuera el sensual contacto de sus cuerpos mientras se movían. Regresó a la tierra de repente cuando el ritmo cambió y James maldijo en voz baja.

—Vaya. Sea esto lo que sea, mis clases no lo cubrieron.

—Es un foxtrot.

—Podríamos bailarlo como lo hacen los más jóvenes o podríamos sentarnos.

—Prefiero sentarme —dijo, tan fervientemente que James la miró con curiosidad mientras la acompañaba a la mesa vacía.

—¿Tan terrible ha sido bailar conmigo, Harriet?

—Por supuesto que no —mintió ella de nuevo.

—Evidentemente, tu padre aún no sabe quién soy yo. ¿Se lo vas a decir tú?

—A menos que quieras que lo haga, no. Tarde o temprano terminará por enterarse. Así podrá matar a otro mensajero.

—¿Crees que se podría poner violento si se lo dices? —le preguntó él frunciendo el ceño.

—Por supuesto que no. Estaba hablando metafóricamente. No me ha puesto la mano encima en toda su vida, pero me resultó tan difícil persuadirle para esto que no me arriesgué a contárselo antes de tiempo.

–¿Por qué era nuestro acuerdo tan vital?

–Necesitamos el dinero –dijo. Entonces, negó con la cabeza cuando James le ofreció más champán–. No, gracias. Preferiría tomar un poco de agua fría.

James la miró con curiosidad mientras le llenaba una copa y se la daba.

–Siempre había dado por sentado que tu familia era muy rica.

–Bueno, acomodada más que rica, pero ya ni siquiera eso. La reciente situación económica ha afectado profundamente a las inversiones de mi padre. Tal vez esta fiesta a ti te haya servido para satisfacer tu necesidad de venganza con los Wilde, pero a mí me ha dado el dinero suficiente para poder arreglar el tejado y, posiblemente, atraer a más posibles clientes. Por cierto, Claudia vuelve a dedicarme una mirada asesina. Es mejor que ahora bailes con ella.

–¿Con ese vestido? Ni hablar.

Harriet sonrió a los demás cuando todos regresaron a la mesa. Cuando David Walker le preguntó si quería bailar, sonrió encantada y dejó que él volviera a llevarla a la pista de baile. Instantes después, comenzaron a sonar las notas de un tango.

–Estuve en Argentina a principios de año y me enganché –le dijo él–. ¿Le apetece seguir bailando, señorita Wilde?

Harriet estaba a punto de decir que no, pero luego asintió. De repente, se sentía cansada de ser la más tranquila de la familia.

–Sí. Además, cuando aún estaba estudiando, me apunté a clases de baile y lo que más me gustaba era la música latina. Espero acordarme de los pasos.

Harriet no tardó en descubrir que no había olvidado cómo se bailaba el tango. David era un bailarín muy hábil, por lo que no tardaron en recibir miradas de admiración de todos los asistentes menos de dos. James y Claudia, como era de esperar.

Cuando terminaron de bailar, los dos regresaron a la mesa.

–¡Eso ha sido maravilloso! –exclamó Moira. Harriet sonrió mientras Marcus le sujetaba la silla para que se sentara.

–No he bailado el tango desde que estaba estudiando. Es muy divertido.

–No tenía ni idea de que sabías bailar así –comentó Aubrey con asombro.

–Me apunté a una escuela de baile cuando estaba en la universidad. Incluso los contables necesitan expandirse de vez en cuando.

–Ahora están tocando una samba –dijo Lily encantada–. ¿También sabes bailar eso?

–Sí, pero no voy a hacerlo.

–Yo sí sé –anunció Claudia–. Vamos, James. Baila conmigo.

–Ni hablar –replicó él–. Yo solo bailo el vals.

Tom se puso de pie.

–¿Quieres bailar conmigo, Claudia? –le preguntó.

Durante un horrible instante, Harriet pensó que Claudia iba a negarse. Al final, todos contemplaron aliviados cómo Claudia sonreía al joven y se marchaba con él a la pista de baile.

James llamó a David para que se acercara. El asistente asintió y luego se marchó.

–¿Ocurre algo, James? –le preguntó Moira.

–No. Simplemente le he dicho que vaya a decirle a la orquesta que, a partir de ahora, toquen música para los más jóvenes.

–Ni que tú fueras Matusalén –protestó ella.

–En lo que se refiere a esta clase de cosas, así es como me siento.

Entonces, se sentó para observar cómo la orquesta comenzaba a tocar los últimos éxitos. La pista de baile se llenó inmediatamente. Claudia no tardó en convertirse en el centro de un grupo de personas. Estaba bailando con un abandono que atraía a los hombres más jóvenes como si fueran abejas a un tarro de miel. De vez en cuando, lanzaba miradas triunfantes a James para asegurarse de que él la estaba observando.

Aubrey se terminó su coñac y se puso de pie.

–Bueno, es muy tarde –dijo mientras James se levantaba–. Gracias por una bonita fiesta, Crawford, pero yo ya me retiro. Ha sido un gran placer conocerles –añadió refiriéndose a los Graveney–. Buenas noches. ¿Vienes, Harriet?

–No se preocupe, señor –intervino James–. Yo me ocuparé de acompañar a su hija a casa –añadió–. ¿Os apetece algo de beber?

Moira sonrió.

–En estos momentos, lo que me apetece es una taza de té.

–Si te apetece un paseo, te puedo hacer una en mi casa –le ofreció Harriet.

–Yo se la puedo ofrecer aquí –replicó James mientras llamaba a un camarero–. ¿Té, Marcus?

–Para mí no. Voy a seguir tomándome un coñac mientras me maravillo con la energía de los jóvenes.

Harriet agradeció el té, pero se sintió muy vieja por estar bebiéndolo en vez de estar bailando con los demás. Se recordó que aún le quedaba un año para cumplir los treinta.

–¿Ocurre algo? –le preguntó James al oído.

–Simplemente me siento como si fuera una generación diferente a esos que bailan en la pista de baile.

–Pues no lo parecías cuando estabas bailando ese maldito tango.

–¿Acaso te pareció mal?

–Por supuesto que...

Se interrumpió cuando se escuchó un grito que provenía de la pista de baile. La música se detuvo y James, acompañado de Marcus y de David, se dirigió hacia el lugar de donde se había escuchado el grito. Moira se mostró horrorizada cuando regresaron flanqueando a Tom, que llevaba a una histérica Claudia en brazos. Lily iba llorando acompañada de Dominic.

Tom dejó a Claudia junto a Moira. Esta le dio las gracias y se concentró en Claudia. Le habló con voz tranquilizadora para que se calmara.

–Han sido esos estúpidos tacones –dijo Lily, aún llorando–. Se dio la vuelta y el tobillo... Se cayó con un horrible golpe.

–¿Dónde está el hospital más cercano? –preguntó Marcus mientras los gemidos de Claudia se hacían más insistentes.

–Al otro lado de la ciudad. Yo te llevaré –dijo Harriet, alegrándose de haber tomado tan solo una copa de champán.

James llamó a David.

–Ve a buscar a mi chófer.

Harriet negó con la cabeza.

–Mi coche está aquí mismo y yo conozco esta zona. Lo acercaré todo lo que pueda. Es mejor que tú te quedes aquí y que te ocupes de tus invitados, James.

Mientras ella se dirigía a su casa con Dominic, oyó que James explicaba lo sucedido por megafonía.

–Voy a cambiarme de zapatos antes de meterme en el coche –dijo.

–¡Todo esto es culpa de Claudia! –exclamó él–. Estaba como loca en la pista de baile. Con los tacones que llevaba puestos, lo raro era que no se hubiera caído antes. Ha estropeado la fiesta de James.

–Bueno, de todos modos estaba a punto de terminar –dijo Harriet mientras llegaban a su casa–. Estoy bien, Dominic. Tú regresa con Lily.

–Esperaré hasta que te metas en el coche.

–En ese caso, métete tú también.

Se metió corriendo en la casa para cambiarse de zapatos y luego se montó en el coche y lo acercó a la carpa todo lo que pudo.

–Deja la puerta abierta, Dominic, y ve a decirles a los demás que yo ya estoy lista.

James transportó a una dolorida Claudia al coche y la instaló cuidadosamente en el asiento trasero. Entonces, ayudó a su hermana a meterse en el coche junto a Claudia. Marcus se montó al lado de Harriet.

–Yo... yo lo he estropeado todo para James –gimoteaba Claudia.

–No, eso no es cierto –afirmó él–. De todos modos, la fiesta estaba ya a punto de terminar. Iré tan pronto como pueda –añadió. Entonces, miró a Harriet–. Muchas gracias.

–Estoy encantada de poder ayudar –le aseguró ella.

Entonces, arrancó el coche y se dirigió rápidamente al hospital. Afortunadamente, la sala de Urgencias estaba relativamente tranquila para ser una noche de sábado. Después de que le hicieran una radiografía, se llevaron a Claudia para ponerle una escayola. Moira y Marcus la acompañaron. James no tardó en llegar con Lily y Dominic. Harriet por fin podía marcharse a su casa. A pesar del calor que hacía en el hospital, tenía frío.

Lily la abrazó para mostrarle su agradecimiento.

–Gracias por todo.

–¿Es solo un esguince? –preguntó James.

–No. Me temo que tiene una fractura.

–Vaya. No tendría que haberse puesto esos tacones tan altos. ¿Tienes frío? –le preguntó él. Entonces, se quitó inmediatamente la chaqueta–. Toma, ponte esto.

Ella negó con la cabeza.

–No lo necesito. Me marcho ahora mismo a mi casa.

–¡Maldita sea! Póntela. Estás temblando –gruñó él mientras le colocaba la chaqueta alrededor de los hombros.

–Te acompañaré al coche –le dijo Dominic.

–No hay necesidad. Lo haré yo –afirmó James muy bruscamente.

Harriet agradeció mucho la chaqueta cuando estuvieron en el exterior del hospital. Soplaba un viento muy fuerte y casi sintió tener que entregársela a James cuando llegaron a su coche.

–Ya estoy bien. Buenas noches.

–Los de la carpa llegarán por la mañana para desmantelarla, por lo que mañana tampoco vas a poder dormir hasta más tarde. Esta noche has ayudado mucho. Gracias, Harriet. Ninguno de nosotros podría haber organizado el traslado al hospital tan rápidamente.

–No hay de qué. Yo vivo aquí. Siento que tu fiesta terminara así, James. Aparte de esto, ha sido un éxito. Ahora –le dijo mirándole a los ojos–, dime la verdad. ¿Ha sido dulce tu venganza?

–En realidad, no.

–Quieres decir que no está completa. No importa. Mi padre sabrá muy pronto quién eres. Ahora, debo marcharme –añadió, temblando–. Buenas noches, James.

–Te están castañeando los dientes. Date un baño caliente antes de que te metas en la cama y que descanses bien mañana.

–Si me dices otra vez que parezco cansada, me pondré tan enfadada que tú también acabarás en Urgencias.

–Estás muy guapa y lo sabes. Dios sabe que tenías suficientes hombres a tu alrededor para convencerte de ello. David estaba a tus pies y, sospecho, que lo mismo le pasa a Dominic. Sin embargo, te ruego que lo dejes a él en paz. Le pertenece a Lily.

–¿Estás hablando en serio? –le preguntó Harriet escandalizada–. Te aseguro que no me gustan los hombres más jóvenes que yo.

–¿Y qué es lo que te gusta? ¿Esto?

James la tomó entre sus brazos y la besó con tanta violencia que a Harriet no le quedó más remedio que responder. Se sentía incapaz de resistirse ante la insistencia de los labios de James y unos brazos que la estrechaban de un modo tan familiar. Se fundió con él mientras el corazón le latía con fuerza en el pecho. Cuando por fin pudo recuperar el sentido común como para tratar de apartarse de él, James la soltó y dio un paso atrás mientras la observaba con frialdad.

–¿Quieres que me disculpe?

Ella le devolvió la mirada y se metió en el coche sin decir palabra. Arrancó y lo dejó observándola desde la distancia.

Capítulo 6

HARRIET necesitó todo el trayecto a casa para tranquilizarse. Cuando por fin llegó a su casa, cerró la puerta con llave y subió la escalera para despojarse del vestido. Se sorprendió al ver que no había sufrido daños durante la noche, sobre todo durante el volcánico beso que había marcado el final de la velada. Se echó a temblar al pensarlo. Decidió darse una ducha caliente antes de meterse en la cama.

A la mañana siguiente, se despertó y comprobó que, a pesar de todo, había conseguido dormir un par de horas más. Los de la carpa no llegaron hasta media mañana. Se preparó un café bien cargado y luego, de mala gana, llamó a James para preguntarle por Claudia.

—En estos momentos, está dormida porque se ha tomado un montón de analgésicos. ¿Cómo estás tú esta mañana, Harriet?

—Algo cansada, pero bien.

—Estaba a punto de ir a tu casa para asegurarme de que los de la carpa habían dejado todo en orden. ¿Siguen ahí?

—Acaban de llegar.

—Bien. Voy enseguida.

Harriet apretó los dientes y se dijo que debía dejar de comportarse como una idiota. James solo iba a ir a River House para asegurarse de que no hubiera daños que él tendría que pagar. Mientras tanto, decidió que debía ir a informar a su padre del accidente que había tenido Claudia.

Se encontró con él justo cuando Aubrey estaba sacando el coche del garaje.

–No puedo detenerme –dijo él–. ¿Te gustó la fiesta, Harriet?

–Sí, pero te perdiste toda la emoción –replicó ella.

Inmediatamente le dio detalles de lo ocurrido, pero resultaba evidente que su padre tenía muchas ganas de marcharse. Ella regresó a su casa y, con un suspiro de placer, se sentó en el sofá con los periódicos y una taza de café.

Poco después, oyó que llegaba el Aston Martin de James. Respiró profundamente y fue a abrir la puerta. Él parecía cansado y tenía bolsas bajo los ojos. Le entregó un ramo de flores.

–Son de Moira y Marcus para mostrarte su gratitud por lo mucho que ayudaste anoche.

–No tenían por qué, pero dales las gracias. ¿Sigue Claudia dormida?

–Lo estaba cuando me marché, gracias a Dios. Esperemos que siga así un tiempo para darle un respiro a Moira. Ponlas en agua y ven afuera conmigo. Por favor –añadió irritablemente cuando ella no se movió.

Harriet fue a la cocina y regresó instantes después.

–Como ya te he dicho antes, has cambiado mucho, Harriet –comentó mientras subían por el camino.

–Después de tanto tiempo, lo extraño sería que no lo hubiera hecho. Tú también has cambiado mucho, James.

–No en el modo en el que importa –replicó él–. ¿Deberíamos preguntarle a tu padre si quiere venir?

Ella negó con la cabeza.

–Ha salido. Mi padre tiene una vida social muy activa.

Cuando llegaron junto a la carpa, comprobaron la eficacia con la que se estaba desmontando.

– Bueno, yo me marcho ya.

–¿Vas a salir?

–No. Tengo una cita con mi sofá y con mis periódicos.

James asintió bruscamente.

–Solo me queda volver a darte las gracias por tu ayuda anoche. Por cierto, ¿disfrutaste con la fiesta?

–Más de lo que esperaba. Tus empleados se divirtieron mucho. Fue una fiesta memorable.

–Inolvidable en más de un sentido –suspiró él–. Voy a llevar a Claudia a Londres después de almorzar. Se siente tan mal que quiere estar con su madre. Marcus tiene que ir al tribunal a primera hora de mañana, por lo que yo me he ofrecido para llevarla a su casa. También se vendrán con nosotros Lily y Dominic. Mañana vuelvo a mi trabajo. ¿Y tú?

–Pues yo también al mío. Dales las gracias por las flores a Moira y a Marcus y deséale a Claudia una pronta recuperación de mi parte. Adiós, James.

–¿Tantas ganas tienes de librarte de mí?

–En absoluto. Había dado por sentado que tú tenías prisa por volver con tu familia.

–Hablando de familia. Ya me dirás si tu padre se enfada cuando se entere de lo mío.

–¿Y qué ibas a hacer tú al respecto?

–Bueno, tal vez proporcionarte un hombro en el que llorar.

–He aprendido a hacerlo sin apoyos, pero gracias de todos modos.

Harriet se dio la vuelta para marcharse. Se sorprendió al ver que James la acompañaba de vuelta a su casa.

—Le caes bien a Moira, Harriet —dijo James mientras ella abría la puerta—. Aún no conoce a nadie por aquí, por lo que me gustaría saber si vas a ir cuando te vuelva a invitar a su casa. Yo seguramente tardaré un tiempo en volver si eso te supone una diferencia.

—Estaré encantada de volver a visitar a tu hermana. Tanto si tú estás allí como si no. Adiós, James —repitió ella mientras le ofrecía la mano.

—Dejémoslo en «hasta la vista». Seguramente, ahora que mi hermana vive aquí, volveré a menudo.

Harriet lo miró con curiosidad.

—¿Sabes una cosa? Siempre hubo una cosa que me pregunté sobre ti hace todos esos años, James. ¿Qué te trajo a esta parte del país?

—El trabajo. Solicité un trabajo en Combe Computers y el resto, como se suele decir, es historia. Ahora, es mejor que me vaya para que tú puedas recargar las pilas. A menos que quieras ayuda para hacerlo...

Harriet entornó la mirada. ¿Estaba James pensando en volver a retomar las cosas donde las habían dejado la noche anterior?

—No te preocupes —dijo él—. No te estaba pidiendo compartir la cama contigo para disfrutar un rato esta siesta. Aunque no puedo decir que la idea carezca de atractivo.

—¡Qué halagador! —exclamó ella. Entonces, le dedicó la mejor sonrisa de cortesía que pudo encontrar y se metió en su casa cerrando la puerta con decisión.

James permaneció mirando la puerta cerrada durante un instante. Entonces, regresó a su coche. Mientras se dirigía a la ciudad, se dio cuenta de que resultaba evidente que el triunfo de la noche anterior no había bastado para satisfacerlo. El vals que había compartido con Harriet había sido un dulce purgatorio para él. Ver después cómo bailaba el tango con David había echado leña al fuego. Harriet estaba muy equivocada si pensaba que todo había terminado. Además, Aubrey Wilde aún tenía que descubrir quién era exactamente el que le había pagado el dinero que tan dispuesto se había mostrado a aceptar.

Capítulo 7

HARRIET se pasó el día siguiente trabajando. Llegó a casa muriéndose de ganas por darse una ducha, cenar y meterse en la cama, pero su padre le había dejado un mensaje en el contestador diciéndole que quería verla en la casa.

En vez de marcharse rápidamente a verlo, se lavó la cara, se retocó el maquillaje y se recogió el cabello más apretadamente que de costumbre. Entonces, se dirigió a la casa.

Encontró a su padre en la cocina.

–¡Por fin llegas! –rugió él–. Supongo que, ahora que me has dejado en ridículo, estás más que satisfecha. Tuviste las agallas de convencerme para que ese hombre alquilara mi casa con mentiras. Hace diez años te negaste a darme el nombre de tu novio, pero, hoy, George Lassiter ha disfrutado mucho diciéndome la verdad.

–Es James Crawford ahora igual que lo era entonces. No te ha dado un nombre falso y, efectivamente, es el presidente de Live Wires Group. También es el hombre al que habrías arrestado simplemente porque le gustaba tu hija.

–¡Gustar, dices! Quería mucho más que eso.

–Te ruego, papá, que no juzgues a todo el mundo por lo que tú has hecho –le espetó.

–¿Qué diablos quieres decir con eso? –le preguntó.

Entonces, apartó la mirada–. Si te refieres a la señora Fox, somos tan solo buenos amigos.

¿Quién era la señora Fox?

–No me interesa la relación que puedas tener con esa mujer, sea quien sea. Te estoy hablando de mi madre.

Aubrey se ruborizó.

–Supongo que Miriam te ha estado echando veneno en los oídos...

–¿Veneno o la simple verdad? Me contó exactamente por qué la reacción que tuviste al saber mi relación con James hace diez años fue tan extrema. Tú estabas tan decidido a casarte con mamá y a vivir la buena vida aquí en River House que hiciste lo que tenías que hacer para asegurarte. No es de extrañar que pensaras que James buscara lo mismo conmigo.

Los ojos de Aubrey parecían estar a punto de salírsele de las órbitas. Tenía las manos agarrotadas y, durante un instante, pareció que se iba a desmoronar.

Harriet le aconsejó que se sentara.

–No tienes buen aspecto, papá.

–Si no lo tengo, tú eres la culpable. Y Miriam también, maldita sea. Sarah le contó todo, como siempre, pero Miriam juró que jamás diría una palabra...

–Sin embargo, la palabra que ha dicho es la verdad, ¿no es así? En su opinión, tú habrías hecho cualquier cosa para casarte con mamá y vivir aquí en River House y eso fue exactamente lo que hiciste. El abuelo se vio obligado a aceptarte y a utilizar sus influencias para que ascendieras en el banco.

–¡Eso me lo gané por mis propios méritos! Miriam es una víbora, siempre lo ha sido. Frank Cairns fue un santo por soportarla.

–La amaba. Esa es la razón habitual para que dos personas se casen. Yo amaba a James...

–¡Eras demasiado joven para saber lo que sentías!

–Tenía diecinueve años, la misma edad que mamá cuando tú te casaste con ella –replicó ella con una sonrisa de desprecio.

Aubrey apretó los puños.

–Si tanto amabas a Crawford, ¿por qué no tuviste las agallas suficientes para marcharte con él?

–¡Porque amenazaste con ordenar que lo arrestaran! Yo lo amaba demasiado como para arriesgarme a arruinarle la vida.

–Yo no habría ido tan lejos –musitó Aubrey bajando los ojos–. Solo conseguir que lo despidieran fue suficiente porque lo apartó de ti.

–En realidad, no lo despidieron. El señor Lassiter lo trasladó a otra ciudad. No podía perder a James. Era demasiado bueno en su trabajo, como ha demostrado después sin lugar a dudas.

–¡Y yo creía que George era mi amigo! –exclamó Aubrey amargamente–. Sin duda Crawford y tú os estuvisteis riendo toda la noche a mis espaldas.

–De eso ni hablar. James me aprecia a mí tanto como a ti. Cree que lo dejé porque no era lo suficientemente bueno para mí. Esperó el tiempo necesario hasta encontrar el modo perfecto de vengarse.

–Le devolveré su maldito dinero...

–Sabes perfectamente bien que eso no es posible, padre. Firmaste un contrato. Además, la mayor parte del dinero está ya en la cuenta que hay a mi nombre y yo me niego en redondo a devolverlo. James se puede reír de nosotros todo lo que quiera mientras yo pueda arreglar el tejado.

–¡Cómo has cambiado, hija mía!

–Cualquier cambio que se haya efectuado en mí te lo debo a ti –le espetó ella.

–Si era eso lo que sentías, ¿por qué viniste a trabajar aquí cuando terminaste tus estudios? Estoy seguro de que no lo hiciste para agradarme.

–No. Lo hice para agradar a mamá. Le prometí que me aseguraría de que cuidarías de la casa.

–¿Cuándo le prometiste eso?

–Cuando se estaba muriendo.

–¡Pues se te olvidó tu promesa muy rápido cuando quisiste marcharte con Crawford!

–¡No me iba a marchar del país! Solo era una adolescente y, por aquel entonces, tú no tenías problemas con el dinero. Di por sentado que cuidarías de River House porque era nuestro hogar.

–La casa de la que te marchaste en el instante en el que terminaste tus estudios. Después de que evité que arruinaras tu vida, no pudiste quedarte bajo el mismo techo que yo.

–Más o menos, aunque no creo que fuera muy posible que yo hubiera arruinado mi vida por compartirla con un hombre que convirtió la suya en un éxito.

–¿Y cómo iba a saberlo yo por aquel entonces? Pensaba que solo era un caradura que quería poner el pie en River House.

–Igual que hiciste tú con mamá –le dijo Harriet con crueldad–, pero, al contrario de ti, James no sentía interés alguno por River House. Solo me quería a mí –añadió. Entonces, se dispuso a marcharse–. Por cierto, he recibido un correo de Charlotte Brewster. Aparentemente, tiene otra persona interesada en celebrar algo aquí. Va a venir mañana a mi despacho para contármelo. Te mantendré informado.

–¡Harriet!

–¿Sí? –le preguntó ella tras darse la vuelta.

–¿Podría ser que Crawford regresara aquí?

–No. No tiene razón para ello.

Aubrey suspiró.

–La vida juega extrañas pasadas. Ahora que lo he conocido como hombre, que he conocido a su familia, me gustaría...

–Demasiado tarde, papá –le dijo Harriet con una fría sonrisa–. Jamás se ha vengado a su modo y no hay más. Fin de la historia.

Harriet durmió muy mal. Al verla a la mañana siguiente, Lydia envió a Simon a preparar café.

Charlotte se presentó a su hora e informó a Harriet de que había más interés por River House.

–Hay una empresa que hace camas de lujo. Quieren un dormitorio romántico con grandes ventanales, por lo que el que tiene el balcón sería el más idóneo. Sin embargo, podría ser que quisieran pintar las paredes de un color diferente. ¿Le parecería bien a tu padre?

–Estoy segura. ¿Qué más tienes?

El ánimo de Harriet mejoró bastante al saber que el grupo de rock que copaba las listas de superventas podría estar interesado en alquilar la casa para grabar un vídeo y que un canal de televisión quería utilizar la casa y los jardines para una serie.

–Mientras tanto –le dijo Charlotte–, casas como la tuya se requieren constantemente para fiestas, sesiones fotográficas, lanzamientos de productos y ese tipo de cosas, así que podríais tener ingresos con regularidad.

–Julia me dijo que podría ayudarme con lo de las sesiones fotográficas.

–Dale mi número y dile que se ponga en contacto conmigo. ¿Le pareció bien que James Crawford utilizara la casa para su fiesta?

–Sí.

–¿Disfrutaste tú?

–No había esperado hacerlo, pero sí. Fui para asegurarme de que no ocurría nada malo, pero no tendría ni que haberme molestado. No se reparó en gastos para que todo saliera bien.

La vida se quedó algo vacía después de la fiesta. Harriet no veía a su padre, que se mantenía bien alejado de ella después de su discusión. James llamó dos veces, pero ella estaba fuera en ambas ocasiones y él no volvió a llamar. Harriet salió a cenar con amigos una noche y fue a un concierto con Nick. Al salir del concierto, se encontró con Moira.

–¡Hola! ¿Te ha gustado el concierto? ¿Recuerdas a Nick Corbett?

–Por supuesto, buenas noches, señor Corbett. ¡Qué alegría verte, Harriet! –exclamó Moira afectuosamente–. Me ha gustado el concierto. Adoro a Mozart, pero Marcus no, así que he venido sola.

–¿Cómo está Claudia?

–Se va recuperando lentamente. Su principal problema es el aburrimiento.

–Es que se rompió el tobillo en la fiesta –le dijo Harriet a Nick.

–¡Qué mala suerte! –dijo él–. Si me perdonáis un momento, he de ir a saludar a un amigo.

–Me alegro mucho de haberme encontrado contigo, Harriet –afirmó Moira–. Iba a llamarte mañana para preguntarte si querías venir a comer el próximo domingo, a menos que hayas terminado harta de mi familia.

–Por supuesto que no. Me encantaría.

–Vente sobre las doce. Si hace buen tiempo, comeremos en el jardín –dijo Moira. Entonces, saludó a un hombre que acababa de entrar en el vestíbulo del teatro–. Ah, mi chófer ha llegado.

Harriet sonrió al ver que James se dirigía hacia ellas.

–Eres muy puntual, James –comentó Moira.

–¿Acaso crees que yo me atrevería a tener a mi hermana esperando? En realidad, no he tenido elección. Marcus se ha pasado la última media hora avisándome. ¿Cómo estás, Harriet?

–Siempre mejor después de escuchar a Mozart –le aseguró ella. Entonces, se volvió hacia Nick al sentir que él regresaba–. ¿Te acuerdas de Nick Corbett?

James asintió fríamente.

–Por supuesto. ¿También es usted fan de Mozart?

–En realidad no –respondió Nick–. Solo compré las entradas para agradar a Harriet.

–Bueno, es hora de que nos marchemos –anunció Moira. Entonces, se inclinó para besar a Harriet en la mejilla–. No te olvides. El domingo a las doce.

–Allí estaré –le aseguró Harriet.

–Me alegra haber vuelto a veros –dijo James. Entonces, agarró a Moira por el brazo y la hizo salir.

–Para ser un hombre muy ocupado, se pasa mucho tiempo en esta zona –comentó Nick mientras salían al exterior.

–Su hermana se mudó a esta zona recientemente. Le tiene mucho afecto.

–Tal vez también te lo tenga a ti –susurró Nick.

–Te aseguro que estás completamente equivocado.

–Me alegra saberlo. ¿Qué te parece si vamos a tomar una copa?

Harriet disfrutó de una copa y de una agradable

conversación con Nick. Cuando llegó a casa, descubrió que James le había dejado un mensaje en el contestador.

–Nada de eso de que a la tercera va la vencida. Te llamaré en otro momento. O podrías llamarme tú a mí.

Ni hablar. James podría tener la impresión equivocada de que ella estaba tratando de reavivar lo que había habido entre ellos. Podría ser que estuviera en casa de Moira el domingo, pero a Harriet no le importaba si estaba como si no. Además, sería muy agradable compartir unas horas con los Graveney. Ciertamente, así rompería la rutina de las tareas de casa y jardinería que solía hacer los domingos. Cuando se mudó a la casa del guardés, había aprendido la lección. Una casa pequeña tenía que mantenerse muy ordenada. Si en ocasiones añoraba el espacio y la luz de la casa principal, jamás lo admitió ni consigo misma ni con ninguna otra persona.

Capítulo 8

EL SÁBADO por la mañana, Harriet estaba haciendo las tareas que solía hacer los domingos cuando una llamada de Sophie la sorprendió.

–Harriet, gracias a Dios que estás ahí. ¿Me puedes hacer un enorme favor? Dime que sí, porque si no...

–¡Espera un momento! ¿Le ocurre algo a Annabel?

–Sí... no... Quiero decir...

–Respira profundamente y tranquilízate. ¿Qué ocurre?

–Gervase acaba de llevarse a Pilar al aeropuerto. Mañana nos han invitado a una fiesta y Pilar se ha tenido que marchar a España por una crisis familiar, ¡qué poco considerada! Estoy segura de que se podría haber esperado hasta el lunes. En esa fiesta habrá muchas personas que a Gervase le interesa conocer, por lo que me ha dicho que tenemos que ir como sea, pero los niños no pueden. No tengo a nadie que pueda cuidar de Annabel y... y...

Sophie se echó a llorar.

–¡Sophie, por el amor de Dios! Deja de lloriquear –dijo Harriet mientras decía adiós mentalmente al almuerzo con los Graveney–. Está bien. Iré, pero siempre y cuando dejéis la fiesta a una hora temprana para que yo pueda regresar aquí por la tarde. Acuérdate de que tengo que ir a trabajar al día siguiente.

–Sinceramente, Harriet, no haces más que pensar

en el trabajo... –comentó Sophie. Entonces, pareció entender lo que acababa de decir–. Lo siento, lo siento. Estoy tan disgustada que ni siquiera puedo pensar bien. ¿Vendrás esta noche?

–No, no puedo. Lo siento.

–Estoy segura de que podrás posponer lo que tienes para esta noche –lloriqueó Sophie–. Por favor, Harriet.

–Mira, Sophie. Yo mañana tenía una invitación para almorzar. Estoy dispuesta a cancelarla para echaros una mano, pero no voy a ir a tu casa esta noche. Iré por la mañana.

–Ah... Ah, está bien, pero asegúrate de que llegas a tiempo mañana. Tenemos que estar en la fiesta a las doce.

Resultaba absurdo sentirse tan desilusionada. Aparentemente, había estado deseando almorzar con los Graveney más de lo que quería admitir. Se encogió de hombros y llamó a Moira para decirle que no podía asistir.

–Mi hermana tiene una crisis doméstica y necesita una canguro mañana. Lo siento mucho. Espero no incomodarte demasiado.

–En absoluto, pero teníamos muchas ganas de verte. No importa. La familia es lo primero.

–Como tú bien sabes. ¿Cómo está Claudia?

–Desquiciada, según Lily, aunque aparentemente no le faltan visitas.

–Moira, dado que no puedo ir mañana a tu casa, ¿te apetecería almorzar conmigo un día en la ciudad?

–Me encantaría. ¿Cuándo?

Acordaron una fecha y Harriet colgó sintiéndose un poco mejor. Sin embargo, estaba demasiado inquieta como para sentarse en su casa. Decidió ponerse la crema para el sol, una gorra y salió al garaje para sacar el tractor cortacésped.

Cuando terminó, estaba sudando profusamente. Los pantalones cortos y la camiseta de tirantes que llevaba puestos estaban sucios y el cabello se le había pegado a la frente. Vació el depósito y se volvió a montar en la máquina para devolverla al garaje. Se dirigía por el camino de acceso cuando sintió que el alma se le caía a los pies al ver a James apoyado contra su coche, mirándola con desaprobación.

–No puedo parar –dijo ella mientras pasaba a su lado–. Debo guardar esta máquina.

Llena de frustración ante la lenta velocidad de la máquina y terriblemente consciente de que James le estaba mirando la sudorosa espalda, se dirigió por la cuesta abajo hasta el garaje. Después de guardar la máquina, se bajó del asiento. Se estaba quitando los guantes cuando James la arrinconó.

–¿Por qué demonios estás trabajando como una esclava con este calor? –le espetó–. ¿Acaso no puede ser el jardinero el que siegue el césped?

Harriet se sacó un puñado de pañuelos de papel del bolsillo y se secó la frente.

–Claro que puede, pero yo lo hago a veces para dejar que él se ocupe de otras cosas. ¿Has venido a pasar el fin de semana? –le preguntó cortésmente.

–¿Por qué has cancelado lo de mañana? ¿Acaso tenías miedo de volver a encontrarte conmigo?

–Por supuesto que no –replicó ella con irritación–. Mira no me puedo quedar aquí hablando contigo. Tengo que ir a ducharme.

–Esperaré hasta que hayas terminado. Tratar de ponerse en contacto contigo por teléfono resulta tan frustrante que hoy he optado por el contacto personal cuando Moira me dijo que habías cancelado lo de mañana. Dime la verdad, Harriet. ¿De verdad hay una cri-

sis familiar o es que no puedes soportar tener que charlar conmigo mientras comemos?

Harriet echó a andar hacia su casa con James a su
lado. Se sentía furiosa porque él la había sorprendido
cuando estaba sucia y sudorosa.

–¿Quieres entrar? –le espetó mientras se quitaba los
zapatos de una patada en el porche.

–Te he dicho que te esperaría –le recordó él–, pero
si prefieres que no entre, puedo esperar en el coche.

–¡No seas ridículo! –exclamó ella. Entró delante de
él y subió a la planta superior a la velocidad del rayo.

Cuando volvió a bajar unos minutos más tarde, vio
que su invitado estaba en el sofá, viendo la televisión.
James se puso de pie en el momento en el que Harriet
llegó a su lado.

–Espero que no te importe. El partido de críquet estaba terminando.

–En absoluto.

–¿Te sientes mejor ahora, Harriet?

–Sí.

–Hace tiempo tenías un vestido como ese –dijo él
mirando el vestido amarillo que Harriet llevaba puesto.

Ella se lo había puesto la primera vez que salieron
juntos.

–¿De verdad? No me acuerdo.

–¿No? –le desafió él.

–Tengo sed. Necesito algo de beber. ¿Te apetece
algo? No tengo cerveza ni vino, pero te puedo ofrecer
agua mineral, zumo de naranja, té, café...

–Lo que sea más fácil.

Cuando Harriet regresó con dos vasos de agua mineral, James estaba de pie junto a la ventana. Tenía el
ceño fruncido.

–Tantos árboles y flores en ese jardín, y lo único que

tú ves desde aquí es un trozo de césped y un enorme seto de laurel.

–Tengo una buena vista del jardín desde mi dormitorio –dijo ella mientras le entregaba un vaso.

–No lo sé –replicó mirándola por encima del hombro con hostilidad–. Los dormitorios nunca formaron parte de nuestra relación. Además, después del primer día, cuando vine a arreglar tu ordenador, no me dejaste volver aquí. Como un tonto, yo te dejé que me trataras como un secreto vergonzoso durante todo el verano porque pensaba que todo sería diferente cuando tuviéramos una casa juntos. Sin embargo, eso nunca ocurrió.

–No.

–¿Y por qué diablos no te puedes permitir una botella de vino? Debes de ganar bastante dinero y vives aquí sin pagar el alquiler...

–En realidad, sí que pago el alquiler. Además, este lugar es demasiado pequeño para traer invitados, por lo que tener cosas para los demás no es necesario.

En aquel momento, el teléfono comenzó a sonar. Harriet se excusó y vio que se trataba de Sophie.

–Hola.

–Gracias a Dios que te localizo, Harriet. Sé buena chica y pospón tu cita o lo que sea que tengas y vente esta misma noche. Annabel está deseando verte y sería mucho más conveniente...

–Tal vez para ti, pero no para mí. Dile a Annabel que estaré allí por la mañana.

–¡Venga, vale! –le espetó Sophie–. Asegúrate de que llegas a tiempo.

–Allí estaré.

Harriet colgó la llamada de muy mala gana.

–Lo siento. Era mi hermana –dijo.

—¿La famosa periodista o la guapa y mimada?

—La última. Sophie es muy guapa, muy mimada, pero ahora está casada con el hombre que conoció en una boda.

—¿Quién es Annabel?

—Mi sobrina. La *au pair* de Sophie ha tenido que regresar repentinamente a España hoy mismo. Mi hermana y mi cuñado están invitados a una fiesta muy importante mañana por lo que yo voy a cuidar de la niña —comentó mientras se sentaba en el sillón—. Por eso no puedo ir a almorzar a casa de tu hermana, James. Moira va a venir a la ciudad un día para almorzar conmigo.

—Eso me ha dicho. Se muere de ganas.

—Yo también. Por cierto. Sé que Claudia va bien, pero que está muy aburrida. ¿Has ido a verla recientemente?

—Sí. Estaba en Londres para una cena y fui a verla al día siguiente, cuando regresaba a casa. Lily y Dominic estaban con ella, junto con un par de amigas y Tom Bradfield, que estaba bastante avergonzado. Mi presencia pareció resultar tan molesta que no me quedé mucho rato. Según Lily, Tom va a ver a Claudia con regularidad desde el accidente.

—¿Te está dejando de prestar atención a ti, James?

—Eso parece. Gracias a Dios.

—¿Y no deberías decirle lo que sientes a Claudia? Está coladita por ti, James.

—Más bien lo estaba. Ya no. De todos modos, mis sentimientos hacia ella, y hacia Lily, siempre han sido fraternales.

—¡Venga ya! Aquella noche en casa de tu hermana no te mostraste muy fraternal.

James se ruborizó.

—Tuve motivo para lamentarme de eso más tarde, cuando Moira me puso en un aprieto.

–En cuanto llegué a casa de tu hermana, supe por qué estaba allí. Podría haberte dado la información necesaria por teléfono, pero tú querías que te viera en familia y con una gloriosa criatura como Claudia babeando por ti.

–Tal y como lo cuentas, suena muy inmaduro, pero no puedo negarlo. Aquel día en tu despacho, te mostraste tan distante y tan altiva que aproveché la oportunidad de mostrarte que había progresado mucho desde que era un técnico informático que no era lo suficientemente bueno para la señorita Harriet Wilde de River House.

–Yo nunca tuve esa opinión sobre ti.

–Tal vez tú no, pero tu padre sí.

–Eso no lo puedo negar, pero solo porque no te conocía.

–No fue culpa mía.

–Lo sé. Quería reservarte para mí, para que nada pudiera estropear lo que teníamos juntos.

–Sin embargo, cuando le dijiste que íbamos a irnos a vivir juntos, todo se acabó.

–Sí. Mi padre se empeñó.

–No creo que tu padre pudiera haberte encerrado y haberte mantenido con pan y agua, Harriet. Podrías haberte marchado de casa si hubieras querido. ¿Fue cuestión de dinero? ¿Acaso no habrías podido terminar tus estudios sin que él te apoyara?

Harriet sintió la tentación de decir que sí, pero negó con la cabeza.

–Yo tenía un fondo que mi madre me había dejado.

–Entonces, ¿por qué diablos no te marchaste conmigo? –le preguntó él con voz ronca–. ¿Acaso temías que yo quisiera tener una parte de ese fondo de tu madre?

–No, James –dijo ella muy cansada–. ¿Para eso has venido hoy aquí? ¿Para revolver el pasado?

–No. Aunque no te lo creas, pensé que podrías estar enferma. En vez de eso, te encuentro cortando el césped con este calor. Y mañana, vas a marcharte corriendo para cuidar a la niña de tu hermana durante todo el día. ¿Cuántos años tiene?

–Tres.

–¿Cuidas de ella a menudo?

–Solo cuando hay algún problema, aunque normalmente lo que Sophie considera un problema es muy distinto a lo que yo considero un problema. Siempre le han encantado los dramas.

–¿No te llevas bien con ella?

–Está celosa de mí porque yo soy la que está en casa con papá.

–Y, sin embargo, tú eres a la que llama cuando tiene un problema.

–Vivo a poco más de una hora en coche y Julia está en Londres. De todos modos, con Julia no conseguiría nada. No es exactamente la clase de mujer a la que le gusta cuidar niños –dijo Harriet con una sonrisa.

–Y tú sí.

–Sí. Un día pasado en compañía de Annabel es un placer.

–En realidad, tenía otra razón para invadir tu torre de marfil.

–¡Te aseguro que de torre no tiene nada, James!

–Bueno, pero sirve para el mismo propósito. Aquí es donde te escondes del mundo.

–Yo no me escondo.

–Entonces, si un hombre quiere acostarse contigo, es siempre en su casa, no en la tuya.

–Más o menos –replicó ella–. ¿Y tú? No te he preguntado dónde vives ahora.

–Compré una casa cerca de Cheltenham hace un par de años. La he estado arreglando poco a poco. Es un edificio catalogado, por lo que tengo que ir con cuidado. Por cierto, ¿sabe ya tu padre quién soy?

–Sí. El señor Lassiter disfrutó mucho contándoselo –comentó Harriet mientras se bebía el resto del agua–. Mi padre se puso tan furioso que pensé que le iba a dar un ataque. Al final, la tormenta terminó calmándose. Lo verdaderamente irónico de todo esto es que le caes bien. Y tu familia también. En cierto modo, creo que eso fue lo peor cuando se enteró de quién eres tú.

–Debe de ser muy duro no tener una buena relación con tu padre. Mis padres murieron relativamente jóvenes, pero Dan y yo tuvimos suerte. Estaba Moira.

–Mucha suerte. Siento mucho no poder ir a comer a su casa mañana.

–He visto que ya habéis empezado a arreglar el tejado –dijo él cambiando de tema–. ¿Cuándo van a terminar?

–La semana que viene. Espero que cumplan su palabra, porque mi hermana está organizando una sesión fotográfica para su revista y, más tarde, una cadena de televisión quiere rodar aquí. A pesar de que solo querías vengarte de nosotros, echaste la bola a rodar y creo que, en cierto sentido, te ha salido el tiro por la culata. Le has dado a River House una segunda oportunidad.

James dejó su vaso y tomó a Harriet entre sus brazos.

–¿Es que no piensas nunca en otra cosa que sea tu maldita casa? –le preguntó.

Entonces, besó los labios de Harriet cuando ella los abrió para protestar. La abrazaba tan fuerte que ella casi no podía respirar. El beso suponía un castigo tan claro que Harriet perdió la compostura y le mordió la lengua. James soltó una maldición y la soltó.

Ella se dirigió a la cocina y cortó un trozo de papel. Se limpió la boca con un trozo y le llevó el resto a James.

–Toma –le dijo con frialdad–. Estás sangrando.

Él se apretó el papel contra la punta de la lengua mientras la miraba con rencor.

–Solo tenías que decir que no.

–Si hubiera podido hablar, lo habría hecho. ¿A qué demonios ha venido eso, James? ¿No ha sido suficiente venganza lo de la casa?

–Por el amor de Dios, deja de hablar sobre la casa. La casa en la que no vives, la casa que no vas a heredar, pero la casa por la que te pasas la vida trabajando para poder mantenerla. ¿Cuándo vas a agarrar la vida con las dos manos para vivirla al máximo, Harriet? No hay más. Es muy breve... ¿De qué sirve todo esto? –le preguntó. Entonces, respiró profundamente y recuperó la compostura–. Lo siento.

–Está bien –le espetó ella. Entonces, se volvió bruscamente al llegar a la puerta–. Yo no voy a disculparme por morderte.

–Con la madurez, has desarrollado ciertas tendencias violentas –observó él mientras salía de la casa–. ¿Te portas así con todos tus hombres?

–La ocasión jamás se ha presentado. Ellos me tratan con respeto.

–¡Pues qué aburrido! –exclamó él mirándola con desdén–. Adiós, Harriet.

Ella cerró la puerta sin contestar. Entonces, lanzó un grito cuando la puerta volvió a abrirse. James la tomó de nuevo entre sus brazos para volver a besarla.

Sin embargo, aquella vez lo hizo con la mágica persuasión que ella nunca había encontrado con otro hombre. Contra su voluntad, sintió que su cuerpo respondía hasta que James la soltó de repente.

–Esa es mi verdadera disculpa –le dijo él. Entonces, la dejó de pie, completamente inmóvil mientras se marchaba. A pocos metros, se dio la vuelta–. Para que conste, si cancelaste el almuerzo con Moira tan solo para evitarme, no tendrías que haberte molestado. No voy a estar de todos modos.

Harriet permaneció mirando la puerta cuando se cerró. Entonces, fue a sentarse al sofá sintiéndose como si le faltara por completo la energía. Los ojos se le llenaron de lágrimas y estas comenzaron a caerle por las mejillas. Maldito fueran James Crawford y sus besos.

Capítulo 9

EL DÍA siguiente no empezó nada bien. El coche de Harriet se negó a arrancar, su padre había salido y el taller que ella solía utilizar no estaba abierto los domingos. Se vio obligada a tomar un taxi para llegar al hogar de su hermana en Pennington. Cuando llegó, el recibimiento estuvo dividido. Gervase se mostró amable y simpático y Sophie impaciente. Annabel no parecía estar por ninguna parte.

–Has apurado mucho –se quejó Sophie–. ¡Son las once y media!

–Mi coche no arrancaba. Tuve que tomar un taxi. ¿Dónde está Annabel?

–Durmiendo. Tiene un pequeño resfriado.

–Es mucho más que eso –dijo Gervase mientras miraba a su esposa con intranquilidad–. No estoy seguro de que debieras marcharte y dejarla sola, cariño.

Sophie se tensó.

–¿No ir? ¿Por qué? Se trata de solo un resfriado y Harriet es más que capaz de cuidarla. No te importa que vaya, ¿verdad, Harriet?

–No –dijo ella, aunque le extrañaba que Sophie quisiera dejar a Annabel si la niña se encontraba mal–. ¿Vais a ir lejos?

–No, está muy cerca de aquí. Podríamos estar de vuelta en cuestión de minutos si nos necesitas –dijo

Gervase. Entonces, le dio un beso en la mejilla–. Gracias por ayudarnos, Harriet.

–Sí, gracias –dijo Sophie más calmada–, aunque me temía que no ibas a llegar a tiempo.

–Te pagaré el taxi cuando regresemos, Harriet –prometió Gervase. Era un hombre alto, elegante, veinte años mayor que su esposa.

–¿Crees que este vestido es adecuado para una fiesta que se celebra por la mañana?

A Harriet le pareció que no era adecuado para ninguna clase de fiesta. El estampado era demasiado chillón y el vestido en sí era demasiado corto.

–Es muy veraniego...

–Crees que es horrible. ¡Lo sabía! –aulló Sophie–. Tendrás que esperar mientras me cambio, Gervase –añadió mientras iba subiendo las escaleras a la carrera.

–Ve a ver a Annabel –le dijo su esposo. Entonces, se volvió a sonreír a Harriet–. Sophie se derrumbó cuando Pilar tuvo que marcharse tan precipitadamente.

–¿Una crisis familiar?

–Su madre está enferma. Sin Pilar, Sophie está perdida, en especial cuando Annabel no está bien. Los tres hemos pasado muy mala noche. Regresaremos a las cuatro como muy tarde, pero, si quieres que vengamos antes, no dudes en llamar. Este es el número de mi móvil.

De repente, se escuchó el llanto de una niña desde la planta superior.

–Idos. Yo me encargaré de Annabel –dijo Harriet mientras subía rápidamente las escaleras para ir a la habitación de la niña.

Sophie, vestida de lino azul y perlas, estaba tratando de calmar a su hija.

–No llores, cariño –le suplicaba Sophie frenéticamente–. ¡Mira! La tía Harriet ha venido a jugar conmigo.

La niña extendió los brazos hacia Harriet.

–Quiero bajar –sollozó la pequeña.

–Pues eso haremos –dijo Harriet mientras la tomaba en brazos. Se alarmó al notar la temperatura corporal de la pequeña–. Vamos primero a lavarte la cara y luego nos acurrucaremos en el sofá. Dile adiós a mami.

Harriet le indicó a Sophie que se marchara mientras esta le señalaba un frasco que había sobre la mesilla de noche.

–Dale una dosis de eso después de comer.

–No... quiero... comer –lloriqueó la niña mientras se abrazaba con fuerza al cuello de Harriet.

–He dejado muchas cosas en el frigorífico, pero, si no le apetece nada sólido, dale simplemente un poco de fruta –dijo Sophie–. Pórtate bien con la tía, cariño.

Tras darle un beso a la niña en el pelo, se marchó corriendo. Harriet tomó un camisón y se llevó a la niña al cuarto de baño. Allí, le lavó la carita y las manos y le puso el camisón seco.

–Ya está. Ahora te sentirás mejor.

Se dirigieron a la cocina y Harriet dejó a la niña en la trona. Entonces, fue a mirar en el frigorífico y encontró una deliciosa ensalada, que seguramente Sophie habría preparado para ella, y también varias posibilidades para el almuerzo de la pequeña.

–¿Qué te apetece, cariño? ¿Pasta? ¿Huevos revueltos?

–Un plátano, por favor –dijo la niña con voz ronca.

Harriet le preparó el plátano y llevó el plato a la mesa con un yogur.

–Venga. ¿Vas a comer tú solita o quieres que te ayude yo?

–Tú me ayudas. ¿Me puedo sentar en tu regazo? La silla me hace daño.

–Por supuesto. De hecho, ¿quieres que hoy hagamos algo especial y nos llevemos la comida al salón en una bandeja para que puedas comer mientras ves uno de tus DVDs favoritos?

–Sí, pero encima de ti.

Harriet decidió que haría lo que fuera para que la niña comiera. Con la ayuda de la película, consiguió que Annabel se tomara la mitad del plátano y un poco de yogur. Tardaron tanto en comer que la niña empezó a tener sueño de nuevo.

–Primero tomaremos la medicina. Luego, podrás echarte una siesta.

–¡Aquí contigo!

–De acuerdo.

Después de que la niña se tomara la medicina, las dos se acomodaron en el sofá. Harriet respiró aliviada cuando sintió que la pequeña se relajaba contra ella. Le tocó la frente de nuevo y decidió que aquello era mucho más que un pequeño resfriado.

El ratito que la niña estuvo durmiendo, fue el único interludio tranquilo de la tarde.

Al ver que Sophie y Gervase aún no habían vuelto a las cuatro, Harriet decidió llamar al número que su cuñado le había dado. Sin embargo, antes de que pudiera hacerlo, Annabel empezó a vomitar.

Después de lavarla, vestirla con ropa limpia y animarla para que bebiera un poco de agua, Harriet le dijo:

–Ahora, vamos a pedirles a mamá y a papá que vuelvan a casa.

–Quiero que tú te quedes...

–Vamos a llamar a mamá y a papá y luego ya veremos.

Gervase y Sophie tardaron pocos minutos en llegar después de que Harriet los llamara. Sophie se acercó corriendo a su hija y lanzó un grito al tocarle la frente.

–¿En qué estabas pensando? –le espetó a Harriet–. ¿Por qué diablos no has llamado antes?

–Cuando vi que eran las cuatro y que aún no habíais llegado tal y como habíais prometido, fui a llamaros, pero entonces Annabel empezó a vomitar y tuve que limpiarla. Tienes que llamar al médico ahora mismo.

–Yo lo hago –dijo Gervase mientras sacaba su teléfono móvil.

Sophie trató de tomar en brazos a su hija, pero Annabel se aferró con fuerza a Harriet.

–¡Quiero a la tía!

Al escuchar aquellas palabras, Sophie se marchó corriendo muy disgustada. Gervase, por su parte, terminó de hablar por teléfono y miró a su hija.

–El médico de guardia estará aquí en cuanto pueda, gracias a Dios. Como no tenía que conducir, he bebido un poco y no podría llevar a Annabel a la consulta. No deberíamos habernos marchado. Por suerte, uno de los invitados nos trajo a casa en coche y así pudimos llegar tan rápido. De hecho, aún está en la sala –susurró mientras le acariciaba suavemente el cabello.

–Sophie dijo que era importante que estuvieras en esa fiesta.

–Efectivamente, pude establecer buenos contactos, pero nada de eso es tan importante como Annabel –dijo Gervase. Justo en aquel momento, Sophie regresó al salón–. No deberíamos haber ido.

–Yo sabía que la niña estaría bien con Harriet –dijo Sophie.

–Pero no lo está. No deberíamos haber ido –insistió Gervase.

–Dijiste que era importante.

–Importante para mí, no para los dos. Por una vez, tú te podrías haber quedado en casa.

Sophie se echó a llorar y eso provocó que Annabel comenzara de nuevo a sollozar.

–No llores, cariño –susurró Harriet–. Mamá tiene dolor de cabeza y necesita hacer un poco de té. A mí también me gustaría una taza.

Sophie dejó de llorar al notar la severa mirada de su esposo.

–De acuerdo –dijo. Entonces, acarició suavemente la cabeza de la niña y se marchó.

–¿Podrías quedarte con Annabel durante un minuto, Gervase? Tengo que ir al baño.

–Sí, sí, claro. Dámela –respondió él. Se quitó la chaqueta y tomó a la pequeña, que no dejaba de protestar–. Ya, ya, cariño. La tía no va a tardar mucho.

Cuando Harriet se dirigía al cuarto de baño, pasó por delante de la sala. Entonces, Sophie salió a la puerta y la llamó.

–Ven a conocer a James Crawford, que amablemente nos ha traído a casa desde la fiesta. James, esta es mi hermana Harriet Wilde, pero creo que eso ya lo sabes –añadió Sophie con una risita. Entonces, se volvió al escuchar que sonaba el timbre–. Debe de ser el médico. Perdonadme.

James iba vestido con un elegante traje de lino. Miró a Harriet en silencio durante un instante.

–Evidentemente, yo aquí estoy estorbando. Debería marcharme. Cuando llamaste a tu hermana, ella se puso tan nerviosa que me ofrecí a traerlos en coche.

–Desde luego. Muy amable de tu parte.

Gervase entró corriendo.

–Siento interrumpir, Crawford. El médico necesita que Harriet le dé información.

Cuando Harriet regresó al salón, Annabel trató de soltarse de su madre y le extendió los brazos.

—No me gusta ese hombre, tía —sollozó.

El médico sonrió.

—Supongo que es usted la que ha estado cuidado de Annabel esta tarde, señorita Wilde. ¿Qué le ha dado?

Sophie le entregó la niña a Harriet.

—Te dije exactamente cuándo tenías que darle la medicina. Espero que te hayas acordado.

—Por supuesto que me he acordado, Sophie —le recriminó Harriet—. Annabel tomó medio plátano y un poco de yogur a las doce y media. Después, le di una dosis de medicina. Durmió un rato y se despertó tosiendo. A partir de entonces, ha estado muy inquieta toda la tarde y con la temperatura muy alta. Se quejaba de que le dolía la tripa y la espalda. Le di otra dosis a las cuatro, pero poco después vomitó. Hasta que llegaron sus padres a casa, le estuve dando agua a sorbitos.

—¿Qué le pasa, doctor? —preguntó Gervase.

—Hay un virus circulando que da todos los síntomas que tiene su hija. No se puede hacer mucho más que darle mucho líquido y mantenerla tranquila mientras la naturaleza sigue su curso. Me temo que tengo que marcharme ahora —dijo el médico mientras recogía sus cosas—, pero pueden ir a la consulta mañana si necesitan más ayuda.

Sophie acompañó al médico a la puerta y regresó rápidamente. Entonces, miró a Harriet esperanzada.

—¿Te podrías quedar un poco?

—Solo hasta que Annabel se vaya a la cama. ¿Crees que me podrías traer el té ahora, Sophie?

—¿Estás segura, Harriet? —dijo Gervase—. Tienes que trabajar mañana.

—Me quedaré hasta que la niña se tranquilice un

poco –afirmó Harriet mirando a su sobrina con adoración.

Sophie regresó unos minutos más tarde con el té. Parecía enojada.

–Me tomé muchas molestias para prepararte esa ensalada y ni siquiera la has tocado.

–Annabel se disgustaba mucho si trataba de moverme, por lo que ni siquiera fui al cuarto de baño y mucho menos comer.

–Dámela –dijo Gervase–. Yo la tendré en brazos mientras tú te tomas el té. Sophie, ve a traerle a tu hermana algo de comer.

–La ensalada estará bien –comentó Harriet–, pero no te molestes en traerla. Yo puedo ir a la cocina.

–Annabel te quiere a ti, por lo que es mejor que te quedes aquí –dijo Sophie antes de salir del salón.

–Sophie se siente culpable –explicó Gervase.

«Y debería», pensó Harriet mientras se tomaba el té. Cuando terminó, le dijo a Gervase que le diera de nuevo a la niña.

–Tú ve a atender a tu invitado.

Gervase le entregó a la niña. Justo en aquel momento, regresó Sophie con la ensalada.

–Gracias, Sophie.

–Voy a ver si Crawford quiere algo más de beber –dijo Gervase antes de marcharse.

–Sé lo que estás pensando, Sophie, pero Gervase estableció contactos con personas muy importantes, por lo que hicimos bien en ir a la fiesta. Y, hablando de fiestas, ¿por qué no se nos invitó a la de River House?

–Era James Crawford el que invitaba. Papá quería ir y yo simplemente asistí para asegurarme de que no estropeaban nada de la casa o de los jardines. La fiesta tuvo tanto éxito que hasta salió publicada en la prensa. Y ahora tengo dinero para arreglar el tejado.

—¿Significa eso que papá no tendrá que vender?

—Es un comienzo. Julia va a llevar a los de su revista y Charlotte tiene otras personas interesadas después, por lo que ahora la situación es más esperanzadora.

—Gracias a Dios. ¿Está papá contento?

—Encantado —le aseguró Harriet—. Esto tiene un aspecto delicioso, Sophie, pero preferiría llevar a Annabel a la cama antes de comer.

—Bien. Sube tú y yo me reuniré contigo cuando haya hablado de una cosa con James Crawford. Por cierto, no me habías dicho que ya lo conocías.

—Hace ya tanto tiempo de eso que se me había olvidado. Ten cuidado de no despertar a Annabel cuando subas porque tengo que marcharme...

Sophie ya había salido del salón. Harriet subió lentamente las escaleras, pero, en el momento en el que intentó dejarla en la cama, la niña empezó a protestar. Con un suspiro, Harriet se sentó en la mecedora y comenzó a acariciarle la cabeza hasta que la pequeña volvió a tranquilizarse y en aquella ocasión no protestó cuando la acostó. Harriet permaneció sentada esperando que llegara su hermana. Veinte minutos más tarde, Sophie aún no había subido, por lo que Harriet salió de la habitación y bajó a la sala. Allí, Sophie estaba tratando de sacarle a James todos los detalles de la fiesta. Al ver que llegaba Harriet, se sonrojó.

—¡Por fin! ¿Está ya dormida Annabel?

—Sí, pero subid con cuidado cuando vayáis a verla.

—Lo haremos —dijo Gervase sonriendo con gesto culpable. Entonces, agarró a Harriet de la mano—. Perdona un momento, Crawford.

Cuando estuvieron solos, James indicó a Harriet que se sentara.

–¡Por el amor de Dios, siéntate! Pareces exhausta.

–Ha sido un día con muchas preocupaciones. Annabel está malita. Pobre.

–No es asunto mío, por supuesto –dijo James mientras se sentaba a su lado–, pero si la niña estaba enferma, ¿por qué salió tu hermana y la dejó?

–Sophie sabía que Annabel estaría bien conmigo –dijo, para no entrar en polémicas.

–No he visto tu coche fuera.

–Esta mañana no me arrancaba. He venido en taxi.

–En ese caso, te llevaré a casa. ¿O te vas a quedar a pasar la noche?

–No puedo. Tengo que ir a ver a un cliente a primera hora. Mira, James, es muy amable de tu parte, pero no puedo hacer que me lleves a mi casa y luego tengas que volver aquí.

–No tendré que hacerlo. Puedo dormir en casa de mi hermana –dijo James. Se levantó al ver que Gervase entraba en la sala–. ¿Cómo está tu hija?

–Durmiendo, gracias a Dios. Harriet, ¿podrías subir un momento? Sophie quiere hablar contigo.

–Por supuesto. Me despediré ahora de ti por si te has marchado antes de que baje.

–No tengo prisa –afirmó él.

–Muy bien –dijo Gervase mirándolos con curiosidad–. Dado que tienes que conducir, Crawford, ¿quieres un café?

Al llegar a la habitación de Annabel, Sophie se llevó un dedo a los labios y salió con su hermana al rellano.

–Por favor, quédate a pasar la noche, Harriet. Voy a necesitar ayuda con Annabel y a ti te quiere mucho.

–Lo siento. Tengo que volver. Tengo una reunión con un cliente a primera hora de la mañana.

–¿Tu trabajo es más importante que ayudar a cuidar de tu sobrina?

–Una simple fiesta era hoy más importante para ti que quedarte en casa para ayudar a tu hija –le espetó Harriet–. Mira, Sophie. Quiero mucho a Annabel, pero me gano la vida con mi trabajo. Tengo que irme a mi casa.

–Sí, vale, muy bien, pero tendrás suerte si encuentras un taxi que te lleve tan lejos a esta hora de la noche de un domingo –dijo Sophie con petulancia sin saber que aquel comentario ayudó a que su hermana tomara una decisión.

–James Crawford se ha ofrecido amablemente a llevarme a mi casa.

–¿Va a ir hasta tan lejos y va a regresar esta noche?

–No. Se va a quedar a pasar la noche en casa de su hermana, que vive en Wood End.

–En ese caso, es mejor que te vayas –dijo Sophie de mala gana–. Te estoy muy agradecida, de verdad. Gracias por cuidar de Annabel.

–No te voy a decir que he disfrutado con ello porque ha estado enferma, pero me encanta estar con ella. Es un cielo. Te llamaré mañana para ver cómo está.

Harriet fue un momento al cuarto de baño para asearse. Entonces, miró por última vez a su sobrina y luego bajó con su hermana a la sala. Allí, sonrió a James.

–Siento haberte tenido esperando. Voy a recoger mis cosas.

James se despidió cordialmente de Sophie y de Gervase y salió con Harriet de la casa.

–¿Qué te ha hecho cambiar de opinión? –le preguntó él cuando estuvieron en el coche.

–Sophie quería que me quedara a pasar la noche.

–¿Y eso era peor que tener que venir conmigo en coche?

–En absoluto. Te estoy muy agradecida, James.

–Me sorprendiste mucho cuando me dijiste que estabas lista para marcharte.

–Pues no parecías sorprendido.

–He aprendido a ocultar mis sentimientos a lo largo de los años.

–Yo también –dijo ella amargamente.

–Lo noté el día en el que entré en tu despacho. Debiste de quedarte de piedra al descubrir que yo era el hombre que quería alquilar tu casa, pero ni siquiera te inmutaste.

–Lo peor fue que cuando ibas a hacer el discurso en tu fiesta, pensé durante un horrible instante que ibas a decirle a todo el mundo que habías alquilado River House para humillar a mi familia.

–¡Dios santo! –exclamó él con gesto herido–. Me conoces bastante bien como para saber que yo no haría algo así, Harriet.

–Conocía al hombre que eras hace diez años, pero apenas reconocí a ese James en el hombre en el que te has convertido.

–Evidentemente, si fuiste capaz de pensar que te sometería a una humillación pública. Aparte de eso, solo un idiota estropearía su fiesta antes de empezar siquiera. Tal vez yo sea muchas cosas, pero no soy un idiota. Al menos, ya no. Para tu información, el bienestar de mis empleados es más importante que la venganza.

Pasaron el resto del viaje en silencio.

–Gracias por traerme a casa –dijo ella al llegar mientras bajaba rápidamente del coche para que él no pudiera ayudarla.

–De nada –replicó él con gesto distante mientras salía del coche–. Espero que tu sobrina se ponga mejor.

–Yo también.

Cerró la puerta sin poder mirar a James a los ojos. Musitó una palabra de despedida y se dirigió rápidamente a su casa, pero James le impidió entrar agarrándola de la mano.

–Harriet, no quiero que nos separemos así. Prométeme que te vas a meter enseguida en la cama. Estás a punto de caerte.

–Sí –dijo ella con una sonrisa–. Gracias por traerme a casa.

–De nada. Que duermas bien.

Cuando Harriet escuchó que el coche de James desaparecía en la distancia, entró en su casa. En ese momento, recordó que no había comido nada en todo el día. Se preparó unas tostadas y se marchó inmediatamente a la cama. A la mañana siguiente, llamó al taller para pedir un coche de sustitución mientras arreglaban el suyo y llamó a su hermana para preguntar por Annabel.

–He contratado a una enfermera particular –le dijo Gervase–. El médico ha venido otra vez y ha dicho que es solo un virus, pero a las tres de la mañana me pensaba que iba a ser algo peor. Sophie estaba histérica de preocupación.

–Me siento culpable de no haberme podido quedar a ayudaros, pero hoy tengo reuniones todo el día...

–¡Por el amor de Dios, Harriet! No tienes por qué sentirte culpable. Tienes que trabajar. Yo puedo pagar a quien sea necesario para que cuide de Annabel.

–Dale un beso de mi parte. A Sophie también. ¿Vais a estar hoy en casa?

–Yo me marcharé cuando la enfermera llegue, pero luego trabajaré desde casa hasta que Annabel se haya curado.

El lunes nunca había sido el día de la semana favorito de Annabel, pero aquel fue especialmente difícil. Tuvo un terrible dolor de cabeza todo el día, que empezó a convertirse en migraña a última hora de la tarde. Cuando por fin se marchó a casa, soñando con un buen baño antes de irse a la cama, se encontró con que Miriam la estaba esperando.

–Otra vez has estado trabajando hasta muy tarde. Tienes un aspecto terrible –le dijo su madrina–. Además, ayer te llamé y no me devolviste la llamada.

Harriet le explicó el porqué y se ofreció a prepararle un té.

–Siéntate –le dijo Miriam–. Yo lo prepararé. Y también te haré un bocadillo.

–No tengo mucha hambre, pero el té me sentaría bien. Gracias, Miriam.

Cuando su madrina regresó con el té, unos bocadillos y unos bollitos con mantequilla, Harriet sonrió débilmente.

–¡Me estás mimando demasiado!

–Pues ya iba siendo hora de que alguien lo hiciera.

–En realidad, iba a llamarte esta tarde. Anoche cuando escuché el mensaje, era demasiado tarde. Lo que me recuerda que es mejor que llame a Sophie antes de comer.

–Llámala después, niña.

–No. Lo haré ahora.

Gervase le dijo que Sophie estaba tumbada y que Annabel estaba poco más o menos igual, pero al menos no había empeorado. Afortunadamente, la enfermera que le habían enviado de la agencia le caía muy bien, lo que estaba dando un respiro a sus padres.

Cuando Harriet colgó el teléfono, Miriam le preguntó:

–¿Sophie no está disponible?

–Estaba descansando. Afortunadamente, a Annabel le gusta la enfermera que han contratado.

Miriam lanzó un resoplido.

–Yo no he tenido hijos, así que no puedo arrojar piedras al tejado de nadie, pero recuerdo a tu madre peleando con vosotras tres con todos los problemas que la infancia de un niño acarrea. Cualquiera diría que Sophie se puede ocupar de una niña pequeña sin tener que pagar a una enfermera. Debería estar de rodillas dando gracias por un marido lo suficientemente rico como para permitirle todos los lujos.

–Mamá tenía a Margaret para que la ayudara.

–Y era maravillosa, pero Sarah os cuidaba personalmente y era la que se levantaba cuando llorabais por la noche. Y tú, en vez de andar por ahí cuidando a la hija de tu hermana, deberías estar buscando marido y teniendo un hijo propio. He oído que has estado viendo con frecuencia al hombre que sustituyó a tu padre en el banco.

–Nick Corbett es tan solo un amigo con el que resulta agradable salir de vez en cuando.

–Supongo que eso es mejor que nada –dijo Miriam mientras se ponía de pie–. No te levantes. Sé perfectamente dónde está la salida. Por cierto, ¿se ha enterado Aubrey de quién es quien alquiló River House?

–Sí. Tuvimos una gran discusión. Por cierto, debería llamarle para contarle lo de Annabel. Adora a la niña.

–Es muy rica –admitió Miriam–, lo que es un milagro con una madre como Sophie. Aubrey siempre la mimó demasiado.

–Era tan una niña tan guapa...

–Bueno, tú cómete eso, termínate el té y luego vete a la cama, querida.

–Lo haré. Gracias por venir –le dijo Harriet con una débil sonrisa–. Esto de que la mimen a una está muy bien. Podría terminar acostumbrándome...

Miriam se echó a reír y sorprendió a Harriet dándole un beso de buenas noches.

Después de cenar un poco y de llamar a su padre para dejarle un mensaje sobre su nieta, Harriet se tumbó en el sofá. Se tumbaría solo un minuto y luego se iría a la cama...

Al escuchar que alguien llamaba a su puerta, se despertó. La cabeza le daba vueltas. Se levantó como pudo y fue a abrir. Allí, se encontró a James. Iba vestido con un traje y parecía furioso.

Harriet consiguió saludarle débilmente antes de que perdiera el conocimiento. Cuando abrió los ojos, estaba de vuelta en el sofá. James estaba a su lado.

–Me duele mucho la cabeza... –dijo ella débilmente.

–Evidentemente, tu sobrina te ha pegado algo.

–No. Simplemente estoy cansada, nada más. ¿Qué es lo que estás haciendo aquí?

–Voy a pasar la noche en casa de Moira. Quería hablar contigo.

–¿De qué?

–Del destino –respondió él, sorprendiéndola–. Para empezar, fue el destino el que me condujo a Charlotte Brewster cuando estaba buscando un lugar especial

para celebrar mi fiesta. Imagina mi reacción cuando
me enteré de que tú eras la contable de la señorita
Brewster y, más aún, que River House era una posibilidad para la fiesta –comentó James mientras se sentaba sobre el brazo del sofá, mirándola.

–Sin duda te pusiste muy contento.

–Así es. Me llevé una pequeña decepción cuando
fui al banco y me enteré de que tu padre ya se había
jubilado, pero entonces te vi y supe que tú al menos
seguías por aquí y que probablemente seguías viviendo
en River House con papá, lo que significaba que podría matar dos pájaros de un tiro alquilando la casa.
Sin embargo, las cosas no salieron como yo esperaba.

–¿Porque tu acto de venganza proporcionó una publicidad muy útil a los pájaros?

–Y porque como la venganza es un plato que se
come mejor frío, me está resultando un poco difícil tra-
garlo.

Harriet notó que él estaba diciendo la verdad. También sintió el calor que emanaba del cuerpo de él y el
aroma de su cuerpo. Aquella potente mezcla fue demasiado para ella. Se disculpó rápidamente y se marchó a la cocina. Allí, se apoyó sobre el fregadero.

Una mano abrió el grifo del agua fría y le entregó
un trapo. Harriet lo agarró y se lo apretó contra el rostro, que notó ardiente y sudoroso.

–¿Te encuentras bien? –le preguntó James.

Harriet se apartó el trapo del rostro y, como pudo,
le dio las gracias. Entonces, se tambaleó mientras trataba de permanecer de pie y le aseguraba a James que
se encontraba bien. Él la miraba fijamente. De repente,
la tomó en brazos y se dirigió con ella a la escalera.

–¿Qué estás haciendo? –exclamó ella.

–Te llevo a la cama. ¿Es esta tu habitación?

Harriet sintió que la cabeza le daba vueltas. Cuando James la depositó en la cama, se sintió atrapada por una neblina que no la dejaba reaccionar.

–James... –susurró desesperadamente.

–Estoy aquí –dijo él mientras le apartaba el cabello de la cara.

A continuación, le desabrochó la chaqueta del trabajo, que ella aún llevaba puesta, y la camisa. Se sentía como si estuviera desnudando a una muñeca por el modo en el que ella simplemente se dejaba hacer. Después, le quitó la falda. En todo aquello, no había nada sexual. La ternura que él había sentido hacia la Harriet adolescente despertó de repente en aquel instante, cuando la arropó delicadamente con la sábana.

Al ver que ella levantaba los brazos y abría los ojos oscuros, se tensó.

–¿James?

–Duérmete –le susurró. Todos los músculos de su cuerpo se tensaron cuando Harriet tiró de él para darle un beso.

–Supongo que estoy soñando –musitó Harriet mientras dejaba caer los brazos.

James se puso de pie, mirándola. Si estaba delirando, tal vez había enfermado con el virus de su sobrina. Podría ser también que solo necesitara descansar. Lanzó una maldición al escuchar que alguien llamaba a la puerta de la casa. Si era el banquero amigo de Harriet, se libraría de él para que no la despertara. Bajó la escalera y fue a la puerta. Cuando la abrió, vio que el que estaba a punto de volver a llamar era Aubrey Wilde.

Capítulo 10

LOS DOS hombres se miraron con una antipatía que ninguno de los dos hizo nada por ocultar. Aubrey ni siquiera se molestó en saludar.

—Quiero hablar en privado con mi hija.

—Harriet está en la cama. Está enferma. Yo tengo que marcharme, por lo que la dejo en sus manos.

Aubrey lo miró fijamente mientras se dirigía al coche y se marchaba. Después de dudarlo un instante, entró en la casa y cerró la puerta. Esperó un instante y, entonces, oyó movimiento arriba y escuchó agua corriendo en el cuarto de baño. Tosió para anunciar su presencia.

—¿James? —llamó ella con voz ronca mientras se ponía una bata.

—No, soy yo.

Había estado soñando. Bajó la escalera con mucho cuidado, deseando que la cabeza dejara de dolerle.

—¿Recibiste mi mensaje, papá?

—Sí. ¿Le ocurre algo a Annabel?

—Tiene un virus, pobrecita. Yo estuve cuidándola ayer mientras Gervase y Sophie se iban a una fiesta.

—Por supuesto. Sophie no se perdería una fiesta ni aunque su hija estuviera enferma. ¿Dónde estaba su *au pair*?

—Se tuvo que marchar a España. Ahora, han contratado a una enfermera para que se ocupe de la niña.

–¡Dios santo! Ese hombre es demasiado indulgente con Sophie. Tú no tienes muy buen aspecto. Deberías volver a la cama.

–Solo he bajado para tomar algo de beber. Luego volveré a la cama.

Aubrey tensó el gesto.

–Crawford me abrió la puerta. ¿Qué estaba él haciendo aquí?

Harriet tragó saliva. No se había estado imaginando nada.

–Estaba en la misma fiesta que Gervase y Sophie y los llevó a casa cuando Annabel se puso enferma. Luego me trajo a mí a casa.

–¿Por qué?

–Mi coche no arrancaba, por lo que me fui en taxi a la casa de Sophie. Como no me sentía muy bien a la hora de marcharme, acepté que James me trajera a casa. Ha venido a preguntar por Annabel.

–Entiendo. Mañana no deberías ir a trabajar. Le diré a Margaret que venga a ver cómo estás mañana por la mañana. Ahora, intenta dormir un poco. Buenas noches.

Harriet cerró la puerta con llave cuando su padre se marchó, tomó algo de beber del frigorífico y subió a su habitación. Se sintió muy aliviada al meterse en la cama aunque la noche fue larga e incómoda. Le dolía todo el cuerpo y unas veces tenía frío y otras calor. El dolor de cabeza era tan fuerte que le impedía dormir. Los analgésicos no le ayudaban mucho. Se mantuvo tumbada hasta que amaneció.

Cuando fue la hora, llamó a Lydia para decirle que aquel día no iba a ir a trabajar. Poco después, llegó Margaret con el desayuno en una bandeja. Le dijo que permaneciera en la cama hasta que se sintiera mejor.

–Gracias, Margaret –dijo ella mientras la mujer le colocaba la bandeja en las rodillas–. Siento darte más trabajo.

–Tonterías. Tómate el té mientras esté caliente. ¿Te apetece un huevo escalfado?

–Creo que ahora es mejor que me limite a té y tostadas.

–¿Quieres algo más?

–No, gracias.

Cuando Margaret se hubo marchado, Harriet llamó a Sophie para preguntarle por Annabel. Se enteró de que la niña estaba mejorando rápidamente, pero que su hermana estaba enferma con el mismo virus.

–Por favor, no vayas a trabajar y ven a ayudarme, Harriet. Gervase tiene que irse hoy a trabajar y me siento fatal.

–¿Sigues teniendo a la enfermera?

–Sí, pero es solo para Annabel. ¡Necesito que alguien me cuide a mí!

–Lo siento, Sophie. Yo también estoy enferma en la cama con un fuerte dolor de cabeza. También me encuentro mal.

–¿Cómo? ¡Pero si tú nunca estás enferma!

Harriet estaba sujetándose la cabeza cuando Margaret volvió a entrar en el dormitorio. Al ver que estaba hablando con Sophie, le quitó el teléfono.

–Soy Margaret, Sophie. Me temo que tu hermana no está bien y que no puede seguir hablando contigo ahora. Te llamará cuando se encuentre mejor –dijo. Estuvo escuchando un rato. Entonces, meneó la cabeza con desaprobación–. Es una pena. Espero que te encuentres mejor pronto.

Con eso, colgó la llamada y le devolvió el teléfono a Harriet.

–Gracias, Margaret. Sophie quería que yo fuera a su casa para cuidarla.

Margaret se limitó a mirarla para que Harriet se enterara claramente de lo que pensaba.

–Te prepararé otro té.

Harriet dejó un mensaje a Moira para comunicarle que tendrían que posponer su almuerzo un par de días y luego se rindió al sueño que su cuerpo tanto ansiaba. Cuando se despertó, era ya casi mediodía. Margaret acababa de entrar en el dormitorio de puntillas.

–Tu padre está abajo. Quiere verte, Harriet. ¿Te encuentras con fuerzas?

–Necesito unos minutos para asearme un poco.

Cuando Harriet volvió a meterse en la cama, Aubrey llamó a la puerta, pero se quedó en el umbral.

–¿Cómo estás, Harriet?

–Me duele menos la cabeza, pero me siento un poco débil.

–Evidentemente, has estado haciendo demasiadas cosas. Necesitas unas vacaciones.

Entonces, Harriet frunció el ceño al escuchar que alguien llamaba al timbre.

–¿Sigue Margaret abajo?

–No. Se ha ido a hacer la compra. Yo abriré.

Aubrey regresó unos instantes más tarde con un centro de flores.

–Te las he traído para enseñártelas, pero las bajaré abajo si te dan dolor de cabeza.

Harriet las miró fijamente durante un instante. Entonces, tomó la nota y comprobó quién las había mandado.

–Son de James –le dijo a su padre.

–Entiendo. Las dejaré abajo y te dejaré a ti en paz. Margaret no tardará mucho. ¿Necesitas algo?

–No, gracias. Tengo sueño otra vez. Son las pastillas...

–Por cierto, he llamado al taller. El coche está listo. Te lo van a traer esta tarde.

Al día siguiente, Harriet se sintió lo suficientemente bien como para poder bajar al salón. Estaba empezando a estar un poco aburrida con tanta inactividad y se puso muy contenta cuando Moira fue a visitarla.

–Si no te encuentras bien, me marcho, Harriet.

–Me encantaría que te quedaras un rato.

–¿De verdad que te encuentras mejor? –le preguntó Moira mientras tomaba asiento–. No tienes muy buen aspecto. ¿Ha estado cuidando alguien de ti?

–Sí, Margaret, la mujer que cuida River House. Tengo que ponerme bien pronto porque mi hermana Julia va a traer a su equipo para hacer una sesión fotográfica en la casa.

–Suena genial –dijo Moira. Entonces, reparó en el centro de flores que había junto a la ventana–. ¿Te las ha enviado el señor Corbett?

–No. Tu hermano. Vamos a tomar un café –dijo Harriet mientras se levantaba.

–Puedo hacerlo yo.

–No te preocupes. Necesito volver a la normalidad.

Se fue a la cocina y regresó con los cafés y un plato de galletas de almendra.

–Las ha hecho Margaret.

–Dile que, si alguna vez quiere cambiar de trabajo, tiene uno esperándola en mi casa. Están deliciosas –comentó Moira–. Ahora, vayamos a la razón de mi visita. Por supuesto, quería ver cómo estabas, pero también tengo una proposición que hacerte.

–Tú dirás.

–Marcus tiene una casita que da a una pequeña playa privada en Pembrokeshire. Resulta evidente que te vendrían bien unas vacaciones, así que, ¿por qué no te tomas un par de días libres y te marchas allí? Te vendría bien tomar el sol, si tienes suerte, y no preocuparte de nada. ¿Qué me dices?

–Bueno, me parece que es una oferta que no puedo rechazar –comentó Harriet.

–En ese caso, no la rechaces. Creo que te gustará. Hay un pueblo cercano para que puedas comprar lo que necesites y la señora Pugh se ocupa de limpiar la casa con regularidad. Bueno, ¿qué me dices? –le preguntó mientras sacaba una llave del bolso y la agitaba frente a los ojos de Harriet.

Harriet sonrió. Por una vez, haría algo impulsivo.

–Te digo que sí. Muchas gracias. Si te parece bien, creo que me marcharé mañana.

–Por supuesto. ¿Cómo está tu sobrina?

–Ha mejorado mucho, gracias. Además, ahora que sabe que la *au pair* española que normalmente cuida de ella va a regresar pronto, la recuperación ha sido milagrosa. La de ella y la de mi hermana.

–James me dijo que la conoció en una fiesta a la que fue mientras tú estabas cuidando de tu sobrina y que luego te trajo a casa.

–Sí. Fue muy amable de su parte.

–Dice que tu hermana no se parece en nada a ti.

–No. Ella es la guapa. Julia es la inteligente y yo soy...

–La mujer trabajadora en la que todos confían, por lo que dijo tu padre en la fiesta. ¡Aunque no te voy a perdonar que nos dejaras a todos boquiabiertos con el tango!

–Bueno, de vez en cuando me da un momento de locura, como ahora al aceptar la llave de tu casa en Gales.

–¡Así me gusta!

Harriet se quedó un momento, pensando, como hacía con demasiada frecuencia, en lo que creía que había ocurrido en su habitación. ¿De verdad había besado a James o lo había soñado? Fuera como fuera, no le apetecía hablar con él.

–¿Me harías un favor? ¿Podrías darle las gracias a James de mi parte por las flores? Dile que le estoy muy agradecida.

Cuando Moira se marchó, la recuperación de Harriet fue rápida por la perspectiva de pasar un fin de semana alejada de River House. Adoraba la casa, pero, en ocasiones, era un peso demasiado grande. Su buen humor se acrecentó cuando su padre se presentó con un paquete que contenía una novela de misterio y el DVD de una película que llevaba mucho tiempo queriendo ver.

Me he enterado de que estabas enferma y he pensado que te apetecería esto. Con cariño, Nick.

–¡Qué amable de su parte! –exclamó ella.

–Cuando estuve hoy en el banco, le mencioné que no te encontrabas bien. Me pidió que me pasara después de comer para recoger esto –dijo Aubrey–. Ahora tienes mejor aspecto. Evidentemente, Moira Graveney te ha animado mucho.

Harriet le contó sus planes para el fin de semana. Le sorprendió que su padre se mostrara de acuerdo.

–Es una idea espléndida. Tendrás que estar en forma para la sesión de Julia, así que es mejor que descanses.

–¿Has encontrado algún lugar en el que alojarte durante la sesión?

–Ah, sí. No hay problema.

Su padre no le dio detalles ni Harriet los pidió, pero se quedó pensativa cuando su padre se marchó. Últimamente, después de recuperarse de la ira que le había provocado saber quién era en realidad James Crawford, se había mostrado más conciliador que de costumbre. Esto levantaba las sospechas de Harriet. Si Aubrey se imaginaba que cabía la posibilidad de que ella volviera a vivir con él en River House, estaba muy equivocado.

Capítulo 11

AQUELLA noche, Moira llamó a su hermano lo suficientemente tarde como para que él se alarmara.

–¿Ocurre algo?

–Me temo que sí. Marcus ha tenido que marcharse precipitadamente a Londres porque ha ocurrido algo en su familia. Me llamará más tarde, cuando se entere de qué se trata.

–¿Claudia, como siempre?

–No, por una vez se trata de Lily. Marcus no me ha contado nada. Su madre simplemente le pidió que fuera inmediatamente. Como todo es muy extraño, se marchó enseguida.

–Trata de no preocuparte y llámame cuando tengas noticias.

–Te llamaré mañana. Por cierto, hoy he ido a ver a Harriet.

–¿Cómo está?

–Mejor. Sigue un poco débil, pero ya no le dolía tanto la cabeza. Me pidió que te diera las gracias por las flores.

James apretó los labios.

–¿Has oído lo que te he dicho? –le preguntó Moira.

–Sí. Que Harriet me da las gracias por las flores –repitió sin entusiasmo.

–No, lo siguiente. Le sugerí que le vendrían bien

unas vacaciones y le di la llave de la casa de Pembrokeshire. Se va a marchar mañana para pasar el fin de semana.

–Eso me sorprende. Si por un milagro Harriet no fuera a trabajar, sería para marcharse a casa de su hermana y cuidar a su sobrina. Sin embargo, por una vez, va a hacer algo por sí misma. Sorprendente.

–No seas cínico, James. No sé lo que ocurrió entre vosotros en el pasado, pero a mí Harriet me cae muy bien.

«No eres la única», pensó James mientras colgaba la llamada de su hermana. Sin embargo, no le parecía que «caer bien» fuera la expresión adecuada para expresar lo que sentía. Lo que había experimentado hacia Harriet en el pasado, volvía a estar vivo, a pesar de que ella había roto su vida en pedazos al abandonarlo. Se prometió que muy pronto descubriría exactamente lo que le había empujado a hacerlo.

Al día siguiente, Harriet estaba a punto de marcharse cuando su padre se presentó para ayudarla a cargar las cosas en el coche y para llevarle una caja de víveres que Margaret le había preparado.

–Vuelve con un poco de color en las mejillas –le dijo cariñosamente cuando se metió en el coche–. ¿Llevas la medicación por si te vuelve el dolor de cabeza?

Harriet le aseguró que así era y se marchó sintiéndose como un niño al que le perdonan el colegio. El día fue nuboso y fresco durante la mayor parte del viaje, pero cuando fue llegando a la zona, el sol salió en toda su gloria. Parecía que Gales le estaba dando una acogedora bienvenida.

Siguiendo las indicaciones que Moira le había dado, no tardó en llegar a la casita, que parecía colgada del acantilado. Cuando salió del coche, Harriet disfrutó con placer de la vista que se dominaba desde allí. Entonces, fue a abrir la puerta de la casa y, después de inspeccionarla brevemente, sacó las cosas del coche y las colocó antes de bajar a la playa. Tras ponerse crema para el sol y una pamela, cerró la casa y se fue a dar un paseo.

Después de un rato caminando por la maravillosa playa, sintió hambre. Decidió volver a la casa para prepararse algo de comer. Se hizo una ensalada con el jamón asado que Margaret le había preparado y se sentó a la ventana para comérsela. Con la música clásica que había puesto en la radio y la impresionante vista de la playa, comenzó a relajarse y a disfrutar.

Tras dejar un mensaje en el teléfono de su padre, volvió a bajar a la playa para poder disfrutar al máximo del sol. Más tarde, pensó en arreglarse y salir a cenar a un pub que Moira le había recomendado, pero estaba empezando a sentir los efectos del viaje, por lo que optó por quedarse en la casa viendo la televisión.

Aquella noche, durmió mejor de lo que lo había hecho en semanas. Se despertó temprano y fue a la ventana para ver qué tiempo hacía. Se alegró de ver que seguía luciendo el sol. Después de desayunar, llamó a su hermana para ver qué tal estaba Annabel y luego llamó a Moira.

—He llegado bien, el sol está brillando y es una casita preciosa, Moira. Muchas gracias por dejarme venir aquí.

—De nada. Sal al sol y disfruta. Me alegra ver que alguien es feliz.

—Pareces algo triste, Moira.

–Así es. Marcus tuvo que marcharse a Londres porque ocurría algo con su familia y ha regresado con Lily. Está muy triste.

–Pobre Lily. No quiero meterme en lo que no me llaman, pero ¿sabes lo que le ha ocurrido?

–No quiere decir nada. Marcus está desesperado. Los dramas de Claudia no le afectan, pero las lágrimas de Lily lo están destrozando. Por lo que sabemos, tiene que ver con Dominic. Simplemente la estamos apoyando hasta que ella quiera decirnos en qué podemos ayudarla. Sin embargo, ya está bien de mis preocupaciones. Quiero que disfrutes tus vacaciones.

–Lo haré. Te llamaré cuando regrese.

Harriet tomó el coche y se marchó al pueblo a hacer algunas compras. Cuando regresó, hacía mucho calor, por lo que se puso un biquini, se untó bien de crema y se bajó de nuevo a la playa durante un rato. Regresó a la casa para comer y volvió a la playa para aprovechar el buen tiempo. Cuando el calor se hizo insoportable, decidió meterse en el agua para refrescarse un poco. Estaba nadando de regreso a la playa cuando una fuerte ola la cubrió por completo. Tragó un poco de agua y empezó a toser. Entonces, lanzó un grito cuando sintió que un fuerte brazo la agarraba y la levantaba y que una mano le sujetaba la barbilla para que no volviera a hundírsele en el agua.

–¡Quieta! –le ordenó una voz cuando ella empezó a patalear–. Ya no corres peligro, así que relájate y deja que yo me ocupe de todo.

Cuando su rescatador la sacó del agua más profunda, Harriet se puso de pie y se dio la vuelta para mirarle sin gratitud alguna.

–¿Qué demonios estás haciendo aquí, James? Estaba nadando plácidamente hasta que tú has llegado.

James se mesó el húmedo cabello con una mano.

—¡Plácidamente, dices! —exclamó él. La agarró por los hombros y la zarandeó suavemente—. Pensé que te estabas ahogando, mujer. Esta cala tiene una corriente muy fuerte. Pensé que te había atrapado.

—¡No soy tan idiota como para meterme en el agua sin precaución! ¡El único peligró que corrí fue el ataque al corazón que estuvo a punto de darme cuando me agarraste!

James la miró con tristeza mientras recogía el jersey y los zapatos que se había quitado. Los vaqueros húmedos se le moldeaban tan fielmente contra la piel que, después de una mirada, Harriet ocultó el rostro en la toalla.

—Es mejor que subas a la casa para secarte —dijo ella.

Recogió sus cosas y echó a andar hacia la casa seguida de James. Al llegar arriba, él sacó una maleta del coche mientras Harriet abría la puerta.

—No te preocupes. Solo quiero sacar ropa seca —le dijo él al ver cómo lo miraba—. Tengo una reserva en el hotel.

—¿Estás aquí de vacaciones? —preguntó ella con incredulidad mientras sacaba dos toallas de un armario y le daba una a James y se secaba el cabello con la otra—. No es que me importe. Yo no me voy a quedar mucho tiempo. Estoy segura de que podremos mantenernos alejados el uno del otro hasta que yo me marche.

—Menudo recibimiento tan frío para un hombre que ha atravesado toda Inglaterra y Gales a tiempo para evitar que te ahogues.

—Te repito que no me estaba ahogando. ¿Sabe Moira que estás aquí?

—Le dije que podría pasarme por aquí mientras estuviera en la zona, pero, si te opones a mi presencia, me voy ahora mismo.

–No me opongo, James. ¿Has comido?

–No. Vine aquí primero, antes de registrarme en el hotel. Y menos mal. Envejecí años cuando te vi en el agua ahogándote.

–Te he dicho que no me estaba ahogando –replicó ella–. Ahora, lo que los dos tenemos que hacer es secarnos y...

–Tú primera. Date una ducha bien caliente y luego me ducharé yo. Después te llevaré a cenar.

–No voy a ir a cenar –le espetó ella. Con eso, subió las escaleras y dejó a James con el ceño fruncido en el salón.

Se dio una ducha corta en vez del baño que había anhelado y, tras ponerse el albornoz, se asomó al hueco de la escalera.

–¡Todo tuyo! –gritó.

Entonces, se encerró en su dormitorio para vestirse y secarse el cabello. Cuando por fin salió con unos vaqueros y una camisa blanca, el cuarto de baño estaba vacío. Se preparó para otro enfrentamiento y bajó al salón.

James la miró en silencio durante un instante. Vestida así, sin maquillaje, se parecía mucho a la chica por la que él había estado loco hacía diez años. Sintió deseos de arrancarle la ropa. En vez de hacerlo, respiró profundamente y se indicó la ropa que se había puesto. Era la misma que la de ella.

Harriet sonrió. Decidió que James había conducido un largo trayecto y que, aunque su acto de salvamento había sido innecesario, él se había lanzado al mar porque pensaba que Harriet estaba en peligro.

–Tengo vino, si te apetece algo de beber. Podría

también prepararte un té. Yo necesito algo para calentarme.

–No me extraña. El mar tiene un aspecto fantástico, pero el agua está muy fría a pesar del sol. Un té estaría bien, Harriet. Después, te invito a cenar.

–No quiero salir. Deja que prepare yo algo aquí en casa.

–Acepto. ¿Puedo ayudarte?

Resultaba extraño estar pelando patatas mientras que James preparaba unas habas, tanto que, cuando él terminó, le sugirió que fuera a ver la televisión al salón mientras ella terminaba de preparar la cena. Después, se puso a poner la mesa, a cortar pan y a preparar unas fresas, para terminar luego cortando unas lonchas de beicon que había comprado y ponerlas a asar.

Cuando James se reunió con ella, parecía hambriento.

–Huele muy bien.

Harriet sirvió la comida en dos platos y los llevó al salón.

–Esto tiene un aspecto delicioso –comentó él mientras se sentaba–. Como tantas cosas en caros restaurantes que las cenas sencillas como esta son un regalo.

Los dos comieron en silencio. Cuando James terminó, se reclinó sobre la silla y observó cómo Harriet terminaba su cena.

–No se lo dije a Moira.

–¿El qué? –preguntó Harriet–. Sabe que ya nos conocemos de antes.

–Pero no que fuiste tú la mujer que acabaste con mis ilusiones adolescentes. No es que no te lo agradezca. Al contrario. Tu rechazo me animó a buscar el éxito en la vida.

Harriet recogió los platos y se levantó.

–¿Te apetecen unas fresas?

–¿Te cuento lo que siento y lo único que se te ocurre es hablar de fresas?

–Yo no puedo reescribir el pasado, James. Evidentemente, alquilar River House no fue suficiente venganza para ti. ¿Has venido hasta aquí solo para recriminarme más cosas?

James se puso de pie. Estaba muy enojado.

–No. He venido hasta aquí para disfrutar de tu compañía durante un rato en terreno neutral y para que podamos hablar como dos personas civilizadas. Sin embargo, resulta evidente que me he comportado como un idiota. Otra vez.

Harriet se llevó los platos a la cocina. James no tardó en seguirla.

–Ahora, dime la verdad, James. ¿Por qué estás aquí?

–Me pareció una buena oportunidad. Estaba seguro de que, si pasábamos un tiempo solos, sin ser interrumpidos, me dirías la verdad por fin. Durante años, pensé que no te importaba nada. Entonces, vuelvo a encontrarme contigo y me encuentro que era vital comprender lo que te había hecho cambiar tanto hasta convertirte en la mujer profesional y fría que vi en ese despacho.

–La vida me ha hecho cambiar, James, igual que te ha hecho cambiar a ti. ¿No podemos dejarlo estar? Siento mucho el modo en el que todo terminó entre nosotros hace diez años, pero no puedo seguir disculpándome. Es hora de mirar hacia delante. Si te parece que has venido hasta aquí para nada, siento haberte desilusionado –dijo ella al ver que James no respondía–. Ahora, sugiero que te vayas a tu hotel y me dejes meterme en la cama.

James la miró en silencio durante un rato.

–No quiero que te quedes aquí sola, Harriet. Vete a la cama. Yo me quedaré en el sofá.

–No seas ridículo. No dormiríamos ninguno de los dos.

–Posiblemente no, pero al menos estaría aquí si tú me necesitaras.

–¿Y por qué iba a necesitarte? Te ruego que te vayas.

–Si eso es lo que quieres, lo haré, pero aún no –dijo él–. Después de venir hasta aquí, creo que al menos podemos hablar durante un rato. Te prepararé un poco de té o lo que quieras.

–No hace falta. Lo haré yo –repuso ella resignada.

–No. Sé dónde está todo porque Marcus me deja a mí también la llave. No tardaré.

Harriet regresó al salón y se acomodó en el sofá. James no tardó en regresar con una bandeja.

–Antes te gustaba fuerte con una nube de leche –le dijo mientras le entregaba una taza.

–Así sigue siendo. Gracias –replicó Harriet con una sonrisa. En secreto le gustaba que él aún lo recordara.

–Yo me he preparado un café para mantenerme despierto de camino al hotel. Así vestida y con el cabello suelto, pareces muy joven, Harriet –añadió él tras mirarla en silencio durante un instante.

–No soy una vieja. Tengo veintinueve años.

–Sé exactamente los años que tienes. Por cierto, ¿pensaste que fue el altruismo lo que me llevó a casa de tu hermana el domingo pasado?

–¿No lo fue?

–No. Había estado hablando con Sophie durante el almuerzo. Ella se mostró muy generosa con sus detalles personales. Me enteré de que tú eras su hermana y que estabas cuidado de su hija. Cuando después de llevarlos a casa me invitaron a tomar una copa, no me lo pensé dos veces. Sin embargo, tú estabas demasiado absorta con tu sobrina como para prestarme atención.

–¿Estás diciéndome que llevaste a Sophie y a Gervase a casa solo para verme?

–Creo que lo habría hecho de todos modos, pero la perspectiva de verte fue mi motivación principal. ¿Tan difícil te resulta creerlo?

–Sí. Pensaba que aún seguías odiándome.

–Lo hice una vez, pero no te voy a hacer creer que me pasé todos esos años pensando en maneras de vengarme de ti o pensando en ti todo el tiempo. De hecho, hasta que Marcus compró la casa en Wood End, había estado demasiado ocupado con mi empresa como para pensar en el pasado.

–Cuando averiguaste que podías alquilar River House debió de parecerte tu día de suerte.

–Ciertamente fue la cura perfecta para el insoportable dolor que yo había mantenido guardado todos esos años.

–Y ahora estás satisfecho. Sin embargo, creo que te ha salido el tiro por la culata, James. Yo también estoy satisfecha.

James la miró en silencio durante unos instantes.

–Bueno, ahora quiero que me digas la verdad por fin. Dime lo que ocurrió realmente hace diez años. Estabas muy contenta ante la perspectiva de alquilar una casa juntos y, de repente, me dicen que me trasladan en mi trabajo y tú me dices que hemos terminado. Me puse tan furioso que tardé mucho tiempo en darme cuenta de que, ese día, tú también estabas triste. Dime la verdad, Harriet. A tu padre no le gustó nuestro plan, ¿verdad?

–No.

–Y tú no tuviste el valor suficiente para desafiarle y escaparte conmigo.

–No.

–Ahora que sabe quién soy, tu padre se muestra bastante hostil conmigo.

–¡No es de extrañar! Mi padre dio por sentado que tú y yo nos estábamos riendo de él a sus espaldas la noche de la fiesta hasta que yo le dije que seguías odiándome a mí también. Y sigues odiándome.

La sonrisa de James le puso el vello de la nuca de punta.

–Harriet, lo que estoy sintiendo en estos momentos no tiene nada que ver con la hostilidad –dijo mientras se sentaba y se acercaba un poco más a ella–. Me lo debes.

–¿El qué exactamente? –replicó Harriet apartándose de él.

–Esta tarde te salvé la vida –dijo James. La mirada que se reflejó en sus ojos hizo que saltaran las campanas de alarma para Harriet.

–Yo no estaba en peligro.

James la tomó entre sus brazos y se la sentó en el regazo.

–Lo que cuenta es la intención, por lo que me merezco al menos un beso.

Harriet se preguntó si él podría escuchar cómo le latía el corazón en el pecho. Puso expresión de mártir y levantó la boca.

–Está bien.

–Parece que estás haciendo un sacrificio supremo –comentó él, riendo a carcajadas–. ¿Tan repugnante te parece besarme, Harriet?

–No...

Se sobresaltó al sentir la boca de James sobre la suya. Él la abrazó con fuera y a ella no le quedó más remedio que rendirse. Abrió los labios para acoger la lengua que los acariciaba y dejó que él la besara tal y como lo había hecho diez años atrás. Todo estaba volviendo a ocurrir. El simple contacto de los labios de James la enardecía, pero cuando él comenzó a desabrocharle los botones de la camisa, Harriet lo apartó con fuerza.

–¿Más venganza? –le preguntó muy enfadada.

–Voy a llevarte a la cama.

Lo dijo de un modo que impedía toda discusión. El hecho de irse por fin a la cama con James resolvería muchos de los problemas de Harriet. Dejó de pensar cuando él volvió a besarla con una pasión que hacía que todo desapareciera.

–Quiero esto mucho más que cualquier venganza –musitó él.

–En ese caso, vayamos a la cama.

–He esperado diez largos años para escucharte decir eso. Vamos –susurró. Se levantó tomándola en brazos al mismo tiempo y se dirigió a las escaleras. Al llegar al dormitorio, la colocó encima de la cama–. La próxima vez subirás andando.

–¡Qué bonito! –exclamó ella mientras James le quitaba la ropa y la dejaba sobre el suelo.

A continuación, se desnudó él también y se acostó junto a ella. La miraba con el deseo dibujado en los ojos, lentamente. Entonces, le tocó suavemente la ropa interior.

–Es muy bonita, pero quítatela.

–Si quieres que me la quite, quítamela tú –replicó ella.

James se echó a reír y obedeció inmediatamente sus órdenes. Entonces, se tumbó junto a ella.

–Por fin –susurró él al sentir la piel de Harriet contra la suya–. Hace diez años no me habría atrevido a desnudarte porque tú querías esperar hasta que estuviéramos viviendo juntos, pero te aseguro que quise hacerlo desde el primer momento que te vi.

–No hablemos del pasado. Estamos en el presente, James. Hazme el amor...

James la besó durante un largo tiempo antes de pasar a besar cada centímetro de su piel. Ella gemía de placer, disfrutando cada instante. Entonces, James se tumbó encima de ella y la poseyó, empujándola salvaje y desinhibidamente hasta el orgasmo.

Después, Harriet pensó que él iba a apartarse, pero James permaneció abrazado a ella, como si no pudiera soportar apartarse de su lado. Minutos después, cuando él seguía aún dentro de ella, Harriet notó que él volvía a tener una erección y que empezaba de nuevo a hacerle el amor. Aquella segunda vez, fue más lenta, más tierna, tanto que ella lloró cuando terminó. James le lamió las lágrimas y le acarició el cabello para apartárselo de la frente.

–¿Estás llorando de alegría o porque se me da muy bien esto? –bromeó él.

Harriet se echó a reír mientras él se apartaba y se la llevaba consigo para colocarla sobre su torso.

–¡Eh! ¿Y el hotel?

–Te mentí sobre eso.

–¿Y si yo no te hubiera dejado que te quedaras?

–Tenía dos opciones. La A era golpear la puerta hasta que me dejaras entrar y la B era dormir en el coche. Sin embargo, no me dijiste que me marchara. ¿Por qué?

–Porque estaba nerviosa por quedarme aquí sola.

–Sí, claro –replicó él–. Venga, duérmete.

Cuando Harriet se despertó, ya era de día. Giró la cabeza con cuidado y vio que unos hermosos ojos la estaban observando, como monedas de oro a la luz del sol.

–Hola –dijo James.

–Buenos días –respondió ella. Entonces, trató de levantarse.

–Todavía no...

James la estrechó contra su cuerpo y la besó apasionadamente. La pasión de aquel beso la excitó profundamente y los dos volvieron a ser uno. Después, permanecieron en silencio, abrazados, durante un rato.

–Ahora que te tengo a mi merced, es la hora de la confesión, Harriet. Dime la verdad. Sé que tu padre no estaba de acuerdo, pero tú deseabas tanto estar conmigo que me extraña que dejaras que eso nos separara. Cuéntame. Dime lo que ocurrió hace diez años.

Harriet se sentó en la cama. Tenía una amarga sonrisa en los labios.

–Entonces, este era el plan C. Tu modo de persuasión para sacarme por fin la verdad –exclamó. Entonces, se levantó de la cama y se puso la bata. Se sentía fatal por haber creído que él deseaba tanto hacerle el amor que había ido hasta allí para estar con ella, cuando había sido solo una maniobra para conseguir sus propósitos.

James se puso los vaqueros y se dirigió hacia ella. La mirada que tenía en los ojos disgustó profundamente a Harriet.

–Para que conste, Harriet, no me pareció que tuviera que persuadirte mucho.

El rostro de Harriet se ruborizó de ira. Entonces, se metió en el cuarto de baño y cerró la puerta. Allí, comenzó a asearse y tardó todo lo que pudo en el proceso. Cuando por fin abrió la puerta, se cruzó con James en el rellano sin decir palabra y se dirigió al dormitorio para vestirse. Entonces, bajó rápidamente a la cocina. Cuando James se reunió con ella, no le dio tiempo siquiera de hablar.

—Me gustaría que te marcharas ahora mismo, por favor.

—No sin que antes me digas la verdad.

Durante un instante, Harriet deseó hacerlo. Después de todo, en realidad ya no importaba nada. Sin embargo, sentía que había sido una estúpida. Hacer el amor con James por fin siempre había sido tan gozoso como había imaginado, pero, para él, simplemente había sido un arma de persuasión.

—¿Para eso ejerciste tu considerable talento sexual? —replicó ella—. ¿O acaso fue acostarte conmigo el toque final de tu venganza?

—Eso no es cierto. Si es así como piensas ahora, ya no importa por qué me dejaste entonces. En realidad, me alegro de que lo hicieras.

Con eso, se dirigió hacia la puerta y se marchó.

El orgullo hizo que Harriet se quedara en la casita hasta el lunes. Al menos, el tiempo era bueno. Aprovechó el tiempo todo lo que pudo, lo que le hizo sentirse muy contenta consigo misma. No iba a dejar que el recuerdo de un hombre la derrotara. Ya lo había hecho antes, y por el mismo hombre. Sin embargo, la última vez se había sentido desesperada porque se había visto obligada a hacerle daño a James. En esta ocasión, era ella a la que habían hecho daño y eso dolía mucho.

El teléfono evitó que se sintiera sola. Moira llamó para decirle que Dominic había ido a ver a Lily. Su padre y Miriam llamaron para ver cuándo iban a volver y Julia para recordarle lo de la sesión de fotos. Charlotte le confirmó las fechas para la grabación de la serie en River House, del programa de cocina y de la empresa de colchones. Harriet llamó a Lydia para decir que volvería a trabajar el martes y a Sophie para ver cómo estaba Annabel. De James, solo obtuvo silencio.

Antes de marcharse de la casita, la limpió perfectamente para que la señora Pugh no tuviera quejas de ella. Le contó lo que había hecho a Moira cuando esta la llamó para informarle de que Lily se había marchado a Londres con Dominic. El problema había sido que Lily creía que estaba embarazada. Todo había sido una falsa alarma.

–Además, Dominic le ha pedido que se case con él –comentó Moira–. Por cierto, James estuvo a punto de arrancarme la cabeza cuando le pregunté cómo te lo estabas pasando en Gales. ¿Acaso tuvisteis los dos alguna pelea?

–No –mintió Harriet. Entonces, desvió la conversación preguntándole a Moira cuándo podían quedar para almorzar.

El lunes, cuando Harriet se levantó, estaba lloviendo. Después de desayunar, metió todas sus cosas en el coche y se dispuso a marcharse. Cuando trató de arrancar el coche, no lo consiguió. Lo intentó una y otra vez sin resultado. Entonces, mientras maldecía al mecánico que se suponía que había puesto a punto su coche, llamó al taller del pueblo más cercano. Le prometieron ayuda inmediata. Pocos minutos después, llegó una furgoneta con un mecánico. El joven no tardó en diagnosticar el problema.

–Es el motor de arranque. Va a necesitar uno nuevo, señorita. Tengo que pedirlo y podría tardar dos días en recibirlo.

–¿Puedo dejar el coche aquí? Regresaré el fin de semana para recogerlo. ¿Me podría dar información sobre los trenes? Tengo que llegar a mi casa hoy mismo.

El mecánico se ofreció a llevarla a la estación de tren. Una vez allí, Harriet recibió una llamada de Moira y la primera aprovechó para contarle lo que le pasaba. Moira insistió en ir a recogerla a la estación de Shrewsbury para que no tuviera que tomar un taxi.

Para consternación de Harriet, era James quien la estaba esperando.

–Mi hermana te manda sus disculpas, pero ha tenido un problema con las tuberías de su casa y hoy Marcus no está –le informó mientras le tomaba el equipaje.

–No debería haberte pedido precisamente a ti que vinieras a buscarme –repuso Harriet–. Le dije que podía tomar un taxi.

–Yo tenía cosas que hacer por aquí. No es problema.

–Te lo agradezco mucho –dijo Harriet.

–No tienes por qué –replicó James mientras guardaba las maletas en el coche–. ¿Cómo estás?

–Bien, gracias.

Cuando entraron en el coche, los dos quedaron en silencio. Harriet dio gracias por las gafas de sol y se puso a mirar por la ventana.

–¿Te has enterado de lo de Lily?

–Sí.

–Se me ocurrió pensar que podrías tener una preocupación similar después de la noche que pasamos juntos.

–No será así –dijo, esperando que fuera así. No habían tomado medidas.

–Bien –replicó él, muy tenso.

El resto del viaje se realizó en silencio. Le pareció que pasaban horas antes de que James tomara el desvío a River House.

–Muchas gracias –le dijo mientras James sacaba sus bolsas del coche–. Estoy segura de que tienes mucha prisa, así que no te pediré que entres.

–No seas tonta. Creo que tras haberte recogido del tren, puedo tomarme un instante para ayudarte a meter tus cosas en casa.

Harriet abrió la puerta de la casa con rostro impertérrito y entró.

–Gracias –repitió en cuanto James entró.

–Deja que te las suba a tu dormitorio.

–No. Las desharé aquí. Es mucho más fácil para poner la lavadora.

–Bien –afirmó él tras dejarlas en el suelo–. En ese caso, me marcho.

–Adiós y gracias por ir a buscarme.

–Antes de que me vaya, dejemos algo claro. Me educaron para cumplir con mis obligaciones. Por lo tanto, si descubres que te he dejado embarazada, cumpliré con mi deber.

Harriet lo miró sin saber qué decir.

–Es muy noble de tu parte, pero aunque ocurriera algo tan poco probable, no será necesario que cumplas con ningún deber.

James la observó con tanta frialdad que ella tuvo que esforzarse para mantener el control.

–¿Porque sigo sin ser socialmente aceptable para ti?

Harriet perdió los nervios.

–¡Por el amor de Dios! ¡Déjame de esas tonterías, James! Lo que quería decir era que, en el caso poco probable de que me case con alguien, no será porque ese alguien se vea forzado a cumplir con su deber.

—¿Y quién ha dicho nada de casarse? —le espetó él. Con eso, salió de la casa y se marchó a toda velocidad en su Aston Martin.

Capítulo 12

ENRABIETADA por la reacción de James, Harriet estaba demasiado enojada para ir a la casa principal a ver a su padre, por lo que se puso a deshacer las maletas y a meter la mayoría de su ropa en la lavadora. La ropa interior que James le había quitado terminó en la basura.

Después, se dio una ducha rápida, se maquilló, se peinó y fue al garaje. Al ver que el coche de su padre seguía allí, entró en la casa principal a través de la puerta trasera.

–Hola, ¿hay alguien en casa?

Aubrey entró en la cocina, muy bien vestido como era habitual en él.

–¡Harriet! ¡Qué buen aspecto tienes! Evidentemente, has disfrutado de tus vacaciones.

–Así es.

–Genial. Ven al salón. Ahora que estás aquí, hay alguien a quien me gustaría que conocieras.

Al entrar en el salón, Harriet sonrió cortésmente a la mujer que se levantó del sofá al verla. Era alta, elegante y muy guapa.

–Harriet –dijo Aubrey–. Me gustaría presentarte a Madeleine Fox.

¡Aquella era la señora Fox! Harriet extendió la mano muy educadamente.

–Encantada de conocerla.

–Me alegro de conocerte por fin. Aubrey me ha hablado mucho de ti.

–¿Vive usted por aquí?

–Me mudé hace unos meses. Aubrey ha sido muy amable y me ha hecho sentir bienvenida en el club de golf. Tienes una casa muy hermosa.

–Sí, pero es una gran responsabilidad.

–La mía también lo es. La he heredado. Mis hijos preferirían que viviera en algo más moderno, pero los dos trabajan en Londres y yo vivo aquí sola.

Es decir, no había señor Fox.

–¿Cuándo va a venir Julia exactamente, Harriet? –le preguntó Aubrey.

–El domingo. Empezarán con la sesión el lunes. ¿Ya tienes algún lugar en el que alojarte?

–Madeleine se ha ofrecido. He pensado que podríamos hacer que bajara Sophie el domingo y así poder comer todos juntos. He hablado con Margaret y ella preparará la comida.

–¿Quieres que llame yo a Sophie?

–No. Ya lo he hecho yo.

–En ese caso, me marcho a dormir. Buenas noches.

–Me ha encantado conocerte, Harriet –dijo Madeleine Fox–. Nos vemos el domingo.

La señora Fox iba a unirse a la fiesta. Harriet regresó a su casa muy pensativa. Su padre llevaba viudo mucho tiempo, pero nunca había llevado a una mujer a la casa. Madeleine Fox era la primera que pisaba River House. ¿Significaba eso que Aubrey iba a vivir con ella en River House? Si eso ocurría, Harriet abandonaría la casa del guardés para irse a vivir a la ciudad.

Después de cenar, se metió en la cama, pero no pudo dormir, tal y como había esperado.

Al día siguiente, Nick la llamó a su despacho.

—Solo quería saber si ya habías regresado –le dijo–. ¿Te encuentras mejor?

—Sí, gracias. Me ha venido muy bien pasar unos días junto al mar.

—¿Estás libre para salir a cenar esta noche?

—Sí.

—Hagamos algo diferente. Si aparcas detrás de mi despacho, te recogeré allí. ¿A las siete y media?

—Bien.

Harriet se puso a trabajar sintiéndose mucho mejor. Cuando se marchó a casa, decidió vestirse con unos pantalones de lino blanco y un jersey beis para destacar su bronceado y se soltó el cabello. Cuando llegó al lugar en el que habían quedado, vio que Nick ya la estaba esperando.

—Estás muy guapa –dijo él tras darle un beso en la mejilla–. Deberías llevar siempre el cabello suelto.

Harriet sonrió.

—¿Adónde vamos?

—Era demasiado tarde para hacer una reserva en ningún sitio, por lo que he pedido que me lleven la cena a casa. Pensé que estaría bien cenar tranquilos en mi casa.

El piso de Nick era amplio, con enormes ventanales que daban al centro de la ciudad. El risotto que tomaron para cenar estaba muy bueno, al igual que el inevitable tiramisú de postre. Mientras que Harriet tomó un zumo de pomelo, Nick disfrutó de un carísimo vino.

Cuando regresó al salón con la bandeja del café, Nick le preguntó:

—Dime, ¿son ciertos los rumores?

—¿Rumores?

—He oído por ahí que tu padre se va a volver a casar. Ha estado saliendo mucho con Madeleine Fox. ¿Es cierto?

–Estoy segura de que pronto te enterarás si lo es.

–Supongo que, si se casan, se mudarán a la maravillosa casa que ella tiene, por supuesto. Y tú te quedarás sola –dijo. Entonces, se acercó más a ella–. No tiene por qué ser así. Estaría encantado en hacerte compañía en River House.

–¿Qué quieres decir exactamente?

–Bueno, nosotros también hemos estado saliendo juntos muchas veces, por lo que creo que nos deberíamos casar lo antes posible. Mi madre siempre me está diciendo que ya va siendo hora de que me case, y tú eres la candidata perfecta, Harriet. Eres inteligente, atractiva y nos llevamos bien –añadió mientras la tomaba entre sus brazos–. Además, estoy seguro de que seríamos dinamita en la cama –añadió.

Comenzó a manosearla mientras la besaba, pero, cuando le metió la lengua en la boca, Harriet lo apartó.

–Creo que es mejor que me vaya a casa, Nick.

–Esta noche había esperado que te quedaras aquí.

–Sí, ya me lo había imaginado. Lo siento, Nick.

–Al menos, antes de marcharte, me podrías decir qué es lo que piensas de mi proposición.

–Dime una cosa primero, Nick –dijo ella mientras lo miraba a los ojos–. Si mi casa fuera un piso aquí en la ciudad en vez de River House, ¿sentirías el mismo entusiasmo hacia mí?

–Eso que acabas de decir no es nada agradable, Harriet.

–No me has respondido. Te hiciste con el trabajo de mi padre y ahora que has oído que se va a casar, has pensado que también podrás ocupar su lugar en River House. El único modo de hacerlo es casándote conmigo.

–¿Y por qué no? –respondió él con altivez–. Podrías tener candidatos mucho peores que yo, Harriet. Hay muchas mujeres aquí en la ciudad que se casarían conmigo sin pensárselo si yo se lo pidiera.

–En ese caso, cásate con una de ellas –le espetó ella mientras tomaba su bolso–. Me temo que la respuesta es no, pero gracias por pedírmelo... y por la cena. Buenas noches.

Mientras regresaba a casa, Harriet pensó si debía ir a ver a su padre para preguntarle si los rumores eran ciertos, pero prefirió irse directamente a su casa. La velada había sido ya suficientemente desconcertante.

Harriet no tuvo más noticias de James aparte de lo que le contaba Moira. Según ella, estaba tan ocupado con la expansión de su empresa que ni siquiera podía ir a visitarla.

En cuanto a la comida del domingo con su padre, hermanas y Madeleine Fox, esta pasó con un éxito razonable, principalmente porque Harriet avisó a sus hermanas de que su padre había invitado a una amiga.

La conversación después de la comida resultó agradable, pero en el momento en el que Aubrey se marchó con Madeleine para llevarla a casa, Sophie se abalanzó sobre Harriet.

–¿Cuánto tiempo lleva viendo a la señora Fox?

–No sé. Yo acabo de conocerla. Lo único que sé es que tienen el golf en común.

–Hay mucho más que eso –comentó Julia–. Papá está enamorado de esa mujer.

–¿Enamorado? –repitió Sophie horrorizada.

–¿Y por qué no? –preguntó Gervase–. Vuestro padre sigue siendo un hombre relativamente joven y la señora Fox es muy atractiva.

–Espero que no quiera traerla aquí a vivir –observó Sophie.

–No creo que ella quiera moverse de su casa –sugirió Sophie.

–Bueno, ¿quiere alguien té? –preguntó Harriet.

–Nosotros tenemos que marcharnos –respondió Gervase–. Tenemos que cuidar a Pilar ahora que sabemos lo que es la vida sin ella.

–Sí, pero no te olvides de mantenerme informada sobre esa mujer, Harriet –dijo Sophie.

Cuando Julia y Harriet se quedaron solas, la primera quiso saber más detalles sobre la fiesta.

–Venga, Cenicienta. ¿Fue un éxito el vestido?

–Sí –contestó ella riendo–. Aunque yo no habría elegido algo así para mí.

–Eso ya lo sé. ¿Quién alquiló la casa?

–James Crawford, presidente de Live Wires Group, también conocido por ser el inadecuado objeto de mi pasión adolescente –dijo. Julia se quedó boquiabierta–. Seguramente papá ahora se arrepiente de haberme hecho dejar a James dado que ahora es tan rico...

Cuando Aubrey regresó, Harriet se despidió de su padre y de su hermana Julia, que iba a pasar la noche en la casa, dado que al día siguiente tenían la sesión con las modelos. Acababa de entrar en su casa cuando sonó su teléfono. Era James.

–¿Cómo estás?

–Mejor, gracias.

–No estaba hablando de tu migraña.

–Estoy bien en todos los sentidos.

–¿No voy a ser padre después de todo?

–No de un hijo mío.

–¿Es eso cierto, Harriet?

–Sí –respondió ella cruzando los dedos.

–Si estuviera contigo, lo sabría. Jamás se te dio bien mentir.

–¿Y por qué iba a mentir yo sobre algo como esto?

–Si estuvieras esperando un hijo mío, tu padre te obligaría a casarte conmigo ahora que mi dinero me convierte en una persona adecuada para ti.

Harriet cortó la llamada. Consiguió dejar el teléfono sobre una mesa en vez de arrojarlo contra la pared.

Los siguientes días fueron tan atareados que no hubo tiempo para ocuparse de problemas personales. Después de alquilar un coche para poder ir a trabajar, Harriet ayudaba a Julia a supervisar que nada se dañaba en River House durante la sesión fotográfica. Todo salió perfectamente. Cuando terminó todo, Charlotte entregó el cheque, menos su comisión, Julia se marchó a Londres y Aubrey retrasó su regreso a casa hasta que Margaret y Harriet la hubieran puesto en orden.

Capítulo 13

CUANDO un equipo de televisión se trasladó a River House para filmar un par de escenas para una serie de televisión muy popular, Aubrey se marchó de nuevo a la casa de Madeleine antes de que el equipo invadiera la casa. A Harriet no le quedó más remedio que tomarse unos días libres para mantener la presencia familiar en la casa. Cuando la grabación estaba a punto de terminar, Sophie la llamó para preguntarle qué tal estaba yendo todo. Antes de finalizar la conversación, Sophie le dijo que había invitado a unos amigos a cenar el sábado y que quería que Harriet asistiera también.

–No me digas que no. Te sentirás muy sola cuando todos se vayan. Haz el esfuerzo. Te prometo que te gustará la gente que he invitado.

Sophie tenía razón. Cuando los del equipo de televisión se marcharon, el silencio era tan intenso que Harriet se alegró de poder disfrutar de una velada lejos de River House. El tiempo era tan caluroso que decidió irse a comprar algo de ropa a la ciudad.

El sábado, se puso el vestido color rosa palo. Este era muy recatado por delante, pero tenía un profundo escote por detrás. Llevaba una chaqueta a juego y los zapatos color beis que se había puesto para la fiesta de James.

–Dios, Harriet, estás guapísima –exclamó Gervase al verla.

Harriet sonrió y saludó a su hermana, que apareció con un vestido color jade.

–Hola, Gervase. Hola Sophie.

–¡Es nuevo! –exclamó su hermana al ver el vestido–. Es precioso.

Harriet extendió los brazos para saludar a Annabel, que ya tenía puesto el camisón. La niña iba acompañada de Pilar. Después de darle una beso a la pequeña, Harriet se la devolvió a Pilar para que esta se la llevara a la cama. Sin embargo, le prometió a la niña que le leería un cuento cuando estuviera lista para dormir.

A continuación, siguió a Sophie y a Gervase al jardín y aceptó un cóctel para poder tomárselo durante las presentaciones.

–Soy Philip Mountford –le dijo uno de los invitados–. ¿Quién eres, a qué te dedicas y por qué no te he visto antes?

Harriet se echó a reír. El hombre era muy guapo, muy consciente de ello y no muy del gusto de Harriet.

–Me llamo Harriet Wilde. Soy hermana de Sophie, soy contable y no vivo en Pennington.

–Harriet, deja que te llene la copa de nuevo –le dijo Gervase.

–No, gracias. Esto es más que suficiente. Recuerda que tengo un largo trayecto a casa.

–¡Quédate a dormir esta noche! A Annabel le encantaría.

Por primera vez, al pensar en lo sola que estaría en River House, Harriet se sintió tentada.

En aquel momento, Gervase y Sophie se marcharon a abrir la puerta al último de los invitados. Sophie no tardó en salir con el recién llegado al jardín.

–Te presentaré a todo el mundo más tarde, James. Ya conoces a Harriet, así que te dejo en sus manos.

La elegancia de James contrastaba profundamente con el llamativo atractivo de Philip Mountford. El corazón de Harriet comenzó a latir con fuerza cuando él le dedicó una sonrisa.

–Estás muy guapa esta noche, Harriet. Me han pedido que te dé un mensaje. Annabel está preparada para su cuento.

Sophie se acercó rápidamente a ella para interceptarla.

–Yo se lo leeré, Harriet. Tú quédate a hablar con James.

–No. Se lo prometí. Hasta luego, James –le dijo mientras se marchaba en dirección a la escalera, esperando que su imagen posterior valiera el dinero que había pagado por el vestido.

–Solo un cuento, Harriet. La cena ya está casi lista –le pidió Sophie.

Cuando terminó de leer el cuento a la niña y le deseó buenas noches, salió de la habitación y vio que James la estaba esperando al pie de la escalera.

–Por si se te hubiera olvidado dónde está, se me ha ordenado que te lleve al comedor –le informó.

Harriet sonrió.

–No sabía que ibas a venir esta noche –comentó.

–Ya lo sé. Si no, no estarías aquí.

Cuando entraron en el comedor, Sophie les indicó que se sentaran. Entonces, se acercó a Harriet y le susurró al oído:

–Te he puesto entre James y Philip. Que te diviertas.

Como la mayoría de los invitados se conocían bien, la conversación era fluida y entretenida. Harriet descubrió que se estaba divirtiendo más de lo esperado. El placer agridulce de estar sentada junto a James se veía estropeado tan solo por la proximidad de Philip, que parecía decidido a monopolizar a Harriet durante toda la cena.

—¿Le meto un dedo en el ojo? —le susurró James. Cuando ella contuvo una carcajada, sonrió.

—Si todo lo demás falla, la pisaré con un tacón —murmuró ella—. El cangrejo está delicioso.

—Como tú —le susurró James.

Harriet lo contempló boquiabierta. Cuando terminaron de cenar, se dispusieron a salir al jardín para tomar café. James le agarró el brazo con firmeza a Harriet.

—Así le dejo claro a ese patán que no estás disponible —susurró—. En realidad, no puedo culparle. Esta noche estás bellísima.

—Gracias.

—¿Volvemos a ser amigos?

—Por supuesto —suspiró ella—, pero, por muy agradable que sea todo esto, debo marcharme pronto.

—Si tu padre no está en casa, te seguiré en mi coche.

—Eso significaría que tienes que conducir mucho tiempo para poder regresar aquí.

—Ya lo he hecho antes.

—Es muy amable de tu parte, pero yo no quiero que te molestes tanto por mí. Estaré bien sola.

—Por supuesto —replicó él con dureza.

Entonces, para desesperación de Harriet, se dio la vuelta y se puso a hablar con otra persona. En ese momento, la fiesta terminó para Harriet. Con el largo trayecto a casa como excusa, anunció que se marchaba. Sophie le agarró la mano con urgencia cuando se despedía de ella.

—¿Está papá de nuevo en la casa de la señora Fox?

—Sí, ya lo sabes.

—¿Crees que se van a casar?

–No lo sé, Sophie.

–Tú también deberías casarte, tanto si papá lo hace como si no –dijo. Entonces, sorprendió a Sophie con un cariñoso abrazo–. Me alegro de que hayas venido esta noche.

Harriet no había conducido mucho tiempo cuando empezó a lamentar que James no la hubiera acompañado. Estalló una tormenta muy fuerte y comenzó a llover copiosamente, lo que provocó que el viaje progresara muy lentamente. Suspiró aliviada cuando por fin entró en el camino privado que conducía a la casa. Cuando salió del coche, el viento era muy fuerte. Ella trató de meter rápidamente la llave en la cerradura sin conseguirlo. De repente, sintió que se le helaba la sangre en las venas cuando escuchó pasos.

–¿Harriet?

Ella suspiró aliviada al ver que se trataba de su padre.

–Dios, me has asustado. Pensaba que estabas con la señora Fox.

–Lo estaba, pero le pedí a Sophie que me llamara para decirme cuándo te marchabas de la fiesta. ¿Puedo entrar o prefieres venir a la casa?

–Entra. ¿Ocurre algo?

Su padre dejó el paraguas en el porche y entró en el salón. Estaba muy serio.

–Sé que es muy tarde, pero tenía que hablar contigo. Iré directamente al grano. He venido a pedirte tu bendición, Harriet.

–¿Bendición?

–Sí. Madeleine y yo nos vamos a casar. De hecho, bastante pronto. A nuestra edad, no hay razón para tomarse las cosas con calma.

–Enhorabuena –dijo Harriet consiguiendo esbozar una sonrisa–. ¿Cuáles son tus planes exactamente?

–Viviremos en la casa de Madeleine, por lo que te puedes quedar River House para ti sola ahora que por fin has encontrado la manera de financiarla.

–Eso no es factible, papá. Mientras estaban aquí los de la serie, utilicé parte de mis vacaciones anuales para vigilarlo todo, pero no puedo seguir haciendo eso. Tampoco puedo depender de que la casa proporcione suficientes ingresos si dejo mi trabajo. Creo que solo nos queda una solución, papá. A Julia y a Sophie no les gustará, pero tendrás que venderla.

Para sorpresa de Harriet, su padre pareció aliviado.

–Estaba esperando que me dijeras eso. Tu madre se sentiría destrozada si viera que estabas dedicando tu vida a River House. Necesitas un marido, hijos y una casa propia más fácil de llevar.

–Si no se te ha olvidado, hace tiempo quise hacer eso precisamente –le espetó ella.

–Por aquel entonces, me pareció que era tan solo un romance juvenil que terminaría falleciendo de muerte natural. Sin embargo, lo único que falleció fue tu relación conmigo, algo que lamento profundamente. ¿Sigues sintiendo algo por él?

–No había pensado en él en años... Hasta que apareció para alquilar nuestra casa.

–Entonces, ¿por qué diablos no te buscaste a otro hombre? Podrías haber tenido a cualquiera y, en vez de eso, canalizaste todas tus energías en tu trabajo y en la casa.

–En realidad, ya había decidido que iba siendo hora de dejarte a ti todo lo referente al funcionamiento de River House después de que esto del alquiler empezara con tan buen pie. Sin embargo, si te vas a ir a vivir con la señora Fox, es mejor que vendas la casa lo más pronto posible –susurró, muy triste–. Para que el golpe no sea tan grande, ¿tratarás de encontrar un comprador que quiera la casa tal cual es? No me gustaría ver que la convierten en pisos o en una residencia de ancianos.

—De hecho, ya he tomado algunas medidas al respeto. Cuando estabas en Gales, hice que Hugh Ames, de la inmobiliaria Combe, viniera a valorar la casa.

Entonces, Aubrey le dio a Harriet una cifra que la dejó sin aliento.

—Es algo optimista. No creo que en la presente situación se pueda obtener esa cantidad de dinero.

—Eso es lo que yo había pensado, pero Hugh me ha llamado para decirme que un cliente se ha enterado de la venta y que está dispuesto a pagar ese precio.

—¡Dios santo! —exclamó ella, asombrada—. En ese caso, debe de ser alguien de por aquí. ¿A quién conoces que tenga esa cantidad de dinero?

—No te enfades conmigo, pero me temo que se trata de James Crawford. No me mires así. No he aceptado la oferta. A mí me gusta la idea tan poco como a ti. Si no quieres que viva aquí, lo rechazaré inmediatamente.

—Por fin se ha podido vengar de nosotros como quería —susurró ella. Se sentía tan débil que tuvo que sentarse.

—Eso parece. Y es muy injusto para ti. Después de todo, el culpable fui yo.

—Ahora nada de eso importa —dijo Harriet tristemente—. James se va a reír el último. Le deseo buena suerte. Véndele la casa, papá. No me gustaría que ninguna persona que no fuera de la familia viviera aquí, así que da igual que sea él.

Aubrey abrazó a su hija por primera vez en muchos años.

—Si pudiera volver atrás en el tiempo, haría las cosas de un modo muy diferente. Sin embargo, me gustaría que me creyeras cuando te digo que me enamoré de tu madre en cuanto la vi. Lo nuestro no tuvo nada que ver con la casa. Para ella, era sagrada. Para mí siempre fue una carga. Es la verdad, Harriet. Te aseguro que me alegraré de marcharme de aquí.

Durante dos semanas, Harriet vivió en un constante estado de tensión. No hacía más que esperar que James la llamara para presumir delante de ella. Después de la grabación del programa de cocina, River House volvía a estar impecable y tranquila. Su padre no le había vuelto a mencionar nada sobre la venta y por su parte, Harriet descubrió que, afortunadamente, no estaba embarazada.

Un sábado por la mañana, se disponía a realizar las tareas habituales de aquel día de la semana después de ducharse y vestirse. Era más de mediodía y, por una vez, había dejado que su cabello se le secara al aire. Estaba bajando las escaleras cuando un coche se detuvo en el exterior. Su ocupante llamó vigorosamente a la puerta.

–¡Harriet! –gritó una voz familiar–. Sé que estás ahí. Abre la puerta.

Ella se apartó el cabello del rostro y se dirigió a la puerta para abrirla. James la miró con preocupación.

–¿Qué te pasa?

–¿Que qué me pasa? –repitió ella con sarcasmo–. ¿Y qué me podría pasar? Entra. De todos modos, esto será tuyo muy pronto.

Harriet se dio la vuelta y se dirigió al sofá. Antes de que ella pudiera tomar asiento, él la tomó en brazos y se sentó con ella en el regazo.

–Deja de resistirte. Estate quieta y escúchame.

–¡Me niego a escucharte! Ya he oído todo lo que tenía que escuchar. Ahora, deja que me levante y...

–No. Te vas a quedar donde estás hasta que yo haya dicho lo que tengo que decir.

–Como si no lo hubieras hecho ya –le espetó ella–. ¿Estás ya contento? Utilizar mi casa para tu fiesta fue solo el comienzo. Para que tu venganza sea completa, vas a comprar mi casa y me vas a echar –exclamó. Las lágrimas que había estado conteniendo desde hacía días comenzaron a caerle por las mejillas. Empezó a llorar como una niña perdida contra el pecho de James hasta que logró tranquilizarse un poco–. Bueno, James. ¿Cómo descubriste que la casa estaba a la venta?

–Mi cuñado juega al tenis con Hugh Ames y normalmente le gana siempre. Ames ganó a Marcus por primera vez en la última ocasión que jugaron y se tomó unas cuantas copas de más. Entonces, comentó que podría tener la venta del siglo en sus manos porque tu padre se iba a casar y se iba a marchar de River House. Marcus pensó que yo lo debería saber, pero venció sus escrúpulos al contárselo a Moira, sabiendo que ella me daría inmediatamente la noticia. Yo acepté el precio que me pidió para que tú puedas quedarte en tu casa. Cuando tenga las escrituras, te las daré como regalo, para que por fin puedas regresar donde te mereces estar.

Harriet lo miró completamente atónita.

–¿Y porqué diablos vas a hacer algo así?

–No me gustaría pensar que te quedas sin casa...

–Venga ya, James. Te ruego que no me tomes el pelo. No puedes estar hablando en serio.

–Claro que sí. Cuando firmamos todos los papeles, tu padre me pidió que le concediera unos minutos en privado. Entonces, me lo contó todo. Me explicó que había conseguido que te alejaras de mí amenazándote con la ley si te negabas a hacer lo que él te decía.

–¿Mi padre te contó todo eso?

–Sí. Ahora, por fin sé por qué me rompiste el corazón. Y te aseguro que eso fue lo que me pasó.

–También se me rompió el mío –susurró ella. Comenzó de nuevo a llorar hasta que James le colocó la mano debajo de la barbilla y la miró a los ojos.

–Deja de llorar, Harriet. Mi idea era hacerte feliz, no entristecerte más.

–No estoy embarazada.

–Lo sé. Ya me lo dijiste.

–Te mentí. Por aquel entonces, no lo sabía seguro, pero hace unos días descubrí que no lo estaba.

Los ojos de James revelaron una profunda pasión. Se inclinó para besarla. De repente, Harriet sintió que ya no tenía nada por lo que llorar. Pasó mucho tiempo antes de que él levantara la cabeza para que ambos pudieran respirar.

–Podríamos hacer algo al respecto muy pronto –susurró él–, pero primero, me gustaría aclarar algunas cosas sobre las escrituras de la casa. Te las entregaré con gran placer, pero hay una condición. Para conseguirlas, tienes que casarte conmigo.

–¿Ahora sí hablas de matrimonio?

–Sí.

–¿Lo dices en serio?

–Sí. Pero antes de que tomemos una decisión, hay algo más que tengo que saber. Y esta vez no voy a utilizar el sexo para averiguar la verdad.

–¡Qué desilusión!

–Eso vendrá más tarde. Ahora, quiero que me digas por qué dejaste de vivir en River House y te viniste aquí.

–Nunca pude perdonar a mi padre por haber amenazado con arruinarte la vida y la mía también. Sin embargo, le había prometido a mi madre que me aseguraría que esta casa se cuidara como merecía. Por eso me mudé aquí.

–¡Y luego me acusas a mí de buscar venganza! –exclamó él–. Te aseguro que tendré cuidado de no contrariarte a partir de ahora –añadió mientras la besaba tiernamente–. Sin embargo, cuando yo te pedí que te vinieras a vivir conmigo, no pareció importarte abandonar la casa.

–Así era. En aquel momento, la situación económica de mi padre era buena y aún le quedaban muchos años para jubilarse. Además, por ti estaba dispuesta a olvidarme de todo, hasta de la promesa que le hice a mi madre.

James la estrechó con fuerza contra su cuerpo.

–Bueno, ¿qué me respondes?

–¿Cuál es la pregunta?

–¿Vas a casarte conmigo, Harriet?

–Dado que has utilizado una persuasión tan poderosa, ¿cómo podría decirte que no?

De repente, Harriet empezó a bostezar.

–¿Estás cansada? –le preguntó. Ella asintió–. En ese caso, deberías estar en la cama.

James se levantó con ella en brazos. Harriet sonrió.

–Tú también deberías estar en la cama...

James se echó a reír.

–Si te refieres a tu cama, estoy más que de acuerdo –dijo. Echó a andar, pero se detuvo al escuchar un coche–. ¿Es tu padre?

Harriet asintió. Entonces, James la dejó de pie en el suelo y la besó.

–En ese caso, antes de que pasemos a lo bueno, subamos a la casa. Tengo que preguntarle a tu padre si me concede la mano de su hija para casarme con ella.

BIANCA.

PENNY JORDAN
DESHONRA
SICILIANA

Capítulo 1

TUS ABUELOS querían que sus cenizas fueran enterradas aquí, en el cementerio de la iglesia de Santa María, ¿no? —el desapasionado tono de voz masculina expresaba tan poco como el rostro en sombras.

La estructura ósea de su rostro estaba delineada con pinceladas de rayos de sol que podrían haber salido de la mano maestra de Leonardo, ya que revelaban la naturaleza exacta de la herencia cultural de aquel hombre. Los pómulos altos, la firme línea de la mandíbula, el tono aceitunado de la piel, la forma aquilina y orgullosa de la nariz... todo ello hablaba de una mezcla de genes procedente de los invasores que habían codiciado Sicilia. Sus antepasados no habían permitido que nada se interpusiera en el camino de sus deseos. Y ahora tenía la atención centrada en ella.

Se dio cuenta de que quería distanciarse instintivamente de él, ocultarse a sus ojos. No pudo evitar dar un paso atrás y estuvo a punto de torcerse un tobillo cuando la parte de atrás de su bonito zapato de cuña tropezó contra el borde oculto de una lápida.

—Ten cuidado.

Él se movió tan deprisa que se quedó petrificada como un conejo atrapado en el rápido y mortal descenso del halcón del que procedía el apellido de su familia. Unos dedos largos y bronceados le sujetaron con firmeza la muñeca y tiró de ella hacia sí. El calor con olor a menta de su respiración le quemó el rostro cuando se inclinó para regañarla. A ella le resultó imposible moverse. Y también hablar o siquiera pensar. Lo único que podía hacer era sentir, sufrir bajo la marea de emociones que habían hecho erupción en su interior. Aquello era una auténtica tortura. ¿Tortura o tormento? Su cuerpo se convulsionó en una poderosa oleada de desprecio hacia sí misma. Tortura. No había tormento en los brazos de aquel hombre, no había tentación. Solo indiferencia.

–Suéltame –su susurro sonó más como el sollozo de una víctima impotente que como la orden de una mujer moderna e independiente.

Olía a rosas inglesas y a lavanda y parecía el arquetipo de mujer inglesa. Incluso hablaba como una de ellas, hasta que la tocó. Entonces le mostró la salvaje pasión siciliana y la intensidad que formaba parte de su herencia.

Le había dicho que la soltara. Caesar frunció los labios para conjurar las imágenes que sus palabras habían liberado en su memoria. Imágenes y recuerdos tan dolorosos que huyó automáticamente de ellos. Demasiado dolor, demasiado daño, demasiada culpa.

¿Qué iba a hacer ahora? ¿No serviría aquello para acrecentar su animadversión contra él? Porque no tenía elección. Porque tenía que pensar en el bien mayor. Porque tenía que pensar, como siempre había hecho, en su gente y en su deber hacia su familia y su apellido.

La cruda realidad era que ninguno de ellos tendría auténtica libertad. Y todo era culpa suya. Solo suya.

El corazón empezó a latirle con fuerza. En sus cálculos no había entrado la posibilidad de que fuera a sentirse tan afectado por ella, por su encanto y su sensualidad. Como el famoso volcán de Sicilia, era todo fuego cubierto de hielo en el pico. Y él era mucho más vulnerable a aquello de lo que esperaba. ¿Por qué? No es que no tuviera bellas mujeres de sobra dispuestas a compartir su cama, algo que por cierto hacía antes de verse obligado a reconocer que el supuesto placer de aquellos encuentros le dejaba un vacío que deseaba llenar con algo más profundo. Solo que entonces no tenía nada que ofrecerle a la clase de mujer con la que hubiera podido construir una relación de aquel tipo.

Así que se convirtió en un hombre que no podía amar a su manera. Un hombre cuyo deber era seguir los pasos de sus antecesores. Un hombre del que dependía el futuro de los suyos.

Ese era el deber que le habían inculcado desde niño. Incluso cuando era un huérfano de seis años que lloraba por sus padres le habían dicho lo importante que era recordar su posición y su deber. Habían enviado incluso a una delegación para hablar con él, para recordarle lo que significaba ponerse en la piel de su fallecido padre. Para los de fuera, las costumbres y las creencias de su gente podrían ser consideradas demasiado duras o incluso crueles. Estaba haciendo todo lo posible para cambiar las cosas, pero solo podía hacerse lentamente, sobre todo porque el jefe del consejo del pueblo estaba completamente en contra de las nuevas ideas.

En cualquier caso, Caesar ya no era un niño de seis años y estaba decidido a hacer cambios.

Cambios. Su imaginación voló durante unos instantes. ¿Podrían transformarse realmente las cosas fundamentales? ¿Se podrían corregir los antiguos errores? ¿Podría haber una forma de...?

Se sacudió aquellos sueños y volvió a centrarse en el presente.

–No has contestado a mi pregunta sobre tus abuelos –le recordó a Louise.

Por muy poco que le gustara su aristocrático tono, Louise se sintió aliviada al ver algo parecido a la normalidad entre ellos y respondió con sequedad:
–Sí.

Lo único que quería era que terminara aquel interrogatorio. Iba contra todas sus creencias tener que postrarse prácticamente ante aquel arrogante y aristocrático duque siciliano de aire peligrosamente oscuro y rasgos demasiado bellos solo porque siglos atrás su familia poseía la tierra en la que se había construido aquella pequeña iglesia. Pero así eran las cosas en aquella remota y casi feudal parte de Sicilia.

Él era el dueño de la iglesia, del pueblo y de Dios sabía cuántos acres de tierra siciliana. También era el *patronne*, lo que en la cultura siciliana significaba el «padre» de la gente que vivía allí aunque fueran personas de la generación de sus abuelos. Como el título y la tierra, era un papel que había heredado. Louise lo sabía, había crecido escuchando las historias de sus abuelos sobre la dureza de sus vidas cuando eran niños. Se habían visto obligados a trabajar en la tierra que pertenecía a la familia del hombre que ahora estaba delante de ella en la sombría quietud del viejo cementerio.

Louise se estremeció al mirar hacia las montañas situadas más allá del cielo azul, donde el volcán Etna rumiaba furioso bajo el ardiente sol. Volvió a mirar hacia el cielo furtivamente. Nunca le habían gustado las tormentas, y aquellas montañas eran famosas por hacerlas surgir de la nada. Tormentas salvajes y peligrosas capaces de desatar el peligro con furiosa crueldad. Como el hombre que ahora la estaba mirando.

No era como esperaba que fuera, reconoció Caesar. Aquel cabello rubio trigueño no era siciliano, ni tampoco los ojos verdes como el mar. Pero se comportaba con el orgullo de una mujer italiana. Era de tamaño mediano, huesos finos y cuerpo esbelto. Tal vez incluso demasiado, pensó observando la estrechez de la muñeca de tono ligeramente bronceado. La forma ovalada de su rostro con los pómulos altos era de una belleza clásica y femenina. Una mujer hermosa, de las que harían girar la cabeza de los hombres allí donde fuera. Pero Caesar tenía la sospecha de que su aire de fría serenidad era más trabajado que natural.

¿Y los sentimientos que estaba experimentando ahora que la tenía allí delante? ¿Contaba con ellos? Caesar se dio la vuelta para que no pudiera ver su expresión. ¿Tenía miedo de que lo pudiera revelar? Después de todo se trataba de una profesional experimentada, una mujer cuya formación demostraba que era capaz de indagar en la mente de una persona y encontrar todo lo que podía tener oculto. Y le daba miedo lo que pudiera descubrir en él.

Tenía miedo de que fuera capaz de retirar el tejido cicatrizante que había dejado crecer sobre la culpabilidad y el dolor, el orgullo y su sentido del deber. ¿Sentía algo más que culpa? ¿Había vergüenza también? No necesitaba hacerse aquella pregunta, ya que había llevado aquellas dos cargas gemelas durante más de una década. Las había llevado y seguiría llevándolas. Había intentado arreglar las cosas: una carta a la que nunca había recibido respuesta, una disculpa proferida, una esperanza expresada, palabras escritas que en su momento le habían parecido como sangre que se hubiera extraído del corazón. Una carta sin contestación. No había perdón ni vuelta atrás. Y después de todo, ¿qué otra cosa esperaba? Lo que había hecho no merecía piedad.

La culpa era una carga que arrastraría durante toda su vida. Era su castigo personal, le pertenecía solo a él. No podía cambiar las cosas ni nada de lo que hiciera podría compensar sus actos. Así que no, estar allí con ella no había aumentado su sentimiento de culpa. Ya lo tenía situado en el nivel máximo. Pero había afilado el borde hasta llegar a un extremo que le hacía sentir una puñalada de dolor físico cada vez que respiraba.

Cualquiera que la mirara pensaría, dada la sencillez de su vestido azul y del chal blanco que le cubría los hombros, que se trataba de una mujer educada de clase media que estaba de vacaciones en Sicilia.

Se llamaba Louise Anderson y su madre era la hija de la pareja siciliana cuyas cenizas había ido a enterrar en aquel tranquilo cementerio. Su padre era australiano aunque de origen siciliano.

Caesar se movió y el gesto le hizo ser consciente de la carta que había colocado en el bolsillo interior de la chaqueta.

Louise sintió cómo la tensión crecía en ella como si fuera un resorte manipulado por el hombre que la estaba observando. En la familia Falconari había una vena de crueldad hacia aquellos que consideraban más débiles que ellos. Formaba parte de su historia, tanto de la oral como de la escrita. Pero no tenía motivos para ser cruel con sus abuelos. Ni con ella.

Le había sorprendido que el sacerdote al que escribió contándole los deseos de sus abuelos le hubiera contestado diciéndole que necesitaba el permiso del duque.

Una mera formalidad, según dijo. Así que concertó para ella el necesario encuentro.

Louise hubiera preferido encontrarse con él en el bullicioso anonimato del hotel en lugar de en aquel lugar antiguo y tranquilo tan lleno de los recuerdos silenciosos de los que allí yacían.

Pero la palabra del duque era la ley. Aquella certeza bastó para que aumentara la distancia entre ellos y diera otro paso atrás, comprobando en esta ocasión que no hubiera ningún obstáculo detrás de ella. Pensaba que de ese modo lograría disminuir el poderoso campo de fuerza de su personalidad. Y de su sensualidad.

Sintió un escalofrío. No estaba preparada para aquello. No contaba con ser tan consciente de su sensualidad. De hecho lo era más que de...

Pisó con fuerza el freno de sus acelerados y peligrosos pensamientos y se alegró de escuchar el sonido de su voz exigiéndole concentración.

–Tus abuelos dejaron Sicilia y se fueron a Londres poco después de casarse y allí construyeron su vida. ¿Y sin embargo decidieron que sus cenizas fueran enterradas aquí?

Qué típico que un hombre de su clase, un cacique poderoso y arrogante, se cuestionara los deseos de sus abuelos. Como si todavía fueran sus siervos y él su dueño. Su sangre, profundamente independiente, bulló con desprecio hacia él al pensarlo.

–Se marcharon porque aquí no había trabajo para ellos. Ni siquiera pudieron trabajar a cambio de comida en las tierras de tu familia, como habían hecho sus padres y los padres de sus padres antes que ellos. Querían que sus cenizas fueran enterradas aquí porque para ellos Sicilia seguía siendo su hogar.

Caesar percibió el tono acusatorio y despectivo en su voz.

–Me resulta extraño que te hayan confiado a ti, que eres su nieta, la tarea de cumplir con su deseo en lugar de encargársela a su hija.

Fue consciente una vez más de la presión de la carta que llevaba en el bolsillo. Y de la presión de su propia culpabilidad. Le había ofrecido una disculpa. El pasado debía seguir siendo pasado. No había vuelta atrás. Y no podía permitirse ser indulgente consigo mismo porque había demasiado en juego.

–Mi madre vive en Palm Springs con su segundo marido desde hace muchos años, y yo siempre he vivido en Londres.

–¿Con tus abuelos?

Aunque era una pregunta, hizo que sonara como una afirmación.

¿Acaso esperaba provocar en ella una demostración de hostilidad que pudiera utilizar en su contra para negarle lo que le pedía? Si ese era su objetivo, no le daría aquella satisfacción. Se le daba muy bien ocultar sus sentimientos. Después de todo tenía mucha experiencia. Eso era lo que sucedía cuando alguien quedaba señalado como la persona que había provocado tanta vergüenza a la familia que incluso sus propios padres le habían dado la espalda. El estigma de la vergüenza la marcaría para siempre, negándole el derecho al orgullo o a la intimidad.

–Sí –confirmó–. Fui a vivir con ellos tras el divorcio de mis padres.

–Pero no inmediatamente después, ¿verdad?

La pregunta la atravesó como una descarga eléctrica que le afectó las terminaciones nerviosas que ya deberían estar sanadas. Pero no iba a permitir que él se diera cuenta.

–No –reconoció, aunque no fue capaz de mirarle al responder.

Miró hacia el cementerio, que en cierto modo era como un símbolo del cementerio de los anhelos y las esperanzas a los que el divorcio de sus padres había puesto fin.

–Al principio viviste con tu padre. ¿No es poco habitual que una joven de dieciocho años prefiera vivir con su padre en lugar de con su madre?

Louise no se preguntó por qué sabía tantas cosas sobre ella. El párroco del pueblo le había pedido la historia de su familia cuando le escribió sobre el asunto de las cenizas de sus abuelos. Conociendo las costumbres de aquella cerrada comunidad siciliana, sospechaba que también habrían hecho averiguaciones a través de sus contactos en Londres.

La idea provocó que la ansiedad cobrara vida en el interior de su estómago. Si no podía cumplir el último deseo de sus abuelos porque aquel hombre le negara el permiso debido a su...

Louise inclinó la cabeza automáticamente. Su cabello dorado captó los rayos de sol que atravesaban la verde oscuridad de los cipreses del cementerio.

Había sido un shock inesperado, no estaba preparada para verle a él en lugar de al párroco, como pensaba que ocurriría. Con cada mirada, con cada silencio que se hacía antes de una pregunta, Louise se preparaba para recibir el golpe que sabía que le iba a atestar.

El deseo de darse la vuelta y salir corriendo era tan poderoso que temblaba por dentro al tratar de controlarlo. Huir sería tan inútil como tratar de esquivar el flujo mortal de un volcán. Solo conseguiría unos minutos de tiempo para imaginar el horror de su destino. Era mejor quedarse donde estaba, enfrentarse a ello y al menos conservar la dignidad intacta.

Sin embargo no pudo evitar apretar sus dientes perfectos y blancos para no dar rienda suelta a sus auténticos sentimientos. No era asunto suyo que su madre y ella nunca hubieran estado muy unidas. Su madre siempre estaba más preocupada por su aventura de turno o por alguna fiesta que por tener una conversación con su hija. De hecho había estado más ausente que presente a lo largo de su vida. Cuando le anunció que iba a mudarse a Palm Springs para iniciar una nueva vida, Louise sintió poco más que un ligero alivio. Su padre, por supuesto, era algo completamente distinto. Su constante presencia servía para recordarle sus fallos.

Transcurrió un instante antes de que pudiera decirle con frialdad:

—Cuando mis padres se divorciaron yo estaba en mi último año de colegio, así que me pareció lógico irme a vivir con mi padre. Había alquilado un apartamento en Londres porque la casa familiar se había puesto a la venta y mi madre tenía pensado irse a vivir a Palm Springs.

Las preguntas de aquel hombre resultaban demasiado inquisitivas para su gusto, pero sabía que ponerse en contra de él resultaría contraproducente y quería evitarlo a toda costa.

Lo único que quería sacar en claro de este encuentro era el consentimiento de aquel cacique arrogante y odioso para poder enterrar las cenizas de sus abuelos donde era su deseo. Cuando lo hubiera hecho podría liberar sus propios sentimientos. Podría dejar por fin el pasado atrás y vivir su propia vida sabiendo que había cumplido el encargo más sagrado que le habían hecho jamás.

Louise tragó saliva para pasar el gusto amargo que tenía en la boca. Qué lejos quedaba aquella joven de dieciocho años que se dejaba llevar por las emociones y que había pagado un precio tan alto por ello. Todavía odiaba pensar siquiera en aquellos tormentosos años en los que fue testigo del desmoronamiento del matrimonio de sus padres. La ruptura la convirtió a ella en una parcela no deseada entre las dos casas de sus padres. No era bienvenida en ninguna de ellas, y menos para la nueva novia de su padre. Como consecuencia de ello y según sus padres y sus nuevas parejas, les había avergonzado de tal manera que ya no era bien recibida en las nuevas vidas que se estaban construyendo.

Al mirar atrás no le sorprendía que sus padres la hubieran considerado una niña difícil. ¿Sería porque el trabajo de su padre le había convertido en una figura ausente y ella había tratado desesperadamente de ganarse su amor? ¿O sabía de un modo instintivo que su padre siempre había lamentado amargamente su concepción y el consiguiente matrimonio con su madre?

Era un estudiante brillante de Cambridge con un futuro prometedor por delante. Lo último que deseaba era verse obligado a casarse con la joven a la que había dejado embarazada. Pero la presión de la comunidad siciliana de Londres le había llevado a casarse con la guapa estudiante que le había visto como un escape a las rígidas normas de una sociedad chapada a la antigua.

Louise no se consideraba siciliana, pero tal vez tuviera suficiente sangre italiana como para haber sentido siempre la falta de amor y también la humillación pública que suponía que su padre no la quisiera. Los hombres italianos solían ser protectores con sus hijos y se mostraban orgullosos de ellos. Su padre no quería que naciera. Se había interpuesto en sus planes de vida. Primero fue una niña llorona y pegajosa y luego una adolescente rebelde, lo que molestaba y enfurecía a su padre. Sus intentos por atraer su atención habían caído en saco roto.

Pero Louise se había aferrado con decisión al mundo ficticio que se había creado. Un mundo en el que era la niña adorada de su padre. Presumía de su relación en el exclusivo colegio para señoritas al que su madre había insistido en enviarla con las hijas de hombres ricos, famosos o con título, agarrándose con fuerza al prestigio que daba tener un padre tan guapo y destacado. Era el presentador de una serie de divulgación académica muy popular, y sus compañeras la habían aceptado solo gracias a él.

Aquel ambiente superficial y competitivo había sacado lo peor de ella. Louise aprendió desde pequeña que conseguiría más atención portándose mal que portándose bien, así que en el colegio cultivó deliberadamente la imagen de chica mala.

Pero al menos su padre estaba en su vida. Hasta que Melinda Lorrimar, su asistente australiana, lo apartó de ella. Melinda tenía veintisiete años y Louise dieciocho cuando se hizo pública su relación, y tal vez fuera natural que compitieran por la atención de su padre.

Qué celosa estaba de Melinda, una glamurosa divorciada australiana que dejó claro desde el principio que no quería tenerla cerca. Sus dos hijas pequeñas se habían adueñado rápidamente de su dormitorio del apartamento de su padre. Tan desesperada estaba por ganarse el amor de su padre que incluso había llegado al extremo de teñirse el pelo de negro porque Melinda y sus hijas lo tenían así. Pelo negro, demasiado maquillaje y ropa muy ceñida, todo en un intento de encontrar la manera de ser la hija que creía que su padre quería, de encontrar la receta mágica para convertirse en una hija a la que pudiera amar. Su padre quería y admiraba a su glamurosa asistente, así que Louise pensó que, si ella también era glamurosa y los hombres se fijaban en ella, entonces su padre estaría orgulloso de ella como lo estaba de Melinda. Cuando aquella idea fracasó se propuso escandalizarle. Cualquier cosa era mejor que la indiferencia.

Sexualmente era muy ingenua. Toda su intensidad emocional estaba volcada en conseguir el amor de su padre. Por supuesto, creía que algún día conocería a alguien y se enamoraría, pero cuando llegara ese momento ella ya sería la hija querida de su padre, alguien que podría llevar la cabeza bien alta.

Aquella era la fantasía que había tenido en la cabeza sin darse cuenta de lo peligroso y dañino que era, porque ni a su padre ni a su madre les importaba lo suficiente como para decírselo. Para ellos no era más que el recordatorio de un error del pasado que les había forzado a un matrimonio que ninguno de los dos deseaba realmente.

–Pero cuando empezaste la carrera vivías con tus abuelos, no con tu padre.

El sonido de la voz de Caesar Falconari la devolvió al presente.

Un peligroso e inesperado escalofrío la atravesó. Aquel hombre convivía con su sexualidad con la naturalidad con la que llevaba la ropa cara. Ninguna mujer a la que tuviera al lado podría evitar preguntarse...

Louise no daba crédito. ¿Qué demonios le estaba pasando? Ella no era así. El sudor le perlaba la frente y sentía el cuerpo caliente y sensible bajo la ropa. Aquello no estaba bien... no era justo.

Su cuerpo se quedó paralizado como la calma que tenía lugar antes de la tormenta. No debía permitirle que fuera consciente de lo peligroso que podía ser para ella, del efecto que provocaba. Disfrutaría humillándola. Pero se recordó que ya no era aquella joven inmadura emocionalmente de dieciocho años.

–Como seguramente sabes, dados tus conocimientos sobre la historia de mi familia, mi mal comportamiento con la nueva pareja de mi padre y debido al impacto que ella creía que podría causar en sus hijas, él me pidió que me marchara.

—Te echó.

La respuesta de Caesar fue una afirmación, no una pregunta. Y sintió otro doloroso giro de cuchillo en la culpa con la que cargaba.

Teniendo en cuenta que durante la última década se había dedicado a mejorar la vida de su gente, cuando supo el cruel comportamiento que tuvieron hacia Louise las personas que debían quererla y protegerla sintió más pesada todavía la carga de la culpabilidad. Nunca había sido su intención hacerle daño. Y ahora, al saber lo que había hecho, entendía que nunca le hubiera respondido a la carta que le envió en la que reconocía su culpabilidad y le suplicaba que le perdonara. Iba contra todas las normas que un padre siciliano abandonara a un hijo, pero al mismo tiempo, el mal comportamiento de uno de los miembros de la familia provocaba una mancha en el apellido que pasaría de generación en generación.

Louise sentía que le ardía la cara. ¿Se debía a la culpa o al profundo sentido de la injusticia? ¿Importaba? Lo cierto era que no. El asesoramiento psicológico que había estudiado como parte de su preparación para convertirse en una reputada consejera en terapia de familias fracturadas le había enseñado la importancia de reconocer los propios errores, asumirlos y seguir adelante.

—Melinda y mi padre querían empezar una nueva vida en Australia. Le parecía lógico vender el apartamento de Londres. Técnicamente yo ya era adulta porque tenía dieciocho años e iba a ir a la universidad. Pero sí, lo cierto es que me echó.

Así que se había quedado sola y abandonada mientras él estaba al otro lado del mundo aprendiendo todo lo posible sobre cómo mejorar la vida de las personas más pobres del planeta como modo de expiar su culpa y encontrar una nueva manera de vivir que beneficiara a los suyos. Pero no tenía sentido contarle nada de aquello a Louise. Estaba claro que sentía una gran antipatía por él.

–¿Fue entonces cuando te fuiste a vivir con tus abuelos? –continuó.

Después de todo, resultaba más fácil mantenerse en las formalidades y los hechos probados que adentrarse en el inestable y peligroso territorio de los sentimientos.

Louise sintió que la tensión aumentaba dentro de ella. ¿No le había hecho ya bastante daño sacando a relucir el horror del pasado? Ni siquiera ahora se atrevía a pensar en lo asustada que había estado, o en lo sola y abandonada que se había sentido. Pero sus abuelos la habían salvado. La habían rescatado con el amor que habían mostrado por ella. Entendió por primera vez en su vida la importancia de darle a un niño amor y seguridad. En ese momento toda su vida cambió. Fue entonces cuando se prometió que algún día les devolvería a sus abuelos el amor que le habían dado.

–Sí.

–Fue un gesto muy valiente por su parte, teniendo en cuenta...

–¿Teniendo en cuenta lo que hice? Sí, lo fue. Hubo mucha gente de su comunidad dispuesta a criticarles y condenarles del mismo modo que ya me habían condenado a mí. Había llevado la vergüenza a mis abuelos y por asociación podía llevar también la vergüenza a su comunidad. Pero tú ya estás al tanto de eso, ¿verdad? Tú sabes que me comporté de forma vergonzosa y que no solo me humillé a mí misma, sino también a mis abuelos y a todas los que tenían relación con ellos. Sabes que mi apellido se convirtió en sinónimo de vergüenza en nuestra comunidad y cómo sufrieron mis abuelos por ello. Sufrieron pero se mantuvieron a mi lado. Y también sabes por qué estoy aquí ahora, soportando esta nueva humillación.

Caesar quería decir algo, decirle cuánto lo sentía, recordarle que había tratado de disculparse... pero al mismo tiempo sabía que tenía que mantenerse firme. Allí había mucho más en juego que los sentimientos de ambos. Tanto si les gustaba como si no, ambos formaban parte de un proyecto mayor. Sus vidas estaban entretejidas en la tela de la sociedad en la que habían nacido. Y ninguno de los dos podía ignorarlo.

–Quieres cumplir con la promesa que les hiciste a tus abuelos de enterrar aquí sus cenizas.

–Es lo que siempre habían querido, y por supuesto se hizo más importante para ellos después de... después de la vergüenza que les causé. Que sus cenizas sean enterradas aquí es la única manera de volver a ser plenamente aceptados por la comunidad. De tener el derecho a descansar en la iglesia donde fueron bautizados, confirmados y donde se casaron. Haré cualquier cosa para conseguirlo, incluso suplicar.

Caesar no esperaba su sinceridad. Contaba con el rechazo y la hostilidad, pero la sinceridad le pilló con la guardia bajada. Allí estaba aquella joven atrapada en un sistema de valores que castigaba el comportamiento moderno que contravenía las normas antiguas.

Podía sentir el peso de la carta en el bolsillo.

Louise estaba empezando a perder el control. Eso no podía ocurrir. Lo único que importaba era la deuda de amor que tenía contraída con sus abuelos. Y nadie iba a poner en peligro aquello, y mucho menos aquel arrogante cacique siciliano cuya presencia provocaba en su cuerpo una reacción instintiva de desprecio. Después de todo lo que había pasado, ¿qué más daba un poco más de humillación?

Estaba prácticamente ida por el impacto, la vergüenza y la ira cuando sus abuelos la recibieron. No era capaz de pensar, y mucho menos de cuidar de sí misma.

Se había arrastrado hasta la cama sin fijarse apenas en la habitación que le habían preparado en la bonita casa de Notting Hill. Tras muchos años trabajando para los demás, su restaurante por fin había logrado que fueran económicamente independientes y habían podido comprar con orgullo aquella casa.

Louise solo quería esconderse del mundo. Incluida ella misma.

La casa de sus abuelos fue su refugio. Ellos le dieron lo que le negaron sus padres. La recibieron con amor mientras los demás la rechazaban avergonzados. Vergüenza. Una palabra terrible para los orgullosos sicilianos. La cicatriz que cubría su vergüenza latió de forma dolorosa. Habría hecho cualquier cosa para evitar estar allí, pero se lo debía a sus abuelos. Cuando pensó en las posibilidades de la penitencia que le exigirían para lavar la mancha de deshonor de su familia nunca imaginó que se vería obligada a responder de sus pecados delante de aquel hombre. Pensaba que él estaría tan en contra de reunirse con ella como ella misma. Pero estaba claro que había subestimado su arrogancia.

–Como sabes, yo no soy el único responsable de la decisión que se tome respecto a tu petición. Los ancianos del pueblo...

–Harán lo que tú les digas. Eres tú quien tiene la autoridad para garantizar el cumplimiento del deseo de mis abuelos. Negarles el lugar que han escogido para su descanso eterno sería cruel e injusto. Castigarles por...

–Así funciona nuestra sociedad. Toda la familia sufre cuando uno de sus miembros cae en desgracia. Ya lo sabes.

–¿Y tú crees que eso es justo? –preguntó Louise con rabia, incapaz de contenerse–. Por supuesto que lo crees –añadió con tono ácido.

–En esta parte de Sicilia la gente vive su vida siguiendo las normas y las costumbres de hace siglos. Por supuesto que veo muchos fallos en esas normas. Y por supuesto que quiero ser el motor de cambios que ayuden a mi gente, pero esos cambios solo pueden hacerse de forma lenta para no provocar desconfianza e infelicidad entre las generaciones.

Louise sabía que lo que estaba diciendo era cierto aunque no quisiera admitirlo. Pero ella estaba allí para cumplir el deseo de sus abuelos.

–Mis abuelos hicieron mucho por la comunidad. Al principio mandaban dinero a casa para sus padres y sus hermanos. Contrataron a la gente del pueblo que emigró a Londres. Les acogieron en su casa y les cuidaron. Donaron generosas cantidades de dinero a esta iglesia. Tienen derecho a que se les reconozca todo lo que hicieron y se les respete.

Caesar tuvo que admitir que era una apasionada defensora de sus abuelos. Una discreta alarma en el móvil le recordó que tenía una cita en breve. No esperaba que aquella entrevista durara tanto, y todavía tenía cosas que decir y preguntas que hacer.

–Tengo que irme, pero todavía hay cosas de las que debemos hablar –le dijo–. Estaremos en contacto.

Se dio la vuelta para marcharse dejando claro que tenía intención de mantenerla en vilo. Un acto cruel por parte de un hombre que se había alimentado de crueldad y orgullo desde la cuna. Estaba a solo un par de metros de distancia cuando se dio la vuelta. El sol que se filtraba a través de los cipreses se reflejó sobre los afilados y duros huesos de su rostro. La embriagadora mezcla de romano y árabe quedaba claramente reflejada en sus facciones.

–¿Has traído a tu hijo a Sicilia contigo? –le preguntó.

Capítulo 2

SERÍA aquello lo que se sentía cuando el cielo se desplomaba sobre tu cabeza? Aunque lo cierto era que tendría que haber estado preparada para la pregunta.

–Sí –respondió con sequedad.

No tenía nada que temer. Después de todo no era ningún secreto que era madre soltera de un niño de nueve años.

–Pero no está aquí contigo. ¿Eso te parece bien? Solo tiene nueve años. Una madre responsable...

–Como madre responsable he pensado que mi hijo estaría más contento y a salvo en una clase de tenis en el hotel mientras nosotros manteníamos este encuentro. Mi hijo Oliver estaba muy unido a su bisabuelo. Le echa de menos. Traerle hoy aquí no le hubiera ayudado en nada.

Eso si le hubiera logrado convencer para venir. Louise temblaba por dentro de rabia, pero no iba a mostrarlo. Lo cierto era que durante el último año y medio su relación con Oliver estaba atravesando un momento difícil. Su hijo la culpaba abiertamente de no tener un padre. Aquello le estaba causando problemas en el colegio, se peleaba con otros niños que sí tenían padre. Una dolorosa grieta se hacía cada vez más grande entre ella y el hijo al que tanto quería.

Habría hecho cualquier cosa para proteger a Oliver del dolor que estaba atravesando. Cualquier cosa. Le encantaba su trabajo y estaba orgullosa de lo que había conseguido, por supuesto que sí. Pero sabía que sin la responsabilidad de cuidar de su hijo probablemente no se habría obligado a sí misma a volver a estudiar, a obtener buenas notas y empezar a subir la escalera profesional. Oliver era la razón por la que estudiaba y trabajaba hasta altas horas de la noche para poder asegurarle un futuro económico. Pero lo que Oliver decía ahora que deseaba más que nada en el mundo era lo único que ella no podía darle. Un padre.

Cuando su abuelo vivía había podido ejercer una influencia masculina estable y amorosa en la vida de Oliver, pero incluso entonces su hijo había empezado a separarse de ella y a mostrarse furioso porque no le daba información sobre su padre.

Era un niño inteligente e iba bien en el colegio. A su abuelo le preocupaba mucho el efecto que la falta de información sobre su padre iba a tener sobre Oliver, pero sabía tan bien como ella que no podía contarle la verdad. Y no estaba dispuesta a mentirle con una versión edulcorada.

Louise quería a su hijo. Haría cualquier cosa por verle feliz. Pero no podía hablarle de su padre, al menos por el momento, hasta que fuera lo suficientemente mayor para entenderlo, al menos en parte. Y para perdonar su comportamiento. Tal vez sus transgresiones le hubieran privado de un padre, pero el amor de sus abuelos, que la habían apoyado cuando se negó a poner fin al embarazo como exigían sus padres, le había dado la vida.

—Todavía tenemos cosas de las que hablar. Me reuniré contigo mañana a las once en la cafetería de tu hotel.

No le preguntó si le parecía bien la hora o si prefería encontrarse con él en otro sitio. Pero ¿qué otra cosa esperaba? La arrogancia era la carta de presentación de aquel hombre, unida a la crueldad y el orgullo.

Louise vio desde el cementerio el brillo pulido del capó de la limusina que se lo llevó de allí. Los cristales tintados impedían cualquier posible imagen del ocupante. Ella no quería verle ni tener nada que ver con él, pero no tenía elección.

Desde el camino que atravesaba los jardines del hotel y pasaba al lado de las pistas de tenis, Caesar tenía una buena vista del niño que acababa de llegar con el monitor y el resto de sus compañeros de grupo para empezar una clase de tenis con uno de los profesores del hotel.

El hijo de Louise Anderson. Era alto y fuerte para su edad, y no había heredado los tonos claros de su madre. Tenía la piel aceitunada y el pelo oscuro, algo lógico dada su sangre siciliana. Era un buen jugador, se concentraba mucho y tenía un fuerte revés.

Caesar consultó el reloj y aceleró el paso. Se había desviado un poco de la ruta hacia la cafetería del hotel para poder pasar por las pistas de tenis, pero no quería llegar tarde a la cita con Louise. Como siempre que pensaba en ella, volvió a sentir el peso de la culpa y los remordimientos.

Louise miró la hora. Las once en punto. Su hijo se había llevado una agradable sorpresa cuando le sugirió que diera otra clase de tenis. Aquellas clases eran un extra aparte del presupuesto de las vacaciones, y le había advertido antes de salir de viaje que no había mucho dinero para aquellas actividades. Sintió una punzada de culpabilidad en la conciencia. Ahora mismo tendría que estar pasando tiempo con Oliver y tratar de encontrar la manera de solucionar las cosas entre ellos. ¿Acaso no sería ese el consejo que les daría a otros padres en sus circunstancias? El problema estaba en que educar a un hijo era más fácil cuando se compartía en pareja y con el respaldo de una familia. Y Oliver y ella solo se tenían el uno al otro.

Louise cerró un instante los ojos mientras permanecía sentada en una de las banquetas de la cafetería del hotel. Echaba mucho de menos a sus abuelos, pero sobre todo a su abuelo. Y, si ella echaba de menos su cariño y sus consejos, no quería ni imaginar lo que sería para Oliver.

Estaban muy unidos, y ahora su hijo no tenía una influencia masculina que le guiara en la vida. Cuando volvió a abrir los ojos vio a Caesar Falconari dirigiéndose hacia ella. Iba vestido de manera más informal que el día anterior, pero seguía teniendo un aspecto muy italiano con la chaqueta de lino en tono beis, camiseta negra y pantalones de algodón en tono claro. Solo un italiano podía llevar un atuendo así con tan sensual elegancia. No era de extrañar que todas las mujeres giraran la cabeza para mirarle. Pero a ella no le parecía atractivo. En absoluto.

«Mentirosa, mentirosa», la reprendió una voz interior. Pero tenía que concentrarse en el momento.

En cuanto Caesar tomó asiento a su lado apareció una camarera como por arte de magia. Louise llevaba diez minutos allí sentada y nadie se le había acercado. Caesar pidió un expreso y ella, un café con leche.

—He visto que tu hijo está dando otra clase de tenis esta mañana.

—¿Cómo lo sabes? —no tenía ningún motivo real para alarmarse. Ninguno en absoluto. Pero no pudo evitarlo.

—Pasaba por las pistas de tenis cuando llegaron los monitores con los niños.

—Bueno, espero poder ir a verle jugar si hacemos lo más corta posible esta reunión.

No tenía nada de malo hacerle saber que quería acabar cuanto antes con aquel asunto. Tal vez fuera el señor de aquella parte de Sicilia, pero ella no iba a inclinarse ante él.

La camarera les llevó los cafés y sirvió el de Caesar Falconari con tanta deferencia que Louise creyó que iba a hacerle una reverencia al terminar.

–En relación a eso, hay otro tema del que necesito hablar contigo aparte del asunto de las cenizas de tus abuelos.

¿Otro tema? Louise estaba a apunto de darle un sorbo al café pero volvió a dejarlo sobre la mesa. El corazón empezó a latirle con fuerza y todas las alarmas de su cuerpo sonaron a la vez.

–Verás, justo antes de tu llegada a Sicilia y tras el fallecimiento de tu abuelo, recibí una carta de su abogado que tu abuelo había escrito con instrucciones de que me fuera enviada a su muerte.

–¿Mi abuelo te escribió?

A Louise se le secó la boca y contuvo el aliento.

–Sí. Al parecer tenía ciertas preocupaciones respecto al futuro de su bisnieto. Creí que no debía cargarte a ti con ellas así que pensó que era necesario escribirme.

Louise hizo un esfuerzo para evitar jadear y hacer algún gesto que la traicionara. Era cierto que a su abuelo le preocupaba el creciente resentimiento de Oliver hacia ella. Incluso le advirtió de que había muchas familias en la comunidad que creían conocer la historia de su desgracia y que no pasaría mucho tiempo antes de que algún niño le contara a Oliver aquella versión de los hechos. Los niños podían ser muy crueles, y Louise sabía que Oliver ya se sentía distinto de sus compañeros por no tener padre. Pero su abuelo sabía que ella tenía las manos atadas.

Para Louise supuso un shock saber que a pesar de

todo lo que habían hablado y a pesar de que creía que su abuelo entendía y aceptaba su decisión, había sido víctima de siglos de tradición y en sus últimas semanas de vida había vuelto al modo de vida siciliano que a ella tanto le molestaba. A pesar de lo mucho que le quería y de todo lo que le debía, tras escuchar las palabras de Falconari le resultó imposible no sentirse enfadada.

–No tenía derecho a hacer algo así aunque pensara que lo hacía por el bien de Oliver –afirmó con sequedad–. Sabía lo que yo pensaba sobre esa costumbre de contarle al *patronne* de la comunidad los problemas. Lo encuentro absolutamente arcaico.

–¡Ya basta! Tu abuelo no me escribió como a su *patronne*. Me escribió porque asegura que soy el padre de Oliver.

El dolor fue inmediato e intenso, como si alguien le hubiera arrancado la piel abriendo las compuertas del pasado con toda su vergüenza y su humillación. Volvía a tener dieciocho años y se sentía confusa y avergonzada, invadida por unos sentimientos que habían surgido de la nada para cambiar el curso de su vida para siempre marcándola en público como una mujer caída en desgracia.

Todavía podía ver la cara de su padre, su expresión de ira mezclada con rechazo mientras Melinda le dirigía una sonrisa triunfal y acercaba a sus hijas tomando la mano de su padre para formar un grupo cerrado que la excluía. Su abuelo palideció y a su abuela le temblaron las manos en el regazo. Todos los que estaban en el café de la plaza escucharon la horrible denuncia que el jefe del pueblo de sus abuelos hizo, etiquetándola como una joven que había avergonzado a su familia con lo que había hecho.

Ella se giró automáticamente hacia Caesar Falconari en busca de apoyo, pero él se apartó, se levantó del asiento y se marchó dejándola indefensa y sintiéndose rechazada. Igual que con su padre.

¿No había recibido ya suficiente castigo por su vulnerabilidad y su locura sin tener que añadir aquel horror?

Louise se estremeció sin poder evitar aquella traicionera reacción ante los recuerdos del pasado. Todavía seguía sintiendo el dolor de su rechazo. Pero se dijo que aquello era imposible. Tenía que serlo. Su cuerpo solo estaba reaccionando al recuerdo del dolor que una vez le infligió, nada más. Tenía que centrarse en el presente, no en el pasado.

Oliver era su hijo, solo de ella. No tenía nada que ver con Caesar, y si lograba su objetivo, nunca sería de otro modo. Aunque Caesar fuera su padre.

Caesar se fijó en el sentimiento que ella estaba tratando de disimular. Hubiera preferido que Louise dijera que su abuelo estaba en lo cierto y no tener que ver que estaba en estado de shock, enfadada y asustada. No era la actitud de una mujer que quería reclamar que él era el padre de su hijo.

Louise se estremeció por dentro. ¿Cómo podía haberle hecho su abuelo algo así? ¿Cómo podía haberla traicionado de aquel modo? Louise sentía impacto, dolor, miedo y furia a la vez. Y al mismo tiempo una parte de ella entendía sus motivos.

Recordaba con total claridad aquella noche. Angustiada por la insistencia de sus padres para que pusiera fin al embarazo, lloró en brazos de su abuela sintiéndose asustada y abandonada. Finalmente les había contado a sus abuelos lo que antes había mantenido en secreto: que lejos de haber un número potencialmente alto de jóvenes que podrían ser el padre de su hijo, como había sugerido el jefe del pueblo, solo cabía una posibilidad. Y ese hombre no era otro que Caesar Falconari, dueño y señor de la tierra en la que habían nacido sus abuelos.

Ellos le prometieron que nunca traicionarían su secreto, aunque también debieron de pensar, igual que la propia Louise, que nadie la habría creído. Y menos cuando el propio Caesar... pero no. No iba a ir por ahí. Ni ahora ni nunca. La amargura del pasado estaba mejor enterrada bajo la piel nueva que había crecido sobre las viejas heridas. Y además, ahora tenía que pensar en Oliver.

Alzó la cabeza y se enfrentó a Caesar.

—Lo único que necesitas saber sobre Oliver es que es hijo mío y solo mío.

Caesar tuvo que admitir que tenía miedo de que sucediera algo así. Apretó los labios, buscó en el bolsillo de la chaqueta y sacó el sobre que contenía la carta de su abuelo. La extrajo y la puso encima de la mesa. Al hacerlo, las fotografías que su abuelo había incluido con la carta cayeron encima.

Louise las vio y contuvo el aliento. Qué diferente estaba en las fotos que se tomaron aquel verano. Todos habían ido a Sicilia en unas vacaciones familiares encaminadas supuestamente a establecer una nueva dinámica familiar tras el divorcio de sus padres. Había sido idea de Melinda que sus hijas y ella viajaran con Louise y su padre a visitar la tierra de sus abuelos mientras la madre de Louise pasaba el verano con su nueva pareja en Palm Springs.

Louise tuvo claro desde el principio que la idea de Melinda al sugerir aquellas vacaciones había sido reafirmar lo poco importante que era ella para su padre en comparación con Melinda y sus hijas. Eso había quedado clarísimo desde el principio, y Louise reaccionó tal y como Melinda había esperado que hiciera: haciendo todo lo posible por llamar la atención de su padre del único modo que sabía. Portándose tan mal que se veía obligado a fijarse en ella.

Al verse en la fotografía no tuvo más remedio que estremecerse. Recordó que había intentado imitar e incluso superar lo que ella percibía ingenuamente como sexy en Melinda. Así que había copiado la suavidad del cabello oscuro de Melinda con una masa teñida de negro pegada a la cabeza con un producto. Los vestidos cortos y blancos de Melinda se habían convertido en ella en modelos negros y demasiado ajustados que llevaba con zapatos de tacón en lugar de con las sandalias bajas y estilosas de Melinda. Además se pintaba los ojos con lápiz negro alrededor y llevaba demasiado maquillaje.

La foto mostraba la imagen de una joven de dieciocho años que parecía demasiado fácil, pero Louise sintió una punzada de dolor en el corazón porque podía ver la vulnerabilidad que se escondía tras aquella manifiesta sexualidad.

Cualquiera con un poco de experiencia podría verlo. Un padre amoroso sin duda lo habría visto.

Louise volvió a mirar la fotografía. Durante aquellas vacaciones había llevado ropa deliberadamente provocativa, así que no era de extrañar que todos los chicos del pueblo buscaran sexo fácil en ella y rondaran la villa que habían alquilado. Tenía un aspecto facilón y barato, y así era como la habían tratado. Por supuesto sus abuelos trataron de sugerirle que se pusiera algo más discreto, y por supuesto ella les ignoró.

Qué idiota había sido.

–Menudo cambio –comentó Caesar con ironía al verla mirar la foto que su abuelo había incluido en la carta para refrescarle la memoria sobre la joven que al parecer se había quedado embarazada de él–. Nunca te hubiera reconocido.

–Tenía dieciocho años y buscaba...

–Atención masculina. Sí, lo recuerdo.

Louise sintió cómo le ardía la cara.

–Buscaba llamar la atención de mi padre –le corrigió con voz seca.

¿Era el modo en que le estaba mirando o la fuerza de sus propios recuerdos lo que se le clavaba? Entonces él tenía veintidós años, acababa de tomar el control de su herencia y se había liberado de los consejeros que le habían guiado anteriormente. Era muy consciente de que su gente le juzgaba por su habilidad para ser el duque que ellos querían, alguien capaz de preservar sus tradiciones y su modo de vida. Caesar buscaba al mismo tiempo un modo de lograr discretamente la modernización frente a la hostilidad que provocaba en los mayores cualquier tipo de cambio. En particular en el jefe del pueblo más grande, en el que veraneaba Louise. Aquel jefe, Aldo Barado, había buscado el apoyo de los jefes de los demás pueblos, lo que llevó a Caesar a pensar que tenía que tener mucho cuidado e incluso hacer concesiones para conseguir sus objetivos.

El tiempo y la creciente insistencia de los miembros más jóvenes de la comunidad para la modernización habían ayudado en muchos de los planes de Caesar. Pero Aldo Barado seguía sin estar convencido e insistía en los métodos antiguos.

Los puntos de vista modernos de Louise y su determinación de ser ella misma habían provocado que Aldo Barado se pusiera al instante en contra de ella. A los dos días de su llegada subió al *castello* para protestar por el efecto que estaba causando entre los jóvenes, sobre todo en su propio hijo, que a pesar de estar prometido para casarse en un matrimonio concertado por su padre, había perseguido abiertamente a Louise.

Caesar no tuvo más remedio que escuchar al jefe,

quien le exigió que hiciera algo al respecto. Esa fue la única razón por la que bajó al pueblo y se presentó a la familia, para poder observar su comportamiento y hablar con su padre si era necesario.

Pero en cuanto puso los ojos en Louise, su intención de permanecer distante y frío se fue al garete. Entendió al instante por qué los jóvenes del pueblo la encontraban tan atractiva. Ni siquiera el atroz peinado ni aquella ropa habían logrado ensombrecer la luz de su extraordinaria belleza natural. Aquellos ojos, aquella piel, la sensual boca que tanto prometía...

A Caesar le sorprendió la fuerza de su respuesta hacia ella. Desde el día que le anunciaron la muerte de sus padres a los seis años de edad había desarrollado estrategias emocionales para protegerse de la soledad. Le habían dicho que tenía que ser fuerte. Debía recordar siempre que era un Falconari y que su destino y su deber eran guiar a los suyos. Tenía que anteponer sus intereses a todos. Sus propios sentimientos no importaban y debía controlarlos. Era duque antes que ser humano.

Tras la visita de Aldo Barado para quejarse de Louise había tratado de comportarse como sabía que debía. Incluso buscó a su padre para expresarle la preocupación del jefe. Pero tras recibir la carta del abuelo de Louise supo que había escuchado a Aldo Barado, al padre de Louise y a su futura esposa, pero no había hecho ningún amago de escuchar a la propia Louise. No había mirado bajo la superficie. No había visto lo que tenía que haber visto.

Volvió a mirar la foto. En aquel momento estaba tan atrapado por el miedo a los sentimientos que había despertado en él que no había visto lo que ahora veía con claridad: la infelicidad en los ojos de la chica de la foto. No había querido verla. La culpabilidad alentó su ira ahora.

–¿Y esperabas conseguir la atención de tu padre acostándote conmigo? –le preguntó con sarcasmo.

Tenía razón. Por supuesto que tenía razón. Su actitud había alejado a su padre, no les había unido. Alentado por las protestas tanto de Aldo Barado como de Melinda, su padre, que nunca había sido capaz de lidiar emocionalmente con ella, le dio la espalda y se unió al coro de críticas.

Qué ingenua había sido al esperar que Caesar se materializara a su lado como su salvador, su héroe, y les dijera a todos que la amaba y que no iba a permitir que nadie volviera a hacerle daño. La ausencia de Caesar le había dicho todo lo que necesitaba saber respecto a sus sentimientos hacia ella, o más bien la falta de ellos, antes incluso de que el jefe le dijera a su padre que estaba actuando en nombre de Caesar.

Ahora, al mirar atrás con la madurez y la experiencia que había adquirido, veía con claridad que lo que había tomado por un amor compartido cuando Caesar dejó de controlarse y los llevó a ambos a la cima del placer había sido en realidad una brecha en sus defensas. Caesar se vio atrapado por un deseo que no quería sentir hacia ella. A Louise, aquellos preciosos instantes entre sus brazos tras sus momentos de intimidad la habían hecho sentir felicidad y esperanza por su futuro en común. Sin embargo, Caesar había sentido la necesidad de negar que lo que habían compartido tuviera algún significado para él.

Tal vez Caesar quisiera engañarse a sí mismo respecto a sus propios motivos, pero ella no iba a mentirle sobre los suyos. Alzó la cabeza, se recompuso y le contó la cruel verdad.

–Bueno, yo desde luego no me fui a la cama contigo para que el jefe del pueblo de mis abuelos me humillara públicamente mientras tú te quedabas con tu arrogancia

en tu *castello*. Mi padre estaba furioso conmigo por ser
tan estúpida como para pensar que un hombre como tú
buscara en mí algo más que alivio físico. Dijo que había
llevado la vergüenza a la familia. La noticia se extendió
rápidamente por el pueblo, y aunque no llegaron a la-
pidarme físicamente fui sujeto de todo tipo de críticas
y miradas de desprecio. Todo por haber sido tan estúpida como para creer que te quería y que tú me querías
a mí.

Se detuvo para tomar aire, satisfecha de haber abierto
la compuerta que mantenía su dolor encerrado.

—No es que ahora lamente que me rechazaras. De hecho creo que me hiciste un favor. Después de todo, me
habrías dejado tarde o temprano, ¿verdad? Una chica
como yo, cuyos abuelos eran prácticamente los siervos
de tu familia, nunca hubiera sido lo bastante buena para
el duque. Eso fue lo que Aldo Barado les dijo a mis abuelos cuando hizo el trabajo sucio por ti y exigió que nos
fuéramos.

—Louise... —sentía la garganta seca por el peso de las
emociones.

Pero igual que en el pasado, no podía dejarse llevar
por esas emociones. Había demasiado en juego. No podía darle la espalda a tantos siglos de tradición. Podría
disculparse y tratar de explicarse. Pero ¿de qué serviría?
En su carta, el abuelo de Louise le advertía sobre el desprecio que la joven sentía no solo hacia él, sino hacia
todo lo que representaba. A sus ojos eran enemigos, y
Caesar sabía que lo que iba a decirle aumentaría su hostilidad hacia él.

El abuelo de Louise le decía en la carta que la intimidad que había compartido con Louise había traído
como resultado el nacimiento de un niño. A Caesar le
parecía imposible porque había tomado precauciones.
Pero si el niño era suyo...

El fuerte latido de su corazón estaba revelando demasiado más de lo que podía revelar incluso a sí mismo.

Louise pensó que tal vez no fuera capaz de defender la actitud de su abuelo al contarle a Caesar Falconari que Oliver era su hijo, pero sí podía defender su propio pasado.

–Cuando los niños crecen en un ambiente en el que el mal comportamiento se recompensa con atención y el bueno se ignora, tienden a portarse mal. Lo único que les importa es el resultado que buscan –le informó.

¿Y el amor de Caesar? ¿También lo había buscado? Entonces era demasiado joven e inmadura para saber lo que era de verdad el amor.

Caesar reconoció a la profesional en aquella frase.

–Y por supuesto, hablas por experiencia personal.

–Sí –reconoció Louise. No iba a disculparse ante nadie por su pasado. El amor y el perdón que le habían demostrado sus abuelos le había enseñado mucho. Sabía que la vida de Oliver sería más pobre sin ellos.

–¿Por eso te convertiste en especialista en conducta familiar?

–Sí –no tenía sentido negarlo–. Mis propias experiencias, las buenas y las malas, me hicieron darme cuenta de que quería trabajar en ese campo.

–Pero a pesar de eso, tu abuelo pensaba que no estabas actuando correctamente con tu hijo.

Ahora era demasiado tarde para lamentar no haber podido tranquilizar a su abuelo en su preocupación por el modo en que Oliver estaba reaccionando ante la falta de un padre.

–Oliver tiene problemas con la identidad de su padre –se vio obligada a admitir–. Pero mi abuelo sabía perfectamente que tenía pensado ponerle en conocimiento de los hechos cuando fuera lo suficientemente mayor para enfrentarse a ellos.

–¿Y cuáles son esos hechos?

–Ya lo sabes. Después de todo, Aldo Barado lo hizo suficientemente público. Vine a Sicilia con mi familia. Me acosté contigo. Según el jefe del pueblo de mis abuelos, perseguí a su hijo y le seduje. Según mi padre y Melinda me rebajé y les avergoncé saliendo por ahí con chicos que solo buscaban una cosa y luego corrí tras de ti. Y tenían razón. Me humillé al acostarme contigo. Quería que mi padre se fijara en mí, y pensé que, si me acostaba con el hombre más importante de la zona, lo haría.

No pensaba contarle la otra razón por la que le había perseguido sin cesar. Ni siquiera ahora podía admitir la existencia de aquella dulce y desconocida emoción que le había llevado a anhelar la intimidad física con él.

Durante mucho tiempo, su impulso emocional había estado encaminado hacia la búsqueda del amor de su padre. La repentina urgencia de sus sentimientos por Caesar había sido su primera experiencia de deseo sexual. Al principio había sentido el impulso de rechazar aquel sentimiento, pero a medida que transcurrieron los días y las semanas en Sicilia algo cambió y empezó a verse en un futuro como la mujer a la que Caesar amaba.

Qué ingenua había sido. Y qué vulnerable. Y qué ciega estaba a todo lo demás. Rechazó las atenciones del hijo del jefe como meras molestias sin darse cuenta de que su continuo rechazo había herido el orgullo del joven de tal modo que exigía retribución. Y esa retribución fueron las mentiras que contó sobre ella al asegurar que le había seducido. Mentiras que tanto su padre, su familia y el propio Caesar estuvieron dispuestos a creer.

Desde un punto de vista profesional, ahora veía que Caesar se había visto atrapado en las exigencias impuestas por su cultura. Ella tenía suerte. Había escapado de aquel estricto confinamiento. Era una mujer independiente, aunque lo cierto era que todavía estaba atada al pasado a través de su hijo. Al igual que ella, Oliver anhelaba el amor de un padre y su presencia en su vida.

Sus amigos habían urgido a Louise a abrirse a la perspectiva de una nueva relación con un hombre que pudiera servirle de modelo a Oliver, una relación basada en el amor y el respeto mutuo. Pero ni toda su formación profesional ni todos los conocimientos podrían hacer desaparecer su decisión de no volver a amar. Por el bien de Oliver y por el suyo propio. La cruda verdad era que temía volver a enamorarse de un hombre que podría volver a hacerle daño. Le había dado todo a Caesar y él la había rechazado, había permitido que la humillaran y la avergonzaran. Era mejor no permitir la entrada de ningún hombre en su vida y en su cama para evitar el riesgo de que algo así pudiera volver a suceder.

–Utilicé preservativo la noche que tuvimos relaciones sexuales.

Louise escuchó cómo Caesar renegaba ahora de su hijo del mismo modo que había renegado de ella tantos años atrás. Bueno, pues no le importaba. Ni Oliver ni ella le necesitaban aunque su abuelo pensara otra cosa. El corazón le latió con fuerza contra las costillas. Ojalá su abuelo no hubiera muerto. Ojalá estuviera todavía allí para guiar a Oliver hacia la edad adulta. Ojalá no hubiera conocido nunca a Caesar. Ojalá no se hubiera acostado con él.

Pero entonces no habría tenido a Oliver.

–No soy yo quien dice que eres el padre de Oliver –le señaló–. Esa es la opinión de mi abuelo.

–Pero la carta que me escribió...

Louise le detuvo.

–Te sugiero que la ignores. Oliver no tiene necesidad de un padre poco dispuesto que no le quiera, y yo no tengo intención de reclamarte nada. Esa no es la razón por la que he venido a Sicilia. Solo quiero una cosa de ti, y es que permitas que las cenizas de mis abuelos sean enterradas en el cementerio de la iglesia de Santa María.

–Pero ¿tú crees que el niño es mío?

¿Por qué le hacía aquella pregunta si acababa de decirle que le liberaba de toda responsabilidad?

–La única persona con la que pienso hablar de quién es su padre es con el propio Oliver cuando sea lo suficientemente mayor para afrontar las circunstancias que rodearon su concepción.

–¿No sería mucho más fácil hacer una prueba de AND?

–¿Por qué? Eso sería solo para tu beneficio, no para el de Oliver. Estás muy seguro de que no es hijo tuyo.

–De lo que estoy seguro es de que no voy a permitir que un hijo que podría ser mío, aunque la posibilidad sea muy remota, crezca pensando que le he abandonado.

Sus palabras impactaron a Louise, porque le parecieron sinceras. El escalofrío que le recorrió las venas no era de rabia, sino de miedo.

–No tengo intención de someter a mi hijo a una prueba de ADN solo para que tú estés tranquilo. Si yo fuera tú, aceptaría simplemente que no tengo intención de reclamarte nada, ni económica ni emocionalmente. Oliver es mi hijo.

–Y según tu abuelo, también mío. Si lo es, tengo una responsabilidad hacia él que no puedo ni quiero ignorar. No hay necesidad de que Oliver se preocupe o se angustie. Se pueden hacer las pruebas de ADN sin que él sea siquiera consciente de ello. Solo hace falta una muestra de saliva.

–No –Louise todavía no había entrado en pánico, pero se dio cuenta de que estaba cerca.

–Me has dicho lo importante que es para ti cumplir el deseo de tus abuelos respecto a sus cenizas. Para mí es igual de importante saber si tu hijo es también mío o no.

No lo dijo con claridad, pero Louise sabía perfectamente por dónde iba.

–Eso es chantaje –le acusó–. ¿Crees que quiero como padre de mi hijo a un hombre capaz de amenazar con un chantaje para salirse con la suya?

–Tengo derecho a saber si el niño es mío. Tu abuelo pensaba que sí, y también creía que Oliver me necesita. Así lo dice en la carta. Le respeto porque su reclamación no fue una cuestión de dinero o de estatus, sino porque pensaba que un niño necesita un padre. ¿De verdad estás dispuesta a negarle eso a tu hijo?

–¿Negarle qué? ¿Ser reconocido como el bastardo de un hombre que permitió que su madre fuera avergonzada públicamente? ¿Un hombre que está deseando sin duda que la prueba resulte negativa? ¿Un hombre que como mucho estará dispuesto a reconocerle como su hijo sin darle nada de lo que realmente necesita? Aunque reconocieras a Oliver, solo le proporcionarías una sensación todavía mayor de ser menos que los demás niños. Siempre habría alguien en la comunidad, tanto aquí como en Londres, que le miraría por encima del hombro por ser ilegítimo. Y siempre habrá alguien dispuesto a recordarle cómo fue concebido. No permitiré que mi hijo pague por mis pecados.

–Estás haciendo juicios sin ningún valor. Si Oliver resulta ser mi hijo, volveremos a hablar de este asunto de manera racional. Por ahora solo te diré que tengo intención de averiguar la verdad sobre su paternidad.

Louise tuvo la certeza de que hablaba en serio y de

que encontraría la manera de conseguir la muestra que necesitaba. El miedo se apoderó de ella. Sería mucho mejor que accediera a conseguirle esa muestra en lugar de arriesgarse a que tratara de hacerse con ella de un modo que podría entristecer a Oliver.

Con tono renuente, dijo:

—Si accedo a proporcionarte una muestra de ADN quiero tu palabra de que nunca te acercarás a mi hijo con los resultados de la prueba o con ninguna intención sin mi permiso o sin que yo esté presente.

Caesar se dio cuenta de que era una madre muy protectora.

—Estoy de acuerdo —aseguró.

Después de todo, lo último que deseaba era hacerle daño al niño. Antes de que ella pudiera seguir adelante con más objeciones, añadió:

—Te haré llegar la prueba para que me la devuelvas hecha. Cuando tenga los resultados...

—¿No sería más fácil que te olvidaras de la carta de mi abuelo? —sugirió Louise en un último intento de hacerle cambiar de opinión.

—Eso es imposible —afirmó Caesar.

Capítulo 3

Y LA ÚNICA razón por la que Billy ha ganado es porque su padre estaba allí viéndonos jugar y diciéndole lo que tenía que hacer.

Oliver llevaba protestando por haber perdido el partido contra otro niño del hotel desde que Louise le recogió en el club infantil por la mañana. Y seguía quejándose ahora mientras comían juntos.

Conteniendo el impulso maternal de consolar a su agraviado hijo con un abrazo maternal, ya que Oliver se consideraba demasiado mayor para abrazos maternales en público, Louise trató de no sentirse culpable por el truco que había tenido que utilizar para hacerse con la muestra de ADN de su hijo. Le había dicho que le parecía que estaba un poco ronco y que quería mirarle la garganta para comprobar que no tenía anginas, a las que era propenso.

Una vez tomada la muestra se la había entregado al chófer que Caesar había enviado para que la recogiera. Ella sabía perfectamente cuál sería el resultado. Caesar era el padre de Oliver, no le cabía ninguna duda. Ella lo tenía claro, pero nunca quiso que el propio Caesar lo supiera.

Le resultaba difícil no sentirse traicionada por el abuelo que tanto había querido y respetado, pero sabía que había actuado buscando lo mejor para Oliver. Su abuelo era un hombre tradicional que pensaba que un padre debía responsabilizarse de sus hijos.

Lo único que tenía que hacer cuando la prueba confirmara las palabras de su abuelo era convencer a Caesar de que no tenía ningún interés en pedirle nada para su hijo, y por tanto le liberaría de la necesidad de jugar ningún papel en la vida de Oliver. Después de todo, dado lo que Caesar pensaba de ella, no tendría ningún interés en ejercer de padre con él. Y como le había dicho, no iba a permitir que Oliver fuera un hijo de segunda al lado de los hijos legítimos de Caesar.

Louise frunció el ceño. Le sorprendía que dado su título y las tradiciones que le acompañaban Caesar no estuviera ya casado y con hijos. Seguramente querría un heredero. El título, al igual que las tierras y la fortuna, habían pasado de padres a hijos en una línea continua desde hacía más de cien años. Era imposible que un hombre arrogante como Caesar estuviera por la labor de romper la tradición. Pero a ella le daba lo mismo. Su única preocupación era Oliver.

Tras dejar a Caesar y salir de la cafetería fue a recoger a Oliver para llevarle a comer. Llegó justo cuando el partido y vio cómo su hijo trataba de llamar la atención del padre del niño con el que había jugado. Observar la rabia y la frustración en el rostro de su hijo le había partido el corazón de madre. Veía su propio miedo y su humillación en la actitud de Oliver, y entendía muy bien por lo que estaba pasando.

Cuando el padre de Billy se marchó con su hijo, Louise contuvo el deseo de correr hacia Oliver y ofrecerle los halagos y la atención que sin duda anhelaba. Pero se contuvo porque sabía perfectamente que lo que Oliver buscaba era la atención de un hombre, no la de una madre.

Al día siguiente iba a llevarle a un parque acuático a pasar el día. Se sentía culpable por tener que invertir tanto tiempo tratando de solucionar el asunto de las cenizas de sus abuelos aunque ese hubiera sido el propósito principal del viaje.

Tendría que haber más padres o madres solteros en el hotel con sus hijos, pero hasta el momento no había visto ninguno. De hecho el hotel, que había escogido por sus instalaciones para niños, parecía estar lleno de parejas felices con sus hijos igualmente felices.

Louise contuvo un suspiro cuando Oliver sacó su videoconsola y le advirtió sacudiendo la cabeza:

—Hasta que hayamos terminado no, Oliver, por favor. Ya conoces las reglas.

—Todo el mundo está utilizando la suya. Billy y su padre están jugando juntos.

Louise volvió a suspirar y miró hacia la mesa en la que el padre y su hijo tenían la cabeza inclinada sobre la pequeña pantalla.

El *castello* había sido construido por sus antepasados para proteger la tierra que habían conseguido a través de la guerra y había sufrido muchas reformas a lo largo de los siglos hasta convertirse en el magnífico trabajo arquitectónico y artístico que era hoy. Caesar estaba mirando los retratos de sus antepasados en la larga galería. Se habían encargado retratos de cada uno de los duques de Falconari desde el principio, y luego, a partir del siglo XV, también de grupos familiares con las duquesas y sus hijos.

Todos los Falconari habían tenido siempre hijos, un heredero legítimo. Su propio padre se había casado otra vez ya mayor con una prima lejana de sangre azul procedente de una rama familiar en Roma para tener a Caesar. Sus padres habían muerto en un accidente de vela cuando él tenía seis años, pero durante toda su infancia le habían recordado la importancia de que se casara y engendrara la siguiente generación de Falconari.

–Es nuestro deber hacia nuestra gente y nuestro apellido –le decía siempre su padre.

Tenía treinta y un años. Sabía que para las generaciones mayores y para los jefes de los pueblos constituía un motivo de preocupación creciente que no hubiera cumplido todavía con aquella obligación. Ninguno de ellos entendería el rechazo hacia su propia sexualidad que había nacido tras su relación con Louise. El miedo a perder de nuevo el control como le había sucedido con ella le había obligado a permanecer célibe durante muchos meses después de su partida. Pero entonces, cuando por fin decidió poner a prueba su fuerza de voluntad, recibió otro impacto.

Descubrió que era perfectamente capaz de controlar su respuesta sexual incluso con las mujeres más bellas y sensuales. Había recuperado la capacidad de controlar su vida. Se dijo a sí mismo que estaba contento por ello. Se recordó que no quería volver a experimentar aquella sensación de pérdida de identidad, de fundirse completamente con otra persona hasta dejar de ser dos seres humanos y convertirse en uno todo indivisible.

Pero ¿no era cierto también que para él la intimidad del sexo había perdido su sabor y se había convertido en un placer vacío que no podía satisfacer el anhelo que había en su interior? Un anhelo que había visto intensificarse ante la mera presencia de Louise.

Ella era la razón por la que había evitado el matrimonio. Porque sabía....

¿Qué? ¿Que ninguna mujer podría despertar nunca las emociones y el deseo que ella había despertado en él?

Había llegado al último retrato, el suyo a la edad de

veintiún años. Durante los últimos seis años, debido a un inesperado y cruel golpe del destino, había vivido con la certeza de que estaba destinado a ser el último de su linaje. Hasta que recibió la carta del abuelo de Louise informándole de que era el padre de su hijo.

Caesar podía sentir el pesado latir de su corazón y la abrumadora oleada de emoción. Su hijo, carne de su carne, unido a él por un lazo tan fuerte que la mera idea de no quererle le resultaba inconcebible. Nunca podría entender qué había llevado al padre de Louise a rechazarla de aquel modo. Semejante actitud era la antítesis de todo lo que él creía que debía ser un padre.

Quería que Oliver fuera hijo suyo con una intensidad que iba más allá del deber. Desde el momento en que leyó la carta del abuelo de Louise se sintió invadido por una tormenta de emociones tan intensa que supo en lo más profundo de su ser que, por muchas precauciones que hubiera tomado para negarla, la fuerza de la pasión que habían compartido había permitido de alguna manera que la naturaleza se saliera con la suya.

Y sin embargo Louise había dejado muy claro que no quería que formara parte de la vida de su hijo.

Louise.

Recordaba perfectamente la tarde en que la conoció. Iba andando sola por el camino de tierra que unía el pueblo con el *castello*. La ropa, demasiado ajustada, revelaba la forma sensual de su cuerpo y tenía los ojos vivos e inteligentes. Su actitud era de desafío y rebeldía contra el viejo orden de las cosas y contra aquellos que lo imponían. La habían visto bebiendo cerveza de una botella, riéndose y bailando en la plaza del pueblo, animando a los jóvenes a desafiar a sus padres.

Le miró con tanta osadía que al principio a Caesar le divirtió su audacia y se sintió intrigado. Nadie, y menos una chica del pueblo, le miraba nunca directamente a los ojos de ese modo. Le preguntó dónde iba y ella se apartó la melena teñida de negro del hombro y le dijo que allí no había dónde ir y que estaba deseando volver a Londres. Él le preguntó dónde estaría pasando el rato si estuviera en Londres, y se llevó una sorpresa cuando le contestó que estaría viendo los retratos de la National Gallery y preparándose para empezar a estudiar Historia del Arte en la universidad en otoño.

Ya entonces sabía exactamente la clase de efecto que causaba en él. A los veintidós años, el cuerpo de un hombre no poseía ninguna sutileza. Sabía lo que quería. Y el suyo le había dejado muy claro que quería a Louise. La deseaba, pero no podía tener una relación con ella. En Londres tal vez fuera una chica de ciudad con todo lo que eso implicaba, pero allí en Sicilia era un miembro de la comunidad de la que él era responsable. Y a pesar de saber eso, la invitó a ir al *castello* con él para que viera su propia galería de retratos.

Recordó que Louise se sonrojó entonces y adquirió de pronto un aspecto tan femenino e inseguro que sintió al instante deseos de protegerla.

–No te pasará nada –le aseguró–. Tienes mi palabra.

–¿La palabra de un duque, y por tanto más valiosa que la de un mero mortal? –se burló ella.

Que le retara de aquel modo, como si fuera ella la que tenía el control, le llevó a enzarzarse con ella en una conversación cargada de sensualidad aunque a simple vista no lo pareciera. Y Louise respondió en el mismo tono, de modo que emprendieron el camino hacia el *castello* como dos espadachines expertos batiéndose en duelo verbal.

Caesar le enseñó la galería de retratos, y ella supo ver al instante los que estaban pintados por los grandes maestros. Le sorprendió que admirara el retrato que le había pintado a él Lucian Freud, comentando que le parecía extraño que hubiera escogido a un pintor tan moderno y controvertido.

–Apuesto a que a Aldo Barado no le gusta –le retó.

Y por supuesto, Caesar se vio obligado a admitir que estaba en lo cierto.

—Es un buen hombre –afirmó en defensa del jefe–. Valoro su consejo y sus conocimientos.

–¿Y su deseo de mantener a la gente atrapada en unas costumbres arcaicas, sobre todo a las mujeres? ¿Eso también lo valoras? –quiso saber Louise.

–Él tiene su orgullo y yo no querría herírselo, pero creo que hay que hacer algunos cambios. Y tengo pensado hacerlos.

Todavía ahora a Caesar le sorprendía haber confiado en ella con tanta facilidad y tan rápidamente. Desde el principio había sido inevitable que quisiera llevársela a la cama. ¿Habría sido igual de inevitable que hubiera concebido un hijo suyo?

El corazón le latió con fuerza contra las costillas.

Apoyada en el balcón de la habitación doble que compartía con Oliver, Louise se dijo que no podía dormir porque se había acostado demasiado pronto. Su hijo llevaba ya un buen rato dormido.

Los jardines del hotel brillaban con las luces de los árboles que rodeaban la piscina. En algún lugar del complejo sonaba música. Desde el balcón Louise veía a las parejas paseando del brazo. Parejas. Eso era algo que ella nunca viviría, tener una pareja. Siempre tendría demasiado miedo a volver a convertirse en la chica necesitada que fue y a repetir los mismos errores. Y lo más importante: estaba Oliver. No se arriesgaría nunca a introducir en sus vidas a un hombre que podría hacerle daño a su hijo abandonándoles.

Al mirar hacia abajo vio un pequeño grupo de adolescentes que pasaba por ahí. Le recordó a cómo era ella la última vez que estuvo en Sicilia. Una adolescente que había sido castigada públicamente de forma cruel. Louis apretó los músculos para enfrentarse a la salvaje mordida de los recuerdos que no quería resucitar. Algunas cosas nunca dejaban de hacer daño por muy gruesa que fuera la piel que uno intentara hacer crecer sobre la herida.

Estaban a mitad de las vacaciones. Su padre llevaba tres días sin habar con ella porque estaba avergonzado de su aspecto y de su comportamiento.

Por supuesto, Melinda observaba como un gato relamiéndose, resaltando constantemente los fallos de Louise mientras se aseguraba de que su padre veía lo encantadoras y educadas que eran sus propias hijas en contraste. Unas niñas bonitas y seguras de sí mismas que no vacilaban en suplicar con dulzura para que les compraran un helado.

Desde que Melinda llegó a la vida de su padre se desencadenó una guerra constante por ganarse su lealtad. Una guerra que Louise sabía en el fondo que estaba destinada a perder. Hasta que conoció a Caesar en aquel solitario y fatídico paseo que había dado para escapar de Pietro, el hijo de Aldo Barado. Ella no había hecho nada para provocar sus constantes atenciones. Sí, al principio le había divertido el revuelo que había causado entre los chicos del pueblo. Se sentía muy mayor y muy experta comparada con las chicas locales que llevaban vidas recluidas. Sí, había roto una regla no escrita al tomar cerveza en el bar del pueblo en compañía de esos chicos, pero nunca había animado a Pietro del modo en que él aseguraba.

No resultaba exagerado decir que conocer a Caesar, darse cuenta de quién era y aceptar su invitación al *castello* había cambiado el curso de su vida. Aunque aquel primer día no podía adivinar lo radical que sería aquel cambio. Había oído a sus abuelos hablar de él y sabía que le tenían en muy alta consideración. Aprovechó lo que le parecía una oportunidad para superar a Melinda a través de una relación con Caesar. A los dieciocho años era demasiado ingenua para ir más allá. Le bastaba con que Caesar hubiera mostrado interés por ella.

Cuando se dio cuenta de que estar con Caesar era más importante para ella que conseguir la aprobación paterna, ya era demasiado tarde para echarse atrás. Estaba enamorada de él. Cuando visitaba el pueblo se aseguraba de estar ahí aunque eso significara que tuviera que frecuentar el bar y soportar las no deseadas atenciones del hijo del jefe.

—Eres una estúpida —le había espetado Pietro con rabia—. No está realmente interesado en ti. ¿Cómo iba a estarlo? ¡Es duque!

No era nada que Louise no se hubiera dicho ya a sí misma, pero sus crueles palabras le hicieron daño y quiso demostrarles a él y a todos que se equivocaban. No le había hablado de sus encuentros «accidentales» cuando ella paseaba cerca del *castello* mirando hacia las ventanas que Caesar le había dicho que pertenecían a su suite privada. Su insistencia se vio recompensada con la aparición de Caesar. Los paseos juntos, las conversaciones que habían mantenido eran algo precioso para ella.

Caesar no se había reído de ella como los demás. Habían hecho falta solo unos cuantos pasos para que una joven tan emocionalmente vulnerable como ella se creara en la cabeza una situación de cuento de hadas en la que Caesar correspondía a su amor. Y de ese modo no solo se sentaría en el trono de duquesa, sino que también la situaría en un pedestal desde el que podría conseguir la admiración y la aprobación de su padre.

Sin embargo, para su desilusión, a pesar del tiempo que habían pasado juntos, Caesar no había hecho ningún amago de dar un paso más en la relación. En lugar de aceptar su silenciosa invitación, se apartaba de ella. Aunque en una tarde particularmente calurosa a finales de las vacaciones se enfadó tanto al verla en el bar con Pietro que a Louise no le cupo duda de que estaba celoso.

–Estás poniendo tu reputación en entredicho con tu comportamiento –le dijo cuando ella le acusó más tarde de estar celoso–. Me preocupo por ti.

–¿Y qué hay de Pietro? –le retó ella–. ¿Él no está poniendo también en entredicho su reputación?

–Es diferente para un hombre. Al menos en esta parte del mundo –fue su respuesta.

–Pues no debería serlo, no es justo.

En lugar de pensar en la injusticia de las costumbres de la comunidad, tendría que haber prestado más atención a su advertencia a un nivel personal, reconoció Louise. Aunque ahora ya era muy tarde para lamentarse.

Había sido una estúpida al ver en la actitud de Caesar hacia ella lo que quería ver y no la realidad. Se había convencido a sí misma de que Caesar la amaba tan apasionadamente como ella a él. Había ignorado ingenuamente las barreras que había entre ellos, convencida de que lo único que importaba era lo que sentían el uno por el otro, aunque Caesar no le había dado a entender que sintiera lo mismo que ella.

La noche en que concibieron a Oliver estaba desesperada por verle. Caesar había estado fuera del pueblo por trabajo, y cuando supo que había vuelto, su deseo de estar con él fue tan grande que nada podría haber evitado que hiciera lo que hizo. Estaban destinados a estar juntos, ella lo sabía. Sus destinos se entrelazarían como los de Romeo y Julieta.

Esperaba que Caesar bajara al pueblo, y cuando no lo hizo, dijo que le dolía la cabeza y fingió irse a la cama. Pero lo que hizo fue subir al *castello* y entrar a hurtadillas por la puerta de la cocina hasta llegar a la habitación de Caesar.

Él estaba trabajando en el ordenador cuando ella entró. Una expresión de asombro le paralizó el rostro al verla. Se había levantado de la silla, pero cuando Louise corrió hacia él la rechazó.

–¿Qué estás haciendo aquí? –le preguntó con tono tenso–. No deberías haber venido.

No eran precisamente las palabras de un amante devoto. Pero Louise estaba demasiado embargada por sus propias emociones como para prestarles atención. Caesar la amaba y la deseaba, lo sabía, y ahora iba a demostrarle cuánto le amaba y le deseaba ella. Se había sentido muy mayor al hacerse cargo de la situación, al ser la que impulsó la relación hacia la intimidad que ambos deseaban.

–Tenía que venir –le dijo–. Quiero estar contigo. Te deseo con toda mi alma, Caesar –enfatizó cerrando la puerta y dirigiéndose hacia él mientras se quitaba la chaqueta con la mirada clavada en su rostro, imitando la escena de una película que había visto en Londres.

No tardó mucho en quedarse en ropa interior. No llevaba muchas cosas puestas, solo un sencillo vestido de algodón bajo la chaqueta vaquera. Llevó los brazos hacia atrás para desabrocharse el sujetador, pero se detuvo para mirarle fijamente y le suplicó con voz ronca:

–Hazlo tú, Caesar. Desabróchamelo –le pidió lanzándose a sus brazos.

Él la sujetó al instante, como sabía que haría. Lo que no sabía era lo cómoda y segura que se iba a sentir entre sus brazos. Ni lo emocionada. Seguridad y emoción, dos conceptos opuestos que entre sus brazos casaban a la perfección.

Louise le besó en un lado de la mandíbula, abrumada por lo que sentía al estar tan cerca de él. Fue un beso torpe e inexperto, pero le proporcionó un escalofrío de excitación al sentir su barba incipiente bajo los labios.

–Bésame, Caesar –le suplicó en un suave gemido mientras se le agarraba del brazo y alzaba la boca hacia la suya–. Bésame.

Él trató de negarse, de apartarla de sí.

–Esto no puede suceder, Louise. Los dos lo sabemos. No debe suceder.

Ella no quiso escucharle. Estaba demasiado emocionada. Había escuchado a otras chicas hablando de lo que se sentía cuando un chico te excitaba, pero aquella era la primera vez que lo estaba experimentando.

Volvió a besarle, pero esta vez, cuando Caesar trató de apartarle los brazos del cuello, ambos cayeron juntos sobre la cama. Y entonces Louise sintió la dura evidencia de su excitación.

Aquella certeza la hizo estremecerse y se apretó contra él, ignorando sus protestas.

Louise se quedó mirando la oscuridad. Le hacía sentirse físicamente enferma saber que se había comportado de una forma tan autodestructiva. Con la madurez entendió que al presionar a un hombre se podía activar una reacción en cadena que transformara la rabia en un deseo físico que nada tenía que ver con los sentimientos.

Caesar le sujetó las muñecas y la sostuvo debajo de él. Sin saber cómo manejar su propia sensualidad femenina, Louise gritó asombrada cuando el roce de sus pulgares sobre los puntos de pulso le provocó una corriente de deseo. Entonces fue cuando ocurrió. Olvidó por completo por qué estaba allí y se centró exclusivamente en las sensaciones que le provocaba estar tan íntimamente cerca de él. Se deslizó de un mundo a otro en un segundo y su vida cambió para siempre. Tiró toda precaución por la borda. Fue como si se hubiera abierto una compuerta, y empezó a decirle cuánto le deseaba, cuánto la excitaba, cuánto le amaba. Le cubrió la cara y el cuello de besos agarrándose a él y suplicándole.

Si ahora temblaba recordando aquel momento, era por el aire fresco de la noche, nada más. Quería volver a entrar y escapar de los recuerdos de lo que había significado para ella yacer desnuda en brazos de un hombre en el calor de la noche siciliana. Detrás de ella, en la seguridad de la habitación del hotel, el silencio no quedaría roto por la jadeante respiración de dos personas poseídas por un mutuo deseo sexual, sino por los ruiditos que haría Oliver al respirar dormido. Necesitaba aquella realidad, pero una vez desatados los recuerdos que la unían al pasado resultaban demasiado fuertes para poder negarlos. Lo que había ocurrido aquella fatídica noche no podía negarse. Después de todo, Oliver era la prueba viviente de cómo la había poseído Caesar.

Desde las ventanas abiertas del dormitorio de Caesar había vislumbrado las distantes montañas bajo el cielo cargado de estrellas. El calor que le recorrió entonces las venas era tan peligroso como la lava del monte Etna.

La parte inferior del cuerpo de Caesar se frotó con fuerza contra el suyo de forma compulsivamente masculina, desconocida y al mismo tiempo familiar. La brusca posesión de su beso, su primer beso de verdad... había algo oscuramente mágico en todo aquello y fue incapaz de resistirse. Allí, en la penumbra del dormitorio de Caesar, se convirtió en mujer y su cuerpo disfrutó de la gloria del momento.

No tenía sentido tratar de convencerse ahora de que la emoción que había experimentado entonces había nacido únicamente de la sensación de triunfo por haber despertado el deseo de Caesar, porque tanto ella como su cuerpo sabían la verdad. No tenía sentido decirse que se debía únicamente al vino que había bebido aquella noche y que había acabado con sus inhibiciones. Sabía que no era cierto. Allí en la cama de Caesar, entre sus brazos, el anhelo de verse poseída por él había nacido del deseo atávico de la condición femenina por aparearse con el hombre más fuerte de la tribu, cuyos genes beneficiarían al hijo que podría engendrar en ella.

Aunque por supuesto no había analizado así su reacción en aquel momento. Entonces solo se dijo que estar en brazos de Caesar sabiendo que la deseaba era el cumplimento de sus fantasías y servía para demostrar que era digna de otro amor.

No hubo contención por su parte cuando Caesar la invitó a que le tocara de forma más íntima colocándole la mano sobre el pulsante calor de su dura erección.

Louise sintió cómo el corazón se le estrellaba contra el pecho al tratar de evitar la intensidad de aquel recuerdo que le invadía el cuerpo y los sentidos. Trató de redirigir sus pensamientos pero resultó inútil. Estaban tan fuera de control como lo estuvo su cuerpo aquella noche.

Todavía podía recordar cómo se le aceleró el corazón al sentir el contacto de su piel antes de establecer un ritmo rápido y firme. Louise estaba húmeda y lista cuando los dedos de Caesar le separaron los pliegues de su sexo, resbaladizo por los jugos del deseo y la excitación. Abrió los ojos de par en par y arqueó el cuerpo antes de fundirse en un estremecedor clímax bajo las expertas caricias de Caesar sobre su clítoris.

Qué ingenua había sido. Atrapada por completo en su sensación de abandono, a los dieciocho años no tenía ningún conocimiento real de su propia sexualidad. En teoría sabía lo que había sucedido, pero eso no la había preparado para la oleada de cálido placer que se apoderó de ella y que la llevó a gritar el nombre de Caesar y a agarrarse impotente a él mientras su cuerpo cabalgaba su primera tormenta de éxtasis.

Caesar entró entonces en ella, cuando todavía tenía la piel temblorosa y sensual, todavía henchida de placer. El resultado no pudo ser otro que una nueva e inesperada respuesta al movimiento de su cuerpo dentro del suyo.

Esta vez su orgasmo fue todavía más intenso, llevándola a clavar las uñas sobre la piel de Caesar. En respuesta, él se hundió más profundamente en su interior y los músculos de Louise se apretaron con más fuerza sobre él como si se negaran a dejarle ir.

Agotada por la intensidad de la experiencia, Louise recordaba que se había quedado quieta entre los brazos de Caesar con el corazón lleno de amor hacia él. Qué estúpida había sido al pensar que el hecho de que siguiera abrazándola significaba que la amaba. Pero decidió que no se quedaría toda la noche. La intimidad que habían compartido era demasiado preciosa y demasiado privada como para convertirse en rumor en boca de los demás. Y eso sería lo que ocurriría si encontraban su cama sin deshacer por la mañana. Quería que fuera Caesar quien anunciara su relación a la familia, sobre todo a su padre.

–Tengo que irme –le susurró a Caesar.

–Sí –reconoció él–. Creo que deberías.

Si se llevó una desilusión por que no compartiera con ella la ducha que le había invitado a darse antes de marcharse, ocultó su desilusión. Después de todo ya habría más ocasiones para compartir esa intimidad y otras muchas ahora que eran amantes.

Recordaba que Caesar la había acompañado de regreso al camino. Pero no porque quisiera estar con ella, pensó ahora Louise con amargura. No, lo que quería era asegurarse de que dejaba el *castello*.

Mientras recorría la escasa distancia que separaba el *castello* de la villa en la que estaban alojados, lo único en lo que Louise podía pensar era en volver a ver a Caesar. Por primera vez en su vida, alguien que no era su padre ocupaba sus pensamientos. Por primera vez en su vida alguien le había demostrado que le importaba. Por primera vez en su vida había alguien que la antepondría a todo lo demás. Todos sus sueños se habían hecho realidad. Caesar la amaba. Lo había demostrado aquella noche.

Las cosas no salieron como ella esperaba.

Al día siguiente no hubo señales de Caesar. Ni los días posteriores. Ni una palabra. Nada. Y luego supo que Caesar había dejado el *castello* para volar a Roma y que se quedaría allí durante más de un mes ocupándose de un asunto familiar.

Al principio no había sido capaz de asumirlo. Tenía que tratarse de un error. Caesar tendría que haber intentado verla para decirle personalmente que se marchaba. Seguro que quiso hablar con su padre para hacer pública su relación. O al menos seguro que le habría dejado una carta o un mensaje.

Louise estaba loca de angustia y de dolor por no verle. Incluso había tratado de convencer a su familia para que ampliaran las vacaciones. Y entonces fue cuando la realidad de lo que Caesar sentía por ella quedó al descubierto del modo más humillante y cruel posible.

Sus abuelos estaban abiertos a la idea de prolongar la visita. Su abuelo incluso fue a ver al dueño de la villa alquilada para hablar de la posibilidad de quedarse más días. Pero antes de que el dueño pudiera darles una respuesta, la familia recibió la visita de Aldo Barado. El jefe les dijo que en el pueblo no querían que se quedaran más tiempo y que de hecho estaban deseando librarse de ellos por la vergüenza que el comportamiento de Louise había hecho caer sobre ellos y sobre el pueblo.

–Ya no sois bienvenidos aquí –dijo furioso antes de girarse hacia el padre de Louise para acusarle con rabia–. Ningún padre del pueblo ni de toda Sicilia permitiría que su hija se comportara como la tuya. Nos avergüenza a todos con su comportamiento, pero sobre todo a ti, su padre. No has cumplido con tus obligaciones y ella se ha dedicado a insinuarse a todos los jóvenes del pueblo sin duda con la idea de atrapar a alguno de ellos y casarse.

Louise recordaba que luego se había girado hacia ella con los ojos echando chispas de furia.

–Afortunadamente, esos jóvenes me han escuchado y han seguido mi consejo. Tu hija no podrá seguir persiguiéndoles. Este pueblo ya no os reconoce como miembros de la comunidad.

Sin digerir todavía lo que estaba pasando, Louise fue tras él cuando iba a marcharse y le tiró de la manga en un intento de detenerle.

–Caesar nunca permitirá que eso ocurra. Él me ama.

–Nuestro duque está en Roma y allí seguirá hasta que tú te hayas ido, siguiendo el consejo que le di cuando me confesó su locura. En cuanto a que te ama... ¿de verdad crees que algún hombre decente, y mucho menos alguien tan admirado y con tanta responsabilidad como nuestro duque, podría amar a una mujer como tú?

–¿Te ha contado... te ha hablado de nosotros? –preguntó Louise con la voz entrecortada por la angustia y el shock.

–Por supuesto que sí.

Dicho aquello se marchó sin darle más opción que regresar al lado de su familia. Su padre estaba furioso con ella, recorría arriba y abajo los azulejos de la terraza dando rienda suelta a sus sentimientos. Era un hombre al que no le gustaba recibir ninguna clase de crítica, y no se cortó en absoluto al acusarla de estar metida en un asunto que volvía a demostrar una vez más que no merecía ser su hija.

–Cuando pienso en el tiempo y el dinero que he malgastado en ti... y así es como me lo pagas, colocándome en una posición en la que me veo obligado a escuchar las críticas de un pastor de cabras. Dios mío, si esto llega a oídos de alguien en la universidad, seré el hazmerreír. Y todo por tu culpa.

–La has mimado demasiado, cariño. Te lo advertí –Melinda compuso una de sus falsas y dulces sonrisas–. No merece tener un padre tan maravilloso como tú. Te lo he repetido hasta la saciedad.

El dolor que vio en los ojos de sus abuelos fue lo que más daño le hizo.

No tendría que haber vuelto a aquel lugar, pero ¿qué opción le quedaba? Asegurarse de que descansaran para siempre donde querían era mucho más importante para ella que sus propios sentimientos. Aunque tenía que admitir que la actitud soterrada de su abuelo al escribir a Caesar para contarle lo de Oliver le había pillado con la guardia bajada.

Aunque hacía una noche calurosa, Louise se cruzó de brazos como si siquiera protegerse del frío. Pero se trataba de un frío interior, un escalofrío helado procedente del conocimiento de que Caesar tenía un potencial poder sobre ella.

Sus pensamientos volvieron una vez más hacia el pasado. Cuando el jefe se hubo marchado y su padre le dijo lo que le tenía que decir, Melinda y él dejaron de dirigirle la palabra. Parecía como si no pudieran soportar tenerla delante. Sus abuelos, aunque estaban disgustados por todo el asunto, fueron los únicos que siguieron hablándole a pesar de todo. Ella también estaba disgustada, por supuesto, y se vio obligada a admitir de forma brutal que había estado viviendo una fantasía. Trató de hablar con su padre, pero él la atajó diciéndole de malos modos que ya no quería que formara parte de su vida. El viaje de regreso al aeropuerto fue una pesadilla. Cuando atravesaron el pueblo, la gente que estaba en la plaza le dio la espalda al coche, y algunos chicos incluso les lanzaron piedras. Su padre estaba furioso con ella, pero lo que todavía le hacía daño a Louise era el recuerdo de las lágrimas que vio en los ojos de su abuelo.

Ya no tenía dieciocho años, se dijo. Tenía casi veintiocho y era una reputada profesional en su campo que debía lidiar a diario con los problemas y las relaciones de personas que habían vivido experiencias mucho peores que la suya. Los problemas del pasado no eran exclusivamente suyos. Los demás también habían contribuido a su creación.

Su principal responsabilidad ahora era hacer lo mejor para Oliver. Tal vez tuviera que verse atrapada en el presente por los sucesos del pasado, pero no tenía por qué seguir atrapada en el dolor. Había sido lo suficientemente estúpida como para crear una fantasía en torno a Caesar y había pagado un alto precio por ello.

Tenía la sospecha de que él, dada su posición y la deferencia con la que se le trataba, nunca se desnudaría emocionalmente para descubrir sus defectos internos. Nunca había sido humillado, nunca le habían dicho que era cruel. Y eso, en su opinión profesional, iba contra él. Había renegado de ella y ahora quería reclamar a su hijo. La idea la aterrorizaba. Nunca permitiría que nadie, y menos Caesar, humillara a Oliver como habían hecho con ella.

Lamentaba con toda su alma necesitar del permiso de Caesar para enterrar las cenizas de sus abuelos, pero no iba a rendirse por culpa del pasado. Y, si el precio de Caesar era la prueba de ADN de Oliver... bueno, entonces estaría dispuesta a luchar por su hijo... y por su propia alma.

Capítulo 4

S U TÍTULO y la posición que ocupaba en la isla
le abrían muchas puertas, reconoció Caesar
cuando el encargado del club infantil del hotel le
acompañó a la pista de tenis en la que Oliver acababa
de terminar de jugar. Caesar le había dicho que estaba
pensando en apuntar a los hijos de su prima a clases
cuando llegaran a finales de semana para su visita ve-
raniega anual. No era una mentira. Su prima había mencionado que cada vez le costaba más trabajo mantener
entretenidos a sus hijos adolescentes.

Oliver, que estaba concentrado en su videojuego,
solo levantó brevemente la mirada cuando la sombra de
Caesar se le cruzó por la pantalla.

Los tonos de Oliver eran completamente sicilianos.
Tenía la piel aceitunada y el cabello rizado y oscuro. Y
además era un Falconari total, reconoció Caesar mientras los ojos de Oliver le miraban con el recelo normal
al ver acercarse a un desconocido.

Caesar llevaba en el bolsillo de la chaqueta los resultados de la prueba de ADN y no cabía ninguna duda.
Mostraban claramente que Oliver era hijo suyo. Al mirarle ahora, le pilló por sorpresa la fuerza de la repentina conexión padre-hijo que sintió hacia él. Quería
abrazarle, reclamarle como suyo, marcarle con su contacto.

El poder y la inesperada naturaleza de las emociones
que se apoderaron de él estuvieron a punto de detenerle

a medio paso. Ya sabía lo que significaba para él como duque de Falconari reconocer a Oliver como su hijo, pero aquel sentimiento iba mucho más allá.

Por suerte tenía alguna experiencia con chicos de edad parecida a la de Oliver por los hijos de su prima, así que se contuvo y comentó con naturalidad:

–Has jugado bien.

–¿Me ha estado viendo?

Con aquellas palabras y la mirada de Oliver, el recelo de Caesar quedó sustituido por un placer que señalaba con total claridad los temas que su abuelo había señalado en la carta.

El chico necesita un padre. Louise es una buena madre, le quiere y le protege. Pero la infelicidad que le provocó a ella su padre proyecta una larga sombra que afecta también a Oliver. Necesita el amor y la presencia de un padre en su vida. Veo en él el mismo anhelo que tenía la propia Louise. Usted es su padre. Tiene una obligación hacia él que estoy seguro que cumplirá con honor.

Esto no es una cuestión de dinero. Louise tiene un buen trabajo, y sé que no aceptaría ninguna ayuda económica por su parte.

Por lo que conocía de Louise, Caesar dudaba mucho de que estuviera dispuesta a aceptar algo de él.

Cuando regresó de Roma se dijo a sí mismo que era un alivio comprobar que ya no estaba allí, aunque el orgullo de sus veintidós años todavía le escocía por el rapapolvo del jefe del pueblo. Sobre todo porque cuando escuchó que llamaban a la puerta con los nudillos creyó que era Louise que volvía a su lado. Se vio obligado a escuchar cómo el jefe le advertía que había visto a Louise saliendo del *castello*. Imaginando lo sucedido, le dijo que, si quería estar a la altura de sus nobles antepasados y cumplir con su obligación hacia su gente, entonces no podría volver a ver a Louise.

–Eso no es posible –le dijo Caesar–. Su familia está aquí. Forman parte de nuestra comunidad. Se supone que tengo que hacerles sentir bienvenidos.

¿Y Louise? Le había dado la bienvenida a su cama. ¿Y a su corazón? Qué dividido se había visto entre el salvaje deseo que ella había desatado en él y el respeto hacia las costumbres de su gente. Pero el deseo hacia Louise era algo que debía controlar y negar, se dijo. Igual que había controlado y negado cualquier demostración de dolor tras la muerte de sus padres. Los Falconari no debían dejarse llevar por sus emociones.

Pero no tenía sentido recordar aquello, ni tampoco la agonía que había sentido en Roma, las noches en vela, el deseo de encontrar a Louise... un ejemplo más de la habilidad que tenía ella para acabar con su autocontrol. Finalmente le había enviado una carta pidiéndole perdón. Una carta que nunca recibió respuesta. Y eso que por aquel entonces ya debía de saber que estaba esperando un hijo suyo.

Se miró en los ojos de Oliver. Tenían el mismo color y la misma forma que los suyos. El corazón le latió salvajemente.

–¿Te gusta Sicilia? –le preguntó.

–Es mucho mejor que Londres, porque aquí hace calor. Odio el frío. Mis abuelos eran sicilianos. Mi madre ha traído aquí sus cenizas para enterrarlas.

Caesar asintió con la cabeza.

Otro chico se acercó a ellos agitando la raqueta acompañado de un hombre que Caesar supuso que era su padre.

–Hola, Oliver –el hombre sonrió–. Veo que ahora estás con tu padre.

Caesar esperó a que Oliver negara la relación, pero

se acercó a él de modo instintivo de modo que Caesar pudiera ponerle la mano en el hombro como el otro hombre estaba haciendo con su hijo. Sintió los huesos bajo la camiseta, jóvenes y vulnerables. Así que eso era lo que se sentía al tener un hijo.

Y así fue como Louise les vio cuando llegó a recoger a Oliver con pasos tan acelerados como el latido de su corazón. Se acercó a ellos casi corriendo, y su hijo se acercó al instante más a Caesar cuando trató de separarlos.

Caesar todavía tenía una mano sobre el hombro de Oliver, y levantó la otra para cubrir la de Louise cuando agarró el brazo del niño. Una sensación de pánico instantáneo se abrió paso a través de sus venas. Todo su cuerpo reaccionó de manera tan frenética y asustada al contacto con Caesar. Fue como si un relámpago apareciera de la nada atravesándola con su brillante luz. Louise sintió el impacto del golpe en su memoria rompiendo los cerrojos que había colocado. La innegable verdad era que ese era el modo en que Caesar la había hecho sentirse muchos años atrás.

La mera idea la hizo estremecerse de horror y desprecio por sí misma. ¿Cómo era posible que encontrara a Caesar atractivo a aquellas alturas? La había humillado y tratado con desprecio.

Trató de sacar la mano de debajo de la suya pero él se negó a soltarla, así que se vio obligada a quedarse allí formando un círculo de intimidad.

–Iba a ir a buscarte –le dijo Caesar–. Tenemos muchas cosas de que hablar.

–Lo único de lo que tengo que hablar contigo es de las cenizas de mis abuelos –replicó ella con firmeza.

–Puedes venir a verme jugar al tenis mañana si quieres –le dijo Oliver a Caesar.

Louise supo al instante que su hijo sería tan vulne-

rable ante Caesar como ella. Se preguntó con pánico si
sería posible cambiar el vuelo para poder marcharse de
allí cuanto antes. Podría dejar las cenizas de sus abuelos
con el párroco y ultimar los detalles prácticos desde la
seguridad de Londres. Caesar no quería en realidad formar parte de la vida de Oliver. Aunque todavía no tuviera hijos legítimos, era solo cuestión de tiempo que
se casara y se dispusiera a crear la siguiente generación
de Falconari.

Aquella certeza tendría que haber servido para tran-
quilizarla, pero el corazón se negaba a bajar el ritmo y
su cuerpo era un manojo de nervios. Cuando finalmente
retiró la mano de debajo de la de Caesar todavía le temblaba todo el cuerpo por las sensaciones que había despertado en ella.

–Si Oliver está preparado, vamos a hacer la foto del
club junior –anunció la joven que estaba a cargo de las
actividades infantiles acercándose a ellos.

Louise se fijó en que su hijo no quería apartarse de
su nuevo amigo. Torció el gesto cuando ella le empujó
suavemente hacia la joven y se zafó con brusquedad de
la mano que le había puesto en el brazo. No le gustaba la
rabia que Oliver mostraba hacia ella, pero eso no significaba que estuviera dispuesta a aceptar la interferencia
de Caesar, decidió Louise.

Pero entonces Caesar se quejó de la actitud del niño
diciéndole con calma:

–Esa no es forma de tratar a tu madre.

Oliver parecía molesto y dolido. Reaccionó a la re-
primenda de Caesar con más preocupación que a las suyas.

–No tenías derecho a hablarle a Oliver así –le dio a
Caesar en cuanto Oliver se hubo marchado con la chica–.
Es mi hijo.

–Y mío también –aseguró Caesar con voz pausada–.

He recibido los resultados de la prueba de AND y lo dejan muy claro.

Las imágenes de la intimidad que habían compartido para crear a Oliver aparecieron de forma traicionera ante los ojos de Louise. Pudo incluso sentir las emociones que experimentó entonces: la emoción, el deseo, la necesidad de ser querida que la había llevado a engañarse a sí misma.

Un dolor tan cruel y despiadado como el que sintió entonces volvió a apoderarse de ella. En muchos sentidos ella había provocado su propia desgracia, pero Caesar podría haberla tratado con más delicadeza. Pero era el padre de Oliver, y no podía negar que eso era importante.

Y sin embargo...

–No necesito que me digas la identidad del padre de mi hijo –afirmó con sequedad.

Caesar se dio cuenta de que era como una gata defendiéndose. Y ya que era una gata, ¿ronronearía de placer cuando la acariciaran?

El modo en que su cuerpo reaccionó ante aquella pregunta fue como una marea de proporciones gigantescas que reavivó emociones y deseos que creía haber suprimido hacía mucho tiempo.

–Tenemos mucho de que hablar. Sugiero que lo hagamos en un lugar más privado, como el *castello*.

–Pero Oliver... –comenzó a decir ella.

Caesar sacudió la cabeza.

–Ya he hablado con el responsable de las actividades para niños. Se ocuparán de Oliver hasta que vuelvas.

El *castello*. El escenario de la concepción de Oliver. Aunque era poco probable que en esta ocasión visitara el dormitorio de Caesar. No es que quisiera hacerlo, por supuesto. No después del precio que había tenido que pagar por haber estado allí.

–Yo no... –comenzó a decir.

Pero Caesar la había tomado del brazo y la estaba guiando hacia el vestíbulo del hotel para salir. Fuera aguardaba una larga limusina negra con chófer.

Estaban solo a veinte minutos en coche del *castello*. Seguramente Caesar tendría algún interés económico en el hotel, pensó Louise, ya que estaría construido sobre un terreno que le pertenecía a él.

Cuando el coche atravesó los magníficos jardines que rodeaban el *castello*, Louise trató de no sentirse impresionada, pero le resultó casi imposible.

La familia Falconari llevaba muchas generaciones en la isla. Habían hecho buenos matrimonios y habían acumulado grandes riquezas, como se veía. El emblema de su escudo, un halcón, estaba estampado sobre la entrada principal del *castello* y también en los intrincados y ornamentales elementos de toda la construcción. El sello de la familia estampado en su propiedad. Igual que Oliver tenía los rasgos de su padre estampados.

Louise se estremeció. Hubo algo en el modo en que Cesar agarró a su hijo antes y en el modo en que el niño le miró que le provocó un dolor interno en el lugar en el que su propia infancia había quedado descarnada y sin curar. Louise supo instintivamente que ningún hijo de Caesar se vería privado de protección paternal. Así eran los sicilianos, y el duque Caesar de Falconari había sido educado para seguir y respetar aquel código.

Louise no quería pensar en lo que eso significaba.

Oliver era suyo. Le había criado sola y era muy protectora con él. Se había entregado a su padre con toda la inocencia de su deseo por ser querida y valorada. Ahora había visto en los ojos de su hijo una disposición parecida a apoyarse en su padre. No iba a permitir que Caesar rechazara a su hijo como había hecho con ella.

El coche se detuvo frente a una impresionante escalinata de mármol.

Nadie podría reprocharle a Caesar sus modos, reconoció cuando se bajó para abrirle la puerta y acompañarla hasta los escalones. Pero hacía falta algo más que buenas maneras para que un ser humano valiera la pena, para que fuera un buen padre. El corazón le dio un vuelco dentro del pecho. ¿Por qué estaba pensando eso? Caesar no iba a ser el padre de Oliver. Y sin embargo Louise sabía que le iba a costar trabajo olvidar el modo en que Oliver se había girado hacia Caesar en lugar de hacia ella cuando se iban.

El recibidor principal del *castello* era impresionante. Había esculturas en los nichos de las paredes, una escalera de caracol que se curvaba hacia arriba y el olor de un arreglo floral situado en medio de la estancia de suelos de mármol inundaba el espacio.

—Por aquí —le dijo Caesar indicándole una puerta doble que daba a un pasillo.

Louise recordaba de su primera visita al *castello* que había una serie de habitaciones comunicadas entre sí y decoradas con estilo y piezas de museo. Caesar entró en una de ellas y abrió otro par de puertas que daban a un corredor cubierto tras el que se encontraba un patio cerrado con una fuente.

—Este era el jardín de mi madre —le dijo a Louise señalándole una silla para que tomara asiento alrededor de una bonita mesa de hierro.

—Recuerdo que mi abuela me contó que murió cuando tú eras muy pequeño —comentó ella.

—Sí. Tenía seis años. Mis padres murieron juntos en un accidente de vela.

Como surgida de la nada apareció una doncella sin que Caesar pareciera haberla llamado.

—¿Qué quieres tomar? ¿Té?

–Café. Un expreso –le dijo Louise pensando que necesitaba el aporte de cafeína para enfrentarse a Caesar–. Mis abuelos me enseñaron a tomar café mucho antes que té inglés. Solían decir que era el sabor de su hogar.

La doncella se marchó y regresó con los cafés antes de volver a dejarles solos de nuevo.

–¿Por qué no te pusiste en contacto conmigo para decirme que esperabas un hijo mío? –inquirió él.

–¿De verdad necesitas preguntarme eso? No me hubieras creído después del trabajo que el jefe hizo con mi reputación. Nadie me creyó, ni siquiera mis abuelos al principio. Pero cuando Oliver creció mi abuelo me preguntó si podría ser tuyo. Se dio cuenta de que se parecía a ti.

–Pero tú lo sabías desde el principio.

–Sí.

–¿Cómo? ¿Cómo podías saberlo?

Una leve punzada de dolor la atravesó, pero el orgullo le impidió mortificarse por ello.

–Eso no es asunto tuyo. Igual que Oliver no es asunto tuyo.

–Es mi hijo, y para mí eso le convierte en asunto mío, como ya te he dicho.

–Y yo te he dicho que no voy a permitir que obligues a mi hijo a crecer como tu bastardo aunque aquí en Sicilia sea algo aceptable para un hombre poderoso como tú. No permitiré que mi hijo crezca como un segundón, un ser ajeno en tu vida condenado a mirar desde fuera a tus hijos legítimos y favoritos.

Louise se detuvo bruscamente, consciente de que sus emociones la estaban traicionando. Aspiró con fuerza el aire antes de seguir con más calma.

–He vivido en primera persona el daño que puede causarle a un niño su anhelo por un padre que no puede o no quiere comprometerse emocionalmente. No permitiré que eso le suceda a Oliver. Tus hijos legítimos...

–Oliver es y será mi único hijo.

Aquellas palabras resonaron por el patio antes de dar paso a un impactado silencio que Louise no fue capaz de romper en un principio.

¿Su único hijo?

–Eso no puedes saberlo. Tal vez ahora sea el único, pero...

–No habrá más niños. Por eso es mi intención reconocer a Oliver como mi hijo y mi legítimo heredero. Será mi único hijo. No puede haber otros.

Louise se le quedó mirando y lamentó que estuviera entre sombras porque no podía ver bien su expresión. Sin embargo su voz le delató, dejándole muy claro lo duro que le había resultado admitir aquello. A cualquier hombre le resultaría difícil.

A ella le latió con fuerza el corazón contra las costillas y sintió los pulmones tirantes por la incredulidad.

–Eso no puedes saberlo –repitió.

–Puedo y lo sé –Caesar hizo una pausa y luego le dijo con tono desapasionado–: Hace seis años, cuando estaba fuera en un proyecto financiado por mi fundación benéfica, se desencadenó un brote de paperas. Desgraciadamente no me di cuenta de que la había contraído hasta que fue demasiado tarde. Los resultados médicos fueron incuestionables. Las paperas me impedirían tener hijos. Como no hay más varones en la familia que puedan heredar el título, tuve que aceptar el hecho de que nuestro linaje moriría conmigo.

No había nada en su tono de voz que dejara entrever lo que debió de significar aquello para él, pero Louise entendió de todos modos lo que debió de haber sentido. Conociendo su historia y el modo de vida siciliano podía imaginar perfectamente el revés que debió de suponer semejante noticia.

–Podrías adoptar –comentó con lógica.

–¿Y que incontables generaciones de Falconari se revolvieran en sus tumbas? Me temo que no. Los hombres Falconari están más acostumbrados a hacerles hijos a las mujeres de otros hombres que a aceptar al hijo de otro hombre como suyo.

–Supongo que te refieres al derecho de pernada –le retó Louise con cinismo.

–No necesariamente. Mis antepasados no tienen fama de haber necesitado forzar a ninguna mujer. Todo lo contrario.

Allí estaban otra vez la arrogancia y el desdén. Pero Louise se vio obligada a reconocer contra su voluntad que sería tremendamente doloroso para un hombre con la historia de Caesar aceptar que no podía tener hijos, y sobre todo un hijo varón.

Como si le hubiera leído el pensamiento, Caesar dijo:

–¿Te imaginas lo que supuso para mí tener que aceptar que iba a ser el primer Falconari en mil años que no tendría un heredero? Y, si lo puedes imaginar, entonces te pido que imagines también cómo me sentí cuando recibí la carta de tu abuelo.

–¿No quisiste creerle?

Cesar la miró fijamente.

–Todo lo contrario. Quería creerle con toda mi alma –tanto que, si Louise no hubiera ido a Sicilia, habría ido a buscarla él mismo aun a riesgo de exponerse al ridículo y al rechazo–. Pero no me permití creerle por si estaba equivocado. Sin embargo, los resultados de la prueba de ADN son concluyentes. Aparte de que Oliver tiene los rasgos de los Falconari.

–Mis abuelos siempre decían que se parecía mucho a tu padre cuando era niño –admitió Louise de mala gana–. Le recordaban de cuando vivían en el pueblo.

–Sin duda entenderás por qué quiero que Oliver

crezca como mi heredero reconocido, y supongo que estarás tranquila en relación a su posición en mi vida como mi hijo legítimo. Nunca tendrá que temer que otro niño le reemplace. Y como sé lo que es crecer sin padres, también puedes estar segura de que seré un padre de verdad para él. Crecerá aquí en el *castello* y...

–¿Aquí? –ella sacudió la cabeza con vehemencia–. Oliver tiene que estar conmigo.

–¿Estás segura de que eso es lo que él quiere?

–Por supuesto que sí. Soy su madre.

–Y yo su padre, como confirma la prueba de ADN. Tengo derechos.

Caesar pudo sentir el creciente pánico que se apoderó de ella. Era como una leona luchando por proteger a su cachorro, reconoció con admiración. Tal vez ahora tuviera problemas con Oliver porque el chico estaba creciendo y necesitaba la guía de un hombre, pero Caesar sabía por las pesquisas que había hecho que era una buena madre. Para pasar de la joven que él recordaba a la mujer que ahora era debió de haber necesitado de mucha fuerza voluntad. A veces los niños necesitaban una madre que entendiera lo que significaba ser vulnerable.

En aquel momento, sin embargo, lo que necesitaba era borrar cualquier atisbo de simpatía que pudiera sentir hacia ella. Oliver era su hijo y estaba decidido a que creciera allí en Sicilia.

–No permitiré que pase parte de su vida aquí y otra parte en Londres. No sería justo para él. Se vería dividido entre nosotros y entre dos vidas distintas –aseguró Louise.

Silencio.

Ella volvió a intentarlo.

–No permitiré que Oliver se sacrifique por una antigua tradición que tú quieres que él cumpla. Es un niño. No sabe nada de ducados ni de la historia de los Falconari.

–Entonces ya va siendo hora de que empiece a aprender.

–Es demasiado peso para él. No quiero que tenga una infancia como la tuya.

Había arrojado el guante, que ahora permanecía entre ellos en medio de un incómodo silencio.

¿Por qué no rechazaba Caesar el comentario? ¿Por qué no decía algo? ¿Por qué se sentía ella tan angustiada y asustada? ¿Por qué sentía como si hubiera entrado en una trampa peligrosa y los muros del patio se estuvieran cerrando sobre ella?

–Entonces estarás de acuerdo sin duda en que la mejor manera de asegurarse de que Oliver tenga a sus dos padres por igual sería que tú estuvieras aquí con él.

Dijo la frase con calma, pero aquella calma no ocultaba la firme determinación de sus palabras.

–Eso es imposible. Tengo un trabajo en Londres.

–Y también tienes un hijo que, según tu propio abuelo, necesita a su padre. Pensé que para ti era más importante que tu trabajo.

–Es increíble que tú digas eso cuando la única razón por la que le quieres es porque es tu heredero.

Caesar sacudió la cabeza.

–Al principio, cuando tu abuelo me escribió, tal vez sí. Pero por muy extraño que te parezca, en cuanto le vi, antes incluso de tener los resultados de la prueba de ADN, le quise. No me pidas que te lo explique. No podría –se había apartado un poco de ella porque se sentía muy vulnerable, pero sabía que tenía que ser sincero si quería que su plan funcionara–. Lo único que puedo decirte es que en ese momento sentí tanto amor, tal necesidad de protegerle que tuve que contenerme para no abrazarle.

Sus palabras evocaban lo que Louise había sentido al dar a luz a Oliver.

–Por supuesto que mi hijo es más importante para mí que mi trabajo –aseguró con sinceridad.

–El mejor regalo que un padre puede hacerle a su hijo es la seguridad de crecer en una familia en la que estén el padre y la madre –aseguró Caesar sin comentar su respuesta–. Por el bien de Oliver, creo que lo mejor que podemos hacer es darle la estabilidad de unos padres unidos. Y aquí en Sicilia y dada mi posición, eso significa que tienen que estar casados.

Capítulo 5

ASADOS!
El mero hecho de pronunciar aquella palabra le dejó la garganta seca.

–Es la mejor solución, no solo por la situación de Oliver, sino también por la de tus abuelos y el efecto que el pasado ha tenido en la reputación de su familia.

–¿Te refieres a la vergüenza que yo les causé? –inquirió Louise molesta mientras trataba de centrarse en lo que estaba diciendo Caesar y luchaba por contener el pánico.

¿Cómo iba a casarse con él? No podía hacerlo. Era imposible, impensable.

Aunque para él al parecer no, ya que siguió hablando.

–Ahora mismo la gente del pueblo te recuerda como la joven que avergonzó a su familia con su comportamiento. Según nuestras tradiciones, la vergüenza no es solo para ti, sino también para tu familia. Y eso incluye a tus abuelos y a Oliver. Si me limitara a reconocerle como mi hijo legítimo y le convirtiera en mi heredero, la vergüenza dejaría de afectarle a él, pero seguiría afectándote a ti y a tus abuelos. Y eso le haría daño a Oliver. Siempre habría gente que le recordaría lo que hiciste, y en el futuro eso podría afectar su capacidad para ser un duque fuerte. En cambio, si me caso contigo y con ello legitimo nuestra relación, la vergüenza quedaría borrada al instante.

Louise tenía tantas emociones diferentes enfrentadas

en su interior que no fue capaz de ponerle voz a ninguna. Deseaba más que nada en el mundo estar en posición de arrojarle a Caesar a la cara su arrogante proposición y de paso decirle que en su opinión el único que tenía que estar avergonzado era él por haberla humillado públicamente. Él y todos aquellos que habían alentado aquella humillación para tener la oportunidad de juzgar a una joven ingenua de dieciocho años. Pero sabía que sería inútil, porque incluso sus propios abuelos se habían suscrito a los valores de la comunidad y habían soportado estoicamente el estigma de la vergüenza sin quejarse.

–Al ser mi esposa el pasado quedarás atrás para ti. Y también para tus abuelos, y por supuesto, para Oliver –continuó Caesar.

Podía imaginar lo que se le estaba pasando por la cabeza, la batalla entre el amor que sentía por su hijo y el orgullo. Caesar frunció el ceño. Seguía sorprendiéndole lo bien que la entendía, pero no podía negarlo. Sintió la punzada de dolor de aquella vieja cicatriz. Tal vez no estuviera preparado para admitirlo delante de ella, ya que apenas era capaz de admitírselo a sí mismo, pero sabía que no podría escapar nunca del peso de su responsabilidad por la humillación que ella y su familia habían sufrido.

Había permitido que la castigaran porque la facilidad con la que había perdido el control con ella había supuesto un tremendo golpe a su orgullo. Podría haberse quedado en el *castello*. Podría haber retrasado las reuniones que tenía en Roma. Pero no lo hizo. Se alejó de ella y al hacerlo destruyó algo muy especial. Louise nunca sabría cuánto había pensado durante aquellos años en ella y en su culpabilidad. Pero no se lo contaría ahora. El hecho de que no hubiera respondido a la carta que le envió suplicándole su perdón dejaba muy claro lo que ella sentía por él y por su traición.

Casarse con él le devolvería el honor, a ella y a su familia. Pero no le liberaría a él de la culpa que siempre tendría que llevar cargando. Le quedaba claro que Louise quería rechazarle, pero no podía permitir que lo hiciera. Oliver era su hijo, y debía crecer allí. Sabía que le estaba pidiendo un gran sacrificio, y el único consuelo que encontraba al hacerlo era decirse que, ya que no había ningún hombre en su vida ni lo había habido durante muchos años, Louise no buscaba una relación en la que pudiera entregarle su amor a su compañero.

–Me has dicho más de una vez lo importantes que son Oliver y tus abuelos para ti –le recordó–. Ahora tienes la oportunidad de demostrarlo accediendo a mi proposición.

Louise era consciente de que la tenía acorralada. Si se negaba, la acusaría de anteponer sus intereses a los de Oliver y sus abuelos. Pero ya no tenía dieciocho años ni era tan vulnerable. Caesar no tenía todas las cartas en la mano. En cuanto ella regresara al hotel, podía reservar el primer vuelo y una vez en Londres llegar a algún acuerdo respecto a Oliver con sus condiciones, no con las de Caesar.

Al parecer él le leyó el pensamiento, porque le anunció con firmeza:

–Si estás pensando en cometer alguna imprudencia, como por ejemplo dejar el país y llevarte a Oliver, te aconsejo que no lo hagas. Mi hijo no podrá salir de esta isla bajo ningún concepto sin mi permiso.

Louise sintió cómo el corazón se le llenaba de zozobra al darse cuenta de la realidad de la situación. Caesar tenía poder para cumplir su amenaza y ella lo sabía. Pero todavía le quedaba una última carta que jugar.

–Has insistido mucho en que anteponga a Oliver primero, pero tal vez deberías preguntarte si tú no tendrías que hacer lo mismo. Quieres reclamarle como hijo tuyo.

Quieres que viva aquí y crezca como tu heredero, pero no te has parado a pensar en el impacto que supondrá para él saber que eres su padre. No es algo que se le pueda contar de pronto. Llevará su tiempo prepararle para semejante información. Y tal vez, cuando se entere, te rechace.

–¿Animado por ti, quieres decir? Eso sería una venganza al estilo siciliano.

–Yo nunca haría algo así –aseguró ella furiosa–. Nunca utilizaría la felicidad de mi hijo para ganar puntos frente ti. Le quiero demasiado.

–Si es verdad lo que dices, entonces le contarás la verdad cuanto antes. Oliver desea desesperadamente tener un padre. Lo hubiera notado por su actitud hacia mí aunque no hubiera leído la carta de tu abuelo. Estoy convencido de que recibirá de buen grado la noticia de que soy su padre.

Louise contuvo el aliento. Los ojos le brillaban por el desprecio que sentía hacia su arrogancia.

–También creo que cuanto antes lo sepa, mejor. Sobre todo si le decimos también que vamos a casarnos y que en el futuro vais a vivir aquí conmigo –continuó Caesar.

–Y yo creo que estás precipitándote, y que lo estás haciendo por tu bien, no por el de Oliver. Queda muy bien que me digas que vas a salvar mi reputación y por tanto la de mis abuelos casándote conmigo, pero lo cierto es que me estás chantajeando para obligarme a casarme.

–No. Lo que estoy haciendo es tratar de que veas los beneficios que tendría nuestro matrimonio para Oliver. Lo que estoy haciendo es anteponer los intereses de nuestro hijo y sugiriéndote que hagas lo mismo.

–Pero entre nosotros no hay amor. El matrimonio debería estar basado en el amor mutuo –fue lo único que se le ocurrió decir a Louise.

–Eso no es cierto –la contradijo Caesar al instante.

A ella se le paró el corazón un instante y sintió deseos de llorar por la implicación de sus palabras. ¿Acaso esperaba que Caesar asegurara que la amaba?

–Los dos queremos a nuestro hijo –continuó él ajeno a la reacción que habían provocado sus palabras–. Es nuestro deber proporcionarle una infancia de amor y estabilidad, y eso se consigue si los padres están unidos por el amor que sienten hacia él. Los dos nos hemos perdido eso, Louise. Yo porque me quedé huérfano, y tú porque...

Caesar tuvo que apartarse de ella para que no se le notara el impacto que había significado para él averiguar a través de sus pesquisas lo triste que había sido su infancia.

–¿Porque mi padre no me quería? –terminó Louise por él con acidez.

–Porque ni tu padre ni tu madre te antepusieron a sus intereses –le dijo Caesar–. Sé que esto no es fácil para ti, Louise –reconoció–. Pero no eres la única que piensa que el amor y respeto son la base para una relación adulta tan íntima como el matrimonio. Yo comparto esa creencia.

Ahí estaba otra vez. El corazón le latía con fuerza contra la pared del pecho. Como si todavía fuera una joven de dieciocho años vulnerable y completamente enamorada de Caesar.

–Pero los dos sabemos que ese tipo de relación es imposible entre nosotros.

Por supuesto que lo sabían. Caesar nunca la había amado y nunca la amaría. ¿Quería que lo hiciera? No, por supuesto que no.

–Sé lo que sientes por mí –continuó él–. ¿Cómo no iba a saberlo si nunca contestaste a mi carta?

Ahora sí la había desconcertado.

–¿Qué carta? –le preguntó.

Caesar vaciló. Ya había bajado demasiado la guardia, pero ahora que había llegado tan lejos sabía que Louise exigiría una explicación. Y tenía derecho a ella.

–La carta que te envié cuando volví de Roma, disculpándome por mi comportamiento y pidiéndote perdón.

¿Le había escrito una carta? ¿Le había pedido perdón? ¿Se había disculpado? A Louise se le secó la boca. Sabía que no estaba mintiendo, y también supo instintivamente que debió de costarle mucho en su momento y también ahora admitirlo.

–No me llegó ninguna carta –le dijo con voz ronca.

–Te la envié a la dirección de tu padre.

Se quedaron mirándose.

–Supongo... supongo que querría protegerme.

A Caesar se le partió el corazón. Si Louise quería que fingiera creerse eso, entonces lo haría.

–Sí, supongo que sí –mintió.

Caesar le había escrito y su padre no le había dado aquella carta. Por favor, que la quemazón de los ojos no se transformara en lágrimas. Sería demasiado vergonzoso. Se recordó que solo había sido una carta de disculpa, nada más.

–Ahora estamos en el presente, Louise, no en el pasado –afirmó él con tirantez–. Tenemos una responsabilidad con nuestro hijo en común que va mucho más allá de nuestras propias necesidades. Soy consciente de que un matrimonio sin amor es lo último que deseas, pero te aseguro que por el bien de Oliver estoy dispuesto a hacer todo lo necesario para ser a sus ojos un buen marido y también un padre cariñoso.

Un matrimonio sin amor. Aquellas palabras le dolían, pero no podía ignorar la afirmación de Caesar. Tenían que anteponer las necesidades de Oliver. Resultaba irónico que fuera él quien le dijera aquello cuando no había hecho otra cosa que anteponer a su hijo desde el momento en que nació durante muchos años en los que Caesar no supo de su existencia. No dudaba de que Caesar quisiera a su hijo, pero también era cierto que tenía un motivo interesado para desear que formara parte de su vida. Como él mismo había dicho, Oliver era su heredero.

Heredero de un sistema feudal y de unas costumbres que ella detestaba. Sin embargo, Oliver no era ella. Louise no quería pensar en cómo se sentiría su hijo si conseguía mantenerle alejado de Caesar y no se enterara de quién era hasta que fuera adulto. Había mucho de Falconari en Oliver. ¿Quería fomentar esa parte para que fuera tan arrogante y creído como su padre?

No. Solo quería que fuera feliz. Si se casaba con Caesar y se quedaba allí, tendría más oportunidades de guiar a su hijo mientras crecía en la tradición para hacerle ver también los muchos cambios que necesitaba aquel sistema feudal.

Se estaba debilitando, rindiéndose.

—Hablas de ser un buen marido, pero todo el mundo sabe que las mujeres de los Falconari tienen que permanecer en un segundo plano y mostrarse obedientes y dóciles. Yo no puedo vivir así, Caesar. Además, quiero que Oliver crezca respetando a las mujeres y su derecho a la igualdad.

Se detuvo para tomar aliento, pero antes de que pudiera continuar, Caesar la dejó completamente desarmada al responder:

—Estoy totalmente de acuerdo.

—¿De verdad? Pero está mi trabajo, el trabajo por el que tanto he luchado. No puedes pensar que vaya a dejar la profesión para la que tanto me he preparado y que sirve de ayuda a los demás para ser...

—¿La madre de Oliver?

–La duquesa de Falconari –le corrigió ella.

–No, no espero eso. Mi intención es ayudar durante mi vida a que mi gente entre en el siglo XXI. Y tú puedes ayudarme a ello con tu experiencia y tu formación, Louise. Puedes jugar un papel muy importante para cambiar el viejo orden y equipar a los míos para el mundo moderno si decides estar a mi lado.

¿Cambiar el viejo orden? Oh, sí. Cuando Caesar sugirió aquella posibilidad supo que deseaba formar parte de ello.

–Igual que podemos criar juntos a nuestro hijo, podemos liderar juntos a nuestra gente, la gente que algún día será su gente. Tal vez no tenga derecho a pedírtelo, pero necesito tu ayuda para cambiar las cosas por el bien de Oliver. Igual que tú necesitas la mía para asegurarte de que nuestro hijo crezca con el amor de un padre y una madre unidos por su bien. Solo tienes que decir que sí.

–¿Así sin más? Eso no es posible.

–La concepción de Oliver no tendría que haber sucedido y sin embargo ocurrió.

Estaba perdiendo fuerzas otra vez y ella lo sabía. Caesar la tenía tan hechizada que le robaba la capacidad de pensar con lógica. Cuando estaba con él... cuando estaba con él quería seguir estando con él. Pero ¿en un matrimonio sin amor?

Tal vez Caesar no la amara, pero quería a Oliver. Eso no podía negarlo. Fue sincero cuando le habló del amor instantáneo que había sentido por su hijo, un chico que necesitaba desesperadamente a su padre.

El comentario que Caesar había hecho sobre su reputación y su humillación en lo referente a sus abuelos le había llegado al alma. ¿No les debía a sus abuelos y a Oliver hacer lo que Caesar quería?

Siempre había sabido que llegaría un momento en el

que Oliver tendría que conocer la identidad de su padre y las circunstancias que rodearon su concepción. Eso siempre la había preocupado. Por eso se había mostrado tan reacia a contarle lo que había sucedido hasta que fuera lo suficientemente mayor como para enfrentarse a ese tipo de información.

Pero en cualquier caso no iba a rendirse sin luchar.

–Me parece muy bien que digas que mi vergüenza quedará borrada si me caso contigo, pero seguro que habrá rumores sobre el pasado. Siempre he protegido a Oliver de... de lo que sucedió. Cuando sea reconocido como hijo tuyo, la gente hablará aunque te cases conmigo. A Oliver podría hacerle daño lo que escuchara. No puedo permitirlo.

–No tendrás que permitirlo. Cuando anuncie que Oliver es mi hijo y que tú y yo nos vamos a casar, dejaré claro que mi comportamiento durante aquel verano no fue el adecuado, que los celos por el interés que mostraban otros chicos provocaron que no cumpliera con mi deber de protegerte. Diré que cuando te pedí que te casaras conmigo dijiste que no. Eras una joven moderna con sus propios planes de futuro. Tuve que dejarte marchar. Cuando volviste a Sicilia de vacaciones, ambos descubrimos que aquellos antiguos sentimientos seguían siendo muy fuertes, y esta vez cuando te pedí en matrimonio aceptaste.

–¿Harías eso?

Era una oferta generosa que la pilló con la guardia bajada. Una parte de ella no pudo evitar preguntarse cómo sería tener la protección de un hombre como Caesar si la amara de verdad. Pero no debía hacerse esa pregunta, se dijo Louise. La volvía demasiado vulnerable.

–Por supuesto. Si fueras mi mujer, mi deber sería proteger tu reputación.

Claro, por supuesto. No sería a ella a quien protegería ni a quién sanaría de las antiguas heridas que le habían infligido, sino a su posición como su esposa.

–Si tu abuelo estuviera vivo, querría que aceptaras mi proposición por tu bien y por el de Oliver.

–¿Cuánto chantaje emocional piensas hacerme? –le retó Louise.

–Todo el que haga falta –respondió él sin vacilar–. Hay dos maneras de hacer esto, Louise. O de una forma calmada y razonable en la que trabajaríamos juntos por el interés de Oliver o peleándonos por él y provocándole un enorme daño emocional.

–Has olvidado la tercera alternativa.

–¿Cuál es?

–Que te olvides de que Oliver es hijo tuyo y nos permitas regresar a nuestra vida en Londres.

«Como hiciste conmigo», pensó Louise para sus adentros. Al parecer Caesar sabía lo que estaba pensando, porque le dijo con sequedad:

–Nunca me perdonaré por haber permitido que Aldo Barado me convenciera del daño que supondría para ambos que se corriera la voz de que habíamos pasado la noche juntos. Te vio salir del *castello* y dijo que...

–Que no podías permitirte que te relacionaran conmigo, una joven que según él se dedicaba a seducir a los chicos del pueblo.

–Fue el acto de un cobarde, de un hombre incapaz de asumir sus responsabilidades, de un hombre que permitió que otro tomara las decisiones por él.

Y también había sido el acto de un hombre asustado que quería huir a toda prisa de un sentimiento que no podía controlar. Pero eso no podía decírselo. Él mismo había tardado mucho tiempo en admitirlo.

En lo más profundo de su ser, Louise escuchó una voz profesional que le dijo: «Fue el acto de un huérfano de veintidós años que cargaba con una gran responsabilidad y que fue deliberadamente manipulado por un hombre más mayor y poderoso con sus propios intereses que proteger».

Se estaba poniendo en su lugar, algo que había aprendido durante su formación. A mirar tras la fachada y profundizar en lo que había detrás.

—No puedo permitir que le niegues a tu hijo su legado, Louise. Tiene derecho a crecer conociendo sus cosas buenas y sus cosas malas, igual que tiene derecho a rechazarlo cuando crezca si ese es su deseo.

Sonaba tan razonable que le costaba trabajo rebatirle. Sus argumentos sonarían egoístas, como si no estuviera pensando en Oliver.

—Sé que te estoy pidiendo mucho en nombre de Oliver, pero también sé que eres fuerte y que sabrás asumir los desafíos que se presentan.

Qué forma tan sutil de halagarla para socavar su resistencia.

—Si permito que te vayas, ¿crees que eso sería justo para Oliver? —Caesar sacudió la cabeza—. Lo dudo. ¿Qué crees que va a pensar de ti si le niegas el derecho a conocer su auténtico legado y a mí hasta que sea lo suficientemente mayor como para descubrirlo por sí mismo? ¿De verdad estás dispuesta a causarle ese daño solo para mantenerle alejado de mí?

Por supuesto que no. Para ser sincera consigo misma, la idea de un matrimonio sin amor y sin sexo no le importaba. Dada su aparente inclinación a perseguir hombres que nunca le daban amor, había decidido hacía mucho tiempo que era mejor no implicarse emocionalmente. Después de todo, ¿qué patrón aprendería Oliver de las relaciones entre hombre y mujer si veía a su madre denigrándose constantemente para buscar el amor que le era negado?

Si accedía a la proposición de Caesar, estaría en posición de ejercer algún poder en su relación desde el principio y podría proporcionarle a Oliver seguridad emocional durante su infancia.

Y por último, sabía que la idea de que Oliver creciera con su padre y su madre habría hecho las delicias de sus abuelos. Se habían sacrificado mucho por ella, no solo recibiéndola cuando cayó en desgracia, sino también ayudándola a ser una buena madre, apoyándola cuando decidió volver a estudiar y proporcionándoles a Oliver y a ella un hogar maravilloso y lleno de amor.

Louise aspiró con fuerza el aire y se puso de pie apartándose varios metros de Caesar y situándose al sol para poder ver su expresión cuando hablara con él.

—Si accedo a tu proposición, quiero dejar claras ciertas normas respecto a tu actitud hacia mí por cómo podría impactarle a Oliver. Pero más importante que eso es el propio Oliver. Está enfadado conmigo porque no he compartido con él la identidad de su padre, y además echa de menos la influencia masculina de su bisabuelo. A pesar de lo que aseguras, no estás en posición de asegurar que le quieres como a un hijo. No le conoces. No te conoce. Tengo miedo de que, al saber que eres su padre, se cree unas expectativas demasiado idealistas de la relación, y por eso creo que es mejor que Oliver te conozca mejor antes de que le hablemos de vuestro vínculo.

Como esperaba que hiciera, Caesar salió de entre las sombras y se acercó a ella. Pero con lo que no contaba era con la expresión de rechazo de su rostro ante sus palabras. Incluso sus ojos, que eran del mismo tono gris que los de Oliver, parecían más oscuros cuando la miró directamente antes de decir con arrogancia:

—No estoy de acuerdo. Oliver es un chico inteligente. Nos parecemos demasiado como para que no sume dos y dos. Retrasar la confirmación de nuestra relación podría hacerle sentir que no quiero ejercer de padre con él.

Louise pensó en el carácter orgulloso de su hijo y asintió a regañadientes.

—Entiendo lo que quieres decir. Pero ¿qué le diremos de nuestro pasado?

Tenía la respuesta para eso. Como al parecer para todo.

—Que nos separamos por una pelea en la que me dijiste que no volviera a ponerme en contacto contigo y que volviste a Londres convencida de que no querría saber que ibas a tener un hijo.

Louise quiso objetar ante aquella media verdad, pero su lado práctico tenía que reconocer que para un niño de la edad de Oliver esa explicación tan simple sería mucho mejor que aceptar algo emocionalmente más complejo.

—Muy bien —accedió a regañadientes—. Pero antes de decirle nada Oliver necesita tener la oportunidad de conocerte.

—Soy su padre —aseguró Caesar—. Así que ya me conoce a través de los genes y la sangre. Cuanto antes lo sepa, mejor.

—No puedes esperar que le diga a Oliver que es tu hijo y que se lo tome bien.

—¿Por qué no? —preguntó él encogiéndose de hombros—. A juzgar por cómo ha respondido a mi presencia, está claro que desea desesperadamente tener un padre. ¿No puedes entender que tal vez haya algo más allá de la lógica y que ya nos une un lazo de sangre?

—Eres muy arrogante —protestó Louise—. Oliver tiene nueve años. No te conoce. Sí, quiere un padre, pero debes entender que, dada su situación, se ha creado una versión idílica del padre que quiere.

—¿Y quién tiene la culpa de eso? ¿Quién se negó a permitir que entendiera y aceptara la situación real?

—Lo que hice lo hice por su bien. Los niños pueden

ser tan crueles como los adultos o más. ¿De verdad crees que le haría pasar por lo mismo que yo tuve que pasar y por mucho menos motivo? Yo fui la culpable de mi situación. Rompí las reglas. Avergoncé a mi familia. Lo único que hizo Oliver fue nacer.

Caesar se dio cuenta de que quería de verdad al chico al escuchar su fiero tono de voz. Debió de ser duro para ella soportar la condena de la sociedad durante tanto tiempo. En cambio él no tuvo que pagar ningún precio.

—Nos casaremos lo más rápidamente posible. Mis influencias ayudarán a acelerar el necesario papeleo. Creo que, cuanto antes nos casemos, antes podrá Oliver acostumbrarse a su nueva vida aquí en la isla con sus padres.

Louis sintió una punzada en el corazón. Aunque Caesar había dicho que tenían que casarse, estaba tan preocupada con cómo reaccionaría Oliver a la noticia de que Caesar era su padre que había dejado el asunto de la boda a un lado. Sin embargo ahora las palabras de Caesar le habían colocado la complejidad de la situación delante como una barricada.

—No podemos casarnos sin más —protestó—. Tengo un trabajo, compromisos. Mi casa está en Londres y Oliver va al colegio allí. Podemos decirle que eres su padre y que tenemos pensado casarnos. Entonces él y yo regresaríamos a Londres y en unos meses...

—No. Escojas lo que escojas, Oliver se queda aquí conmigo.

Louise sacudió la cabeza.

—Pero tengo responsabilidades. No puedo dejar mi vida para casarme contigo.

—¿Por qué no? La gente lo hace todo el tiempo. Somos dos personas que tuvimos una noche de pasión cuyo resultado fue el nacimiento de un niño —le espetó

Caesar con sequedad–. Nos separamos y ahora la vida nos ha vuelto a unir. Ninguna pareja en esas circunstancias esperaría meses para estar juntos. Y además no creo que fuera bueno para Oliver. Si ya sabe que nos peleamos y nos separamos una vez, podría angustiarle pensar que podría volver a suceder.

–La gente hablará, habrá rumores –Louise sabía que era un argumento débil, pero le había entrado pánico.

Le aterrorizaba casarse con Caesar. ¿Por qué? La joven que no había pensado en protegerse emocionalmente había desaparecido. Ahora era una mujer madura y sin miedo.

–Al principio sí, pero cuando estemos casados y seamos como cualquier pareja que está criando a su hijo se acabarán los rumores. La gente estará encantada de saber que tengo un heredero –Caesar consultó su reloj–. Es hora de que vayamos a recoger a Oliver.

Mientras salían del *castello*, Louise se dijo que lo que le atravesó el corazón era la realidad de lo que se le venía encima y no que Caesar hubiera utilizado el plural.

–Entonces, ¿es mi padre de verdad?

Eran más de las once de la noche. Oliver estaba metido en la cama de la habitación del hotel y tendría que estar dormido, pero estaba completamente despierto y seguía haciendo preguntas sin parar desde que Caesar le anunció que era su padre.

–Sí, lo es –le confirmó Louise por enésima vez.

–¿Y ahora vamos a vivir aquí y os vais a casar?

–Sí, pero solo si tú quieres.

Louise seguía pensando que era mucho mejor darle a Oliver más tiempo para acostumbrarse al hecho de que Caesar era su padre y para que le conociera mejor, pero al parecer Oliver compartía la opinión de su padre al respecto y así se lo hizo saber a Louise.

—Papá y tú os vais a casar pronto y viviremos juntos como una familia, ¿verdad? —insistió.

—Sí —reconoció ella—. Pero va a ser un gran cambio para ti, Oliver —le recordó—. Tienes a tus amigos del colegio en Londres y...

—Prefiero estar aquí con papá y contigo. Además, siempre me están preguntando por qué no conozco a mi padre y se burlan de mí. Me alegro de parecerme a él. El padre de Billy lo dijo cuando nos vio juntos. Me parezco más a él que a ti. ¿Por qué no me lo contaste antes?

—Estaba esperando a que fueras un poco más mayor.

—¿Porque os habíais peleado y él no sabía que yo existía?

—Sí.

Louise le vio bostezar y se dio cuenta de que los acontecimientos del día estaban empezando a hacer mella en él. Apagó la lámpara de la mesilla, se dirigió al pequeño balcón y cerró la puerta tras de sí para dejar dormir a su hijo.

Al ver antes a Oliver y a Caesar juntos tuvo que admitir contra su voluntad que se parecían mucho. No solo en el aspecto físico, sino también en el carácter y en algunos gestos. Pero lo que más le había sorprendido fue que, cuando llegó el momento de despedirse, Caesar abrazó a su hijo con inesperada y absoluta naturalidad. Y Oliver, que normalmente no se dejaba abrazar por ella, le abrazó a su vez.

Durante unos segundos se sintió excluida. Tuvo miedo de que Oliver formara con su padre un lazo tan estrecho que la culpara si trataba de retrasar las cosas. Su hijo era demasiado pequeño para entender que lo único que quería era protegerle de cualquier daño futuro. Pero

Caesar no había abrazado solo a Oliver antes de marcharse.

La noche era calurosa, así que no había motivo real para estremecerse como lo hizo cuando salió al balcón. A menos que se debiera a que su piel recordaba cómo Caesar se había dado la vuelta tras abrazar a su hijo y cómo le había sujetado los antebrazos desnudos bajo el chal que llevaba puesto sobre el sencillo vestido color crema. No tenía mucha ropa elegante. No le resultaba necesario dada su casi inexistente vida social, y el vestido era de algodón sencillo, nada parecido a los glamurosos conjuntos que había visto en otras huéspedes del hotel.

Se llevó las manos a los antebrazos y las deslizó por donde Caesar se las había puesto en el pasillo al acompañarles a la habitación.

Louise sintió cómo se ruborizaba ahora en el balcón. Qué estúpida había sido al cerrar los ojos así, como si... como si pensara que iba a besarla.

Un escalofrío le recorrió la espina dorsal al revivir la sensación de la cálida respiración de Caesar sobre el rostro, el inesperado y suave movimiento de sus pulgares sobre la vulnerable piel de los brazos, la conciencia en todos sus poros de su proximidad y de cómo habría dado cualquier cosa en el pasado por tenerle tan cerca. Y esa era la razón, la única razón por la que había sentido aquella oleada de deseo hacia él. Era una reacción que pertenecía al pasado. Ahora no significaba nada. No podía permitirse que significara algo.

El escalofrío que se apoderó de ella ahora era de desprecio hacia sí misma. ¿Y de miedo? ¡No! No tenía nada que temer de ninguna reacción que pudiera provocarle Caesar Falconari. ¿Y aquel anhelo que le había atravesado el cuerpo de manera tan misteriosa? Una ilusión, nada más. Una reacción al deseo inmaduro de Oliver de que sus padres fueran felices juntos. Durante un segundo su cuerpo había reaccionado al deseo de su hijo y lo había convertido brevemente en una realidad física. Eso no significaba nada. No permitiría que significara nada.

Su matrimonio iba a ser un acuerdo profesional, un pacto por el bien de Oliver. No había nada personal en su relación y así quería que fuera.

Caesar frunció el ceño en la biblioteca del *castello* al mirar los papeles que tenía encima de la mesa. Se los había enviado por fax a primera hora de la noche el discreto equipo de investigadores al que le había encargado indagar en todos los aspectos de la vida de Louise en el pasado y en el presente. Era la madre de su hijo y le resultaba natural querer saber todo sobre ella por el bien del niño.

Le había resultado obvio desde el instante en que la vio en el cementerio que se había producido un profundo cambio de la joven que fue a la mujer que era ahora. Pero no estaba preparado para la verdad desnuda expuesta en pocas palabras que en cierto modo hacían la revelación más insoportable e impactante, mostrando la realidad de lo que Louise había tenido que soportar a manos de sus padres, específicamente de su padre.

El informe se limitaba a exponer los hechos, no los juzgaba. Revelaba que el padre de Louise la había rechazado antes incluso de su nacimiento porque la consideraba un obstáculo para sus ambiciones. Culpaba a Louise de haber nacido, y había seguido culpándola y rechazándola durante toda la vida mientras ella trataba desesperadamente de ganarse su amor.

Al ver la realidad de lo que había sufrido delante de él de una forma que no podía ignorar ni rechazar, Caesar sintió una mezcla de rabia, compasión y culpabilidad. Rabia contra su padre por haber tratado a su propia hija de aquel modo, compasión por la niña que Louise fue y culpa por la parte de responsabilidad que él tenía en su humillación. ¿Por qué no se había tomado la molestia de profundizar más y ver lo que tendría que haber visto en lugar de cerrar los ojos?

¿De verdad tenía que hacerse aquella pregunta? La respuesta era que estaba demasiado furioso consigo mismo por desear a alguien a quien no consideraba digna de su deseo.

Louise había acudido a él buscando una conexión, el lazo que su padre le había negado. Pero Caesar no había querido verlo. La había rechazado porque tuvo miedo de la intensidad de su deseo hacia ella y de los sentimientos que despertó en su interior. No se había parado a mirar bajo la superficie. Igual que el resto de las personas que la rodeaban excepto sus abuelos, había despreciado sus sentimientos.

Caesar tragó saliva para pasar el amargo sabor de sus remordimientos. Se jactaba de cuidar de los suyos, de tomarse su tiempo para escucharles y ayudarles con sus problemas y para ver más allá de lo obvio. Y sin embargo con Louise no lo había hecho, cuando probablemente le hubiera necesitado más que nadie.

Porque la deseaba. Porque había tocado una fibra sensible de su interior que le hacía sentirse humillado, así que la había castigado a ella por su propia vulnerabilidad.

Su comportamiento había sido imperdonable y vergonzoso. No era de extrañar que Louise se mostrara hostil con él.

Pero la realidad era que habían concebido un hijo al que los dos querían. Volvió a mirar el informe. Cuánto valor tuvo que necesitar la joven herida y rechazada que fue Louise para remontar aquella experiencia como lo había hecho. La admiraba por ello. Él la admiraba y ella le despreciaba.

Pero se casaría con él... por el bien de Oliver.

Capítulo 6

YO OS declaro marido y mujer. Puedes besar a la novia.

Louise se puso tensa cuando Caesar se inclinó hacia ella para besarla formal y brevemente en los labios y sellar así su matrimonio.

La ceremonia estaba celebrándose en la capilla privada del *castello* de los Falconari. El obispo, primo segundo de Caesar, había viajado desde Roma para casarles. Para sorpresa de Louise, a la boda asistieron varios dignatarios locales y la prima mayor de Caesar con su familia, su marido y tres hijos. El más pequeño era solo un año y medio mayor que Oliver.

Anna Maria y su familia habían llegado tres días antes de que Caesar anunciara formalmente la boda. Para su sorpresa, Louise tuvo que reconocer que le caía bien Anna Maria por su humildad. Nunca utilizaba su título y se había casado con un hombre de negocios que no pertenecía a la nobleza. Incluso accedió a que Oliver les acompañara a ella y a su familia a las excursiones turísticas que tenían planeadas durante las vacaciones. Estuvo de acuerdo porque vio lo mucho que Oliver disfrutaba en su compañía, no porque Anna Maria sugiriera que Caesar y ella necesitaban pasar tiempo a solas. Lo último que deseaba era estar a solas con Caesar.

Louise sabía que Caesar le había contado a su prima la versión oficial de su relación, porque por suerte la otra mujer no le hizo ninguna pregunta difícil y además aceptó de corazón su llegada y la de Oliver a la familia.

Ahora, con el peso de lo que implicaba estar casada con un hombre de la posición de Caesar, Louise tuvo que admitir lo duro que le hubiera resultado hacer las cosas de manera tan precipitada si no hubiera contado con la ayuda de Anna Maria, que le ayudó a resolver todas las dudas y le sirvió de apoyo cuando lo necesitó.

Louise quería que la ceremonia fuera simplemente una breve formalidad legal, y al principio se enfadó con Caesar por querer hacer algo más multitudinario. Pero él insistió en que era necesario si no quería que pareciera que estaba avergonzado de ella y por tanto disparar el rumor de que podría haber utilizado a Oliver para obligarle a casarse. Aquella insinuación la enfureció tanto que le recordó furiosa a Caesar que era él quien la había presionado para que se casara y no al revés.

Después de aquella acalorada discusión supo que Caesar se iba a salir con la suya después de todo, y que la boda contaría con toda la pompa que él consideraba necesaria para mostrar su orgullo hacia su hijo y su deseo de honrar a la mujer que se lo había dado. Así era como Caesar se lo había explicado. Incluso se empeñó en hacer una declaración pública al respecto, algo que hizo las delicias de Oliver. Su hijo se estaba adaptando a la vida en el *castello* con tal facilidad que Louise a veces se sentía excluida de aquella faceta de la personalidad de su hijo tan parecida a la de su padre.

Caesar seguía sosteniéndole la mano. Se la había tomado cuando se inclinó para besarla formalmente. Louise sintió que empezaba a temblar. Una reacción natural al estrés del día, se dijo para tranquilizarse. No tenía nada que ver con el hecho de que la mano que la estaba acunando fuera la de Caesar. ¿Acunando? ¿Caesar, que en el pasado la humilló públicamente y que ahora solo quería casarse con ella porque era la madre de su hijo?

Caesar frunció el ceño al ver cómo los diamantes y las perlas que componían el escudo de la familia en el velo de encaje de Louise temblaban ligeramente. No había nada en su aparente calma que sugiriera que se sentía vulnerable, no había dicho ni hecho nada que indicara que pudiera necesitar su apoyo. Y, sin embargo, aquel ligero temblor hizo que se acercara instintivamente más a ella. Porque ahora era su mujer, y su deber como marido era protegerla en todo momento. Formaba parte del código de su familia.

Frunció todavía más el ceño al verla más de cerca mientras el obispo pronunciaba la plegaria final. Louise había escogido un vestido de novia muy sencillo de la selección que habían enviado los mejores diseñadores italianos del mundo. Tenía el cuello alto y las mangas largas y era de color crema, no blanco. Aunque podría parecer demasiado austero, en ella quedaba regio y elegante.

Louise había decidido también llevar el largo e intrincado velo bordado con los emblemas y los escudos familiares cosidos a mano por la madre de Caesar y las monjas del convento. Al principio creyó que había sido cosa de su prima, pero Anna Maria le sacó de su error diciéndole que, aunque al principio Louise se mostró reacia a llevar algo tan caro y frágil, había cambiado después de opinión. Dijo que quería que Oliver recordara que se había puesto cosas que formaban parte del legado familiar paterno y materno, ya que también llevaba el bonito broche de esmalte azul de su abuela.

En opinión de Caesar, habría sido mejor que hubiera accedido a ponerse la tiara familiar que él le había ofrecido para asegurar el velo y que no se hubiera negado a aceptar el carísimo anillo de compromiso que le había enseñado. Pero no había sido capaz de hacerle cambiar de opinión al respecto. Esa era la razón, se dijo, por la que ahora pasaba el dedo índice por la solitaria alianza de oro que le había colocado a Louise en la mano, porque le parecía que no estaba bien que solo llevara ese anillo.

Tenía la piel suave y delicada, los dedos largos y las uñas pintadas con discreto barniz rosa pálido. La memoria de Louise sacó de la nada una imagen de sus manos en el pasado. Pero no fue la imagen de esas mismas uñas pintadas de púrpura oscuro lo que le provocó un aluvión de deseo en la parte inferior del cuerpo. Ya era demasiado tarde para borrar el recuerdo que le quemaba el cuerpo: la sensación de aquellos dedos delicados cerrándose sobre su erección acompañados de un jadeo. Recordó que entonces le tembló la mano y luego el resto del cuerpo cuando se inclinó sobre él y le acarició como si nunca hubiera acariciado antes a ningún hombre, haciéndole sentir que a él no le habían tocado nunca tampoco de manera tan íntima.

Caesar trató de contener el aluvión de imágenes pero su cuerpo ya estaba reaccionando a ellas. Recordó lo duro que se había puesto con su contacto, cómo enloqueció con sus caricias delicadas y casi vacilantes, que sin duda eran deliberadamente provocativas. Seguro que Louise sabía lo que estaba haciendo y tenía claro cómo seducirle. Qué furioso se puso al sentir cómo le atormentaba. Con qué intensidad aquel tormento había hecho crecer su deseo hacia ella. Con qué ansiedad la había tomado para castigarla por atormentarle.

El contacto de Caesar sobre la piel le estaba provocando escalofríos, pero Louise no quería estremecerse como si estuviera bajo los relámpagos de una tormenta. Siempre había tenido miedo a las tormentas, desde que su padre se puso furioso cuando corrió hacia él en busca de refugio durante una de ellas. Nunca había perdido el miedo al poder de destrucción de aquellas tormentas por mucho que tratara de racionalizarlo y de decirse que lo que de verdad temía era el rechazo y la rabia de su padre, no a las fuerzas de la naturaleza.

Entonces, ¿de qué tenía miedo ahora? A nada, se dijo. Pero apartó la mano de la de Caesar y la colocó a un lado para ocultar su traicionero temblor. Tembló la noche en que concibieron a Oliver. Tembló de deseo y de temor ante la intensidad de su excitación. Pero sobre todo tembló más tarde por la humillación que Caesar había hecho caer sobre ella. Aquello no volvería a suceder jamás. El pasado quedaba atrás.

Louise hizo un esfuerzo por centrarse en el presente. La capilla privada estaba llena de dignatarios que Caesar había insistido en invitar para que su matrimonio tuviera la aceptación que él quería. En el aire se respiraba el incienso mientras en el órgano sonaba los acordes triunfales que señalaban el momento de enfilar por el pasillo juntos ya como marido y mujer.

Louise se dijo que la única razón por la que seguía temblando se debía a que había estado muy ocupada por la mañana y no había desayunado como debía. Y luego se tomó una copa de champán antes de la ceremonia porque Anna Maria insistió en ello. No tenía nada que ver con el hecho de que el pasillo fuera tan estrecho que Caesar y ella tuvieran que recorrerlo muy juntos.

Pero el suplicio no había terminado todavía. Aún faltaba la celebración oficial, que iba a celebrarse en la elegante y barroca zona de recepción del *castello*, situada en la parte antigua de la construcción.

—Ahora eres duquesa, mamá.

La sonrisa de oreja a oreja de Oliver cuando se acercó a ella era lo único que Louise necesitaba para comprobar cómo había reaccionado su hijo a la boda. Durante aquellos últimos días había ganado tanta confianza en sí mismo y tenía una alegría vital que cada vez que le miraba Louise se sentía feliz. Solo por eso valía la pena cualquier sacrificio que tuviera que hacer, aunque a veces se sentía un poco dolida por la fuerza del vínculo que se estaba forjando entre padre e hijo. Y no podía culpar por ello a Caesar. Temía que fuera demasiado indulgente con Oliver y también que se mostrara demasiado formal y distante con él, pero, para su sorpresa, parecía saber instintivamente cómo relacionarse con su hijo.

Ahora, al ver cómo Oliver salía corriendo para reunirse con los hijos de Anna Maria, Louise tuvo que reconocer que se sentía muy sola. Ojalá estuvieran sus abuelos. A finales de aquella semana se iba a celebrar el enterramiento formal de sus cenizas en la iglesia de Santa María.

Louise se puso tensa al ver que el miembro más anciano del pueblo de sus abuelos se dirigía hacia ella. El jefe Aldo Barado le había dicho a Caesar que no debía volver a verla. La suya fue la voz más áspera y fuerte de las que se alzaron contra ella tantos años atrás. Louise se dio cuenta de que no se sentía precisamente encantado con la idea de presentarle ahora sus respetos como esposa del duque. Aldo Barado tendría ahora casi setenta años.

Aunque se suponía que estaba escuchando cómo uno de sus asesores trataba de convencerle para que no invirtiera más dinero en escuelas para su gente, la atención de Caesar y sus miradas se dirigían constantemente hacia su esposa.

¿Por qué? ¿Acaso sentía que al ser su marido debía protegerla? ¿Porque ahora entendía lo mucho que había sufrido y se sentía culpable de haber formado parte en un momento del grupo de jueces? ¿Porque al ser la madre de su hijo tendría que haber contado con su apoyo público? ¿Porque se sentía orgulloso de ser su marido debido a lo fuerte y valiente que era?

Por todo eso, y porque en lo más profundo de su ser todavía la deseaba.

Tal vez en el pasado una parte de su mente fue capaz de reconocer lo que su naturaleza lógica y su educación rechazaban: que Louise no era la persona que parecía ser.

Observó ahora la naturalidad con la que se relacionaba con los demás, escuchándoles siempre con interés sin presionarles para que terminaran y sonriendo al despedirse. Una esposa así sería un punto a favor para un hombre de su posición. La joven rebelde y contestataria de dieciocho años que él recordaba se había alzado sobre las cenizas del pasado como el ave Fénix convertida en una mujer bella y segura de sí misma.

Ahora, al ver a Aldo Barado acercarse a ella, Caesar se excusó con su asesor y se dirigió hacia ellos con determinación. Era su responsabilidad, su deber inapelable, proteger a su mujer y a su hijo. Y desde luego no iba a dejarla tirada como había hecho su padre.

¿Era lo suficientemente estúpida como para sentir alivio al ver que Caesar se materializaba a su lado unos segundos después de la llegada de Aldo?, se preguntó Louise. En caso afirmativo estaba cometiendo un grave error. Caesar y Aldo estaban en el mismo bando años atrás, y ese bando no era el suyo.

Su alivio se convirtió rápidamente en ansiedad cuando Caesar le pasó el brazo por la cintura y la atrajo hacia sí. El gesto la pilló completamente por sorpresa. Peor todavía: su intento instintivo de mantener el cuerpo alejado del contacto con el suyo provocó que la presión del brazo de Caesar hiciera que se balanceara hacia él como si realmente buscara su abrazo.

¿No era suficiente con que la hubiera obligado a aceptar aquella farsa de matrimonio como para que además la mirara como si de verdad la adorara y no hubiera nadie más en la sala?

Se odió a sí misma por no ser capaz de romper el contacto visual con él y por permitir que la convirtiera en su compañera de aquella pantomima de amor conyugal. Lo peor de todo era que a pesar de saber que Caesar lo hacía para engañar a los invitados, los sentidos de Louise estaban cayendo en la trampa de responder a la mirada de falso deseo de sus ojos.

La impactó profundamente sentir pequeñas punzadas de deseo en todas las terminaciones nerviosas del cuerpo. Y lo que más le afectó fue la certeza de que aquella no era la primera vez que experimentaba esa sensación. Louise sintió una repentina alarma que le recorrió la espina dorsal, pero ya era demasiado tarde. Volvía a tener dieciocho años y estaba en la plaza del pueblo con sus abuelos viendo cómo Caesar hablaba con la gente. Por primera vez en su vida tenía la atención puesta en un hombre que no era su padre y que la afectaba de un modo completamente desconocido para ella.

Le resultó imposible contener un gemido traicionero. Había enterrado aquel momento tan profundamente como si nunca hubiera ocurrido. Deseaba desesperadamente que no hubiera ocurrido. Pero lo cierto era que ahora había quedado al descubierto.

De acuerdo, había sentido por un instante un escalofrío de sensualidad al ver a un hombre guapo. ¿Qué significaba eso aparte de que era un ser humano? Nada. Aprendió enseguida que Caesar no era un héroe romántico al que situar sobre un pedestal y adorar.

–Mi adorable esposa.

El sonido de la voz de Caesar la devolvió al presente. Todo su cuerpo reaccionó en tensión cuando la atrajo hacia sí rodeándole la cintura. Estaba interpretando un papel. Ello lo sabía. Y, si sentía escalofríos, era porque no le gustaba el engaño que se veía obligada a compartir. No tenía nada que ver con el hecho de que estuviera sintiendo la fuerza de su brazo en su parodia de protección. Ella no era en absoluto vulnerable a la imagen que Caesar estaba creando ni a los escalofríos de sensación que provocaba el contacto entre sus cuerpos.

Caesar notó claramente el rechazo de Louise a la respuesta de su propio cuerpo cuando la miró. Años atrás también temblaba como ahora, pero entonces no hizo ningún amago de ocultar la reacción de su cuerpo a él. Al contrario, se abrió a ella y la recibió con ansia.

La culpabilidad ensombreció la reacción de su propio cuerpo. ¿Por qué le afectaba tanto ver que a pesar de que Louise rechazaba aquella respuesta no era capaz de controlarla? ¿Qué le estaba pasando?

Ya no era un niño ingenuo urgido por una necesidad que no podía controlar porque una mujer temblara por él. Tenía asuntos más importantes en los que centrarse. Lo importante ahora era Oliver. Oliver y su futuro. Que su gente le aceptara y también a Louise.

–Tendrás que disculparme, Aldo –le dijo al jefe del pueblo–. Confieso que no puedo soportar perder de vista a Louise ni un instante ahora que nos hemos reencontrado después de tantos años separados.

Caesar se dio cuenta al pronunciar aquellas palabras que eran muy ciertas. Porque, si perdía de vista a Louise, temía que se marchara y se llevara a Oliver con ella.

La voz de Caesar sonó cálida y suave y la miró con ternura sujetándola como si no quisiera dejarla marchar. Muy en el papel que se esperaba de un hombre recién casado que se había reencontrado con su antiguo y perdido amor. Pero por supuesto, pensó Louise, aquello no significaba nada. Y ella prefería que fuera así. Solo tenía que pensar en el pasado y en cómo la había tratado Caesar.

Pero, si el pasado no se interpusiera entre ellos, si le acabara de conocer y no tuviera ideas preconcebidas... eso sí tenía gracia, porque la única razón por la que estaba allí era justamente por una concepción: la de su hijo. Si no existiera Oliver Caesar, no querría tenerla en su vida ni mucho menos se habría casado con ella.

–Tengo que reconocer que esto es toda una sorpresa –respondió Aldo entre dientes–. Aunque no cabe duda de que el niño tiene que ser tuyo.

–Ni la más mínima duda –afirmó Caesar con tono frío.

Tanto que Louise fue lo bastante estúpida como para pensar que quería realmente protegerla.

–Mi duquesa ha sido lo suficientemente generosa como para darme la oportunidad de enmendar mis errores de juicio del pasado –continuó Caesar–. Y dado su carácter generoso, estoy seguro de que sabrá disculpar también a los demás.

Louise abrió los ojos de par en par mientras escuchaba aquella conversación. No se hacía ilusiones respecto a Aldo Barado. Era él quien había extendido el rumor y quien le había causado también problemas con la comunidad de Londres. No hacía falta una carrera universitaria para saber que no se había dirigido a ella para pedirle disculpas por el pasado. Ni mucho menos.

–Soy un hombre muy afortunado –siguió Caesar–. Un hombre orgulloso de tener una mujer así y de contar con el regalo de un hijo.

–Un hijo es sin duda un gran regalo –reconoció Aldo.

–A finales de semana las cenizas de los abuelos de mi esposa serán enterradas en la iglesia de Santa María. Sería una señal de respeto que los habitantes del pueblo en el que crecieron asistieran al evento. Donaré una nueva vidriera en su memoria para reemplazar la que destruyeron las tormentas el año pasado.

No dijo nada más. No hacía falta.

Louise sabía cómo funcionaba la comunidad. Caesar había dado una orden y Aldo Barado la cumpliría. Los habitantes del pueblo natal de sus abuelos acudirían al entierro de sus cenizas y al hacerlo mostrarían el respeto que su abuelo siempre había anhelado. Con unas cuantas palabras, Caesar había logrado lo que ella nunca podría haber conseguido. Tal era su poder. En una ocasión había utilizado aquel poder contra ella. Ahora lo estaba usando en beneficio de sus abuelos. Porque Oliver era su hijo. Eso era lo que le importaba. Nada más y nadie más. Desde luego ella no. Pero a Louise no le importaba. En absoluto.

Esperó a que Aldo Barado se fuera antes de girarse hacia Caesar y decirle indignada entre dientes:

—No hacía falta que aparecieras. Soy perfectamente capaz de enfrentarme a los tipos como Aldo Barado. Tal vez me aterrorizara cuando era una niña, tal vez haya humillado a mis abuelos, pero las cosas son distintas ahora. Y en cuanto a lo que has dicho sobre la ceremonia, ¿de verdad crees que quiero que la gente acuda solo porque les has chantajeado?

—Tal vez tú lo veas así, pero para tus abuelos y los habitantes más tradicionalistas del pueblo es importante.

Tenía razón en lo que estaba diciendo y no se lo podía negar, pero al menos pudo decirle con sequedad:

—Ya puedes soltarme. No hay necesidad de seguir con la farsa. Aldo se ha ido.

—No será el único que nos observará con lupa —le dijo Caesar manteniendo el brazo en su cintura e inclinándose hacia ella como si le estuviera diciendo algo cariñoso al oído—. Los dos estamos de acuerdo en que nuestro matrimonio debe ser considerado una unión por amor por el bien de Oliver. La gente espera ver al menos alguna demostración de ese amor, sobre todo el día de la boda.

Con la mano libre le colocó un mechón de pelo tras la oreja y le clavó la mirada en la boca como si estuviera conteniéndose para no besarla. ¿Cómo era posible que le quemaran los labios como si acabara de hacerlo solo porque la estaba mirando? Louise sintió un nudo en la garganta y el instinto la traicionó.

–No –gimió.

–¿No qué? –la retó Caesar.

–No me mires así.

–¿Y cómo te estoy mirando?

–Sabes perfectamente a qué me refiero –afirmó Louise temblorosa–. Me estás mirando como si...

–¿Como si quisiera llevarte a la cama? ¿No es eso exactamente lo que queremos que la gente piense?

¿Lo era? No recordaba siquiera haber hablado con él del modo en que la estaba mirando, pero es que su mente se negaba a funcionar y le resultaba imposible formular un pensamiento lógico. ¿Qué le estaba pasando? Habían pasado diez años desde que estuvo en brazos de un hombre. Diez años desde la única vez que había experimentado la intensidad del deseo físico que tan ingenuamente había confundido con el amor.

–Estamos casados. Sin duda con eso basta para convencerles de que queremos estar juntos. Después de todo no vamos a... esto no va a ser...

A pesar de su escalofrío anterior, Louise le estaba mostrando lo que de verdad le importaba. Y lo cierto era que no le deseaba, reconoció Caesar. La lógica le decía que debía sentirse complacido porque lo último que necesitaba eran las complicaciones que provocaría una relación sexual entre ellos.

Entonces, ¿por qué en lugar de alegrarse sentía aquella sensación de disgusto? ¿Vanidad masculina? No se consideraba tan superficial. El centro de su matrimonio iba a ser su hijo. Los dos lo sabían. Pero su reacción le hizo pensar en un asunto del que no habían hablado.

–Tal vez no haya sexo en nuestro matrimonio, pero estoy seguro de que estarás de acuerdo en que eso es algo que solo tú y yo deberíamos saber.

–Sí –se vio forzada a reconocer ella con un pequeño escalofrío.

¿Por qué tenía que sentirse tan abandonada solo porque Caesar había señalado lo obvio? Después de todo no quería tener relaciones sexuales con él, ¿verdad?

Por supuesto que no.

–Y ya que estamos hablando del tema, en lo que se refiere a tener relaciones sexuales fuera del matrimonio, creo que por el momento la estabilidad emocional de Oliver debe ser nuestra prioridad. Pienso que el celibato debe ser nuestro modo de vida por el momento. Ya que ninguno de los dos tiene una relación actualmente ni la ha tenido desde hace tiempo...

Louise le interrumpió.

–¿Has estado investigándome? ¿Indagando en mi vida privada?

–Como es natural, quería saber qué clase de hombres podrías haber introducido en la vida de mi hijo como potenciales padrastros futuros –le contestó Caesar.

–¿De verdad crees que correría riesgos con la seguridad emocional de Oliver? La única razón por la que accedí a casarme contigo fue porque eres el padre de Oliver y te necesita. Lo que yo opine sobre ti no importa. Creo que serás un buen padre para él. No como... como mi propio padre.

Louise se apartó bruscamente de él. Estaba hablando demasiado, revelando demasiado, dejando al descubierto su vulnerabilidad.

Fue un alivio ver a Oliver acercarse a ellos acompañado por los hijos de la prima de Caesar. Los chicos se llevaban muy bien. Ver cómo crecía la confianza en sí mismo de su hijo y saber que era feliz hacía que valiera la pena cualquier sacrificio que tuviera que hacer, se dijo mientras escuchaba hablar a Oliver con entusiasmo de la excursión que iban a hacer a un parque acuático nuevo.

Uno de los mejores momentos del día fue cuando el marido de Anna Maria hizo un brindis por ellos y Oliver, que estaba al lado de Caesar, preguntó con expresión encantada:

—Tengo un padre de verdad, ¿no?

Caesar se levantó al instante de la silla para ir a abrazar a su hijo.

—Tienes un padre, Oliver, y yo tengo un hijo. Nada podrá romper esa relación.

Aquellas palabras y la emoción que las acompañaba tocaron un lugar del corazón de Louise que llevaba mucho tiempo resentido por Oliver. Un lugar que ahora estaba empezando a sanarse. Todavía suponía para ella un gran riesgo, un acto de fe confiar en la palabra de Caesar de que querría a su hijo. Pero ¿qué otra opción el quedaba si Oliver deseaba tan claramente que Caesar fuera su padre?

Mientras todos los demás sonreían, Louise se giró hacia Caesar y le advirtió en voz baja:

—Si alguna vez le fallas a Oliver, nunca te perdonaré.

Caesar le dijo en tono igualmente bajo pero firme:

—Si alguna vez le fallo, nunca me lo perdonaré a mí mismo.

Capítulo 7

AH, CAESAR, casi me olvido! Creo que la emoción de la boda ha sido excesiva para tu ama de llaves. Antes de bajar esta mañana a la capilla para la ceremonia escuché a la señora Rossi decirles a las doncellas que prepararan los antiguos dormitorios comunicados de tus padres para ti y para Louise –la prima de Caesar arrugó la nariz y se rio.

Louise se quedó paralizada. Los adultos de la familia estaban en el comedor tomando un leve refrigerio antes de retirarse.

–Muy a la antigua usanza. Aunque claro, era el ama de llaves de tus padres. ¡Como si Louise y tú quisierais habitaciones separadas! Le dije que ordenara a las doncellas que mejor llevaran las cosas de Louise a tu suite. Aparte de todo, tu suite es mucho más moderna y cómoda que esas habitaciones antiguas que ocupaban tus padres –Anna Maria contuvo un bostezo.

Louise tuvo que darle un pequeño sorbo a la copa de brandy que tenía en la mano. Al hacerlo le temblaron los labios contra el cristal. No solía beber, pero las palabras de Anna Maria le habían impactado y necesitaba el calor del licor para liberarse del frío del shock.

–Debéis de estar agotados. Yo lo estoy –continuó Anna Maria ajena a la consternación que había provocado.

Louise deseaba desesperadamente mirar a Caesar para ver cómo se había tomado la bienintencionada interferencia de su prima en su modo de disponer las cosas, pero no se atrevió a hacerlo.

–Los chicos se han dormido en cuanto se han metido en la cama, ¿verdad, Louise? –comentó Anna Maria.

Louise asintió distraídamente con la cabeza.

Cuando hablaron de casarse, Caesar dijo que su matrimonio debía parecer «normal» a ojos de la gente, pero que podían disimular el hecho de que ninguno de los dos quería intimidad sexual ocupando las habitaciones conectadas. Cada una tenía su cuarto de baño, vestidor y salita privada. Hasta la muerte de sus padres habían sido siempre utilizadas por el duque y la duquesa. Las habitaciones necesitaban una nueva decoración, le dijo Caesar cuando se las enseñó, y tenía intención de dejar que Louise se ocupara de la suya. Él se alojaría en su suite mientras se llevaban a cabo las reformas. Louise se mostró de acuerdo con que con esa disposición estarían separados físicamente y al mismo tiempo mantendrían la farsa de que el suyo era un matrimonio normal en todos los sentidos.

Pero ahora parecía que gracias a Anna Maria la disposición de las habitaciones había cambiado y Louise sabía que tendría que esperar a que estuvieran solos en la suite de Caesar para poder dar rienda suelta a lo que pensaba sobre aquel cambio.

Pero cuando estuvieron en la suite personal de Caesar no fue el disgusto por los cambios lo que ocupó sus pensamientos, sino una emoción que la dejó momentáneamente muda al mirar a su alrededor al territorio exclusivo de Caesar.

En su primera visita al *castello* fue Melinda, la novia de su padre, quien insistió en ver la suite privada de Caesar. Bromeó coquetamente asegurando que sin duda tenía la cama hecha con decadentes sábanas de seda negra, y Caesar terminó por dejarles entrar a sus dominios privados.

Louise tenía que admitir que en aquel entonces la simplicidad de la decoración del estudio y el dormitorio adjunto le había resultado aburrida. Más tarde, cuando maduró y aprendió a apreciar el auténtico estilo y la elegancia, llegó a comprender el valor del esquema de los colores.

Las habitaciones privadas de Caesar tenían los paneles de madera pintados de un suave azul grisáceo. Las modernas alfombras que suavizaban el brillo del suelo de mármol eran de un tono más oscuro. Los muebles de cuero modernos rompían el aspecto frío del espacio dedicado a la zona de estar. A ambos lados de la chimenea había estanterías con libros y armarios y bajo una de las ventanas se encontraba un moderno escritorio con un ordenador.

A través de la doble puerta pintada de blanco se podía ver el dormitorio... y la enorme cama de matrimonio con las sábanas abiertas y dobladas y ambos lados, lista para ser ocupada por dos personas.

Louise no pudo controlar su reacción. Un escalofrío le recorrió todo el cuerpo.

En el pasado había compartido aquella cama con Caesar en una ocasión. Le había rogado prácticamente que la llevara allí.

Las sábanas blancas eran de la más fina calidad posible. A un lado de la cama había unas puertas dobles que llevaban a un baño moderno de mármol con bañera de garras. Las puertas del otro lado daban al vestidor.

Louise no quería estar allí. No era bueno para ella. Se sentía demasiado vulnerable, demasiado consciente del pasado y sus consecuencias. Fue allí en aquella habitación, en aquella cama, donde concibieron a Oliver. Fue en aquella cama donde se convenció de que Caesar la deseaba y la amaba a pesar de que todo indicaba lo contrario. Allí se había dejado llevar por un deseo y unas emociones que no había sido capaz de entender y a las que no había podido resistirse.

Vio por el rabillo del ojo cómo Caesar se quitaba la chaqueta del traje que se había puesto para la cena y la arrojaba sin ningún cuidado sobre uno de los sofás de cuero blanco. Al hacerlo, la tela de la camisa se le marcó sobre los hombros. A Louise se le formó un traicionero nudo en el estómago.

Cerró los ojos... y al instante lamentó haberlo hecho porque su cabeza reprodujo imágenes de Caesar arrodillado sobre ella con el torso desnudo y bronceado brillante por el sudor de su deseo masculino. Ella había extendido los dedos para tocarle, y la sensación de su piel bajo las yemas se había quedado grabada a fuego en su memoria para siempre.

¿Cómo era posible que la piel que cubriera aquel cuerpo tan musculoso y fuerte fuera tan increíblemente suave? Latía con la vida que le insuflaba el latido del corazón, un latido al que había respondido el corazón de Louise bombeando al unísono.

Sintió que su corazón recordaba ahora aquel latido. Cuando sintió en aquel entonces su contacto, Caesar echó la cabeza hacia atrás y gimió en su lucha por controlar aquel deseo que ella había tratado desesperadamente de despertar en él. Entonces Caesar la embistió por primera vez.

Cómo había recibido ella aquel acto de posesión, la plenitud de todo lo que había imaginado desde que puso por primera vez los ojos en él y experimentó aquella oleada de sensualidad. Cómo se había glorificado su cuerpo en aquella explosión ardiente de pasión física que la había atravesado.

Era aquella habitación la que estaba haciendo efecto en ella y arrastrándola al pasado. Aquella habitación. Nada más.

–¿Por qué ha tenido Anna Maria que meterse?

Las angustiadas palabras de Louise hicieron que Caesar la mirara.

–Lo ha hecho pensando que actuaba por nuestro bien –aseguró–. Cree que nos amamos y que eso es lo que ambos queremos. Lamento que lo haya hecho, pero es normal que piense que somos dos amantes que han vuelto a reencontrarse y por tanto están deseando estar juntos.

¿Por qué le afectaban tanto aquellas palabras? ¿Por qué le hacían daño y conjuraban pensamientos tan peligrosos y dolorosos?

–Pero cuando ella, su marido y sus hijos hayan vuelto a Roma –continuó Caesar–, podremos volver al plan original.

¿Cómo podía estar tan relajado y despreocupado si ella tenía los músculos del estómago hechos un nudo?

–¡Pero van a estar aquí otras tres semanas!

–La situación es tan desagradable para ti como para mí –comenzó a decir él.

Pero Louise estaba tan asustada por su propia reacción a sus recuerdos como para escucharle.

–¿Ah, sí? –le retó con furia.

La voz de Caesar se endureció al instante cuando le dijo:

–No estarás insinuando que le he pedido a Anna Maria que hablara con el ama de llaves para que te vieras obligada a compartir la cama conmigo.

–No. Por supuesto que no –tuvo que reconocer Louise–. No quise decir eso –admitió–. A nadie se le ocurriría pensar que tuvieras que utilizar algún truco para convencer a una mujer de que se meta en la cama contigo.

–Entonces, ¿qué has querido decir?

«He dicho lo que he dicho porque tengo miedo, porque los recuerdos me han hecho sentirme asustada». No podía decirle aquello aunque fuera la verdad, pero tenía que decir algo.

–Quería decir que sabiendo lo importante que es para ti que la gente crea que somos una pareja que se ama, la idea de que compartamos matrimonio podría haberte parecido bien.

–Lo cierto es que resulta lógico –reconoció Caesar.

¡Lógico! Estaba pensando en lógica mientras ella tenía los sentidos a flor de piel por el miedo.

–Me aseguraste que tendría mi propia habitación –le recordó Louise con pánico.

–Y la tendrás... en su momento. Sin embargo, por ahora me temo que vamos a tener que compartir esta.

–¿Y la cama? ¿Esperas que la compartamos también? –le retó ella incapaz de contener la aprensión.

Cesar frunció el ceño.

–No. Yo dormiré en el sofá.

–¿Durante tres semanas?

–Durante tres semanas. Pero cuando las doncellas vengan a hacer la habitación por la mañana deben pensar que hemos compartido la cama.

Louise asintió con la cabeza. ¿Qué otra cosa podía hacer?

–Ha sido un día muy largo para ti y yo tengo que trabajar un poco –le dijo Caesar dirigiéndose hacia el escritorio.

Sin duda lo que sintió al ver cómo se alejaba no era desilusión. Lo último que deseaba era que Caesar tratara de establecer algún tipo de intimidad física con ella. Aunque estuvieran casados y fuera su noche de bodas, ¿verdad?

Por supuesto.

Louise se dirigió hacia la doble puerta que daba al dormitorio. Estaba a punto de cruzarla cuando escuchó a Caesar comentar con naturalidad:

–Nunca me has contado por qué estabas tan segura de que yo era el padre de Oliver.

Louise se quedó petrificada en el sitio. Lo único que fue capaz de hacer fue darse la vuelta. Caesar la estaba mirando. No sabía lo cruel que estaba siendo, pero ella sí. Y le dolía mucho.

Sabía lo que pensaba y lo que estaba dando a entender. Qué arrogante por su parte dar por supuesto que le había escogido entre un grupo de hombres que podían haber sido los padres de Oliver y juzgarla por ello cuando la realidad era que...

Una oleada de orgullo y de ira surgió de la nada y la atravesó, borrando a su paso la precaución. Antes de que pudiera evitarlo se escuchó decirle con firmeza:

–Lo sé porque no podía haber sido otro más que tú. Sabía que eras el padre de Oliver porque eras el único que podía serlo.

–¿Nunca dudaste de que Oliver fuera hijo mío?

Caesar no sabía por qué la estaba interrogando de aquel modo. Era como si quisiera que... ¿Cómo si quisiera qué? ¿Que le dijera que era el único hombre que ella quería para ser el padre de Oliver? Era un anhelo emocional, sentirse conectado con ella en aquel instante en el tiempo en el que concibieron a su hijo. Era una locura peligrosa desear algo así.

Louise no captó el tono anhelante de su voz. Por el contrario, reaccionó a sus propios recuerdos y a todo lo que había sentido, lo que había sufrido por haberse acostado con él. Y ahora estaba juzgándola una vez más. La ira la urgía a defenderse haciéndole saber lo equivocado que estaba.

–¡No! –exclamó con rabia–. No estaba tomando la píldora y tú fuiste el primer hombre con el que tuve relaciones sexuales.

Caesar tardó unos segundos en asimilar la información que Louise acababa de darle.

—¿Eras virgen? —le preguntó con asombro.

Sabía que estaba diciendo la verdad y sitió una punzada de culpabilidad en el corazón.

¿Cómo era posible que no lo hubiera sabido? De todos los recuerdos que guardaba de aquella noche, ninguno de ellos implicaba que Louise hubiera sido una virgen vacilante y tímida. Se había entregado a él con intensidad y pasión y le había llevado a él al extremo de perder el control. No había actuado como una virgen temerosa. Pero eso no significaba que no hubiera sido su primer amante, se dijo. Simplemente, él no se había dado cuenta. Estaba tan centrado en su conflicto interior que no se había fijado en nada más. La había tomado de forma egoísta. Algo que estuvo tan mal como la forma en que la rechazó vergonzosamente en público más adelante.

La información que le llegó a través de los informes que encargó sobre ella era breve e irrefutable. Desde que regresó a Londres sin que Caesar supiera que estaba esperando un hijo suyo, los detectives no habían sido capaces de encontrar nada que sugiriera que había tenido alguna relación sexual. Antes creía que la vergüenza que había caído sobre ella, unida a la responsabilidad de cuidar de un bebé la habían llevado a cambiar de vida. Ahora se veía obligado a verlo bajo otra luz. ¿Sería por él? ¿La habría llevado lo ocurrido entre ellos a llevar una vida en la que renegaba del sexo?

—¿Eras virgen? —repitió. Tal vez su mente hubiera aceptado la realidad, pero sus emociones eran un torbellino—. Eso no es...

«Eso no es lo que pensé cuando te conocí», iba a decir. Pero ella no le dejó terminar.

—¿Eso no es posible? —terminó por él—. Te puedo

asegurar que sí. Aunque no me importa que no me creas.

–Pero viniste a mí...

–¿Como una seductora dispuesta a entregarse a cualquier chico que se lo pidiera? Sí, no pasa nada. Sé lo que los demás pensaban de mí y cómo me juzgaban. Quería ser popular. Quería ser el centro de atención. Tenía celos de Melinda y del amor que mi padre sentía hacia ella. Buscaba la atención de mi padre. Aprendí muy pronto que la mejor manera de conseguirla era portándome mal, así que me convertí en una chica mala, y las chicas malas no son vírgenes. Me resultaba fácil fingir que era lo que no era y mantener a raya a todos aquellos chicos que pensaban que podían utilizarme mientras mi padre estaba tan enfadado que se veía obligado a vigilarme.

–Pero conmigo sí te acostaste.

Louise se dio cuenta demasiado tarde del lío en el que se había metido. No podía dejar que supiera lo estúpida que había sido, cómo se había convencido ingenuamente de que significaba algo para él.

–Sí. Por ser quien eras.

Caesar frunció el ceño. Louise supo que en cualquier momento empezaría a hacer preguntas que sabía que no podía responder.

–Pensé que, si mi padre creía que tú me deseabas, me vería con otros ojos. Me valoraría. Después de todo, ¿cómo no iba a hacerlo si tú, el hombre más importante del lugar, me deseabas? Había oído hablar a otras chicas del asunto y había visto las suficientes películas como para saber cómo debía comportarse una joven con experiencia sexual.

Caesar se apartó de ella. ¿Por qué no había sabido reconocer lo vulnerable que era? Ya conocía la respuesta. Porque la deseaba.

–Si te hice daño...

Aquellas palabras tan inesperadas atravesaron sus defensas como una dolorosa estocada. Eran lo último que esperaba. Habría sido más fácil protegerse dejando que cargara con la responsabilidad de no haberse dado cuenta de su inocencia, pero no podía hacer algo así y no lo haría.

–No, no me lo hiciste –aseguró con voz pausada–. Quería que sucediera lo que sucedió entre nosotros y te presioné hasta que tú lo deseaste también. Para aquel entonces ya me había convencido de que formábamos parte de un cuento de hadas en el que tú me amabas tanto como yo pensaba absurdamente que te amaba yo. Si mi padre no podía quererme, tú podrías hacerlo. O eso pensaba yo.

No, no le había hecho daño físico. Le había proporcionado un placer más allá de lo imaginable. Y se había sentido querida por primera vez en su vida. Pero eso no podía decírselo a él.

–Por supuesto, no contaba con que tú me rechazaras, ni con la ira de mi padre. Ni mucho menos con quedarme embarazada.

Era mejor tomarse las cosas a la ligera. Todo quedaba ahora en el pasado y quería demasiado a Oliver como para lamentar ni por un segundo haberle tenido. Gracias a él su vida había cambiado.

–Lejos de aprender a quererme, mi padre me rechazó completamente cuando supo que estaba embarazada –continuó–. Tanto mi madre como él querían que pusiera fin a mi embarazo. Me presionaron, pero yo sabía que no sería capaz de hacer algo así. Fue entonces cuando mis abuelos aparecieron en escena. Se portaron maravillosamente bien, fueron más generosos y cariñosos de lo que yo me merecía. Me prometí a mí misma que haría todo lo posible por compensarles de todo el dolor y la vergüenza que les había causado. Por eso es tan importante para mí cumplir la promesa que les hice. Es lo menos que puedo hacer.

—Lo he arreglado todo para que la ceremonia del entierro de sus cenizas se celebre el próximo viernes. Todo el pueblo estará ahí.

—Gracias.

Sin pensar en lo que estaba haciendo, Caesar dio un paso hacia ella.

Louise sintió que el corazón se le detenía dentro del pecho. Si Caesar la estrechaba entre sus brazos ahora, si la besaba... un estremecimiento recorrió su cuerpo.

Al ver a Louise temblar, Caesar se detuvo en seco. No le deseaba. Quedaba perfectamente claro.

—Es tarde —le dijo con sequedad—. Ha sido un día muy largo. Te sugiero que te vayas a dormir.

Louise asintió con la cabeza y cerró las puertas que separaban el dormitorio de la zona de estar. Aquella era su primera noche como esposa de Caesar y la primera de muchas, muchas noches en las que dormiría sola a pesar de estar casada.

Capítulo 8

LO PRIMERO que Louise vio cuando la pequeña comitiva vestida de negro entró en el cementerio de Santa María fue a la gran cantidad de gente del pueblo situada respetuosamente entre los tejos. Al Barado estaba en primera fila al lado del párroco.

Caesar tenía razón. Sus abuelos se hubieran tomado como una gran demostración de respeto la presencia de tanta gente en el entierro de sus cenizas. Y hubieran visto con orgullo que no fuera su nieta la que iba a la cabeza de la pequeña comitiva de duelo, sino el propio Caesar, que llevaba una de las dos urnas ornamentales que contenían sus cenizas. Oliver iba al lado de su padre llevando la otra.

Caminaban del mismo modo y tenían la misma postura. Padre e hijo juntos. Louise iba detrás de ellos siguiendo la tradición de una sociedad en la que en ocasiones a las mujeres ni siquiera se les permitía asistir a los funerales. Detrás de ella, Anna Maria, su marido y sus hijos y las cabezas inclinadas de los habitantes del pueblo.

Ya se había celebrado un funeral formal por sus abuelos en su iglesia de Londres. Hoy solo estaban entregando sus cenizas al descanso eterno. Pero en lugar de dirigirse hacia la zona del cementerio ocupada por los nuevos nichos, Caesar se dirigió para asombro de Louise hacia la impresionante cripta de la familia Falconari. Estaba ya abierta y había flores frescas a ambos lados.

Fue Aldo Barado quien puso voz al asombro que ella no fue capaz de expresar al preguntarle a Caesar:

—¿Van a depositar sus cenizas en la cripta de los Falconari? —la desaprobación quedaba clara en su tono de voz.

—Naturalmente —respondió Caesar ladeando ligeramente la cabeza y dejando muy claro quién mandaba allí.

Louise se dio cuenta de que ella no era la única que había crecido aquellos años. Al mirar atrás ahora, con la ventaja de la madurez, podía juzgar al joven Caesar bajo un prisma diferente. Donde antes vio arrogancia y superioridad, la experiencia la llevaba ahora a preguntarse si su actitud no habría sido parte de la capa de protección que había utilizado para tapar el hecho de que estaba solo en el mundo asumiendo el papel de su padre, un papel que implicaba obtener el respeto de los suyos. Con hombres como Aldo Barado dispuestos a retarle y que tal vez pensaran que no era digno de seguir los pasos de su padre, Louise entendía ahora lo vulnerable que debió de haberse sentido entonces.

Admitirlo la acercaba más a admitir también que para él reconocer que se había acostado con ella habría supuesto una disminución del respeto que inspiraba en su gente. Sin embargo, el Caesar que tenía ahora delante era un hombre completamente al mando de sí mismo y de su destino. Un hombre sin miedo a tomar decisiones y afrontarlas. Un hombre que no temía elevar a una pareja de ancianos que había sufrido una gran vergüenza a la posición que él ocupaba.

—Ahora son Falconari por mi matrimonio con su nieta y porque mi hijo lleva su sangre —le dijo Caesar a Aldo—. ¿En qué otro lugar iban a descansar sus cenizas?

Louise se dio cuenta de que la gente del pueblo estaba impresionada, igual que ella misma. Al enterrar las cenizas de sus abuelos en el panteón familiar les había elevado por encima de cualquier crítica. Como mujer moderna, Louise sabía que debía protestar ante aquella actitud machista y tradicional. Pero como nieta de sus abuelos, consciente de lo que hubiera significado para ellos, no podía. Igual que no podía negar el orgullo maternal que sintió cuando Oliver llevó a cabo los procedimientos que le tocaban sin tener que mirar a su padre más que una vez para guiarse.

Cuando la ceremonia hubo terminado y todo el mundo se dirigió a la plaza del pueblo, donde se había dispuesto un bufé frío bajo la sombra de los olivos que protegían la plaza del fuerte sol.

Las mujeres del pueblo podrían mirarla y sin duda juzgarla, pensó Louise. Pero su reacción hacia Oliver era muy distinta.

–Es igualito a su padre –aseguró una anciana con obvia aprobación–. Un Falconari de los pies a la cabeza.

Oliver era igualito a su padre, era verdad. Y le encantaba estar con él.

–Son muy felices juntos –le dijo Anna Maria a Louise sentándose a su lado en uno de los bancos de madera de la plaza.

Caesar se estaba mezclando con la gente y Oliver estaba a su lado. Louise asintió con la cabeza. Al ver a padre e hijo juntos experimentó una sensación de paz. A pesar de lo que ella sintiera, casarse con Caesar había sido lo correcto para Oliver. Ya no iba con la cabeza gacha ni estaba a la defensiva. Ahora parecía sentirse orgulloso de sí mismo, era cariñoso con ella y e incluso protector. Ahora podía imaginar el hombre que sería algún día bajo la amorosa influencia de Caesar.

Porque Caesar quería a su hijo aunque no la quisiera a ella.

Sintió un dolor en el pecho, como si alguien le hubiera clavado un cuchillo con fuerza. Se llevó la mano a las costillas. ¿De dónde venía aquel dolor? No quería que Caesar la amara. Para eso tendría que amarle ella también y no era así. No debía ser así. La culpa la tenía toda aquella resurrección del pasado, que le devolvía sentimientos que había experimentado entonces. Sentimientos que no tenían cabida en el presente. Sentimientos que no eran reales. Eran como la neblina de la mañana que cubría las cimas de las lejanas montañas, creando un paisaje que en realidad no existía.

¿O sería al revés? ¿Había utilizado la necesidad para ocultar lo que realmente sentía? Sin duda no. Era ridículo pensar que había amado en secreto a Caesar durante todos aquellos años, como si su amor hubiera sido un objeto inerte congelado en el tiempo que hubiera cobrado vida en cuanto él volvió a aparecer.

—Estás un poco pálida. ¿Te encuentras bien?

Al ver aparecer de pronto a Caesar a su lado cuando se encontraba inmersa en unos pensamientos tan aterradores hizo que se retirara más hacia las sombras del olivo.

—Estoy bien —dijo con voz tensa.

Caesar frunció el ceño.

—Pues no lo parece. Supongo que para ti habrá sido un día difícil.

Más difícil de lo que él pensaba y por una razón muy distinta a la que él creía, admitió Louise para sus adentros.

Sí, el entierro de las cenizas de sus abuelos había sido muy emotivo, pero al mismo tiempo había experimentado una sensación de paz por el deber cumplido, por la deuda pagada. No, no era eso lo que la había de-

jado sintiéndose débil y sola. Era el peligro de los pensamientos que tenía en la cabeza y que se negaban a ca-
llarse.

Había sido un día muy largo que acabó dejando un
dolor de cabeza que se resistía a irse. Los niños ya estaban en la cama. Oliver se había dormido de hecho
mientras le contaba cuánto había aprendido de Caesar
aquel día. La propia Louise bostezaba ahora mientras
salía del baño para dirigirse a la cama. Caesar seguía
abajo hablando con Anna Maria sobre un posible viaje
a Roma para que Oliver conociera la ciudad. Sin duda
se trataba de una táctica para que pudiera meterse en la
cama antes de que él subiera a la suite. Y por supuesto
que para ella era un alivio que hubiera hecho algo así,
igual que el hecho de que no hubiera intentado seducirla.

¿Acabaría teniendo una amante para saciar aquella
necesidad? La fuerte punzada de rechazo que le provocó aquel pensamiento hizo que se quedara paralizada
al lado de la cama. ¿Tanto le importaba? Era por el bien
de su hijo, porque no quería que creciera creyendo que
ese comportamiento resultaba aceptable.

«Mentirosa», se mofó de ella una voz interior.

La cabeza empezó a latirle dolorosamente. Pensó
que daría cualquier cosa por una taza de té recién hecho.
Había una cocina pequeña pero bien equipada en la sala
de estar de la suite que Caesar solía utilizar cuando trabajaba hasta tarde para no molestar al servicio.

La consideración que le tenía la gente que trabajaba
para él había sido otra sorpresa, reconoció Louise mientras se ponía la bata de seda a juego con el elegante y
sencillo camisón que llevaba puesto y cruzaba la salita
hacia la cocina.

Al principio, cuando Anna Maria le dijo que Caesar había solicitado a los mejores diseñadores italianos que enviaran una selección de ropa al *castello* para ella, Louise se sintió tentada a negarse a ponérsela. Después de todo, tenía su propia ropa. Pero entonces recordó que ahora tenía un nuevo papel que representar, un nuevo trabajo en el que tendría que ir vestida adecuadamente como había hecho en su puesto anterior. Había sido moderada en la elección del vestuario, pero Anna Maria incluyó la preciosa lencería que ahora llenaba varios cajones del vestidor de Louise.

Una rápida inspección de los armaritos de la cocina reveló que alguien había pensado en proveerlos de bolsitas de té inglés. La idea de pensar en tomarse uno bastó para aliviarle el dolor de cabeza. Cinco minutos más tarde, cuando salió de la cocina dando un sorbo a su taza de té con un suspiro de placer, se detuvo en seco al ver cómo se abría la puerta de la suite y aparecía Caesar.

A juzgar por el modo en que frunció el ceño, resultaba obvio que su presencia en «su» parte de la suite no era bienvenida.

—Lo siento —se disculpó Louise—. Solo quería una taza de té —empezó a caminar más deprisa y le rodeó—. Gracias por lo que has hecho hoy por mis abuelos —se vio obligada a decir.

—No lo he hecho por ellos.

Caesar habló con sequedad, como si le hubieran arrancado las palabras contra su voluntad y fueran una muestra de debilidad que no quería admitir. Pero eso era imposible. Caesar nunca diría ni haría nada que no quisiera.

¿Por qué lo había dicho? ¿Quería que estuviera al tanto de su debilidad? ¿Decirle que su decisión de abrir la cripta de los Falconari para enterrar allí las cenizas de sus padres era algo que había hecho por ella? ¿Por qué? ¿Para arreglar los errores del pasado o porque quería complacerla? ¿O porque... la deseaba?

Louise se dio cuenta de que había sido una estupidez por su parte pensar que la consideración por sus abuelos era lo que le había llevado a hacerlo.

–No, supongo que no –reconoció con la misma sequedad que había utilizado él–. Después de todo, lo que a ti te importa es el apellido Falconari y su estatus, no mis abuelos.

–Tengo que pensar en Oliver –fue lo único que Caesar se permitió decir.

–Es igualito a ti –dijo ella haciendo un esfuerzo–. He perdido la cuenta de la cantidad de gente que me lo ha dicho hoy.

–Tiene que agradecerte a ti el amor con el que se ha criado.

¿Un cumplido? ¿De Caesar?

–No quería que sufriera lo que yo sufrí en mi infancia –reconoció con sinceridad–. Quería que se sintiera seguro de mi amor y que no temiera nunca perderlo.

–¿Por eso no ha habido ningún amante en tu vida?

Louise le dio un rápido sorbo a su taza de té en un intento de ocultar el shock. ¿Cómo era posible que lo supiera?

–No tengo por qué responder a esa pregunta –le dijo siguiendo camino hacia el dormitorio.

–Pero es la verdad. No ha habido otro hombre en tu vida ni antes ni después que yo.

Era una afirmación, no una pregunta. Y le hizo sentirse vulnerable y con ganas de escapar de él. Pero ¿por qué? Su decisión de llevar una vida sin sexo ni pareja no se debía a él, sino a Oliver.

Al ver que Louise guardaba silencio, Caesar le dijo:

–Cuando supe lo de Oliver encargué algunos informes...

–¿Has pagado a alguien para que me investigue? ¿Para que rebusque en mi vida privada en busca de trapos sucios?

Louise estaba furiosa. Su intención había sido complacerla, pero estaba actuando como si la hubiera insultado.

–No tenía elección –se defendió Caesar–. Un hombre de mi posición...

–Ah, sí, por supuesto. Tu posición. Como es lógico eso debe anteponerse a todo y a todos.

–No es por mí –insistió él–. Es por el bien de mi gente. Oliver será su duque cuando yo muera.

–Sí, lo sé –Louise dejó la taza de té sobre una mesita y se incorporó para enfrentarse a él–. Pero quiero para mi hijo algo más que un título hereditario. La única razón por la que accedí a esta farsa de matrimonio fue porque quiero que Oliver tenga una relación con su padre, una relación...

–Como la que tú nunca tuviste. Lo entiendo. Y te prometo que Oliver nunca tendrá que cuestionarse el amor que siento por él ni mi responsabilidad hacia él. Creo que tú también lo sabes sin que yo tenga que decírtelo. Te conozco lo suficiente como saber que nunca me hubieras permitido entrar en vuestras vidas en caso contrario.

–No recuerdo que me dejaras muchas opciones. Me amenazaste con quitarme a Oliver si no accedía.

–Es mi hijo.

–Nuestro hijo –le corrigió.

Pero sabía que Caesar tenía razón. Oliver era su hijo, y había caído en la cuenta de tan importante hecho durante el poco tiempo que habían pasado juntos padre e hijo. Oliver se había acercado al instante a él, le imitaba, se reía con él. Compartían una intimidad masculina que mostraba lo fuerte que ya era el lazo que les unía. Ya no podría apartar a Oliver de Caesar. Eso lo sabía. Pero seguía enfadada. Muy enfadada.

–¿Y qué más has averiguado con tus pesquisas? –le retó–. Supongo que tu intención era demostrar que no era una buena madre para Oliver.

Si esa fue su intención original, quedó borrada al instante por la compasión y la culpa que sintió al leer en los informes la verdad sobre ella.

–Lo que averigüé –le dijo con sinceridad– fue que soy culpable de un terrible error de juicio. Averigüé que tu padre te había tratado muy mal y que por eso reaccionaste así conmigo.

Palabras sencillas pero que todavía tenían el poder de hacer daño porque resucitaban el miedo que había dominado su infancia: que fuera en cierto modo culpa suya que sus padres no la quisieran, que hubiera algo en ella que la hiciera indigna de su amor.

–No quiero tu compasión –le dijo con rabia–. En una familia disfuncional nunca se puede culpar solo a una persona. Como sin duda sabes, mi padre se vio obligado a un matrimonio y una paternidad que no deseaba. No es de extrañar que me rechazara.

La mirada de sus ojos le desafiaba a que siguiera discutiendo. Tenía mucho orgullo y mucha fuerza, y al mismo tiempo era muy vulnerable. Caesar sintió ganas de acercarse a ella y decirle...

¿Decirle qué? ¿Que quería darle a su matrimonio una oportunidad real? ¿Que la deseaba? ¿Que nunca la había olvidado? ¿Que una parte de él se había quedado atrapada en el deseo aunque lo negara?

Ajena a los pensamientos de Caesar y envolviéndose en el orgullo para protegerse, Louise continuó hablando.

–Tal vez, si me hubiera portado mejor, si hubiera sido una niña menos difícil y no le hubiera avergonzado, las cosas serían distintas.

Era difícil librarse de las antiguas costumbres, y a

pesar de su formación Louise supo que estaba cayendo en su antiguo papel de proteger a su padre a costa suya.

Caesar estaría de acuerdo con sus palabras, por supuesto. Recordaba la mirada de furia masculina y de vergüenza que había intercambiado con su padre aquella fatídica mañana. Eran dos hombres compartiendo su deseo de no tener nada que ver con ella.

–En lo que a ti respecta, tu padre debería avergonzarse de sí mismo. Y yo también.

Aquellas duras palabras de condena hicieron que Louise se girara para mirarle directamente. Era lo último que esperaba oír de él y se sentía confundida. Por un lado la hacía ponerse a la defensiva y por otro provocaba en ella el peligroso anhelo de creer que realmente le importaba lo que le había sucedido... aunque sabía que no era así.

–No quiero seguir hablando de este asunto.

Lo cierto era que no podía hacerlo por temor a ponerse en evidencia. Apartándose de Caesar, se dirigió hacia el dormitorio cruzando las puertas abiertas. Pero él se lo impidió colocándose delante de ella y bloqueándole la salida.

–Louise.

Ella sintió el latido de su corazón. Estaba tan cerca que era consciente de todo en él, sobre todo de cosas de las que no quería ser consciente: su virilidad, el aroma de su piel, el anhelo que le provocaba su cercanía.

Trató de pasar por delante de él pero se lo impidió sujetándola, y entonces la sostuvo entre sus brazos y la besó con firmeza y decisión, casi como si estuviera reclamándola. Y ella le devolvió el beso permitiendo que la estrechara con tanta fuerza que sintió los duros músculos de sus muslos y su erección. Dejó que le deslizara las manos bajo la bata para acariciarle la espada desnuda.

Un deseo arrebatador e irresistible se apoderó de ella. Abrió los labios bajo la dura y cálida presión de los suyos, su lengua buscó ansiosamente la recordada sensualidad de la suya, todo su cuerpo se estremeció cuando la lengua de Caesar se introdujo profundamente en la caverna de su boca. La parte inferior de su cuerpo comenzó a latir con el mismo pulso urgente que sentía en la erección de Caesar. Quería abrazarle, tocarle, poseerle como había hecho tantos años atrás. Quería acariciarle la piel con las yemas de los dedos y con los labios y que él la acariciara del mismo modo.

Un deseo que ahora le resultaba imposible controlar había surgido de la nada para arrasar con todo lo que se encontraba en su camino. Todo lo que creía saber quedó olvidado cuando la pasión que solo él podía despertar se apoderó de ella.

–Louise...

Qué salvaje y dulce sonaba su nombre en sus labios. Como si fuera la única mujer que deseaba, la única a la que podría desear jamás. Era un sonido que alimentaba las descontroladas llamas de su deseo.

Caesar le deslizó la bata por los hombros, le bajó uno de los tirantes del camisón y le besó la loma del hombro mientras le acariciaba con las yemas de los dedos el erecto pico del pecho que había quedado descubierto. Habían pasado casi diez años desde que la tocó por primera y última vez y sin embargo el cuerpo de Louise recordaba cada sensación que había despertado en ella.

Al sentir su boca cubriéndole el pezón soltó un agudo grito de placer. Aquello era lo que había temido y anhelado durante tanto tiempo. Aquellas sensaciones y Caesar. Solo Caesar. Y ahora era demasiado tarde para detener lo que estaba sucediendo, lo que ella tanto deseaba que sucediera.

Cuando Caesar apartó la boca del pezón para mirarla

profundamente a los ojos, Louise extendió las manos y le desabrochó los botones de la camisa emitiendo pequeños gemidos de placer al sentir su piel bajo las manos. Al principio le tocó con inseguridad, pero al ver cómo apretaba las mandíbulas y contenía un gemido de excitación se volvió más audaz. Era justo que Caesar experimentara lo mismo que ella, que la deseara como ella a él. Era justo que elevara la tensión sexual y saciara el hambre que sentía el verle y tocarle.

Una cálida e inmediata oleada en respuesta la llevó a disfrutar de lo que pudiera antes de que Caesar volviera a rechazarla una vez más. La voz interior la urgía a ser cauta, advirtiéndole de que iba a resultar herida. Pero la ignoró. Su cuerpo aplastó cruelmente todo lo que amenazara con interponerse en la satisfacción de aquel deseo que llevaba tanto tiempo conteniendo.

Fue el instinto y no la experiencia lo que la llevó a inclinarse hacia delante para trazarle la línea del cuello con los labios. Todo el cuerpo le tembló al aspirar el afrodisíaco aroma de su cuerpo desnudo. Le deslizó audazmente las manos por el torso y las apoyó en el cinturón. El corazón le latió con fuerza cuando muy despacio, centímetro a centímetro, se entregó a la urgencia de conocerle más íntimamente. Después de todo, Caesar podría pararla si quería.

Entonces se olvidó de todo excepto del tirón en su más profunda sexualidad causado por lo que estaba haciendo. Sintió bajo las yemas de los dedos el vello púbico inesperadamente suave. El pulso de su erección era un reflejo del que dominaba el cuerpo de Louise.

–Caesar...

Fue apenas un susurro, pero bastó, porque la llevó hasta la cama y se quitó la ropa antes de desnudarla a ella y quedarse ambos desnudos, vestidos únicamente con el sensual calor de su mutuo deseo.

El beso de Caesar le tomó la boca poseyéndola, arrancándole la dulzura de una respuesta que no podía contener. Le cubrió los senos con la mano, moldeándolos y atormentándola hasta que gimió de placer.

En respuesta, Caesar levantó la boca de la suya para recorrerle con besos la línea del cuello y detrás de la oreja, donde su contacto la hizo estremecerse. Entonces siguió por el hombro y el seno, atormentándole con la lengua el ya sensible pezón con su sensualidad.

–No puedo seguir soportándolo –protestó ella.

Caesar alzó la vista para mirarla.

–Ahora ya sabes lo que yo sentí cuando me tocaste antes –le dijo con tono sensual–. Ahora sabes lo mucho que me excitas y cuánto te deseo.

La estaba besando por todo el cuerpo. Louise ya tenía el sexo henchido y húmedo, pero ahora le latía con una urgencia que la llevó a ponerse la mano en un instintivo intento de calmarlo.

Pero resultó inútil. Caesar ya la estaba besando a través de los dedos extendidos, mordisqueándole eróticamente la tierna piel de entre los muslos.

El incremento de su propio calor la hizo gritar, incapaz de protestar ni de resistirse cuando Caesar le retiró la mano y le abrió los labios del sexo.

¿Cómo era posible que una caricia tan delicada de las yemas evocara una respuesta tan descontrolada e intensa que la llevó a gritar por él, a retorcerse por el placer que le estaba provocando? ¿Cómo era posible que aumentara todavía más el goce hasta que la llevó a suplicarle que no siguiera atormentándola de aquel modo sin aliviarla?

Sintió la caricia de la punta de su lengua en la húmeda apertura entre los labios sobre el clítoris. Caesar ignoró los gritos que la llevaron hacia un clímax tan intenso que la dejó sin fuerzas mientras la hacía suya y reclamaba su amor.

Porque amaba a Caesar.

Le amaba con toda su alma.

Louise se quedó paralizada al instante y apartó con fuerza a Caesar. Le temblaban las manos mientras buscaba la ropa y le ignoró mientras salía corriendo hacia la privacidad del cuarto de baño y cerraba la puerta tras de sí. Se apoyó en aquella puerta con el corazón latiéndole tan fuerte que pensó que le iba a estallar dentro del pecho.

Una sensación de peligro se apoderó de ella ahora que ya era demasiado tarde. No debía amarle. Nunca debería haber permitido que la tocara, y mucho menos que la llevara a la cama. Si no hubiera salido huyendo, habría terminado humillándose al decirle que la amaba, de eso estaba segura.

Al otro lado de la puerta podía oír a Caesar llamándola, insistiendo en que saliera del baño.

–No –le dijo–. No tendrías que haberme tocado. Eso no formaba parte del acuerdo.

Tenía razón y Caesar lo sabía, pero en aquel momento la deseaba tanto que la intensidad de su propio deseo había supuesto un shock. Y no había sido el único que lo había experimentado.

–Me deseas tanto como te deseo yo –insistió.

–No –lo negó Louise aunque sabía que estaba mintiendo.

Era cierto. Todavía amaba a Caesar. O mejor dicho, se había enamorado del hombre en el que se había convertido. Pero amar a Caesar la hacía vulnerable porque no era correspondida.

En el dormitorio, Caesar recogió la bata que Louise había dejado atrás. El aroma de su cuerpo le inundó las fosas nasales al hacerlo. Su cuerpo era una auténtica tormenta de deseo por ella. Y ella también le deseaba aunque lo negara.

Le deseaba, pero nada más. Caesar temía que hubiera algo más que deseo sexual en lo que él sentía por Louise. Y ese algo era amor. El amor que había negado durante años sentir por ella. El amor que no podía seguir negando.

Capítulo 9

SEGURO que no cambiarás de opinión y vendrás con nosotros a Roma, Louise? Aún hay tiempo. Podemos retrasar la salida mientras haces el equipaje.

Eran las dos de la tarde y estaban todos reunidos en el vestíbulo: los niños, Anna Maria, su marido y Caesar, a punto de salir hacia el aeropuerto para tomar un jet privado que les llevaría a Roma para un breve viaje de tres días.

–No, de verdad, no puedo –le dijo Louise a Anna Maria–. Tengo que preparar unos informes y enviarlos a Londres.

No era una mentira completa, pero Louise sabía que a sus antiguos jefes no les importaba que se tomara su tiempo para escribir los informes finales. Lo cierto era que no quería viajar a Roma por Caesar. Eso significaría que estaría cerca de él, tanto en el viaje como en la propia ciudad, aunque Caesar había reservado alojamiento para los tres.

Tal vez para él fuera fácil interpretar el papel de amante esposo en público, pero para ella no. Cada vez que estaba cerca de ella su cuerpo reaccionaba como si estuviera poseída por una fuerza que no podía controlar. Y esa fuerza era el amor. ¿De verdad había accedido a casarse con Caesar solo por el bien de Oliver? Le resultaba vergonzoso sentir eso por él, como le resultaba vergonzoso que la hubiera juzgado mal y luego la hubiera rechazado. No quería volver a ser jamás la chica que fue, la que suplicaba que la tomara y que la amara. Ahora tenía que pensar en Oliver. Sí, tal vez Oliver quisiera llevársela a la cama cuando no tuviera algo mejor que hacer, pero ella quería algo más. Quería su amor.

Estaba claro que a Caesar no le había gustado su negativa a acompañarles a Roma. A juzgar por cómo la estaba mirando ahora, Louise tenía la sospecha de que sabía que estaba poniendo una excusa para no ir debido a él. Pero ¿sabría por qué había necesitaba poner excusas? Confiaba en que no.

Solo habían pasado tres días desde que descubrió para su asombro que le amaba, pero habían supuesto un tormento y ella había hecho todo lo posible por mantener la distancia entre ellos.

Su actitud en la noche de su descubrimiento le había demostrado lo vulnerable que era a su presencia y a su contacto. No podía confiar en no revelar sus sentimientos, igual que no podía prometer que no respondería a él si decidía volver a acercarse.

¿Cómo había sucedido? ¿Cómo era posible que se hubiera enamorado de él y ahora pasara las noches tumbada en la cama muerta de deseo y al mismo tiempo de miedo a revelar aquel deseo porque sabía que nunca podría corresponderle?

—Bueno, si estás segura...

—Lo estoy —le confirmó Louise a la prima de Caesar abrazándola con cariño.

Se sintió reconfortada cuando Oliver se acercó a abrazarla también. Estaba en la edad de sentirse avergonzado con las demostraciones públicas de amor maternal, pero desde que Caesar entró en su vida se mostraba mucho más cariñoso hacia ella.

—Siento que no vengas con nosotros, mamá —le dijo.

—A tu padre y a ti os vendrá bien pasar un tiempo juntos —aseguró Louise forzando una sonrisa tranquilizadora.

–Muy noble por tu parte –murmuró Caesar con ironía cuando le tocó a él despedirse–. O al menos lo sería si no me quedara claro que lo que te motiva es mantenerte alejada de mí, no que pase más tiempo con Oliver.

–¿Me culpas?

–¿Por haberte mostrado que eres mujer además de madre?

–Está claro que sois recién casados. Mira cómo os susurráis cosas bonitas el uno al otro –se burlón Anna Maria.

Caesar tenía la cabeza inclinada hacia la suya y le sostenía los antebrazos, impidiéndole moverse. La besó con suavidad, fue un mero roce de sus labios sobre los suyos. Pero a Louise le tembló la boca bajo la suya y tuvo que hacer un esfuerzo por no abrir los labios y rodearle el cuello con los brazos.

Si no la soltaba en aquel instante, terminaría llevándosela a la cama, reconoció Caesar. Y una vez allí le haría el amor hasta que admitiera que le deseaba tanto como él a ella. Pero hizo un esfuerzo por soltarla y dio un paso atrás.

Para él había sido una sorpresa descubrir cuánto la deseaba. Tenerla otra vez en sus brazos le había trasladado directamente a aquella primera vez. Un deseo salvaje se había apoderado otra vez de él ahora igual que entonces. ¿Por qué? ¿Por qué tenía aquel efecto en él solo ella entre todas las mujeres? Sin duda solo el amor podía despertar tanto deseo en un hombre.

¿El amor? Era un ser humano maduro y racional. Sin duda resultaba imposible que se hubiera enamorado de una joven que representaba todo lo que no le gustaba y que hubiera seguido amándola sin saberlo durante tantos años solo porque su cuerpo nunca había dejado de desearla.

Pero ¿había olvidado la fuerte puñalada de emoción que sintió al leer la carta del abuelo de Louise? ¿La certeza instintiva de que lo que estaba leyendo era real, y no solo porque podía significar que tenía un hijo? Louise tendría que haber sido la última mujer a la que quisiera tener como madre de su hijo, pero lo que había sentido fue una intensa alegría.

Louise. Se giró para mirarla, pero ella ya se había apartado, rechazándole como había hecho en el dormitorio. Rechazándole aunque su cuerpo le había dejado ver que le deseaba.

Caesar avanzó un paso hacia ella. Le costaba trabajo marcharse. Pero entonces Oliver le urgió.

—Vamos, papá.

Entonces se dio la vuelta hacia el pequeño grupo que le esperaba.

Louise compuso una sonrisa mientras se despedía de los dos coches y se quedó allí de pie hasta que desaparecieron de su vista.

Se tardaba más de una hora en llegar al aeropuerto. Caesar llevaba en el coche a Oliver y al hijo de Anna Maria más cercano a él en edad, mientras que su prima y su marido llevaban a los otros dos chicos. Oliver iba charlando alegremente con Carlo en la parte de atrás del coche cuando de pronto Carlo soltó un grito para llamar la atención de Oliver sobre las nubes oscuras que se estaban formando en las montañas que quedaban detrás de ellos.

—¡Mira eso! Significa que va a caer una tormenta muy fuerte sobre el *castello*. ¿Verdad, tío Caesar? Con muchos rayos y truenos.

Caesar miró de reojo por el espejo retrovisor y se dio cuenta de que Carlo tenía razón. El *castello* estaba en el camino de la tormenta que se estaba formando en las montañas.

–¿Te acuerdas el año pasado, cuando cayó un rayo sobre ese árbol? –sin esperar a que Caesar respondiera, Carlo se dirigió a Oliver–. Dio mucho miedo, y el tío Caesar nos dijo que a veces los rayos caen sobre el propio *castello*. Me encantaría verlo, ¿y a ti?

Oliver había palidecido, pero se las arregló para asentir con la cabeza. Ya habían llegado al aeropuerto, y Caesar frunció el ceño mientras se dirigía a la zona de recepción de los jets privados. Estaba claro que su hijo tenía miedo a las tormentas. Quería tranquilizarle, asegurarle que no había nada de que preocuparse. Ese tipo de tormentas tenían lugar en aquella época del año, aunque solo en las montañas. Pero no quería hablar del miedo de Oliver delante de Carlo.

En cuanto detuvo el coche y los niños se bajaron le puso una mano en el hombro a su hijo en gesto protector mientras Carlos se unía a sus padres.

–No hay que tener miedo a la tormenta, Oliver. No nos afectará –dijo en voz baja.

–No es a mí a quien me asusta –se apresuró a decirle el niño–. Es a mamá. Odia los relámpagos y los truenos.

¿Louise tenía miedo a las tormentas? El deseo que sintió de protegerla le confirmó lo que ya sabía respecto a sus sentimientos hacia ella.

–Estará perfectamente a salvo en el *castello*. Lleva mucho tiempo en pie y ha sobrevivido a muchas y terribles tormentas –le aseguró a Oliver.

Pero el niño no parecía más tranquilo. Tenía la cabeza inclinada.

–Pero mamá se asusta mucho. Trata de fingir que no pasa nada pero sé que tiene miedo. Lo sé porque una vez...

–¿Una vez qué, Oliver?

Su hijo parecía tan angustiado que Caesar supo que tenía que llegar al fondo de su preocupación.

–Se supone que no debo decir nada. Mamá no sabe que la vi ni que lo sé, y el bisabuelo me hizo prometer que no diría nada. Pero contártelo a ti es distinto, ¿verdad? –preguntó Oliver alzando la cabeza para mirar directamente a su padre.

–Sí, es completamente distinto porque ahora es mi responsabilidad cuidar de tu madre. Mucha gente le tiene miedo a las tormentas, ¿sabes? No es nada de lo que avergonzarse. Puedo llamar al *castello* y asegurarme de que de cierren las contraventanas para que tu madre no vea la tormenta. ¿Crees que eso ayudaría?

Oliver negó con la cabeza.

–Puede que sea peor. Hubo una tormenta terrible en Londres hace dos años y mamá estaba muy asustada. Temblaba y lloraba, y la bisabuela estaba sentada en su dormitorio con ella abrazándola. El bisabuelo me dijo que no le dijera nada a mamá. Me contó que tenía miedo por algo que le pasó cuando era pequeña. Un rayo cayó sobre un árbol cuando estaba jugando en el jardín y entró en casa llorando. Su padre se enfadó con ella porque estaba ocupado, y al ver que no dejaba de llorar la encerró en un armario que había debajo de las escaleras y la dejó allí hasta que pasó la tormenta. El bisabuelo me dijo que desde entonces a mamá le daba terror estar sola durante una tormenta.

Caesar cerró brevemente los ojos mientras estrechaba a su hijo contra sí. Qué crueldad hacerle algo así a una niña asustada y vulnerable.

–Pero mamá no va a estar sola en el *castello*, ¿verdad?

–No, Oliver. No lo estará.

Caesar soltó a su hijo y se acercó a su prima.

–Tengo que volver al *castello* –se apresuró a decirle–. Vosotros id a Roma. Oliver os acompañará.

–Quieres convencer a Louise para que cambie de opinión, ¿verdad? –Anna Maria sonrió–. Ya me he dado cuenta de que no querías irte sin ella. Ve y no te preocupes por Oliver. Estará muy bien con nosotros.

Caesar asintió y volvió al lado de su hijo.

–Voy a regresar al *castello* para asegurarme de que tu madre está bien. Tú ve a Roma con Anna Maria.

–No le dirás a mamá que te lo he contado, ¿verdad? –preguntó Oliver angustiado.

–No, no lo haré –le aseguró Caesar abrazándole con fuerza antes de volver al coche.

Delante de él las nubes de tormenta ocupaban el horizonte oscureciendo el cielo. Los destellos de los relámpagos acompañaban el distante sonido de los truenos.

Aunque había tratado de telefonear al *castello,* no obtuvo respuesta. Era normal que aquellas tormentas tan fuertes afectaran a la red eléctrica y a la red de los móviles. A él le gustaba la magnificencia de aquellas tormentas, pero eso no significaba que no pudiera entender el terror de Louise, sobre todo después de lo que Oliver le había contado. Cuanto más sabía de su padre más le despreciaba.

Al pensar en el miedo que debía de estar pasando Louise pisó con más fuerza el acelerador.

La tormenta parecía haber surgido de la nada. El cielo azul se transformó primero en gris y luego en negro en las montañas, pero hasta que no escuchó el primer trueno Louise no empezó a sentir miedo de verdad.

Se movió de habitación en habitación y miró por cada ventana, sobre todo por aquellas que daban a las montañas. El pulso le latía con fuerza y la adrenalina del miedo le atravesaba el cuerpo. Tenía la boca seca y el estómago vuelto del revés por las náuseas. En el salón vio al ama de llaves que se dirigía en dirección contraria.

–Voy a subir a descansar –le dijo Louise.

–Me aseguraré de que nadie la moleste –aseguró el ama de llaves suspirando al escuchar otro trueno–. Estas tormentas son muy violentas y ruidosas –añadió antes de seguir su camino.

Su miedo la hacía sentirse avergonzada y culpable, reconoció Louise. Así era como su padre le había hecho sentir tantos años atrás, cuando un rayo atravesó un árbol en el jardín y ella entró gritando en casa.

Su padre estaba trabajando, y cuando trató de correr hacia sus brazos para que la protegiera, él se enfadó y la apartó diciéndole que dejara de montar tanto escándalo. En lugar de detener sus lágrimas de pánico, su negativa a consolarla unido al destello de un relámpago al otro lado de la ventana la llevó a gritar de miedo. Estaba medio histérica cuando su padre perdió la paciencia y la arrastró hacia el armario que había debajo de la escalera. La metió dentro y cerró la puerta con llave diciéndole que no saldría de allí hasta que supiera controlarse. Cuando por fin la liberó, su padre le dijo que su actitud era ridícula para una niña de ocho años.

La experiencia la había dejado con un miedo terrible a las tormentas y también a su reacción a ellas. Su padre se había enfadado mucho con ella por su histerismo. No podía volver a reaccionar así nunca más. A pesar de toda la terapia que había recibido, no había conseguido superar el miedo a su reacción a las tormentas. Por eso trataba de evitarlas. Pero, si tenía que enfrentarse a ella, curiosamente lo que necesitaba era un lugar oscuro y cerrado donde poder esconderse para que nadie la viera venirse abajo. El único lugar que se le ocurría en el *castello* era la suite de Caesar.

Mientras subía las escaleras y recorría la larga galería llena de ventanas, Louise tuvo la sensación de que los relámpagos saltaban de ventana en ventana burlándose de ella mientras trataba de controlarse para no salir corriendo. Sabía que escuchar los truenos tan cerca y ver los rayos rompiendo la creciente oscuridad del cielo no le ayudaría. Y sin embargo no podía apartarse. Tenía la vista clavada en el espectáculo exterior, observando cómo la tormenta se acercaba.

El salón de la suite olía a la colonia de Caesar, y aquello la distrajo momentáneamente al inhalar el aroma y tratar de no desear que estuviera allí. No, por supuesto que la reacción de Caesar ante su debilidad no sería distinta a la de su padre. No podía imaginar a Caesar mostrándose tolerante ante semejante vulnerabilidad.

Louise vio desde la ventana del salón cómo las luces del patio parpadeaban y luego se apagaban antes de cobrar vida de nuevo antes de extinguirse por un relámpago que atravesó la oscuridad. Vio su reflejo en el espejo del salón, su expresión de miedo. Pronto tendría la tormenta encima. Pronto estaría reviviendo aquel terrible momento en el jardín cuando el rayo alcanzó el roble y ella pensó que se convertiría en la siguiente víctima de la tormenta.

Miró hacia la cama. Aunque echara las cortinas seguiría viendo la tormenta. Un nuevo trueno la llevó a buscar la seguridad que necesitaba corriendo hacia el vestidor de Caesar. Abrió la puerta y entró.

Allí dentro habría estado completamente a oscuras si no fuera por la luz de la puerta abierta, que mostraba el camino hacia el sofá en el que Caesar dormía. El vestidor, igual que el salón, olía a su colonia y a él.

Cerró la puerta y se dirigió hacia el sofá en la oscuridad con piernas temblorosas. El sonido de otro trueno, esta vez encima de su cabeza, la detuvo en seco. Se encogió como una pelota asustada cuando cesó el ruido, liberándola de su terrible prisión.

Caesar maldijo entre dientes. Ni siquiera los poderosos limpiaparabrisas de su coche eran capaces de apartar tanta lluvia.

Los relámpagos iluminaron la oscura silueta del *castello* cuando Caesar detuvo el coche en la entrada.

Encontró al ama de llaves en el vestíbulo y le pidió que diera instrucciones al servicio para que fueran a buscar el generador eléctrico y encendieran velas.

–¿Dónde está mi esposa? –preguntó.

–En su suite, excelencia. Dijo que quería descansar y que no la molestaran.

Porque no quería que nadie fuera testigo de su miedo, pensó Caesar subiendo las escaleras de dos en dos. Sentía como si alguien le estuviera estrujando el corazón con fuerza al pensar en lo que debió de ser para aquella niña asustada recibir un castigo por tener miedo a una tormenta.

Ojalá hubiera sabido años atrás lo que ahora sabía de ella. Ojalá hubiera tenido la sabiduría de ver más allá de lo obvio.

Cuando corrió por la galería de retratos, los relámpagos estaban cayendo justo detrás del *castello*. Y el ruido de los truenos resultaba ensordecedor. La tormenta estaría muy pronto encima de ellos.

Llegó a la suite. Abrió la puerta maldiciéndose a sí mismo por haber llevado una linterna consigo mientras avanzaba desde el salón al dormitorio ajustando los ojos a la oscuridad. El corazón se le detuvo al ver la cama vacía y sin tocar.

¿Dónde estaba? Oliver había dicho que buscaba lugares oscuros y cerrados.

Se dirigió hacia el vestidor de Louise. Quedó al descubierto que estaba vacío cuando volvió la luz gracias al generador. El baño también estaba vacío.

Caesar sintió un nudo de miedo en la garganta. Si necesitaba una prueba más de lo que sentía por ella, de lo mucho que la amaba, lo demostraba todo lo que estaba sintiendo desde que Oliver le contó que tenía miedo a las tormentas. Lo único que quería era encontrarla y decirle que estaba a salvo, que la protegería y la amaría durante el resto de su vida.

Pero antes tenía que encontrarla.

Regresó al dormitorio y se detuvo en seco al ver el hilo de luz que salía por debajo de la puerta de su propio vestidor. ¿Su vestidor? Sin duda sería el último lugar en el que iría a buscar refugio, del mismo modo que él sería la última persona hacia la que se giraría. Pero estaba seguro de que no había dejado la luz encendida. Una pequeña esperanza se hizo paso en su interior.

Abrió la puerta.

Louise estaba hecha un ovillo en el sofá cubierta con una de sus chaquetas de modo que solo se le veían las piernas y unos cuantos mechones de cabello rubio que asomaban por fuera.

Una profunda sensación casi insoportable de amor y humildad se apoderó de él.

Se acercó a su lado, se arrodilló y le puso la mano en el tenso cuerpo mientras susurraba con dulzura su nombre.

Los truenos seguían ahora muy de cerca a los relámpagos. Podía escucharlos por encima de ellos en aquella estancia protegida y sin ventanas. Solo faltaban unos segundos para que la tormenta estuviera justo encima de ellos. No había podido resistirse a la tentación de sacar una de las chaquetas de Caesar y envolverse en ella. El confort de su aroma y su calor habían conjurado la aparición de su voz, aunque sabía que eso era imposible. Seguramente estaba perdiendo la cabeza. Caesar no estaba allí. Pero ella quería que estuviera. Lo deseaba más que nada en el mundo. Los ojos se le llenaron de lágrimas.

La repentina explosión de relámpagos que iluminaban la habitación que se veía al otro lado de la puerta que Caesar había abierto borró cualquier otro pensamiento de su cabeza. Soltó un grito de terror y él se sentó a su lado en el sofá, estrechando entre los brazos su tembloroso cuerpo.

La sintió tremendamente frágil. Experimentó una emoción tan poderosa que tuvo que inclinar la cabeza para contener las lágrimas que le humedecían los ojos. ¿Cómo podía haberse permitido a sí mismo pensar que Louise no le importaba? ¿Cómo había podido darle alguna vez la espalda y condenarla públicamente? Las manos le temblaban mientras la abrazaba con la fuerza y el poder de sus remordimientos.

Una nueva batería de truenos la llevó a estrecharse todavía más contra él mientras gemía de terror.

–No pasa nada, Louis. No pasa nada. Todo va a salir bien.

Caesar. Estaba allí. Y había visto su histeria y su debilidad. Había presenciado lo que ella prometió que nadie más vería nunca.

Soltó un suspiro de desesperación y trató de apartarse de él, pero Caesar se negó a soltarla. Al contrario, la abrazó tan fuerte que le apretó el rostro contra el cuello. Tenía los labios sobre la piel desnuda. Lo más fácil del mundo sería besar aquella columna cálida y querida.

Tembló violentamente entre sus brazos, pero no por la tormenta, que ya empezaba a alejarse, sino por una amenaza mayor para su seguridad emocional.

Caesar. Allí. Abrazándola. Manteniéndola cerca de

él, susurrándole palabras que sugerían que sentía algo por ella. Pero eso era imposible. Solo le importaba por Oliver.

Su hijo. El miedo y la culpa tensaron su cuerpo al instante.

–¿Por qué has vuelto? ¿Dónde está Oliver? –preguntó angustiada.

–Seguramente ya en Roma –respondió él–. Y respecto a por qué he vuelto... –le puso una mano en la barbilla para obligarle a levantar la cara–. He vuelto porque Oliver estaba muy preocupado por ti cuando vio la tormenta que se estaba formando en las montañas.

Louise contuvo el aliento, pero él siguió hablando.

–No te enfades con él. Le obligué a contarme por qué te afectan tanto las tormentas –Caesar sintió cómo trataba de apartarse de él–. No, no te escondas de mí. Soy yo quien debería estar avergonzado, no tú. Tu padre hizo algo muy cruel, pero a mi manera yo también he sido muy cruel contigo. En lugar de escuchar mis auténticos sentimientos todos aquellos años atrás, cuando nos conocimos, permití que el orgullo y la arrogancia manejaran mis acciones. Por culpa de eso te perdí, un castigo merecido. Y tú sufriste. Nunca me lo perdonaré.

–No quiero hablar de eso –aseguró Louise con firmeza.

Estaba profundizando demasiado en lugares demasiado descarnados, revelando emociones que ella sabía que podían traicionarla con suma facilidad.

–Debemos hacerlo si queremos plantar nuevos cimientos para un futuro juntos lleno de amor.

¿Amor?

Louise abrió los ojos de par en par mientras él seguía hablando.

–Y eso es lo que ambos queremos, ¿verdad? Un futuro basado en el amor.

Estaba atrapada. Se le notaba mucho el amor que sentía hacia él y Caesar sentía compasión por ella. No podía haber otra explicación. Tenía que defenderse. Hacerle entender que a pesar de que le amara seguía teniendo su orgullo, seguía queriendo que Oliver creciera pensando que las mujeres podían hacerse fuertes y poderosas a través de sus emociones en lugar de ser sus prisioneras.

–Solo porque te ame no significa que... –comenzó a decir con voz temblorosa.

Pero antes de que pudiera seguir hablando, Caesar la interrumpió con tono emocionado.

–¿Me amas? No me atrevía a pensar que... no tengo derecho... oh, amor mío. Mi dulce y maravilloso amor...

¿Qué estaba pasando? Tenía la cabeza hecha un lío y el corazón le latía con una mezcla de alegría, esperanza y miedo. Entonces Caesar empezó a besarla con dulzura, con los besos tiernos que ella esperaba cuando era joven.

Sin duda estaba soñando. No había otra explicación.

–¿Caesar? –susurró con incertidumbre bajo sus labios.

Él sintió al instante la confusión y las dudas de Louise y dejó de besarla. Pero no pudo apartarla de sí, la mantuvo entre sus brazos.

–Hay muchas cosas que quiero decirte –le confesó–. Quiero pedirte perdón por muchas cosas, y espero que tengamos una vida muy larga juntos para que pueda disculparme y demostrarte cuánto te amo. Cuánto te he amado desde el principio.

Louise trató de zafarse de entre sus labios, pero Caesar no se lo permitió. Sus brazos la sostenían con ternura.

–Sí, sé lo que debes estar pensando. Hace años me comporté con suma crueldad contigo. Esa crueldad nació de la arrogancia. Me comporté como un cobarde, como un hombre incapaz de enfrentarse a la verdad porque no cuadraba con el dibujo que había trazado para sí mismo. De todas las ofensas que te he hecho, negarme a reconocer que me estaba enamorando de ti ha sido la peor. Pero sí me estaba enamorando, Louise. Había algo en ti que dinamitaba todo lo que pensaba sobre mí mismo y sobre la vida que había planeado para mí. No eras...

—No era la clase de chica a la que querías desear —le ayudó ella.

Caesar suspiró.

—Sí. Y por eso quise hacer mía la opinión que los demás tenían de ti. Fui un cobarde una vez más porque escogí el camino fácil. Su opinión hacía que resultara más fácil para mí negar lo que de verdad sentía. Me entregaste tu ser y tu amor y yo te rechacé pública y cruelmente porque eso era lo que los demás esperaban de mí. Nunca me perdonaré a mí mismo por ello.

Louise percibió la sinceridad en su tono de voz.

—No te culpo por lo que hiciste, Caesar —le dijo, sorprendida al darse cuenta de que era verdad—. Después de todo, yo tampoco fui sincera contigo. Al principio tenía pensado utilizarte para conseguir el amor de mi padre. Hasta más tarde no supe que...

Al ver que no terminaba la frase, Caesar dijo:

—¿Que te habías enamorado de mí?

Louise apartó la mirada. Incluso ahora, sabiendo que Caesar conocía la verdad, le resultaba difícil pronunciar las palabras que la dejarían expuesta y vulnerable.

—Louise, por favor, mírame —Caesar le giró la cabeza hacia la suya.

Ella contuvo el aliento al ver el dolor y el anhelo tan claramente reflejados en sus ojos. ¿Tanto le importaba?

Antes de que pudiera perder el valor, respondió rápidamente:

–Sí. Más tarde me di cuenta de que me había enamorado de ti.

–Y yo destruí aquel amor, el don más preciado que
se puede tener. No creas que no sufrí por ello. En mis
sueños y en mis más profundos pensamientos siempre
estabas tú. Tu recuerdo me atormentaba. Y hoy supe
que tenía que estar aquí contigo.

–¿Has vuelto por mí? ¿Me has puesto por delante de
lo demás? –preguntó con la voz rota por la emoción.

–Sí. Es algo que tendría que haber hecho hace mucho tiempo.

–Me dolió mucho que me rechazaras.

–Lo sé. Fue algo imperdonable. Y más porque lo
único que quería rechazar y negar era el modo en que
me hacías sentir.

Louise le miró.

–Te deseaba muchísimo, Louise. Demasiado. Me re-
belé contra aquel deseo y contra ti por ser la causante.
Iba contra todo lo que yo creía que implicaba ser un
Falconari. Era joven y arrogante. Deseo más que nada
en el mundo que me des una segunda oportunidad para
demostrarte lo fuerte que es el amor que siento por ti.
Una segunda oportunidad para ser digno de tu amor.

–Oh, Caesar...

Todo lo que sentía por él quedaba contenido en
aquellas dos palabras. Era una manera simple de reconocer su amor.

–La tormenta ha pasado –le dijo Caesar mirando hacia el dormitorio–. Ven a ver –la tomó de la mano y la
sacó del vestidor.

Fuera estaba empezando a oscurecer, pero todavía
era posible ver el cielo azul. La luna había salido para
iluminar las montañas.

Caesar se giró hacia ella, inclinó la cabeza para besarla y la tomó en brazos para llevarla a la cama.

–Una tormenta ha pasado, pero ahora llega otra. Creo que nos está poseyendo a ambos con igual fuerza. ¿Podrás confiar en mí?

¿Podría? ¿Confiaba en sí misma para asumir semejante riesgo después de todo lo que había pasado?

Solo había una manera de averiguarlo. Louise le miró y asintió con la cabeza.

–Sí –susurró con fervor–. Sí, Caesar. Sí. Confío.

Sabía lo que Caesar le estaba pidiendo. También sabía que había entendido su respuesta. Cuando la estrechó entre sus brazos y empezó a besarla, despacio primero y con creciente pasión después, ella respondió con su propia pasión que llevaba tanto tiempo encerrada.

Louise podía sentir su poder y su peligrosidad. Pero como si supiera lo que estaba pensando, Caesar la abrazó con más fuerza y le susurró al oído:

–No pasa nada. No pasa nada. Te amo y nunca volveré a fallarte. Tú agárrate a mí, Louise, y yo te mantendré a salvo.

¿A salvo? ¿Cómo iba a estar a salvo si sentía que se abandonaba completamente a él?

–Te deseo mucho –no pudo decir nada más pero no hizo falta.

Caesar le estaba quitando la ropa y cubriéndola de besos, haciéndola estremecerse de pies a cabeza.

Louise sacó valor de alguna parte y empezó a desnudarle a él a su vez con dedos temblorosos, explorando su cuerpo con las manos y con la boca. Creía que ya estaba increíblemente duro y excitado, pero su erección aumentó de forma espectacular con sus caricias.

Había llegado el momento de cruzar el último abismo que separaba la oscuridad del pasado del presente y el futuro que deseaban.

–Te amo, Caesar –le dijo.

Y contuvo el aliento cuando él la besó con tal pasión

que supo sin necesidad de que le dijera nada lo mucho que sus palabras habían significado para él.

Ahora, en su fervor, Caesar le estaba dejando ver su propia vulnerabilidad, su propio deseo. Su expresión cuando miró su cuerpo hizo que ella se estremeciera y los senos se le transformaran en dos redondas esferas de sensualidad. Cuando se introdujo en la boca uno de sus pezones, Louise se arqueó contra él salvajemente, alimentando el placer de Caesar y dejando atrás sus últimos intentos de autocontrol.

¿Cuántas veces había soñado e imaginado en secreto tenerla así? Y por fin estaba allí, era suya y estaba llena de amor hacia él.

Cuando le abrió las piernas, Louise le miró con los ojos llenos de emoción. Tenía el sexo henchido y mojado. La lenta y erótica caricia de sus dedos la llevó a contener el aliento y estremecerse de placer.

–Caesar...

Louise no podía seguir soportándolo más. Lo atrajo hacia sí temblando de emoción y le enredó las piernas alrededor del cuerpo gimiendo en voz alta. Caesar tampoco podía esperar más. Ya la conocía, y deslizarse en ella era como volver a casa, a un hogar dulce y anhelado.

Se movieron juntos, en silencio al principio y con crecientes gritos de placer después mientras se abandonaban el uno en el otro en un viaje hacia el lugar donde eran un todo perfecto durante unos segundos.

Más tarde, envuelta en los protectores brazos de Caesar, Louise le habló libremente del amor que sentía por él.

–No te merezco –susurró Caesar emocionado–. Pero voy a esforzarme. Te lo prometo. Mi mayor dolor, aparte del daño que te causé, es que no podré darte más hijos –su voz quedó acallada al hundir el rostro en su pelo.

–Me has dado a Oliver y me has dado tu amor. No podría desear nada más –aseguró Louise con sinceridad.

–Me pregunto si no habrá algo que dirija nuestras vidas –murmuró Caesar–. Puede ser el destino, o llámalo como quieras. Y ese algo se aseguró de que Oliver fuera concebido para que pudiéramos tener una segunda oportunidad y reencontrarnos. Tú eres mi amor y siempre lo serás.

–Igual que tú eres el mío y siempre lo serás –aseguró ella.

Se intercambiaron un tierno beso, y el repentino rayo de luna sobre el sensual torso masculino y la invitadora curva de un seno femenino despertaron de nuevo su mutuo deseo y volvieron a buscarse el uno al otro susurrándose bellas palabras de amor, conscientes de que el pasado había quedado por fin atrás.

Epílogo

Dieciocho meses después

—Mira a Caesar y a Oliver enseñándole a todo el mundo a Francesca. Creo que no he visto nunca a un par de machos tan orgullosos —Anna Maria se rio al lado de Louise mientras ambas observaban a padre e hijo presentándole a la niña de cuatro meses a los invitados a su bautizo.

Su milagro especial, como la había descrito Caesar emocionado cuando miraron juntos la ecografía y recibieron la noticia de que, contra todo pronóstico, Louise estaba embarazada. Aunque un reciente chequeo había revelado que las posibilidades de Caesar de concebir eran extremadamente bajas pero no imposibles, ninguno de los dos se lo esperaba.

—A veces sucede aunque haya muy pocas probabilidades —le explicó el médico—. No existen pruebas científicas que demuestren la razón de por qué sucede. Os sugiero que os lo toméis sencillamente como un regalo de la casualidad.

—Tú eres quien lo ha hecho posible —le había dicho Caesar a Louise con la voz rota por la emoción cuando estuvieron solos—. Tú con tu amor y con todo lo que eres.

—Por supuesto que tendré que cuidar de ella cuando crezca, eso es lo que se hace cuando tienes una hermana, ¿verdad, papá?

Louise escuchó cómo Oliver presumía de Francesca cuando se la devolvía a Caesar.

–Claro que sí –confirmó Caesar alborotándole el pelo antes de que los dos niños se fueran con Anna Maria para buscar a los otros niños.

El salón principal del *castello* estaba lleno de invitados, pero cuando Louise tomó en brazos a su hija sintió como si estuvieran solos y experimentó aquella conexión especial que habían compartido cuando nació su segunda hija.

Pensó en su madre, a la que había invitado al bautizo. En respuesta recibió un vago correo electrónico lleno de promesas de una visita que seguramente nunca tendría lugar. Sin embargo, su madre había mencionado que le enviaría un regalo a Francesca y le mandaba sus mejores deseos para el futuro. Louise fue capaz de sentir más compasión que antes por aquella mujer que nunca quiso ser madre.

–Tu padre está aquí.

Las palabras de Caesar la arrancaron de sus pensamientos y sintió que el corazón le latía con fuerza contra el pecho. Cuando su padre le escribió justo antes del nacimiento de Francesca para decirle que su matrimonio con Francesca había terminado porque le había dejado por un hombre más joven, Louise no quiso saber nada. Fue Caesar quien le aconsejó que tal vez hubiera llegado la hora de dejar los fantasmas del pasado atrás.

–Es el abuelo de Oliver y es tu padre, Louise. Y leyendo entre líneas en la carta se ve que se siente muy solo.

Ella podría haber argumentado que a su padre nunca le importó dejarla sola a ella, pero ahora que se sentía envuelta en el amor de Caesar y en la felicidad de su vida familiar, su infancia miserable parecía pertenecer a una vida ajena a la suya.

Alentada por Caesar, le escribió a su padre ofreciéndole su simpatía. Continuaron escribiéndose durante las siguientes semanas y meses, aunque de un modo cauto. Cuando se lo preguntó, su padre se vio obligado a confesar que le había ocultado la carta de Caesar. Luego le suplicó que le dejara ver a su nieto y a su yerno, recordándole que ahora eran la única familia que tenía. Louise no quería acceder, pero sin saber cómo se vio invitándole al bautizo de Francesca y a una estancia de unos días en el *castello*.

Pero hasta el momento no había hablado realmente con él. Después de todo, tenía la excusa del bautizo. Pero ahora que la estaba mirando desde el otro lado de la sala vio a un hombre roto en muchos sentidos por la humillación a la que le había sometido su esposa y se apiadó de él. Sin planearlo se vio avanzando hacia él llevando a Francesca y supo sin mirar que Caesar estaría observando sus progresos de un modo protector. Cuando llegó al lado de su padre le miró a la cara. Estaba más delgado y tenía más arrugas. Era un hombre que no había conseguido lo que quería en la vida. Sintió lástima por él. Qué triste debía de ser estar solo a su edad y depender emocionalmente del cariño de la hija que siempre había rechazado.

–Hola, papá –le dijo con voz temblorosa.

–Creo que no quieres que esté aquí –comenzó a decir.

Louise sacudió la cabeza, consciente de pronto de lo que debía hacer cuando vio a Oliver mirándoles desde el otro lado de la habitación. Las relaciones familiares no siempre eran fáciles, pero sin duda valía la pena trabajar en ellas.

–¿En qué otro sitio ibas a estar? Después de todo, somos tu familia. Y hablando de familias, ¿por qué no saludas al nuevo miembro?

Durante un instante pensó que su padre iba a darle la espalda, pero entonces vio que tenía los ojos llenos de lágrimas.

–No pasa nada, papá –le dijo con dulzura–. Todo va a salir bien.

Caesar tomó a Francesca de brazos de Louise y se la tendió a su suegro diciéndole con orgullo:

–Se parece a Louise, gracias a Dios.

–Era el bebé más bonito el mundo, te lo aseguro –dijo su padre con tono algo ronco.

Louise pensó que estaba reescribiendo el pasado, pero no tuvo valor para retarle. Después de todo, ahora le había entregado su amor y su corazón a un hombre que los valoraba. Un hombre en quien siempre podría confiar. Un hombre que la amaba de verdad.

BIANCA.

EMMA DARCY
EXPERTO EN SEDUCCIÓN

Antes de que el escándalo salpicara a la estrella de su serie de televisión, Maximilian Hart apartó a Chloe de los focos. ¿Y qué mejor escondite que su mansión?

Pero el plan del magnate no se limitaba a proteger su inversión… ¡la quería en su cama!

Él la había apartado del peligro, pero Chloe se vio sumida en otro aún mayor: Max era el mejor, tanto en los negocios como en la seducción.

CATHERINE GEORGE
UN CORAZÓN HUMILLADO

Solo con ver a James, Harriet sintió un fuego que ardió hasta que su padre la obligó a romper la relación.

Diez años después, James se había convertido en un importante multimillonario y regresó para vengarse de la mujer que le había hecho sentir que no era lo suficientemente bueno para ella. Haría que Harriet experimentara cada gramo de la humillación que él había sufrido en el pasado. Sin embargo, lo único que James consiguió fue avivar las llamas de un fuego que había creído apagado…

N.º 503

PENNY JORDAN
DESHONRA SICILIANA

A Louise le latía con fuerza el corazón al llegar al castello del duque de Falconari, el único que podía cumplir el deseo de sus abuelos. Pero era el mismo hombre que había desaparecido tras una noche de pasión juntos.

Caesar, al descubrir que su encuentro había tenido consecuencias, cumplió con la petición de Louise… a cambio de ponerle en el dedo un anillo de boda.

BIANCA

MAGGIE COX

VIDAS TORMENTOSAS

Al alquilar aquella cabaña en Irlanda, Karen Ford buscaba un refugio donde esconderse de su pasado, pero sin ninguna intención de establecer una relación con un hombre, y menos con el sombrío extraño al que había conocido aquel aciago día…
Desgraciadamente, no había manera de escapar de Gray O'Connell, el solitario hombre de negocios, que resultó ser su casero. Gray era conocido por su comportamiento frío y altivo, de ahí el sobresalto de Karen al escuchar su escandalosa propuesta…

SU JOYA MÁS PRECIADA

El valioso diamante conocido como El Corazón del Valor decía garantizar amor eterno para todos los descendientes de la familia de Kazeem Khan, el emir de Kabuyadir. Pero el jeque Zahir rechazaba tal leyenda. Después de las tragedias sufridas por su familia había decidido que el amor y el matrimonio eran dos cosas separadas y ordenó que se vendiera la joya.

N.º 502

La historiadora Gina Collins sería la encargada de estudiar y tasar aquel valioso tesoro, pero cuando volvió al reino de Kabuyadir se quedó asombrada al descubrir que su misterioso cliente era el hombre con el que había pasado una noche de ensueño tres años atrás, el hombre que le robo el corazón para siempre.

¡YA EN TU PUNTO DE VENTA!

BIANCA.

Una noche de aventura...
y un inesperado anillo de compromiso

ACUERDO SIN CONDICIONES

CAROL MARINELLI

N.º 3173

De vacaciones en Malasia, tomándose un descanso de sus responsabilidades como cuidadora de su madre, Grace Andrews se dejó llevar por el deseo con el cínico magnate Carter Bennett. Acordaron que sería solo una noche, de modo que su proposición de matrimonio a la mañana siguiente fue una sorpresa total.

Para proteger el legado de su familia, Carter necesitaba una novia. El testamento de su abuelo lo dejaba bien claro. La química entre Grace y él estaba confirmada, ¿pero podría un matrimonio ser la respuesta? Carter nunca abriría el corazón que cerró años atrás junto a su familia... ¿pero aceptará Grace que esa condición no sea negociable?

BIANCA.

El marido olvidado había regresado...
para llevarse a su esposa a Japón

RECUPERAR UN AMOR OLVIDADO

LELA MAY WIGHT

N.º 3175

El amor no tenía lugar en el matrimonio de Emma y Dante Capetta, basado únicamente en la pasión. La madre de Emma había buscado el amor toda su vida, y eso la había destrozado; así que, cuando ella se dio cuenta de que quería algo más que su mutuamente asegurado deseo, se marchó. Pero sufrió un accidente que la dejó sin memoria, borrando los recuerdos de esa pasión...

En cuanto al cínico millonario que era Dante estaba decidido a recordarle lo perfecta que había su relación y, para conseguirlo, la llevó a Japón. Pero, si la asombrosa química que había entre ellos no había podido evitar que Emma lo abandonara una vez, ¿cuántas de sus paredes emocionales tendría que derribar Dante para recuperar a su esposa?

¡YA EN TU PUNTO DE VENTA!

BIANCA

**Tratándose de venganza...
¡no hay reglas!**

NUEVE DÍAS Y NUEVE NOCHES

MAYA BLAKE

N.º 3176

El solitario magnate Jario Tagarro no podía escapar de la sombra de su brutal pasado, a pesar de vivir recluido en su yate de lujo en alta mar. Todo cambió cuando su nueva ayudante, Willow, se convirtió en una tentadora distracción... ¡Hasta que descubrió que la cautivadora mujer era la hija de su enemigo!

Ese empleo era el último intento de Willow para evitar que Jario destruyera a su padre. Desesperada, aceptó las condiciones de Jario: él le revelaría por qué quería vengarse si ella ganaba una serie de desafíos.

Pero dada la química entre ambos, ¿conseguirá Willow sus respuestas, o lo olvidará todo en brazos de Jario?

BIANCA™

Durante un año mantuvo las distancias con ella...
Pero, ¡durante una noche no se pudo resistir!

ABANDONADOS AL AMOR

ABBY GREEN

N.° 3177

Cuando Ana Diaz se casó con el magnate Caio Salazar, este le dejó muy claras sus condiciones: un año de matrimonio para poder expandir su imperio y asegurar la libertad de Ana. No obstante, acababan de firmar los papeles del divorcio cuando se vieron obligados a pasar veinticuatro horas juntos debido a una amenaza de seguridad.

Por fin a solas, la novia con la que Caio había soñado se convirtió en la tentación personificada. Era lo último que Caio, que estaba cerrado al caos del amor, quería. A no ser que Ana le demostrase que el vínculo que tenían era más fuerte que su instinto de supervivencia...

BIANCA™

Lo ha olvidado todo...
excepto el deseo que siente por ella

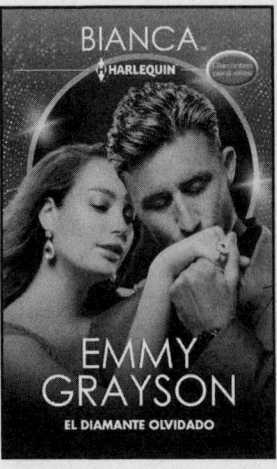

EL DIAMANTE OLVIDADO

EMMY GRAYSON

N.° 225

Julius se despierta en un hotel sin recordar qué le ha pasado ni quién es. Solo cuenta con dos pistas sobre su identidad: un precioso anillo de compromiso y el nombre de Esmeralda Clark. La sigue hasta su escondite caribeño y allí descubre que ella era su guardaespaldas. ¡Y que él es un príncipe heredero! Esme huyó del reino de Julius, convencida de que el siempre obediente príncipe estaba destinado a una esposa más adecuada. Aparentemente, él no recuerda la noche de pasión que pasó con ella en París. Sin embargo, la ardiente mirada de Julius le dice que su deseo sigue vivo. Pero... los príncipes no se casan con sus guardaespaldas, ¿o sí?